有一种力量，叫文学；
有一种美好，叫回忆；
有一种感动，叫青春；
有一种生命，在鲁院！

鲁迅文学院「百草园」书系

吃了豹子胆

黄金明

◎ 著

CHI LE BAOZIDAN

江西高校出版社
JIANGXI UNIVERSITIES AND COLLEGES PRESS

更有背叛的污秽凄苦。
他们有甜蜜的爱情，
他们惶恐不安，难忍孤独与恐惧。

图书在版编目(CIP)数据

吃了豹子胆 / 黄金明著. —南昌:江西高校出版社,2017.6

(鲁迅文学院"百草园"书系)

ISBN 978-7-5493-5156-5

Ⅰ.①吃… Ⅱ.①黄… Ⅲ.①中篇小说—小说集—中国—当代 ②短篇小说—小说集—中国—当代 Ⅳ.①I247.7

中国版本图书馆CIP数据核字(2017)第040641号

出 版 发 行	江西高校出版社
社 址	江西省南昌市洪都北大道 96 号
总编室电话	(0791) 88504319
销 售 电 话	(0791) 88505573
网 址	www.juacp.com
印 刷	北京一鑫印务有限责任公司
经 销	全国新华书店
开 本	700mm×1000mm 1/16
印 张	16.5
字 数	230 千字
版 次	2017 年 6 月第 1 版 2020 年 7 月第 2 次印刷
书 号	ISBN 978-7-5493-5156-5
定 价	43.00元

赣版权登字-07-2017-159

讲故事的人

这是一个讲故事的人看另一个讲故事的人的眼神。

——［英］约翰·伯格《讲故事的人》

我在采访那些藏书家之前，自以为对书或读书人的那些事儿了然于胸，其实大谬不然。去年，《果城日报》"生活周刊"决定开辟一个名为"秘密书房"的特写版，采写任务落到我头上。头儿说："真是找对人了，你不是爱读书吗?"他一脸坏笑。我明白他说的"读书"之意，在二〇六六年，网络阅览及电子书大行其道，传统出版业日渐式微，那些白纸黑字、散发墨香的书籍已退出大众市场，真捧一本"书"来读的人，也像深山老林的珍禽异兽一样稀罕了。而我就是这样的一个人。电子屏幕上的不是书，顶多算是书的电子版。要看书，我就从书架抽出一本，是古本还是新书不要紧。尽管如此，仍有一些小型出版社在坚持出纸质书，数量不多，但装帧考究，犹如手工作坊的产品，虽然使用了激光照排及现代印装技术，却散发着古旧的气息，让人想起铅字排版乃至雕版印刷的年代。有需求就有人供应。纸质书的购买者是极少数，是当下读书界的异类，但你不能否认他们是真正的爱书人，不仅爱书的内容，还爱书籍本身。他们陷身于纸质书的泥沼，裹足不前，跟时尚格格不入，被新时代的潮流所抛弃。他们不断购买新出版的纸质书，还大肆搜罗不同年代的旧书古籍。我知道，纸质书对于一个真正的"读书人"来说，意义重大。

一本书不仅可供阅读之用，还有收藏品、艺术品乃至文物的意味。在过去，古籍善本就有这个意思。在今天，几乎每一本纸质书的诞生，都带有工艺品的意味，否则有电子书就够了。

版面既美其名曰"秘密书房"，当然跟书有关，但重点还得落实于书房以及读书人，必须挖掘其隐秘角落的书卷气息。看他读什么书，怎么读，那些书诞生于何时，如何到了他手上，又怎样排上了用场。这样的主儿不少都算得上藏书家，诸如淘书的经历、读书的故事以及书本身的趣闻，总之一切跟书有关的逸闻趣事，都有可能被放入这个版面。至于说"秘密"，倒也不全是噱头，在果城及其地下卫星城洞城，藏书家纯属凤毛麟角，要找个值得一写的不容易。

爱好一变成工作，往往就被败坏了。我挖空心思完成了几十篇稿子后，很快就对书籍或读书失去了兴趣。之前，我一天不读书就觉得无趣，现在一见书就腻烦。我有好几个月没翻开一本书了吧。近一年来，我见识了三四十个书房和他的主人，当然还有五花八门、难以尽数的书籍。这全都是货真价实的纸质书啊，大部分诞生于过去的年代。那些沉湎于阅读电子书的人，如果不是因为我的报道，打破头也想不到关于书也有那么多匪夷所思乃至骇人听闻的事吧。说是书的事儿，其实都跟书痴有关。我的采访对象不分阶级，无论贵贱，都有一个共同点，那就是一看到好书都双眼发光、垂涎三尺，恨不得立马据为己有。他们不仅痴迷于书的文字或内容，就是书的装帧或外观，也会让他们沉醉。读书是风雅之事，但当中也有斯文败类，有个戴着金丝眼镜的学者就在他的书房突然冲着我扒下裤子。我抱起桌上的一摞书掷过去，扭头就走了。

据说，学以致用才是读书之道。在当下，很多读书人于问学、求道、娱乐之外，还于书籍中发明了把玩或品味的乐趣。我就见过一个人，手捧一本出版于上世纪末的精装本，可以翻来覆去玩味上半天，啧啧称赞其装帧精美、印刷精良，而不去阅读哪怕是一小段。我算不上藏书家，我买书都是要看的，但也没想过要得到什么好处。我有一种不寻求达到任何目的的等待。读书就是漫步，阅读就是游荡。这好像是一位法国作家说过的话，我想不起来是谁了。我采访过的人中，其中不少是学者或作家，其余的多是将书籍当文物或升值品的藏书家（这些人算哪门子的读书人？实是新时代的收藏家），我没遇到同类。

有个姓冯的学者得意地对我说，他的书全用得上。他读书的凶猛架势犹如碎纸机，他出书的速度几乎赶得上复印机。他像是一架不停地消耗又不停地生产书籍的机械。他的著作寄生于前人的书籍之上，所以他能成为作家，而我只是读者。这段时间，我连一个合格的读书人也谈不上了。

去年以来，我忙着跟我的版面搏斗，每天不是在某人的书房，就是去某人书房的路上。我往往有意料不到的收获，但也发觉有价值的选题，是写一个少一个了。当我完成了第四十三篇稿子时，无米下炊的焦虑油然而生。此时此刻，采访陆深的念头不可抑止地浮上心头。我无数次想过去找他采访，但每次都因为有合适的人选而一再推迟。我说不清什么原因，我似乎有点怕这个在果城藏书界赫赫有名而又以古怪偏执著称的男子。关于他的谈论在坊间不绝于耳，我的四十多个采访对象，每次都在完成任务之后，要对陆深发表一番见解。这些见解内容丰富，动机难测，既互相补充，又互相抵牾，既是不屑、鄙视、中伤、辱骂、诋毁的大杂烩，却也夹杂着某些惺惺相惜乃至不得不服的心理。对了，就是羡慕嫉妒恨，仿佛陆深才是果城藏书界的无冕之王，未获承认的读书界领袖。好比中国作家数十年来，个个都说自己是中国第二、世界第三，不敢自称第一是因为莫言。尽管他们也批评莫言还不够说服力。

陈裹萤、张万卷、叶好问和李悦读号称果城以及洞城藏书界的"四巨头"。关于陆深的谈论太多了，我记不住也无须赘述。但四巨头对陆深的某些论断，却颇具参考价值，不可不提。我第一次知道陆深是因为陈裹萤。他有一句妙语流传颇广："我几乎每个片刻都在买书，哪有时间读书？"

陈裹萤买书成癖，他买书的渠道有很多，常规的如去新旧书店挑选或网购，他有时也会跟出版社订购一些小众书或绝版多年的古籍，就像别人定制衣服或器具。他如果打听到别人有好书，还要上门求购，不惜货以重金。只要略有价值，他都要买回来，宁可买错，不可放过。他终究是真正的爱书人，不比逐利商家，从不将藏书售卖得利。我很欣赏这一点。他家里的书多得没处放，书柜全是请高手木匠订做的，一直顶到天花板，书放的还是双层。后来，书柜全塞满了，衣柜、鞋柜、橱柜、米缸亦渐被蚕食，家里的每一个旮旯都堆满了书，然后不可避免地轮到了床。他先是将床的一半拿来放书，接着是床的三分之二，直至将一张床全部占据。这样，床就无法睡人了，而变成了一座巍峨的书之城堡。跟他同居多年的女友洒泪而别，实在没有立锥之地了。他呢，在阳台上钉了两口大铁钉，挂了一面吊床，晚上就睡到阳台上去。据说，他正在找巧手匠人商议，看如何发挥阳台的最大用处，扩建一座空中书房，以安置那些将要买回来的书……他跟我说："你应当去采访陆深，但你不会成功。"当时我也没往心里想，凭本小姐出马，还真没有采访不到的书虫或酸秀才。

张万卷藏书之多，闻名遐迩。他跟我说："我买书不是为了收藏，都是要看的。但我一看到好书，却无法抗拒诱惑。我这样买书，是想看什么就有什么。事实上，我根本看不完。我跟你算一笔账，一周看一二本，一年顶多读百来本。就算读足一百年，也不过是一万本。这也是我以万卷为号之意。但我目前有六万多本，且几乎每天都在增长。吊诡的是，我现在的书，怎么也看不完；而我又认为，即使全都读完了，也还是不够的。舒灵小姐，对吧？我只能看多少算多少了。我每天都在读，像愚公移山，像《西游记》中啄米山的小公鸡，像不自量力的蜉蝣，而这只蜉蝣的任务不仅是眼前的一棵树，而是无边无际的林海……"书多了，要找书也成为一个问题。有一次，他心血来潮，发疯似的想找一本书来看。他清楚地记得该书的作者和译者、国别、出版社及出版时间，但不幸忘记了书名。他依稀记得放在某处，但找来找去就是找不到。只好将所有藏书抄了个底朝天，耗时达半月之久仍一无所获。后来，他灵光一闪，从床底下的一个纸箱里找到了。这是但丁的《神曲》，不是一本，而是三本，译者是黄文捷，出版于上个世纪九十年代。他很奇怪，这么重要的书，怎么会塞到床底下呢？按惯例，床底下堆放的多是一些小角色的作品，像但丁这样的作家，在书柜该有一席之地。但他依然无法读得下去。有时，他根本不知道要找什么书，而那本书又非找不可，他相信只要一看到，就一眼会认出来。于是，他开始了大海捞针般的苦苦找寻。有时，很幸运，一下子就找到了。有时翻江搅海，翻动了两三万本书仍没有收获。在这样的情形下，他压根儿就怀疑这本书的存在，瞬即又为此感到羞愧，他发誓自己肯定拥有这本书，却怎么也找不到。他掘地三尺，翻来找去，几乎要发疯，烦躁得无法入眠，但就是找不到。有时，他不想再找了，它又自动暴露于日光之下。有时，到底有没有这本书，都成了一个谜。

张万卷不知为何就聊到了陆深。关于陆深，他有句话我至今未忘："我跟陈襄茧、张万卷和李悦读比起陆深来，犹如萤火虫之于太阳，不可同日而语。他是真正的爱书人，我们还不算。什么四大巨头，我们四个加起来也够不上他的一根手指头。"

叶好问并非好问，而是好说，他在读书界以好发议论著称，能评善断，常有惊人之语。他说，看到书中有不足，就忍不住要帮作者重写，从书本的缺陷可以了解人类精神的局限性。他认为当下的出版商有七宗罪：1. 利字当头，好出烂书；2. 腰封；3. 名人推荐；4. 无线胶订；5. 用塑料纸包裹；6. 版心奇小，字体奇大；7. 定价虚高。他常以一句话论断一部著作乃至一个作家。关于这个时代的书籍和阅读，叶先生有高论在网上流传：在网络时代刚刚兴勃那阵，纸质书的出版突然呈加速度增长，这一段辉煌期大约持续了十年。之后，网络出版越来越兴盛，最终将其取而代之。纸质书出版式微当然是因为市场越来越枯竭，年轻人的娱乐方式越来越多，对阅读无暇顾及。有的所谓读书人，读的也是电子阅读器上的电子版或手机书。网络上火过的书，依然有少量纸质书出现，而在纸质书市场走红的，其电子版也卖得不错。一方面，大量文字垃圾转瞬间就被新一轮垃圾填埋，永无出头之日；另一方面，真正的好作品犹如石沉大海，浮出水面的多是浅薄之作。叶先生对电子书大加挞伐：电子书可以说是信息、文章乃至文库，但请不要说是书，顶多算是模拟或虚拟之物，即使能做出纸页及翻页的效果，但没有白纸黑字，能说是书吗？关于读书，不管作家名气大小，他给每一位的机会是先看开头三页，不多不少，如果实在看不下去，那就对不起了。他认为，人类出版的书籍浩如烟海，能给每一位作家三页已不错。正如米兰·昆德拉感叹：阅读是漫长的，生命是短暂的。我采访他时，他对作家的随意点评最见其才识及胆色。麦克尤恩像恋爱中的猿猴。厄普代克像逃跑的兔子。阿特伍德像秧鸡或修女。爱伦·坡像乌鸦。博尔赫斯像迷宫。卡尔维诺像命运交叉的城堡或看不见的城市。福尔斯像收藏家。福斯特像看得见风景的房间。尤瑟纳尔像蓝色火焰或蓝花。法布尔像诗性的昆虫。布封像博学的马。米什莱像梦幻的鸟。普拉斯时而像牡蛎时而像海鸥。休斯像失偶的豹。欧茨像乌云密布的天空。麦卡勒斯像伤心的咖啡馆。海明威时而像公牛时而像电报。鲁尔福像烈火中的幽灵。阿连德像幽灵之家。扎米亚京像先知。奥威尔像孩子。詹姆斯像机械兽。赫胥黎像机械钟。伯吉斯像发条橙。村上春树像发条鸟……或者，更直接地说，荷马是天空的独眼或藏着宇宙的木马。萨福是月光。莎士比亚是大海。但丁是神离开后的万神殿。福克纳是喧哗与骚动的圣殿。波德莱尔是黑森林。惠特曼是草叶。里尔克是迷失的天使。史蒂文斯是病天使的翅膀。叶芝是天鹅的脖子。埃科是狮身人面像的嘴唇。艾略特是荒原。弗罗斯特是无人涉足的林中路。帕斯是太阳石的碎片。布罗茨基是白桦林中的树号。梭罗是静谧的湖。契诃夫是疯掉的阁楼或失火的樱桃园。卡夫卡是无法进入的城堡或地下室。陀思妥耶夫斯基是地下室手记。佩索阿是地下塔。布莱克是地下天空。德里罗是纸上的地下世界。普鲁斯特是地下河或失而复得的时间。巴什拉是地下湖。康拉德是地下海。约翰·邓恩是地下海的岛屿。马拉默德是魔桶。辛格是魔术师。帕维奇是捕梦者。霍桑是玉石雕像。王尔德是流血的画像。茨威格是日记簿。纳博科夫是情欲的蝴蝶。戈尔丁是人性的蝇王。舒尔茨是被蒸熟又逃跑了的螃蟹。曼德尔施塔姆是巨石。帕斯捷尔纳克是豆荚中的雷霆。霍金是果壳中的宇宙。苏格拉底是话语堆积的微型宇宙。赫拉克利特是火或火的河流。柏拉图是洞穴。亚里士多德是星空。康德是星空图或理性的漩涡。蒙田是泉源。福楼拜是瑞士钟表。伯恩哈德是瑞士军刀。莫里亚克是解剖刀。科塔萨尔是刀片或积木。司汤达是斧头。昆德拉是暗箭。萨拉马戈是失明的火枪手。斯宾诺沙是眼镜制造者。克尔凯郭尔是暗器或树根。卢梭是孤独的雷管或狂暴的散步者。叔本华是哲学的昆虫。尼采是上帝之鞭。福柯是雌雄同体的监狱。本雅明是女性的城堡。托尔斯泰是山脉。巴尔扎克是城镇。狄更斯是广场。哈代是牧场。契弗是巨型收音机或苹果里的蛀虫。维特根斯坦是未完成的永动机。品钦是永动机的模型。伏尔泰是播种机。齐奥朗是脱粒机。德勒兹是碎纸机。伯林是打字机。加缪是荒诞剧。格里耶是静物画。帕慕克是细密画。莫拉维亚是暗笑的显微镜。马尔克斯是孤独的声音。马克·吐温是白昼的笑声。海勒是黑暗中的笑声。冯尼古特是笑声的引擎。穆齐尔是没有个性的鸟类或飞机。乔伊斯是实验室或万花筒。贝克特是等待的试管。安部公房是有男子居住的暗箱。莫迪阿诺是失忆的街道。芒迪亚格是黑色摩托。维昂是肉体上的玫瑰。柯南道尔是烟斗与手枪。卡彭铁尔是时间的种子或时间简史。默多克是鱼缸里的海洋。拜厄特是情色的漩涡或天使的昆虫。卡内蒂是耳中火炬或疯狂的钟摆。……

关于陆深，他也直言不讳："此君深居简出，性情孤僻，让人难以接近，恃才傲物，但他对书顶礼膜拜，虔诚如信徒，光凭这一点，我就推崇他为当今世上首屈一指的藏书家。"

李悦读先生堪称多才多艺，他读而优则著，这是跟另外三巨头的不同之处。他原本是一位建筑学者，但也热爱发明和创造，算得上一个业余机械师。在他的创造序列之中，音乐和文学也颇有根基。这两者在某种程度上密不可分，譬如词与物的互动、词与词之间的空白及节奏，都会形成一种类似于音乐的韵律感。除了藏书多，爱读书，他的想法也很奇怪。他的理想是用纸质书砌一座房子，想看书就往墙上一抽。但既要顺利看书，又得防止书墙坍塌。他跟我说，他做过一个梦，他变成了一本书，像一块砖头被砌入墙壁，变成了一座建筑物的一部分，既无法分割，又微不足道；但问题是这本书有意识，有想法，有等待别人来阅读的欲望，而它又不能抽离出来或被他人翻开……梦醒后他颇为怅然，但也受到启发，立志要写出一部永恒之书、众书之书或万书之祖来，这样的书蕴含了有史以来的所有著作

（包括一些失传的书以及撰写中的书籍，乃至包含了今后诞生的未来之书、幻想之书、潜在之书及可能之书），它属于过去，也属于现在和未来，像时间一样笼罩万物、融合一切，乃是抽象意义上的绝对之书。既是书的浓缩，也是书的扩展，是具象，也是抽象，是现实，也是梦幻（那些最好的书有能力捕捉或描述梦境，犹如梦幻之兽遭遇了真实的捕兽夹或金丝笼），是事实也是隐喻。他的办法是变成一架读书机器，一架关于书之硕果的榨汁机，将所有书籍咬碎、咀嚼、吞咽、反刍、消化，然后将其蒸馏、结晶出一部包罗万象、酒精般浓缩的书来。为此，他投入了旷日持久、绞尽脑汁的劳作。他一次次地试验，但发现他的实验品，甚至连他随手翻看的书都不如，更遑论要将一切书替代并覆盖了。李悦读，这个野心勃勃的酿酒人，前无古人的实验者，当今伟大的梦想家，耗尽心血，白发苍苍，仍一无所获。直至有一天，他读到了一部古籍，那是写于十九世纪的幻想小说。书中所记载的是他的生平，他的经历、梦想和遭遇在书中展露无遗。换言之，他的一生早已被人预先设定，还是有无数个命运相似的人曾被有心人记录？他是一个虚构人物？还是立志写出一部奇书的作者（至少尚未成形）？他长叹一声，放弃了制造一部精神永动机的想法。我采访他时，颇为震惊，马上问他："那部记录了你人生的小说叫什么？能借给我看看吗？"他摇了摇头，说："那是我的命运底牌，当然不会公之于众。"我再问及他那一部半途而废的"天书"，是否留有部分残卷？他说："它要么最终完成，要么什么也不是。我不会为世人留下笑柄。这样的著作，非人力所能完成，除非是陆深的手笔。"后来，关于陆深，他隐约泄露了蛛丝马迹。他怀疑读到的那部小说，并非出自清人手笔，而由陆深托名伪造。他的理由是，坊间皆说陆深非学者非作家，只管埋头苦读而无心著述，这都是骗人的鬼话。他就有足够的证据，说明署名刘军的房地产小说三部曲《胶囊公寓》《实验室及其倒影》和《看不见风景的房间》皆出自陆深之手。多年前，这些小说在果城及洞城两地风靡一时。陆深可能没用过原名发表或出过书，但恐怕已化名出版了不少奇书、怪书。他跟我说："你别怪我神经过敏，我可不觉得是捕风捉影。我的直觉一向很

吃了豹子胆

灵。我也希望你能成功采访陆深，挖掘出他的秘密。他肯定有不可告人的东西。"

这几年，不少记者慕名去采访陆深，均铩羽而归。后来我才知道，并非他不愿接受采访，相反他求之不得。但我不解的是，坊间一直没有关于其书房或藏书的报道问世。我委婉地跟一位同行打听，他说："真受不了。"我问："到底是怎么回事？"他回答："你去采访不就知道了。"两个月后，我才知道，记者们无法忍受陆深的饶舌。一谈及书籍，他就侃开了，天马行空，口若悬河，滔滔不绝，泛滥成灾。他说话如行云流水，无需思考，不经大脑，没有停顿，流畅之极，像在背书，也像在播放录音。至于内容呢，全是跟书相关的故事，也不能说没意思，但没完没了，无穷无尽。而他对采访的问题抛之脑后，一时三刻还轮不到回答……更无法让人忍受的是他的声音，他就像新闻联播的主播，字正腔圆，冷静得不带一丝情感，但源源不断，仿佛可以一直说到世界末日——

啊，一个现代的说书人或故事家！我综合了关于陆深的信息来源，得出了一个未必靠谱的认知：与其说他是藏书家，不如说他是一个讲故事的人。这有什么好怕的呢？我怕他做甚？我明白了，以前一直不去采访他，是潜意识里要将最大颗粒的葡萄留到最后才吃。如果说"秘密书房"的收官之作，要找一个压得住的人，还真非他莫属。

在一个阳光灿烂的夏日午后，我见到了陆深。这是一个其貌不扬的男子，脸颊瘦削，睡眼惺忪，仿佛经常为了读书而熬夜。关于他书多得堆积如山的情形是不必多说了。他的房子不大，书籍堆垒得整整齐齐。在应当看到天花板或四面墙壁的地方，全被书本占据了。任何一个骨灰级的书痴，都有几万册书的规模，这不算什么。我单刀直入："陆先生，我希望你能解答我的两个疑问：1.你既非学者也非作家，至少现在还不是吧，据我了解，你没有片言只语问世，而你也不打算写作，你读书真的是纯为爱好或娱乐吗？2.我奇怪你每天都在疯狂买书，花销不菲，还得吃饭呢，但众所周知，你既无丰厚遗产，亦失业多年，你如何维持生计？"可以说，这两个问题，也是果城读书界多年来想破解而不得的公共问题，我只不过是代大家提出来罢了。至于其他，纯属枝节。

陆深微笑了，说："你先听我讲几个小故事，自然会找到满意的答案。但你必须有耐心。我听说过你，'秘密书房'系列报道的名记舒灵，但我不能保证你跟别的记者有什么不同。至于那些故事是真实发生过的，还是纯属杜撰，你得自己去判断。我可以负责任地说，都是好故事，你从来没有听过，甚至我也没有。这样说吧，这些故事都是原创的，它们因你而生，跟你有隐秘的联系。有的早已存在，等待你很久了。有的仍在途中，像乌云或气旋一样，悄然无声地聚拢，却暗藏着叙事的风暴、雷电和大雨。更多的尚未孕育，却必将诞生于这个书房里。那些故事虽由我转述，但更是属于你的。问题是，我不知道语言或声音会将故事、讲故事的我、听故事的你一起带向何方。语言是有魔力的，它没有脚但会走路，没有翅膀但会飞翔，就像蒲公英一样，即使没有风，也会自我吹送。至于出现什么样的结果，这一切都取决于我们的默契或缘分，哪怕是你摸一下发丝，抿一下嘴唇，这样微小的举动，都可能会影响故事的走向乃至使故事解体或消失——譬如说你一转身就走——那就什么都没有了，一个故事的宇宙将在创世之前像肥皂泡那样破灭——对，就是故事的宇宙而不仅仅是故事链或故事海。好了，现在开始了，你做好准备了吗？第一个故事或故事的第一个圆环是这样的——"

"就像生活中正在发生的每一件事那样，故事的开头平平无奇——"陆深娓娓而谈。陆深讲述的故事情节离奇荒诞，生动曲折，文辞飘忽幽暗，有朦胧之美，要完整记录他的故事，就像捕捉梦境一样困难。不唯独他讲述的故事笼罩着一种梦幻色彩，他的声音也有梦中人的语调，像一场大雾于瞬间将我的意识覆盖。我必须承认，陆深绝对是一个讲故事的天才，我没见过这么会讲故事的人。后来，我只能凭记忆影影绰绰记个大概。比起他现场的讲述，我记录的当然大为逊色，就像是故事的标本，徒具外表，失却了灵魂、血肉和表情。这是没有办法的事。除非是有人发明一个精巧的捕梦机器，否则有谁能完美地复述或转述一个梦幻呢？在我的经验中，梦境是如此神奇、广博、飘忽和虚幻，无法准确地描述，连梦的大概也难以讲清楚，但仍略有感觉并在临睡前通过回想而浮现于眼前。梦境是另一个维度的世界，它偶尔跟现实交叉，但大多数时候保持着平行或处于另一个天地。越是超越现实的梦境越难捕捉，一个孩子的梦幻更具有梦本身的色彩和性质，神奇，变幻，无从捉摸，即使可以再次使梦境重现，而一旦回到现实，已不知所终。我常梦见童年，却将人物、事件及场景一一遗忘。梦中的时间也会分岔、弯曲、融化或像彗星那样飘散。有时，我诱导自己在夜间反复做同一个梦（人可以两次做同一个梦吗？有两个梦是完全一致的吗？）来加强对其挖掘和追忆。只有那些模仿现实的梦境容易记住，但是比生活本身更单调、枯燥和冗闷。梦与现实的界线混淆不清而难以区分。一个人在睡眠中到了另一个世纪，他在奔跑、跳跃，或像鸟一样飞翔，甚至跳出三界外，不在五行中。那个关于淳于棼进入了大槐国的神奇之梦，就高度概括了无数人的梦境及人生。当然，梦境中各类事物的意义不可拆解，也未必有何意义。你永远无法解释一个梦，就像你无法抓住梦幻水底下的一尾银色大鱼。它不是真实存在的，也难以被清晰地言说。在这个意义上说，弗洛伊德建立在空穴来风或捕风捉影之上的精神分析学，就比梦幻本身更虚无和飘忽。作为一位文艺青年，我记得我在梦里写出了一部杰出的小说，但我马上醒悟，不是我真的写下了这个故事，而是在梦见我完成了它。因此，必须马上起床将故事概要记录下来，我就有望在苏醒后抓住它。于是我克服了睡眠的惰性披衣而起，将故事完整地记述，并回头顺了一遍，对自己的记忆力深感满意。然而，这一切只在梦中发生。当我彻底苏醒后，依然无法抓住一鳞半爪。类似的事情，我重复过多次，但没有一次在现实中成功地将梦境记录或复述。

听陆深讲故事，就像一个梦中人在听另一个梦中人言说及叙述，我们都被包裹于一场大雾的梦境中，显得何其变幻、飘忽和朦胧。但故事实在精彩，我要努力抓住它们，犹如捕蝶者持着网兜在田野追逐蝴蝶，并将其制成标本，以供展示——

《囚徒》的故事梗概是这样的：自秦皇汉武以来，如果说到不死药，大家都有所渴求，却不会轻信。但事实上，每个时代都有一些人，因机缘巧合而对此深信不疑。气功爱好者杨小凡得到了一部书中之书，或者说，他拿在手上的是一本实有的古籍，那样的线装书在这个时代没人出版了。该书的内容是奇门遁甲、预测占筮、堪舆星象之类，这不算什么。但他从中发现或"看到"了另一本书，那本书其实并不存在，至少没有实物，当然也不同于既虚拟又实有的电子书之类。在自以为开了天眼的杨先生看来，却像看电影图像一样清晰和逼真。换言之，他从一本佚名者的古书里破译了一桩可能隐藏了数百年的秘密。他看到的是一座高山，山上层峦叠嶂，峰回路转，飞瀑流泉，绿树红花，种种景观美不胜收，不在话下。重要的是山中一条曲折小径，通向了一座古庙，庙里有一间地下密室，里头有一个四角镶铜的木箱子，里头珍藏着陈抟老祖炼丹药的配方——杨先生看到的不是一处风景名胜区，而是一张像三维图像般清晰的藏宝图。他只要踏上那条山中小径，就等于成功了一半。但问题是他首先得确定那座山是什么山？又在哪儿？在二〇六六年，人满为患，所有名山或沃野已面目全非，在原本是森林、田野、草甸、湖滨的地方，全建起了高楼大厦，像蜂巢般密密麻麻。而天空也因铺天盖地的雾霾而难得一见。不要说绿树，就是要找到一点泥土都不容易了。在楼房与楼房之间，弥漫着灰雾，而地面全被水泥混凝土或沥青所覆盖，这就是我们的现实。让人感到讽刺的是，在洞城的地下公园里，有一个庞大洞窟，里头有一座人造山，状若喜马拉雅山，是按比例缩小的复制品。杨先生该去哪里找这样的一座山呢？想来想去，跟原来一模一样的山是没有了，但是那个"地方"仍然存在。他利用网络搜索资料（包括网页、图片和视频），逐一排除了终南、武当、青城、罗浮等道教名山，心力交瘁，却一无所得。后来，他一拍大腿，哑然失笑，何不利用自己的天眼再去透视寰宇一番呢？他遂轻而易举地发现，就在果城郊外的红帽山上（当然只剩下遗址）。该山早于十年前被削平顶部，开发成了红帽山庄。于是，他只花了两元钱坐地铁，就到了红帽山庄的入口处。山庄依山而建，一幢幢楼房像树木密布山头，远远望去就像是一座城堡。杨先生认出脚下的大街，其前身就是"书"中浮现的小径。

吃了豹子胆

然而，不幸的杨先生没有发现，那座山在现实中是不存在的，只是一本古书里的一帧插图，或只是一本特异之书的幻境。他在路上步步深入，左兜右转，脑海里出现了路边的嶙峋怪石、奇花异草，眼前却是招牌醒目的商铺，超市、食肆、酒馆、服装店、精品店、发型屋及洗脚屋到处皆是。他怎么也找不到任何一座古庙或其遗址，更遑论秘笈了。如果有人看到那本线装书，将会看到山路上多了一个戴着鸭舌帽的男子，在踽踽独行，左顾右盼。但图像太小了，看不清面目。那就是杨小凡。他像一幅古典山水画里的细小人影，五官大可忽略不计。他在一本丝装书里迷失了，且无法意识到，他自以为仍在山上寻找一座古庙而踏破铁鞋，无视时间的流逝。而事实上，这一切都不过是坐在精神病院一张排椅上一个男子的幻想。他成了一个丧失记忆与意识的人，魂游到了另一个世界，但偶尔也会清醒，犹如犯人也会放风，并依稀意识到曾一度打开的天眼已让人绝望地合拢。有时，他幸运地认出了亲人。在现实中，他对寻找不死药的经历守口如瓶，而在幻境中仍孜孜不倦地寻觅……

"这是一个因阅读方法不当而被书本囚禁的人。"陆深说。

《剧中人反抗作者》的故事梗概是：一个姓吴的人，被当作一个虚构人物给作家游写入了一个剧本中，从此被终生囚禁，并不得不忍受作者任性、古怪而随意设置的故事情节，亦即他无力反抗的命运。最让他难以容忍的是作者才华平平，一些无趣、呆板的对白，常像呕吐物一样从他的嘴里不由自主地涌出。他不知道作者是谁，书中的那个"我"并不是作者，而是书中的一个叙述者兼次要人物，是作者以第一人称视角玩的小把戏，跟作者没什么关系。他在书外或生活中寻找作者（创造者），踏破铁鞋无觅处，又无法摆脱作为虚构人物的囚徒状态。让他痛苦的是，书中所写，一事一物，在现实中也一一应验。他的结局已被人为设定，他为了摆脱预知结局而没有可能性的悲剧性命运，强忍住无数次掀开底牌的诱惑拒不阅读，却又深受折磨，左右为难。他终于硬下心肠，闭着眼睛，将最后五十页撕毁了。他自以为摆脱了作者游的摆布（实则是幻觉），而有了另外的可能或出路。至少，这一切就算是命中注定，对于他来说也是未知数。他做梦也没有想到，作者游找上门来，将其绑架，无法在书中囚禁他，就决定于现实中进行。这也是那本书的结尾。在这里，虚构之事楔入了现实，现实生活则强暴了虚构，两者在相互渗透、入侵和占有，难分难解。

《读书笔记》的故事梗概是：K一辈子热衷于买书、藏书而无暇阅读。他狂热，冷静，持之以恒。他在为一个读书人做准备，至于对方是谁，他也不知道。他在等待和寻找，不急不徐，顺其自然，他相信早晚会跟那个有缘人相遇，并为他献上这些好书。终于，他遇到了一个嗜书如命的人P。两人一拍即合，K将藏书倾囊相授。他唯一的条件是，让对方在有生之年完成一件事，读完他所有的藏书，并用约一百五十页篇幅的读书笔记将这些书的精华记录其中，也就是说用一种类似酿造、蒸馏或冶炼的方法，析出人类书籍的结晶。这个小册子从诸书中来，却又必然高于诸书。尽管K的藏书中有莎士比亚全集这样的杰作，但也必须被超越。这是一项不容易完成的任务。K预计P得花好几十年才能完成。孰料，不到半个月，K从藏书室走出来说，K之藏书百分之九十九以上均是垃圾，不值得浪费一分一秒，除了三五本外，应全付之一炬。K面如土色，却又无力反驳，因为他没有读过其中的任何一本，况且他也缺乏分辨优劣的能力。但让他欣慰的是，一本叫《易》的书让P如获至宝。P认为，这是众书之祖，其精华亦即其全文，无法翻译，不可转述，要说明其奥妙，恐怕花上百万倍的文字也未必成功，最好的办法是照抄原文。为表谢忱，他用小狼毫和宣纸，手抄了一册《易》送K。这是消亡多年的书写方式，在二〇六六年足见诚意。但K不是傻子，他不吃这一套。他认为问题在于，自己压根儿就没有找对人。有一天，K在一个旧书店遭遇了少女W。他们坠入爱河。在K剥光了W衣服的那个夜晚，W的身体像夜明珠那样熠熠生辉。她的乳房像两盏吊灯，也像字母W保持着优美的对称。而W的胴体上浮现出了一行行方块字，间或还有精美的线描插图。K抱紧了W，像一个段落掉入了一本大书里，像一个词语被辞海的洪流席卷。在无限沉醉之际，他猛然醒悟到，W其实就是一座流动的图书馆。W是上天送给他的礼物或启示。欲知梨子之味，就得亲尝一口，别人可帮不上忙。而 W 可不仅是一个梨子，而是百果或集诸果之大成。K 知道，他这辈子都不可能离开这座图书馆了。皓首穷经，这个略带伤感的词语仿佛专为他而设。而他以一本小册子提炼出万书精华的狂想仍在持续，却又摸不到门径……

《伪经制造者》的故事梗概是：嗜书如命的王，在有钱买书之前已爱上书，就像他拥有女人之前已对异性感兴趣。事实上，作为风月场和淘书场中的双重好手，他将一本好书等同于人间尤物。他立志去伪造一本古籍，像古人常干的一样，无数的伪经、秘笈就是这样诞生的。如果他活在古代，《黄帝内经》或《诸葛亮兵法》就有可能出自他的手笔。要伪造一本古代的经典并不容易，它首先得是一本经典，尽管它在过去是不存在的。你要制造一件完美的、乌有的古董，手艺就必须漂亮，在内容、印刷乃至纸张、笔墨及装帧等都无懈可击。王为此付出了二十多年心血。他精研百家经典，废寝忘食，埋头苦读，融会贯通，终于在一个吉日焚香净手，奋笔疾书。他历三年之久，完成了《河洛五书》，这是一部关于堪舆、命理、预测、阴阳五行等玄学的杰作，但它并非如封面上所署的出自李淳风和袁天罡（《推背图》的作者）之手，而完全由他一人完成。这本共九卷达十二万字的古籍，王作为其整理者及点校者，使之发掘出版，旋即引起了读书界的巨大轰动。不久，有个叫离虬的人，找上门来，向他出示了一部源自唐人的秘籍。该书先是被人发现于西安郊野的一座唐代王公古墓，后被他高价求得，字迹模糊，局部字眼有剥落或缺失，但依然看得出来，这本古书跟王的那本书在内容上八九不离十。王一翻之下，呆若木鸡。要么是他呕心沥血撰写的一部"新书"或伪经，其实却是旧书或"正典"；要么是离虬伪造了一部难以证伪的唐代秘本（内容或文字部分由他完成，而"书"却由离虬印制完成）。这两者都是王无法承受的打击。于是，他决定去找离虬，不搞清真相，必寝食难安。离虬鹤发童颜，白须飘扬，颇有仙风道骨之姿。他告诉王说，唐代确实有这样的一部奇书，但他相信王肯定没有看过。因为他得到这本书时，它静卧于一个锈迹斑斑的铁盒里已逾千年，铜锁跟铁盒胶结在一起。他可以断定，至少在一千年中，这本书没有人看过。换言之，王凭一己之力撰写的这本书，居然跟这本古籍完全重合了，几乎一字不差。离虬由衷地赞扬了王一番。王脸色涨红，他想哭一场，却发出了苦笑。他问："你恐怕有一百岁了吧？"离虬说："我来到人世间只有七年，我没有老过，当然也不可能更老了，我一出生就是这个模样。我是一个木偶，当然也可以说是机器人，你瞧——"他用手将左小腿从膝关节处卸下来，并递给王看。王摆了摆手。他不相信离虬的话。在这个年头，高仿假肢足可乱真，甚至人造心脏都有人声称研制成功了。离虬见王不信，又说："你知道你是谁吗？"王笑道："我不会也是一个智能机器人吧？"离虬叹道："看来你真不知道。那好，我就泄露一次天机。我是一个偶人，而你是一个幻影。我们有共同的创造者。他用现代科技制作了我，而以梦幻塑造了你。他选用了一块上好的梦之石，每晚都以梦幻做刻刀，在梦之石上雕琢并将你从梦幻中剥离出来。大概用了三年，才使你脱胎而出，具有生命与意志。我没见过创造者，相信你也没有，但这个念头一直折磨着我。倘若我投身火堆，将会在化成灰烬之前的那一瞬窥见创造者的真容。而你只有在梦中，才会跟创造者相逢。但我知道你从未做过梦，换了旁人自是奇怪，但一个被梦幻塑造的躯体当然无法做梦，是吧？关于这一切，《河洛五书》中有详尽而隐蔽的记载，我也是从中参详而得。奇怪的是，你写下那本书，却压根也想不起来。说句不恭的话，你真像一个抄袭者或抄写员，水过鸭背，漏得一滴不剩。当然我知道你不是。你想目睹你的创造者吗？这要付出代价。我有一个办法，就是使用催眠术，使你在十秒之内沉入梦乡——"王恐惧地望着离虬在他面前晃动的手，离虬的手掌变得越来越大、越来越稀薄，仿佛就要幻化成雾状的大山……他在晕眩之际，狠一咬牙，突然冲上去，抢起板凳砸断了离虬的右腿。王想看离虬是否会流血，但映入眼帘的是一朵细小的蓝色火焰，然后是离虬手上的金属打火机——离虬着火了，他似乎一点也不疼痛。火焰迎风见长，在刹那间扩展成了一片汹涌的火海，于瞬间将两人吞没。王告诉自己说，那是幻象，可千万别着了离虬的道儿——在失去知觉之前，王无限恐惧地想起了博尔赫斯的短篇小说《环形废墟》。

吃了豹子胆

《图书管理员》的故事梗概是：文敏酷爱藏书，他认为读书是国民素质提升之根本，不仅他要读书，还要引导或影响更多的人来读书。他花十数年收集到了五六万册图书，将居室开辟成一个社区图书馆，名曰"悦读园"，向公众免费开放，但一直门可罗雀。一开始，他以糖果引诱小孩去看书，行为古怪，遭人诟病。他曾设想，抓几个天资聪颖的孩子来读书，读个十年八年再放出去，但终究没有下手。老实讲，他有不少细节没有想好，譬如说管吃管喝之类。其实，在二〇六六年，纸质图书馆或阅览室已成陈迹，多年来，因为无人光顾而纷纷关闭。有了信息图书馆的海量藏书，还有谁愿意借阅图书呢。文敏一心想恢复古典图书馆荣耀的行动，犹如堂·吉诃德手持长矛大战风车。无奈之下，他身兼数职，既是馆长，又是管理员和借阅者。作为借阅者，他每天至少填一次读书卡，并以惊人的速度读完一本书，借此证明图书馆一直在正常开展业务。后来，终于来了一位读者曹，但他不是要借书，而是想收购文先生的全部藏书。来者是一个旧书网店的老板，他不吝惜金钱。他认为，这些都是好书，却待在书架上发霉，太可惜了。只要放到网上拍卖，管保大家都来争抢。但文先生拒绝了。他说："我当然知道这些书的价值，我是想让更多的人受惠，而不是被野心家据为己有。"曹摇头而去。但他在网上散布消息说，文先生馆藏有无数好书的珍本、孤本，惜乎只借不卖。于是，无数人如潮水般涌来，一脸坏笑的要办借书卡，在交一百元押金时满不在乎。文先生识破了他们的诡计，一次次地挫败了敌人的阴谋。后来，他只好将图书馆关门大吉，但知道偷书贼势必卷土重来。如何保存数量庞大的好书，变成了一个难题。不得已之下，他只好先设法保存薪火，以后再慢慢谋求有缘之人。他选择从果城迁居地下卫星城，在洞城某幢不为人知的摩地大楼最底层买了毗邻的两个套间，将其打通，重新设计、挖掘了出入口，借助黑暗大地的力量，将新馆改造成了一座微型迷宫。而馆中的藏书连同书架，按诸葛武侯遗传的《八阵图》摆放，管保等闲之人，入得来，出不去。有一次，他一时大意，在找一本书时迷了路，被困在书阵好几个昼夜，后来才谋得出阵之法，差点被饿死。

讲故事的人

当时，陆深一口气讲了五个故事，对我的认真聆听表示满意。他喝了一杯茶，又开始了新一个故事的讲述——

L先生的书房在果城郊外，其藏书之丰让某报读书版记者S小姐为之咋舌。书籍堆满了L房子的每一寸空隙。S小姐跟着L在书堆中行进，犹如在荆丛、草地或沼泽中跋涉。她的腿部不时被拦路石般的精装本撞痛。她大致估量，这套寻常的三居室，也就一百多平方米，大概塞满了五万册书，这种密度可想而知。L得意地笑说，好戏还在后头呢。他将卧室地板上的几箱书搬开，抓住一块地板上的铁环用力一拉，拉起一道暗门，赫然露出一个秘道，里头黑乎乎的，犹如史前巨兽张大的喉咙。S略作迟疑。L不吭声，望着她。他摁亮壁灯。天啊，里头密密麻麻全是书，连通道及墙壁都由书筑成。S想起了安占拉·卡特小说的场景，譬如《血窟》或《肉体与镜》，好奇或探险的想法占了上风。事实上，她一直在练习咏春拳，而L看上去弱不禁风，她自信要对付他并不难。她甚至希望来点刺激的。尽管L秋毫无犯，但可真够刺激的。他们穿行于长长的地下甬道，四周上下全是精装本图书，仿佛此处不是放置图书的地方，而全由图书代替砖石和构件，筑成了这个地下世界。终于，他们来到了一个庞大的洞窟。S顿觉眼前视野开阔极了。这是书的阿房宫。地砖、四壁及穹顶全由书构成，里头摆着精美的木头书架，架上之书，看来无一不是好东西。那些好书如黑匣里的明珠、鸟巢里的凤凰、后宫里的妃嫔。S双眼放光，她望着L，眸子闪亮。该地下书库怕有六七百平方米吧，就像一个防空洞。说不准这就是由上个世纪中叶的防空洞改建而成的，通风、照明等都搞得很不错。这儿比L的房间（地上一楼的藏书室）好多了，至少更有条理。L说，他将精力放在地下书库，都懒得管一楼了，就让它保持现状吧。这是书之海，书之山，书之宫殿，书之花园，书之坟墓，书之监狱……那些书，每一本都很不错，都有来历，古今中外，三教九流，百科齐全，浩如烟海，堆积如山。至于数量到底有多少，连L也说不上来。不算一楼的，地下库存起码超过十万册。光靠L，他是无法读完的吧。他根本顾不过来，有的书恐怕从未翻开过，也许他都忘了。如果他都读了，那他真是有学问之人。地下室还有很多空间，顶多占用了一半。但L说，以他购书的速度来看，这个藏书室的设计还是缺乏前瞻性。S说："你从不淘汰吗？"L说："从不。"S说："都是好书吗？"L说："也不能这样说。"有时，L觉得自己就是图书收容所的主人。有的书像流浪狗一样跟着他，让他不忍驱赶。L最看不得好书像风尘女那样沦落街头。他算是最懂书或最爱书的人了吧。L望着S，眼神炽烈地说，他也不是天天都下来，每一次都亢奋莫名，像纵欲过度，很伤身体，这儿就像财主的藏宝阁，像皇帝的后宫……"唉，怎么比喻都不准确，唉，我的爱，怎么形容我对书的感情都不过分。你如果是爱书人，你来到这儿，就像雨过天晴时走入森林，呼吸着花香水气，野果悬垂，草木清新，阳光像薄刃穿透树冠的缝隙，仿佛走入了梦幻花园。你躺在草坡上，就像依偎在大地母亲的怀里。"S看到，靠墙处有一张床，全由书构成。L示意S躺下去，S如受催眠，依言照办。L问："怎么样？"S觉得松软、沁凉。她想起小龙女在活死人墓练功的玉床，扑哧一笑，却说："蛮舒服的，就像躺在草地上，能感觉草茎和花朵像小弹簧那样充满弹性。"L笑了，这些书都是精挑细选的，书页全是特种轻型纸，质量不错。S问："你最喜欢的书放在哪儿？"L笑而不答。他望着S，目光显得热烈，暧昧。直说吧，他一副色迷迷的样子，眼看就要扑过来。S等着他扑上来。然而，L叹了口气，说："走吧。"他忽然关掉电灯，地下书库漆黑一片。S一颗心往下沉，感到了极大惊惧。她有撒尿的冲动。L拉住了她的手，他的手有点冰凉。S几乎想将身体依偎过去，但努力保持了镇定。黑暗中，他拉着她在行走。她有点晕眩，仿佛过了很久，其实也就几分钟，电灯再次亮起来。他们已身处于一楼的书林之间了。S想，肯定是走了捷径，看来地下书库不止一个出入口。但她也难以确定。她对刚才的失态有点恼怒，这不像练武之人。她责怪L捣鬼。L认真说："我希望你能在黑暗中倾听书的低语。"S笑了，说："我听到了你的心跳声。"其实，她当时骇怕至极，什么也听不到。"你怕看我？"S问。L望着她，奇怪她这样问。他说："你很可爱，像一本好书，像一本诗集，出自布莱克或里尔克之手。"S很感动。这是书痴所能给出的最大赞美了，约等于人间尤物或上帝的宠儿。S问："你确定你想将你的秘密公诸世人？"L明白她的意思，说："当然不，那是我的隐私，是我的宝藏，但我愿意跟你分享，只跟你。"S点点头，说："我不会写一个字，也不跟别人说。"她想了想，问："如果向我推荐一本书，你会选哪一本？"L沉吟片刻，说："这真是个难题，恐怕这样的书还没有写出来。但愿那出自我的手笔，这不可能，我又不愿将这份殊荣拱手相让。如果将标准略为降低的话，像《地下城》就很不错，你想我复述一下情节吗——"

我忍不住第一次打断了陆深的讲述。事实上，我像故事中的S对L一样，对眼前的陆深有相似的好感，但谈不上是爱情。我说："我对什么《地下城》不感兴趣，但S和L的故事倒不妨讲下去。"

陆深说："好的。在故事里，S跟你的想法不同，于是，L用半小时讲完了《地下城》。这个故事挺不错的。主人公L先生是一位特工，他擅长盗取别人头脑中孕育而尚未来得及写下来的小说，是谓'小说盗'，类似于传说中的捕梦者。后来，他被小说神探海黛小姐用一种催眠术之类的方法收服了，并接受了一项超能力训练，立志撰写一部真正的创造之书，那就是受秘密组织'绿色联盟'的安排去撰写组织秘史，他所写的一切都将迅速变成现实，或者说，他的叙述跟现实在同步进行……好了，详情我不细说了。S被这个故事打动了。她回去后，完成了关于L的报道，一篇关于藏书家的文章，中规中矩，配发了L的肖像照及位于一楼的书房，而对那个秘密书库只字不提。S仍一次次来采访L，说采访也不完全对，他们在L的家里或藏书室喝茶、闲聊。大多数时候，S都在静听L讲述藏书里的故事。他烂熟于心，张口就来，根本不用看，仿佛那些书都是他写的。S有时困了，也就和衣躺在书床上小憩，于半梦半醒之间，倒也真像卧于梦幻般的草地上，有夏娃置身乐园之感。L奇怪S仍来采访他。S说，她打算为L写一本书，关于L和书的故事，她希望这本书也值得L收藏。L说："不会有比你更美的书了。你就是美之书，流动之书，神秘之书……"S说："我写的书，也将包含你讲的那些故事，我知道那全是你随口杜撰的，也许是你的腹稿打得好，却从未存在。譬如《地下城》就是一本乌有之书，还有《天堂的猛虎》《女人怀里的玫瑰枝》等。多美的故事啊，其实你第一次讲述时，我就知道了，不可能有另外的作者。你的眼神泄露了一切。"L冷冷地说："我也知道你的目的，你有收获了么？女神探。"S一怔，说："我不懂你在说什么。"L说："据说，果城近日出现了一位神出鬼没的江洋大盗，飞檐走壁，登堂入室，如入无人之境，不知偷盗了多少奇珍异宝，但一直无人知其庐山真面目。你一直以为大盗就是我吧，我不知道大盗是否实有其人，但恐怕我要让你失望了。"S哭了，她跑了出去。但她又转身说："你没有职业，何来买书之资？这点我是好奇过，但你看错我了，L先生！"S在L的生活中失踪了。L恢复了之前孤寂如深渊的生活，唯一的一个朋友也被他气走了。还是个才貌双全的女子。他也不知道当时为什么要那样说。也许，真是他搞错了。但又怎么样？L自虐般冷笑。他不是向来都对生活毫无指望吗？然而，他心里出现了一个空洞，且越来越深广了。有一天，他网购了一本书，作者署名"L"，那是他的名字。这是一部小说集，收录了《地下城》《天堂的猛虎》《女人怀里的玫瑰枝》等十二个短篇。此书的编纂者就是S。她在后记说，她不是作者，L才是，她听L讲过这些故事，深受震撼，认为有必要出版并让更多有缘人看到。她为没经L同意而抱歉，但不需要原谅！她强调说，尽管他们之间发生了很多事，有爱也有污秽凄苦，他伤害过她，而她出版这本书并非报复，他不必去找她，就是去找也找不到。当然，她从没奢望过L会找她。L明白了，S改变了计划中那本书的撰写，那本来是关于L与书的故事，但此书对L几乎只字不提（除了简短的后记），而是忠实地执行了一个记录者或编纂者的职责，整理了他向她讲述的十二个故事。只是，S犯了一个弥天大错。尽管那些故事在L的脑海根深蒂固，L也一度以为是自己原创的，其实全部出于他人之手。后来，他一一从书海中找到了原著，有些作者并不出名，但小说都很棒。这样，L就成了一个彻头彻尾的抄袭者。L说，还说不是报复吗？而那本书的后记仿佛是S写给L的一封书简，也像是一次赌气式的指责。L反复读了多遍，想了好几种应对的方案，发现一切均无可挽回。同样，他也无法找到S了。事实上，他也不想去找，要他离开书房一天，都是勉为其难之事。过了几个月，S找上门来了。S说："我不是记者，而是刑警，但早就洗手不干了。"L说："只要你肯留下来，我愿意以全部书籍换取。"他们语速飞快地说了好几句，几乎没有一句交叉，但都在向对方表白。S说："我没有一天不想你。"他们一边说，一边往地下书库走去。L说："我每天都在等你。"在倾诉衷肠之后，他们陷入了短暂的沉默。两人相视而笑，在"书床"上宽衣解带，抱在一起，像一本书的封面和封底，合拢在一起。L像疯狂的野马，将草原踩成了烂泥，眼看就要在大地尽头飞起来。S像泛滥的洪水，冲缺了身体的堤坝，席卷了下游的村镇和田园。她双脚一蹬，六七本书像暴风雨中的瓦砾飞出去。书床摇摇欲坠，赤条条的L陷身于纷纷塌陷的乱书之中，仿佛被泥石流活埋。S用手遮挡着乳房，哈哈大笑，犹如穿行于地震废墟中的逃亡者。她目光一扫，看到书床因瓦解而暴露了一个精致的檀木箱子。她如受雷殛，身体僵住了。在她看来，那才是L真正的藏宝处。此时，L指责S出书时为何不跟他打招呼。S说："说了就出不了啦，多好的故事啊，读书界的如潮好评也说明了这一点。"L说："可惜那些故事真是别人写的，譬如《地下城》的作者是陆深，《蝉人》的作者是刘军。"S说："可怜的人呀，你真的忘啦？那些人全是你。如果我早就知道，那些故事全是你写的，且早已面世，我就不会辛辛苦苦去编撰这本书了，比起你的原作来，我的文笔太拙劣了。你也知道，要将那些神出鬼没的故事用文字复述出来，该有多难！老实讲，我有时真怀疑，你这里的十几万册藏书，是不是全是你写的却又忘掉了？"L说："不是你有病，就是我有病。"但S不愧是干过侦查的人，她从挎包掏出了一沓文件，主要是L跟不同出版社签订的几份出版合同。这打消了L的顾虑。然而，L不曾记得自己是一个失忆者，老实说，他不认为自己遗忘过生命中有这么重要的事情或时刻。那个木箱子的暴露，也暴露了S或L的真面目。S盯着木箱，L则望着S。地下书库的空气愈发凝重，S脸色冷峻，她觉得压力很大。她笑了笑，但笑声有些苦涩。S无暇穿衣，挺着两个奶子，凑近了木箱。而

L面无表情，似乎连他也不知道有那个箱子的存在。

"L真是大盗？"我忍不住插嘴。

"甭急！"陆深说，"听我说下去。"

在故事里，S缓缓打开了箱子。里头是一整箱满满的手稿，在信息爆炸的二〇六六年，她从来没听说过还有人用纸笔写作。这一箱手稿，有五六十个笔记本，每本有两三百页，怕有两三百万字吧。这些手稿的标题均用红笔划着两道横杠，以示重要，而无一例外都署名为：L。L喃喃自语，说："问题是这些稿子从未外流，甚至连我都想不起它们的存在了。说真的，我不记得我写过任何一行文字……"哦，我想起来了，这箱东西的确是我藏起来的……S欣慰地望着他，等他说下去。L说："S，我的爱，你是我的经纪人，也是我亲爱的妻子……"但他怎么也想不起在何时失忆，又是如何失忆的。S给出的解释是，L笔耕多年，却不愿发表，像卡夫卡对自己的作品缺乏信心，至少认为时机未到。S偷偷将其稿子复印了几份，联系好了出版商，使用了L钟爱的笔名。L一时名满天下，也狠赚了一笔。但L被激怒了，两人在地下书库大吵了一场，暴跳如雷的L还动了粗，将S按在书柜上揍，结果书柜被推翻了，几十个书柜就像倒塌的多米诺骨牌那样起了连锁反应，接二连三地倒下来，不少书从柜中坠落。一本砖头那么厚的《福尔摩斯探案全集》从天而降，砸在L的脑门上，他立马昏了过去……

"这个故事该结束了，不妨给它起个标题，就叫《采访藏书家》吧。"陆深说。

"我在某本书上读过相关的一段，事实上，箱子里全是钻石。"我说，"S虽然光着身子，却变戏法般从掉落于地的挎包掏出了一副手铐，身手敏捷地将L铐住了。不能说她对L没动真情，但她除暴安良的决心从未动摇，就算是大义灭亲吧，她终于抓到了臭名昭著的江洋大盗，尽管代价不菲。"

"别胡扯！"陆深说，"那是属于我的故事，从未出版过，你如何会看到？"

"反正我看过类似的情节，好像是奎恩写的，要不就是钱德勒或布洛克的手笔，但译者是谁我忘了。甚至，你讲的每一个故事，我几乎都能从卡夫卡、博尔赫斯、卡尔维诺等人的作品上找到叙事原型。你这个记者兼侦探 S 和藏书家兼口头说书人 L 的故事，也是你现编现卖的吧？"

陆深含笑不语。

"你是否也有一个装着手稿的木箱？"

"没有。"

"有一张用书堆成的床？"

"没有。"

"你也多次在书堆上和女人乱来吧？"

"当然没有。"

"至少你想过！"

陆深保持着好脾气，没有反驳。我觉得他有点像 L，但陆深看来没 L 那么阴郁，他心里仿佛充满了阳光，天知道！不过，看来他应该没患过莫名其妙的失忆症吧。

"你为什么不将这些故事全写出来？"

"有人愿发表吗？"

"如果将它们放在我的报道文章里，不就顺利见报了吗？"

"拜托，别糟蹋它们了。我不是故意要得罪贵报。我对这些讨好小市民的势利报刊瞧不上眼，我是实话实说。"

"你会不会真是大盗？"

"你真是女神探？"

"无论如何，调查可是我的强项啊。"

那天，我忘了陆深到底讲了多少个故事。总之，他不断地在说说说，源源无尽，而我也在洗耳恭听，津津有味。数天之后，我的报道刊出了。我遵守诺言，没有涉及陆深说的那些故事，也没有一个字泄露他可能是果城一带最有想象力的小说家，至少也是一个故事大王。后来我才发现，我也犯了故事中 S 相似的毛病，就是我一次次地去找陆深，欲罢不能。我对陆深的收入来源始终无法释怀。他一无工作，二无祖荫，三无他人资助，整天坐吃山空，这就无法解释他的日常开

吃了豹子胆

销及购书费用，这可不是一笔小数。有时，我忘记了初衷。我显然是被陆深讲述的层出不穷的故事迷住了。我猛地发现，所有故事都是跟书籍有关的。如果硬说我被陆深迷住了，也不好反驳，当时他给我的感觉只剩下一张嘴，却也是事实。这张嘴太能说了。我喜欢它。尽管这张嘴，从来没吐露过半句甜言蜜语。我想亲那张嘴。

陆深对我的到来表示欢迎，但也没到欣喜若狂的程度。我对他这副故作淡定的嘴脸略有不满。就让他装吧，看他还能装多久。

作为一个讲故事的人，陆深技艺娴熟，而我除了像个孩子那样乖乖地倾听，很少有机会插得上嘴。随着时日的推移，我因为对爱的渴求及内心的压抑而渐感焦躁。这个书呆子，光是知道说说说——我没想过找茬，但还是脱口而出：

"你就只会讲有关书的故事。离开书，你一个字也说不出来！"

陆深一怔，但他承认我说得有理。

我喜欢陆深讲的故事，也享受听故事的过程。我们相互欣赏，渐入佳境，很快就突破了采访者与受访者的关系。我深思熟虑之后，向他提了个建议，希望他将脑海里像浪花那样无穷无尽地涌起又消逝的故事用文字呈现。陆深答应了。但他遇到了难以想象的困难。每一次，他都焚香净手，铺好纸笔，端坐于书桌，摆出一副要撰写世界名著的架势，但憋了半天，一行字也写不出来。

我问："为什么会这样呢？要不改用电脑试试看？"

他摇了摇头。他也说不出是什么原因。但他对电脑或网络有天然的排斥。他说：" '幸福的家庭家家相似，不幸的家庭各不同'； '一天清晨，格雷戈尔·萨姆沙从一连串不安的梦中醒来，发现自己在床上变成了一只硕大的虫子'； '多年之后，面对行刑队，奥雷良诺·布恩迪亚上校将会回想起，父亲带他去见识冰块的那个遥远的下午'。你瞧，多棒啊。写不出这样的开头，就永远不要动笔！"

陆深就是这样的人。我拿他没办法。他有了故事，却没有办法成为一个小说家。他说："小说不是故事，故事固然重要，但光有故事是没有意义的。就此而言，故事也可以是被放逐的。福斯特说，国王死了，王后也死了，这就是故事。国王死了，王后死于心碎，这就是小说。故事是单向链条的线性滑动，只关心然后然后……而小说内部充满了因果的齿轮和隐秘的链轨，这些构件在叙事机械中转动，发出的声音蕴含了命运的秩序——这就是小说的声音——甚至连情节都不重要，重要的是情景，只要有几个像钢制支架般结实的细节，就足以支撑叙事的帐篷。然而，当下的小说裁判将故事奉为圭臬，而对小说内在的声音毫无感知……”他花半小时痛斥了时下小说界时髦的叙事模型，使用的依然是巴尔扎克式的俗套或对博尔赫斯的模仿，这都是没有创造性的表现。一个好的作家（或一部杰作）的诞生，是天地间的造化。好的小说反映现实，更好的小说揭示现实乃至创造新世界。也许，现实主义是“无边”的。谁能否认卡夫卡的现实性？他的写作跟他生活的世界及他创造的世界是统一的。巴尔扎克也是，但他的时代远去了，卡夫卡式的世界仍在持续。每一个作家都必须为自己的写作发明一套叙事方法、一套语言密码，而不能将别人现成的方法据为己有。事实上也不可能，当某种手法变成了经验，就已僵化成教条，不可能再有生命力了。因此，作家不仅不能重复别人，也不能重复自己。这一点，卡尔维诺做到了，他的每一部小说都不同，他的风格就是流动，就是变幻莫测……

我对此似懂非懂。也许，陆深说的这个声音是一把钥匙，或者一条道路，他还没有找到。多年以来，他在书海中遨游、苦捞，就是希望上苍有一天能大发慈悲，让他找到这样的钥匙或道路，以便他觅到发出声音的方法。但问题是，陆深除了故事，什么也没有——我不忍心向他指出这个事实。

“这就是我沉迷于故纸堆里的原因，”他说，“我知道我要什么，这在网络世界是不可能找到的。”他希望能捕捉到一个声音，将其驯服为他所用。这有点像调教鹦鹉，但更像是驯兽师驯服猛虎。那个声音犹如神话中的青鸟，莎士比亚捕捉过，博尔赫斯捕捉过，埃科也肯定捕捉过……它一直都存在，但他从来没有遇到过。那些好书就像是竖琴，是洞箫，是小号……一直在吹奏，在寻找着有缘人的耳朵。他必须找到那个声音，才可能将故事完美地叙述。我对此将信将疑。不

吃了豹子胆

久，我表达了异议。我说："功夫在诗外，应当不是向内找寻，而是勇敢地向外寻求吧。你要走向社会，多跟别人交往，不管是头面人物，还是中产阶级乃至贩夫走卒，你都应该跟他们交朋友，学习人民群众鲜活的语言艺术。陆深，你缺乏的是驾驭语言的能力！"

"当然不是，还有更重要的。语言只是光与热，我缺乏的是那个使钨丝变红发光的、看不见的东西，也不能简单地说是电流，总之我难以形容——"

"那到底是什么？"

"我怎么知道？我知道就好办了——其实也不是一无所知，我知道我要什么，但我做不到。我一点办法也没有，永远没有——"陆深悲伤的声音，像纤细树枝缀满了积雪般的冰凉、绝望。

我遇上了他，这就是命。我不是轻言放弃的人。我摸着他的头发，说："不要太悲观，也不要太早下结论，总会有办法的。"

陆深没有吭声。我想了想，说："你也许不是合适的演奏者，但你无疑是天才的作曲家。要使你的曲谱变成美妙的音乐，也就是使故事'进化'成小说，你可能得找人合作——"

我言外之意是毛遂自荐。前些日子，我的特写集《果城的秘密书房》问世了，颇受好评，我报道陆深的那篇更是得意之作，还因文辞优美受到他的赞扬。

"你的语言质朴清新，有熏衣草的味道，"陆深说，"这都是好的，但要表达更复杂的内容就不够了。我试过了你能想到的一切办法，包括你的提议。但每一次，合作者的拙劣演奏让我羞于承认是乐曲的作者。我不愿跟那些残疾或畸形的文本扯上任何关系。老实说吧，我一度有不少合作者，我将那些残缺的、无法变成文字的故事，连同署名权一起卖给了对方。卖了个好价钱。买家如获至宝。那些书出版后，大多数不堪入目，我一度怀疑这是一桩阴谋，他们故意串通起来恶心我。但有极少数居然像模像样，故事还是那些故事，却接近了好小说，当然还达不到我想要的效果。外界一直揣测我是如何谋生的，这就是秘密。我出卖了自己。我永远不会说出那些买家。毕竟，无论对谁来说，都算不上光彩的事。"

我想起了采访陆深的初衷。事隔多日，没想到他直言不讳。谜底揭开了，又觉得太平常了。我说："你那是没找到好帮手，不妨再试一次。"

"我不认为有任何人值得依赖。"

"也包括我？"

"你越来越像《采访藏书家》里的 S 了。"

"我不要成为你故事里的人物，我想和你一起面对现实，我跟你并肩作战吧。"

我在陆深讲述的故事当中，挑选了十二个，就我按自己对小说的理解，重新撰写了一次。编好后我才发现，S 也做过类似的事，尽管篇目不同，但数量一样，这纯属巧合。这十二篇小说互相关联，浑然一体。该集子仿佛有了自己的面目，具有独立的意志和灵魂，要抽掉或增加一个，都势必影响作为一部小说集的效果。我洋洋自得。我好像不仅是一个执笔者，也参与了伟大的创造，有产妇顺利分娩后的喜悦。当然，陆深才是孩子的父亲。但陆深向我大泼冷水：

"尽管这些故事来源于我的讲述，但效果压根儿出不来。语言的表现力太差了，跟我想要的文字版本，相距甚远！"

"你又要高价卖给我吗？"我反唇相讥，"看来你一直将钱看得高于一切。"

"我不跟你吵，销毁它们吧。"

"决不！"

这部命名为《十二个藏书家》的小说集，每个故事，每个人物，每个字，甚至每一个标点，虽然都源于陆深的讲述，但同样贯注了我的心血。在我看来，即使算不上杰作，但也决非平庸之作，至少，他的故事无与伦比，而我自以为文笔并不逊色。

"你正在模仿 S 的生活，"陆深警告我说，"这可不好玩。"

后来，我们吵了一架，各让了一步。我说小说集一定要出版。陆深坚持说不愿署名，真要出版，就由我署名好了。署名就署名，这有什么了不起。

书出版后，读书界好评如潮。这全在我的意料之中，本来就是好书。但不过十来天，报刊及网上都登出了好几个作者的指控。这些人气势汹汹，分别宣称是该书不同篇目的原作者，认为我是一位不折不扣的抄袭者，愤怒的指控者还使用了"厚颜无耻""丧心病狂"之类的字眼。我数了数，至少有六位作家指控我抄袭或剽窃了他们的作品，说我只是改头换面，甚至全文照抄。按照他们的说法，《十二位藏书家》分别来自六位作家的六部小说集。那些小说集分别出版于过去不同的年月，时间跨度达十年之久，算得上陈年旧事了。我决定对这些人列举的证据（主要是核心构思、人物性格、故事片断、具体段落乃至整篇小说）做一番核查，去图书馆将那些相关的书籍借了回来，细细查阅。我一看之下，不禁汗如浆出，心惊肉跳。有的简直是全篇照抄，连笔法或语气也几乎一样。有的算是改头换面，全文没一句话是相同的，但看起来又如出一辙。有的还谈不上是抄袭，但说是模仿又未免太轻了，总之脱不了干系。至少，我作为"小说家"，一出手就砸了锅，却是事实。

打击突如其来，我几乎崩溃了。我哭了一场，将那六本书扔在陆深面前，说："你能否解释一下？"

"怎么说呢，怎么说好呢。"陆深随手翻了翻说。

我上网搜索，发现那六位小说家的命运也何其相似。都是女作家。先是横空出世，赢得读书界的一片喝彩声，之后像流星急速坠毁于夜空，从此湮灭无闻。后头五人重复了第一个人相同的命运。有六个人在同一个地方，都栽了一模一样的跟头。现在算上我，是第七个了。我的沮丧感或羞耻感逐渐退潮了，一股愤懑又油然而生。我对那六本书的注意力转移到了作者身上。除了勒口上的简介和照片，我没找到更多有用的信息。她们个个年轻貌美，气质非凡，至少从照片上看是这样。其中一个还摆出搔首弄姿的媚态，教人一看就生气。如今，她们在沉寂多年后，因《十二位藏书家》的出版一起浮出了水面，姿态生猛，犹如池塘里争夺饵料的锦鲤。我拍着那些书，冲陆深嚷道："来得好！"

跟S的经历比起来，我的遭遇显然更不堪。这次，我是跳进黄河也洗不清了。后果很严重。声名狼藉的日子就要来临。我委屈、羞愧、嫉妒、恼怒，我将这一切化成炮火向陆深轰炸："我模仿的不是S，而是那六个狐狸精吧。"

陆深怜悯地望着我，等我的情绪稍为平息，才说："都过去了。"

"你的话到底有几句是真的？"

"我可以保证那些故事都是我创作的，当然，有一部分早已属于他人，但也早被人们遗忘了，至少我是想不起来了。"

"但你将卖过的又当新作给了我。你缺德！你这是典型的一稿多投，一房两卖，一脚踏两船！"

我不能束手待毙。我开始向我的六个对手反击了。我的弱点何尝不是她们的软肋？她们不找我，我还要找她们算账呢。如果不扫清这一切障碍，陆深的故事永远没有出头之日，他也不可能成为一位真正的小说家。好吧，这一场硬仗，我不会退缩。我仔细读完了那六本书，跟《十二位藏书家》中的十二篇小说比对，反复研究，认真揣摩，发现了一个重大问题：那六本书，每本也同样收入十二个关于藏书家的故事，它们之间竟有大半篇幅彼此相似，哈哈，如有雷同，纯属故意？换言之，这六本书互相渗透，彼此缠绕，你中有我，我中有你，就像是同一个作者随意的、无序的、不同版本的选集。当年，她们崭露头角，又迅即销声匿迹，这一切是否与此相关？

我出手了！我在微博上贴了几行字：说没有抄袭者行，说全是抄袭者也行。欢迎大家一起聚聚，共商大计，拜托请莫再躲在暗处放冷箭了。我认识一位神秘的先生，他也在密切关注此事，他一定会让所有人都满意……

很快，那六个女人又从网络消失了，犹如几尾鲨鱼甫一露头，又潜回了深海。连同她们留下的文字、气味及痕迹，全都收拾得一干二净。她们像一群蝙蝠回到了黑暗的洞穴。我击退了六个居心叵测的敌手，六支隐秘凶险的军队，甚至是六个前情敌？我对她们仍然一无所知。开启这六把锁头的钥匙应该是陆深。但他缄口不言。他也像一把多年没有钥匙光顾的锁头。他只是一迭声说："都过去了。"他的声音像一锅浓郁、黏稠的什锦汤，浮着惆怅、哀愁之类的肉丸和菜梗。我松了一口气，又略感空虚。

果城及洞城的媒体本来亢奋之极，准备连续报道抄袭事件，大肆炒作，如今却失去了线索。狗仔队一头雾水，只好来找我。但我本来就是这一行当的大行家。我根本就不理他们。我一个人也不见，一个字也不说。有本事你们就去胡编乱造吧。老娘不怕。我解除了指控者在侵权上的麻烦，却无助于解脱我在公众面前的抄袭者形象。我已声名狼藉。还有谁愿意出版"舒灵"的书呢？即使我用了另外的笔名再撰写（实则是整理）新书并顺利出版，难保不会再跳出六个乃至更多的女作家，像疯狗那样冲着我狂吠。

　　"亲爱的，你真是生意兴隆啊。"我苦笑着说。

　　"我说过了，这个路子行不通，"陆深说，"我不是第一次这样说了。"

　　"也不仅是对我一个人说吧。我告诉你，我不像她们，我不是她们的任何一个。我跟她们的区别在于，我跟你不是做交易，也决不退缩。我不会给你一分钱，我们不是买卖关系。但请你相信我，配合我，有一天，我会还给你一座用你的书堆起来的圣殿，那比金殿还要辉煌。你遇上我，这就是你的命运。这是你该得的。我也遇上了。遇上了就是遇上了。"

　　"你太可怕了。我不喜欢你这样。我不会跟你讲任何一个故事了，一个字也不会。那些故事本来就不应该来到人世间。我本来就知道。都怪我。你走吧。我没有你需要的东西了。"

　　"我还能到哪儿去？拜《十二位藏书家》之所赐，我报社的工作丢了，也无家可归了。我不走！"

　　陆深拿我没办法。我们就在书堆里生活，像两个书蠹，像离开了书柜的两本书。但陆深下定决心，不肯跟我讲故事了。有好几个月，我拼命地翻阅书架上的小说，古今中外，名家新秀，应有尽有，经过此番恶补，我心里有底了。凭良心说，《十二位藏书家》真不赖，唯一的缺陷就是语言的粗疏、稚嫩和无力，这影响了思想的表达，当然受到影响的还有叙述、情感、经验什么的，这应当归咎于我。陆深的指责虽然难听，我却不得不承认是事实。但总有一天，我们会完成一部足以比肩上述诸书的著作。我恢复了好心情。我挑了个黄道吉日，将书堆扒拉到一边，在书房中开辟出一块空间，用书堆叠了一张书床，就像搭积木那样。我对陆深说："我不模仿S，但要模仿L——"

我缓缓地褪掉了白色睡袍，如瀑长发在胸前倾泻。我挺起胸膛，俨然是将童贞献给上帝的修女……陆深后来说："你像一座清晨的山谷，白雾四散，鸟语花香。你像一朵睡莲在月光下缓缓张开花瓣。你像一部无与伦比的杰作在翻开，暴露出优美的段落、精彩的句子和让人震撼的细节……"而我自认为是一部无字之书，正在等待油墨印上文字，或被我命中注定的男人肆意书写……当时，陆深望着我，他把持不定，他的爱欲和讲故事的冲动像海潮在汹涌，像喷泉在上升，像漩涡在疯转，像风暴在猛刮——他进入我的身体，仿佛失去了意识或全无感知。他的嘴巴张开了，首先吐出了一个莫名其妙的句子："我在采访那些藏书家之前，自以为对书或读书人的那些事儿了然于胸，其实大谬不然……"这个句子的微妙及奥义，后来我才能领略。当时，我的身体被唤醒了，它被不断膨大的欢愉充满了，我的思维好像短路了。那句话虽然听到，却无暇深究。我忘了那是我说的。陆深越来越亢奋，他的语速也越来越快，他的双唇在飞快地开合，舌头在翻卷，他的嘴巴像爆裂的水管，故事的洪流喷薄而出，哗哗作响，水沫飞溅……他和他的舌头就像两匹马在青草繁茂的原野上相互追逐，像鹰隼和它的影子一起穿越了密匝的云层……陆深看似文弱，但我不得不佩服他的体能。令人称奇的是，他身体之内或之外还有一个他在疯狂言说，仿佛置身纵欲之外。他将我当成了小说的化身或器具，他在跟小说交欢。他说得急速、跳跃、浓缩，却句句清晰，用语优雅、精确、有力。这些大段大段的华彩乐章，我根本就无须润色加工，但也不容易记得住，我于百忙之中摸索到了扔在"床"头的手机，摁开了录音功能。"来吧，让暴风雨来得更猛烈些吧……"我欢叫如夜莺，我的指甲嵌入了他的背部。我像焦渴的土地承受一场豪雨的鞭击，尽管最终会漏得一滴不剩，就像竹篮打水，但我绝不愿错过任何一滴。陆深仍在不断地讲述，我知道一句也记不住，耳畔的话语却清晰而生动。那一次，陆深在半个小时内说了三四万字的容量。这算是

吃了豹子胆

一个小中篇了。我无意中找到了打开陆深的钥匙。那当然不仅仅是性。事实上，他在短暂的压抑后，已无法忍耐洪水猛兽般涌出喉咙的故事（其实都可算是一字不易的小说了，尽管他仍没有自信，这也是只缘身在此山中吧。作为旁观者，我看得一清二楚），那些故事一段接着一段，一篇接着一篇，源源不断，无穷无尽，犹如溪流般从山上倾泻而下，从四面八方汇集于他身体的洼地。他或他的头脑，像一座水库或自然湖，但容量有限，除了一次次开闸放水，没有别的办法免除崩堤之厄。就算他能抗拒我身体的诱惑，却无法抑止言说的欲望。为了言说而言说，没有由头没有目的；为了讲述而讲述，不计得失不计后果。这真是一个天生的说书人或故事家！他终于明白，我们是天生的一对，他不可能找到更好的倾听者了。还有谁受得了他（主要是他的那张嘴）！至于倾听之后还有何动作，他管不了也不想管了。

一开始，我试图用笔墨去复述一遍，但马上发现多此一举。身心劳苦不说，效果也不理想。尤其是那些精彩纷呈的片断，一个字也不能动！我先是依据录音整理成文字，但工作量惊人，搞得我苦不堪言。后来，我在"书床"旁边添购了一台电脑，安装了语音输入文字的软件。这样，陆深的话语会自动迅速地转成文字，真是毫厘不爽，事半功倍。伟大的新科技万岁！

我将陆深讲述的故事整理好（主要是更正一点口误、杂音之类的小谬误，当然也得删除我们亲热时某些难以启齿的呼叫或语声），设计好标题、封面、扉页、目录，有的还加上序和跋，甚至添了一个子虚乌有的版权页和出版社，找印刷公司制作了一本样书。作者的署名仍然是关键，我都懒得征求他的同意了，擅自署上了"陆深"。这样，成品就跟一本书没有两样了，但只印了一本。印多了，也没地方放。我将这本新书塞入书柜之前，随手扔掉了藏书中的一本（我后来才发现，陆深不知从什么时候起，已经没买过一本新书了）。这样，陆深的藏书仍保持着恒定的数量，尽管这个数字我不明确。不管是我，还是他，都懒得去数了。

陆深对我的偷梁换柱似乎没有察觉，或者是知道了也懒得理会。

他现在非常享受言说或口述的快乐。如果没有我，他可能会憋得难受吧。他不可能一个人对着自己讲故事。一个人没有分身术，不能是讲述者，又是倾听者（就像一块石头不可能同时砸中两只飞奔的兔子），否则，他势必精神分裂。事实上，他跟我说过，在遇到我之前，他几乎就要分裂成两个乃至更多不同的人了。不到半年时间，我已将一个三门书柜的书（柜内藏书乃双层摆放）换掉了十分之一，大约有一百多本吧，薄的有一百多页，厚的动辄有五六百页。这全部是陆深疯狂口述的成果，当然我也略有贡献。跟我合作的那个小印刷厂，也发了一笔小财。我不急着去谋划公开出版的事，也不考虑将书稿放到网络上去。上次我太冒失了，我决不能重蹈覆辙。我痛定思痛。总得想个万全之策才好，我不急。我急啥呢？我就像一位家财百万的大款，但还用发愁钱没地方花吗？当这些书积蓄到一定的数量，当这些书的能量大到像原子弹在文学界乃至整个人类文明的遗址上升起蘑菇云，在此之前，我不必像朝鲜吹嘘有打击美国本土的实力。你看看吧，别人发射火箭不会闹着玩，朝鲜人却像放烟花。没有把握，就不要轻举妄动。

尽管陆深像一架无尽言说的永动机，像一台装满了评书的播放器，但我还是有点担忧。故事是无限的，但人的生命是有限的，身体或精力早晚也会枯竭。我不能保证他一直这样叙述下去（当然，我平时很努力服侍他的饮食起居，像贤惠的妻子照顾他的生活，这自不必说）。一切都是未知数。我们的日常生活何等平庸，但偶尔也会出现奇异之事，对吧？你可以说是荒诞，也可以说是神秘。比方说，我在遇到陆深之前，我对这样的一个人、他讲述的故事以及他讲故事的方式闻所未闻。这一切，我就是打破头也想不到。怎么会这样呢？以前我碰到不可思议之事，总是很愚蠢地提问。但现在不会了。问也不会有结果。人这种双足动物，怎么会活在世上呢？你是谁？你是怎么来的呢？你要到哪儿去呢？人类的智者探寻了几千年，现在也没有拿出好答案。依我看来，藏书界的四大巨头说得还不够准确。也许，陆深算不上伟大的藏书家，但绝对是疯狂的说书人。藏书仅是他的表象，著书立说才是他的本质，也是本能。他的军功章当然也有我的一半。之前，他就像孤独的蝉蛹或蚯蚓，在黑暗地底痛苦摸索，挖掘隧道，难见天日。彼时，他不是将才华零敲碎打地卖给了几个附庸风雅的小婊子，就是对自己缺乏信心，整天在唉声叹气，萎靡不振。我没什么才华，但恰是我使他看清了自己的才华。我就像一面镜子，使他作为一位小说家的面目清晰地呈现。使他从一个疯狂的说书人，成为一个了不起的小说家，这就是我的使命。没有任何人任何事情，能阻挡我去实现我的计划。

我打开手机上的计算器，想算一下，按照目前的速度，还要多久（几年几月）才能将陆深的藏书全部置换成他的著作（当然，目前仅是书稿或样书，但还有谁敢怀疑这些书的价值）？又觉得这有点麻烦，也意义不大。我放弃了计数。总之，这是早晚的事。

我将又一摞新印好的样书塞入了书柜腾出来的空间，一阵睡意袭上眼帘，我躺在乱七八糟的书堆上进入了梦乡。在梦中，我身兼数职，既是一个品味不俗的读者，也是一个编辑家或评论家，还是挑剔的校对员或质检员什么的……我梦到我也是一本书，但正在被一遍遍地改写，既变幻莫测，又依然是我（就像梵净山山脚那棵据说活了一千四百年的紫薇树，每天都在变化，直至从灌木蜕变成乔木，又万变不离其宗）。我是陆深创造出来的一个人物。我既是 S，也是那六个乃至无限多个匿身于暗处的女作家。我存在于陆深的讲述之中，至少他的讲述深刻地楔入了我的生命。我甚至是陆深书房被我偷偷地扔掉的那些书……突然，我发现了一个可怕的问题。陆深的每一本新作居然跟随便一部旧作如出一辙，仿佛是同一本书的再版或被删节修改过，有的大同小异，有相似的主干和树冠，只是在细枝末节上有所区别，仿佛这些书全是同一本书的异文版。几百个故事或几百本书对一本书次数惊人乃至无限的模仿或书写。有的呢，乍一看，完全是新书，背景、人物及事件都跟过去不一样了，但在另外的书中也有着隐秘而类同的情况出现。就拿《采访藏书家》和《读书笔记》来说吧，都有相近的故事原型，才子佳人，两情两悦，人物心理及情感也何其相似，像 S 和 W、L 跟 K，表面上看是风马牛不相及，但骨子里不都是相似的人吗？天啊，陆深在自我重复，在自我剽窃，在自欺欺人！

我大吃一惊。我在梦中吓出了一身冷汗，不知道是该马上醒过来去核对好呢；还是继续沉睡下去，让遗忘和睡意抹掉这个噩梦……在半梦半醒之间，我无力分辨那是梦幻还是现实，陆深又开始了旁若无人、口沫乱飞的讲述，他口若悬河，舌灿莲花……我入睡了，他也仍在滔滔不绝吗？甚至他睡着了也仍在讲故事吗？我即将陷入深渊般的睡眠……陆深的声音像春雨中的缝纫机在滴答，话语的纺锤像闪电在细雨中穿梭，又一个故事在声音的棉线与修辞的金丝中编织成形，像一只缝好的手套天衣无缝。

吃了豹子胆

吃了豹子胆

王贵祥

哦，马遥，我当然认识，我们曾一起住过，直到他失踪之前，他都住在我隔壁。最早知道他失踪的人，应该是我，还是我上报给领导的。当然，他住的小房间房门紧锁，我还以为他休假还是干什么去了。他这个人，向来有点神经兮兮，很不合群。但一连过了几天，他负责饲养的虎园、狮园和豹园的猛兽饿得嗷嗷叫，我才心中生疑。我跟洪主任一说，他果然是失踪了。至少，他也是消失了。因为没有人知道他的行踪。

其实，他住的小房子，就是从我们一起住的房间分隔出来的。这样也好，我们两人都有了一个单间。我跟他朝夕相对，但要说对他有什么了解，又不好说。他是那种看上去很单纯的人，但也有点让人捉摸不定。这样说吧，我觉得他这个人很骄傲，性格乖僻，对什么人都爱理不理的。大伙儿都将他当怪物看待。我倒不这样看，他就是不合群罢了。

小河从动物园中穿越而过，我们的宿舍就在河边，是一间十六七平方米的石棉瓦平房。我搬进来早一点，我没什么行李，一张铁架床，一张茶几，几张板凳。一天，行政科的老林跟我说："贵祥，来了个新同事马遥，就跟你住，大家多聊聊。"新同事是小个子，眉目清秀，戴着一副近视镜，文质彬彬的，就是背有点驼，看上去像个刚毕业的大学生。他冲我笑了笑，也就是嘴角绽出笑意，而一双眼睛游离不定，像在偷窥我，又像在快速扫描着房间。我嘴里说着"欢迎欢迎"，向他伸出手。马遥跟我握手，他的手纤巧，秀气，又白又嫩，像个娘儿的手。他垂下头，显得窘迫不安。

但给我留下深刻印象的，还是他的行李。十几只大得很夸张的帆布袋塞得鼓鼓囊囊，也不知装着什么宝贝。我去帮他搬，一掂量，发现十分沉重。马遥说："未经我许可，请你不要动我的东西。"我一怔，我靠，这是什么话？好心当驴肝肺，老子才懒得理你呢。他一手提着一个袋子，似乎也不吃力，好家伙！别看他怯生生的像个娘儿，力气倒不小。房间的另一头，摆着 张铁架床，他将帆布袋堆叠在一起，那就是他的地盘。他在墙壁上"当当"敲了两颗铁钉，中间铁线一挂，像变戏法似的，伸手从袋子里掏出一块布帘，就这样，房间就算一分为二了。我瞅着那块布帘，青青绿绿的，印着硕果累累的香蕉树，倒也养眼。

第二天，他买了两个大书柜，往布帘边上一靠，就像一堵墙似的。原来，袋子里全是书，那天中午，他窸窸窣窣的收拾了半天，将书一本本装入书柜里去。我很好奇，他看的是什么书呢？一个饲养员，看那么多书有什么用？我从来就不看书，顶多上街买份报纸看看。

他除了书，还带了做饭的家什，电磁炉、电饭煲，还有一只小铁锅，每天下班，就摆开架势做饭，香气在室内弥漫。我咽下一口唾沫。我每天都在饭堂吃饭，大锅饭嘛，味道当然糟糕。傍晚时，我买了一刀肉，一尾鱼，青菜豆腐，还有四瓶啤酒。我将肉菜往茶几上一塞，说："小马，咱们哥俩好好喝两杯！"

我的意思很明确，但马遥头也不抬，也不吭声。他自己也买了块猪肉，买了条青瓜。他一丝不苟地用刀刨削着青瓜的皮，那些瓜皮像苔藓一样掉落，青瓜被削得光溜溜、水灵灵的。他在案板上麻利地切着瓜片，切着猪肉。我瞧着他，我搞不清他这是什么名堂。

一会儿，马遥的青瓜肉片炒熟了，饭也做好了。他盛了一碗饭，有滋有味地吃起来。我捏了捏那块肉，肉色暗淡。我按了按那尾鱼，鱼眼渐白，就快发臭了。马遥开口说："你用我的锅自己做吧，但下不为例。酒你留着慢慢喝，我从来都不喝酒，一滴也不沾。"

我将那些肉呀菜呀提起来，"嗖"的一声，往泛着暗黑水流的小河里扔去，走了。

动物园的饲养员有很多，我跟马遥只是其中两个。我负责饲养大象、长颈鹿和白犀牛，马遥则负责喂养老虎、狮子和豹子。他的工作量也不小，但他游刃有余。他每天都能准时下班，一吃完饭就躲在宿舍里看书。他到底在看什么书呢？是什么样的书能让他如此入迷呢？好几天来，这个想法苦苦地折磨着我。有一天，我故意提前半个小时回到宿舍，他还没有下班。我挑开那块布帘，闪身而入。那两个大书柜里，密密麻麻全是书，有精装的，有平装的，有砖头那么厚的，有作业本那么薄的。至于内容呢，倒是五花八门，基本上是一些文学书，书脊上全是外国人的名字，尼采、卡夫卡、邓恩、本雅明、博尔赫斯、陀思妥耶夫斯基什么的，特别拗口，我听都没听过。但有两排书让我深感好奇，一排是功夫书，诸如《少林七十二绝技》《轻身提纵术摄要》《黄飞鸿虎鹤双形详解》《铁砂掌入门》之类。我想起马遥那双细嫩如少女的手，不禁哑然失笑。这样的一双手，练起铁砂掌来，那是什么样的一个情形呢？另一排跟动物有关，《动物标本制作》《皮革鞣制技巧》《野生动物大观》《猛兽的习性》之类，这类书倒庶几接近我们的日常工作。但他看动物标本制作干什么呢？莫非他要将动物园所有的飞禽走兽全部制成标本吗？我不禁打了一个冷战，心底升起一股像针尖般尖锐的寒意。

书柜的玻璃门泛着白色的微光，我感到房间里有一个莫名其妙的磁场，有点阴森，这是从来没有过的。我目睹玻璃门上映照着我的脸，有些惊慌失措。我伸出手去，仿佛要将玻璃上的映像擦掉。忽然，我发现玻璃上多出了一张脸，那就是马遥的脸，面无表情。他是什么时候进来的，我压根儿就不知道。

马遥说："有事吗？"

我说："没什么事。"

"没事就请你出去。"马遥的声音很平静，但不由分说，还带着冰冷而残酷的味道。

我尴尬极了。我嗫嚅着走了出去，我发誓今后再也不会迈入他的"领地"一步，即使他用八乘大轿抬我，我也不去了。

在周末清晨，我被一阵砸墙的"嘭嘭"声吵醒了。我睁眼一看，在布帘那头，有一个瓦工在认真砌着砖墙，灰浆撒了一地。有一个膀大腰圆的工人，正轮着大铁锤在砸墙，尘土飞扬。我问："怎么回事？怎么回事？"马遥在泥屑中，坐在塑料凳上，纹丝不动，拿着一本书在看。砸墙的工人说："砌一面墙，开一个门，间一个房出来。"

工程很简单，一天就完成了。就这样，马遥跟我同处一室，变成了隔壁的邻居。这没有什么不好，起码大家都有了单间。但从此，马遥就跟我老死不相往来了，即使狭路相逢，即使开会或什么场合，马遥没用正眼瞧过我，仿佛我在他的面前不复存在，或者我是一个透明人。一直到他失踪，他都没跟我说过一句话。有时，夜深人静，我瞅着那面新砌的墙，这个人，唉。

其实，我对他是心存好感的。但他整个人，就像一面墙，将我隔在外面。我这个人很怕孤独，好不容易来了一个伴，但话又说不到一块去。虽然是这样，我并不恨他。相反，我还在一些场合说过维护他的话。

那是一个夏日燠热的晚上，我跟几个同事在喝啤酒，在场的有清洁工陈志强、办公室副主任洪远景、验票员孙云起。我们大口喝酒，啃着猪蹄子和凤爪，兴致高涨，不知怎么就说到了现在的新人。孙云起感慨地说："现在新来的人，目空一切，飞扬跋扈，哪儿像我们刚来的时候？小心翼翼，如履薄冰，只怕得罪了谁，又怕丢了饭碗。呵呵，刚来的那几个小毛头倒好，气焰嚣张得像火焰山。"陈志强点头附和，说："现在的新人哪——"洪远景说："但也不是绝对，我看马遥就很老实。"我说："老实是老实，就是有点难以理喻。"洪远景说："不会吧？"我将事情一五一十说了。孙云起气咻咻地说："要不要我去教训他一顿？"我说："教训什么？他又没招我惹我，是我自

吃了豹子胆

己多事。不说他，喝酒，喝酒。"洪远景说："这倒奇了，小马在我面前，一贯表现得很老实。我也是听办公室秘书易小薇说的，那天他不知为何跟采购员赵大嘴吵了起来，可能是为给豹子的五十斤牛肉有些出入吧，小马低声说了一句什么，赵大嘴一个耳光掴过去，小马半边脸都肿了。赵大嘴骂骂咧咧地说：'我做采购的时候，你还穿着开裆裤呢！他妈的，哪儿轮到你来说三道四？惹得老子火花性起，一拳就收拾你！'小马居然一声不吭，捂着脸走了。你看，也是个无胆匪类。赵大嘴算什么玩意，敢在我们面前叫嚣，非揍死他个狗日的不可。王贵祥，你好歹也是条汉子，怎么怕这样一个孬种？"

我脸上一红，说："我怕他？我怕他什么？我不怕他！我只是烦他装逼！"

孙云起撺掇道："你既然不怕他。哥们儿现在就去将他从宿舍拖出来，任他拣一个单挑。如果他没种，咱们每人就狠狠刮他一个耳光！"

我说："千万不要，怎么说大家也是同事，有必要吗？我看他也是不合群罢了，也不是骄矜之徒。"众人见我着急，方才作罢。我心里想，马遥也不是独烦我一个，我觉得他跟所有人都格格不入。也罢，我大人不计小人过，犯不着跟他一般见识，更犯不着像赵大嘴那样的粗人，动不动就去掴他的耳光。他除了性格有些怪僻，也不算什么坏人。

赵大嘴

说我打小马，纯属谣言！散播这种流言的人，真是他妈的操蛋！是的，我是动物园负责采购的赵大嘴，我负责采购肉类，至于草料及蔬果之类，由别人负责。说什么小马为了肉类数目不对而跟我发生争执，那些人真是不怀好意，用心歹毒！他们吃饱了撑着没事干，像个娘们儿乱嚼舌头，我瞧不起他们！小马是多好的一个小伙子呀！在他们的嘴里，却变成了一个怯懦无能的人，变成了一个胆小如鼠的人。

事实上，小马这个人知书识礼，待人以诚，很有教养，哪是王贵祥、洪远景这些粗人可以理解的？我赵大嘴看来像个屠夫，实则是个菩萨，我怎么会轻易打人？当然，我也不怕打架，但却不会轻易动手，像王贵祥这个鸟人，我早晚收拾他，替小马出一口恶气！

我知道还有一些更可怕的流言，说什么小马来动物园工作，居心叵测，打的是全园动物的主意：黑熊采胆，鳄鱼剥皮，老虎剔骨，至于大象，就去敲掉那些象牙，我知道始作俑者都是王贵祥。王贵祥恨他，到处散布流言，恨不得将小马的名声搞臭。小马刚入动物园那阵，放在抽屉里的1500元现金被他偷了。第二次他又想作案，结果被小马撞上了，逮个正着。他就怀恨在心了，心生不轨了。

王贵祥最荒唐的一个谣言是，居然说小马不喜欢女人，是个同志。真是贼喊捉贼，动物园上下谁不知道他王贵祥是同志？曾经涉嫌猥亵男童而被公安局拉走。小马当天一来，就骚扰他了。还好，小马惹不起，还躲得起，叫行政科新辟了一间房子，不跟他同住一室了。王贵祥这个人十分淫邪下流，他以前是喂梅花鹿的，他一看到梅花鹿就兴奋了，冲动了，抓住母鹿就干起来，这已经不是什么秘密了。好了，领导将他调去饲养长颈鹿，长颈鹿体形高大，他想胡作非为也不行了。呵呵。这个无耻的淫贼，我早晚得收拾他！

好，说回到小马。当时的实际情形是这样的，我将当天给狮虎豹的肉食磅给他，那几只狮和虎的，都没什么问题。等到称豹子的时，小马委婉地说："大嘴兄，我看你出错了。"我很不高兴，瞪了他一眼，大声说："错什么？错不了！"小马说："你再看看。"我不耐烦了，说："不用看，豹子每天五十斤。我难道会少给你半两？"小马坚持说："你不是少给，而是多给了。你再称一称。"我一怔，瞧着他，满腹狐疑，再称了一下，果然多出二十几斤。我拍了拍小马的肩膀，我给感动了，我说："小马呀，你真是一个好人。又细心，又老实！"我是打心眼里感激他，否则少了这二十几斤，这笔账就得算到我头上了，这黑锅就得由我背了。我刚才还差点错怪他了，但我恶声恶气，他一点也不在意。听说他是一个读书人，还爱好舞文弄墨，果然是斯文人！我不禁对他油然而生好感了。

我诚恳地向他道歉，诚意请他吃饭。我说："小马，我请你吃饭，不是为了要感谢你，而是为了我自己，我在动物园七年了，一个能说话的人也找不到。不瞒你说，我是一个诗人。你也是个读书人，一个诗人在这里的孤独，就像被关起来的狮子，就像博尔赫斯笔下的金黄的老虎，就像里尔克写到的冰冷铁栅栏里的豹子。这种无限而尖锐的孤独，我想你可以想象得到。我希望你能答应我，就当是可怜可怜我吧。"

小马一听我说到诗，说到博尔赫斯和里尔克，他一双秀美的眼睛就闪光了。他说："我去，我为什么不去?"

很多人都谣传说小马不爱跟别人吃饭，从来都不给别人面子，但他就不会拒绝我。那一晚，小马兴致很高，我们还喝光了十二瓶啤酒。酒还是他主动要的，好家伙，酒量还不错! 人家小马饱读诗书，是个高雅之士，他的内心世界不是王贵祥、洪远景这些俗人可以想象的。有个外国大诗人说过，姓名我一下子忘了，他说诗人都是兄弟，真是至理名言! 原来，小马也是一个诗人，而且写得相当不错! 我赵大嘴很少服人，但这次我服了! 小马对诗歌的造诣，只有在我之上，不会在我之下!

我们在动物园门口的露天大排档上，越喝越兴奋。我在兴头上，掏出了一张油腻腻的纸片，上面有我刚写的一首短诗。我经常在采购肉类的间隙灵感如潮，我就在纸片上记下来。我每年要写几百首诗，但我的诗秘不示人，就像是少女的乳房，轻易不会公诸世人。这首诗是这样的：

所有消失或未消失的物种诸如牛马蛇鼠有感

基于我对人间的了解
地狱不会更糟
天堂也不会更好。

小马看了，对我这首诗给予高度的评价，认为这是一首微型的杰作。他说，虽然写得简单，但却击中要害，这首诗具有的对人世间所抱的深情和对地狱、天堂之类幻觉的颠覆，几乎抵得上半部《神曲》。这是他的原话，真的，我一点也没有夸大。当然，我虽然骄傲，但也不会自以为可跟但丁相比。我不瞒你说，我甚至没有看过《神曲》。但我对小马的理解，十分感动。他也掏出一首新作给我看，一张雪白 A4 纸，上面打印着一首短诗，那些触及心灵的诗句，那些大面积的留白，仿佛永恒的忧伤，让我长久震撼。这是一首很有力的诗：

被囚禁的狮子

被关在铁笼子的狮子眼眸滚过灼红的落日
晚霞像伤痕打上动物园对面小区的阳台
那些美其名曰防盗网的铁栅栏
映入狮子的眼帘。它看上去在为人类而悲伤
那些人的处境跟它没什么分别。

我很诚恳地说，这是我看到的当代最好的关于狮子的诗，也许你受过里尔克名作《豹》的影响，但却并未停留在纯粹的物象上，其中狮子的悲伤和人类的悲伤犹如辉煌的晚霞跟阳台上的暮色相互融入，这样的境界，甚至是对《豹》的一次艰难的超越！

总之，那晚我们喝得十分高兴，直喝到月明星稀，但喝了那么多啤酒，我们没有酒意，反而越喝越清醒。小马在兴头上，邀请我到他的住处去坐一坐，他有一套精装本的《神曲》，要借给我看。

正是那天晚上，我可以粉碎王贵祥之流关于小马的一些谣言，诸如说他为人乖张啦，有怪僻啦，爱看一些莫名其妙的关于动物剥皮的书以及练轻功和练铁砂掌之类的书啦，统统是胡说八道！我认真浏览了他的两个大书柜，哗，真是让我大开眼界！全是一些古今中外的经典！中国的四大名著啦，李杜苏黄的线装诗集啦，外国名家的精选集啦，哪儿见到什么内容古怪的书？如果说喜欢诗歌、爱看名著是怪僻，就让他们说是怪僻好了。

当天晚上，我借走了但丁的《神曲》。我兴奋极了，我兴奋是因为找到了可以谈谈诗歌或艺术的知音。但好景不长，我们的交往大概在持续了两个月后，他忽然不理我了。我冥思苦想也不知道是什么原因。我问他，他又不肯说。我逼得急了，他才说了一句让人伤感的话：我们的朋友之谊到此为止，以后各不相欠。但我不怪他。马遥真的是一个好人，我从来没看过他跟谁红过脖子翻过脸，他对一些无礼之辈无耻之徒，采取的大抵是一种悲悯和宽容的态度，对别人的恶意中伤，也不去解释和分辩。多好的一个人啊。可惜就这样失踪了。

大约在半年之后，我才恍然大悟，他肯定是看了我那首情诗后，心生嫌隙了。那首诗是写给动物园大美人林璧儿的情诗，写得十分优美，但过于肉麻，在此倒也不便引述。总之，小马一看完，脸色就变了。当时，也怪我太粗心大意，只陶醉于拙作的沈博艳丽，没看出蛛丝马迹来。但半年之后，也传出小马暗恋林璧儿的事情，满园中传得沸沸扬扬，据说小马爱她爱得死去活来，却又不敢接近林璧儿。不仅没有跟林璧儿表白过半句不说，甚至连稍微靠近林璧儿都没有勇气。他为什么这么胆小呢，这件事儿一传开，就更给那些污蔑他胆小如鼠的人落口实了。胆小的小马，绰号叫"老鼠"的马遥，看来就是到死，也洗刷不掉这个坏名声了。

唉，这么一个心地善良又才华横溢的小伙子，为什么就这么胆小呢。喜欢一个人有什么错呢？即使她要拒绝，这又有什么打紧？譬如我，四十多岁的人了，人家还说我满脸横肉、凶神恶煞这样那样的呢，还不是勇敢地向林璧儿表白？当然，我们的命运都是一样的。人家林璧儿鞍前马后有多少大款在围着她转，每到周末，前来接她的崭新名车不知有多少。我们一个是买肉的，一个是喂野兽的，她怎么会看得上呢。我觉得还是有一些微小区别的，毕竟我已经尽了力。而他满怀怯懦，畏缩不前。据我所知，他一直到失踪，也没有跟林璧儿提起过喜欢她的事。我昨天还问过林璧儿呢，她说："我是听说过一些闲言碎语，说什么马遥爱我爱得发疯，但我从来没有听他跟我提起过。甚至，我很少能见到他的身影。即使集体活动，他也离我走得远远的，没拿正眼看我，仿佛眼睛长在头顶上。我当时还有气呢，哼，在本园，有哪个男人不像见了香肉的苍蝇围着我转？你一个喂动物的有什么了不起，你瞧不起本姑娘，本姑娘还瞧不起你呢。"我觉得她虽然这样说，但她的语气很复杂，我不敢肯定她喜欢小马，但至少不会讨厌。

当时我不知道小马也喜欢林璧儿，否则我就会跟他解释：兄弟，我不跟你争了，反正我也没门，倒不如协助你去追求，说不定还能成事。林璧儿也说我了，癞蛤蟆想吃天鹅肉。女人只不过是一件衣裳，我跟小马那么好的知己，犯不着为了一个女人伤了和气。

唉，小马多好的一个人呀，现在说失踪就失踪了。他如果再写十年，是可以写出传世之作来的。我的眼光很准的，我绝对不会看错人。

洪远景

小马这个人，平时斯斯文文，兢兢业业，其实挺不错的，就是胆子小了点。所以全园几十号人，几乎没有一个人将他放在眼里。如果说世界上真有胆小如鼠的人，我想小马就是我所遭遇的第一个。他现在失踪了，我心里也挺难过。他的业务能力以及工作态度是没得说的，他在的时候，那些狮子、老虎和豹子日子过得多滋润，吃得白白胖胖的，精神抖擞。但他这几天不见人了，那些猛兽就没精神了，尤其是那个豹子"贝贝"，肚皮都瘪了下去。我知道它跟小马有感情啊。这个小马在业务上很有自己的一套。贝贝性情很暴躁，但小马摸摸它的额头，抚抚它的耳朵，就能让它很快地安静下来，他似乎懂得几分驯兽的技巧。可怜了贝贝，它每周都要在园中的马戏团演出两次呢，但别人怎么喂它，就是不吃。它惦记着小马啊。还好，在天才驯兽员林璧儿的调教下，总算没有耽搁演出。

我说小马胆小如鼠，那可不是随便说说的，我有证据。如果说赵大嘴打他，他不敢还手，并没有足够的说服力，那么这件事情，就足以说明小马是何等的胆小了。事实上，自从发生了这件事之后，我们园的人，全都知道了小马胆小如鼠，并且给他起了一个很不雅的绰号"老鼠"。好，闲话少说，我们来看看到底发生了什么事，呵呵，真是笑死人！

我们动物园有两个大美人，一个是马戏团的驯兽员林璧儿，一个就是园长办公室的秘书易小薇。很多人都说林璧儿是本园的第一美人，但依我看来，园长办公室的秘书易小薇也未必逊色于她。如果说林璧儿脸蛋好看，那么易小薇则胜在身材性感，环肥燕瘦，各擅胜场。那林璧儿粉脸堆雪，腰肢细软，线条优美，而那眉眼儿、那小嘴儿像大理石雕琢出来似的，两条腿修长挺拔，走起路来，犹如柳枝飘拂，摇曳生姿，勾人魂魄。易小薇双乳高耸，臀部浑圆，一副魔鬼般的身材，没有几个男人可以抵挡她的魅力。在夏天，她穿着 V 字形大开领 T 恤，牛仔短裤将臀部勒得圆滚滚的，酥胸半露。我敢保证，只要是正常的男人，看到此情此景，就难保不去想入非非。

林璧儿和易小薇年纪还轻，尚待字闺中，追求者众。林璧儿的事，我暂且不说。就说易小薇吧，其中追求得最凶的就是赵大嘴，这个屠夫般的人物，哈哈，据说还会写什么朦胧诗呢，每天就给易小薇献一首。积了两个多月，易小薇就装了一纸袋，提着去还给赵大嘴，跟他说："大嘴，我没有文艺细胞，我看不懂你写的是什么。"赵大嘴接过袋子，脸孔涨成了猪肝色，悻悻然走了。

易小薇年轻貌美，能歌善舞，是个神仙一样的人物，哪儿瞧得上形容猥琐的赵大嘴？不要说是他，就是王贵祥、孙云起，怎么说也算是英俊小伙，易小薇都瞧不上眼。有人说易小薇是刘园长的情人，我看这纯粹是无稽之谈！不要说易小薇并非水性杨花之人，不会主动去勾引刘园长。即使有类似行为，人家刘园长也是一个坐怀不乱德高望重的彬彬君子，哪儿会做下此等苟且之事？散布流言的人，不是别有用心，就是愚昧无知！

当然，易小薇这么漂亮，打她主意的人自然有不少，譬如张新桥就是其中的一个。张新桥整日价垂涎欲滴，有事没事就往易小薇办公室里转，借口叫她打些文件，下载些资料。但易小薇根本就不理睬他。这张新桥是个色狼，厚颜无耻，他多次骚扰园中的女员工，他家里的黄脸婆都来办公室闹过好几次了，但他就是色胆包天，死不悔改。我最看不惯的就是这种人，人家赵大嘴虽然不自量力，但怎么说也是一片真心。而他张新桥这狗娘养的，纯粹是抱着玩弄人家良家妇女的目的。好在，人家易小薇也不是省油的灯，岂会中了他的圈套！

总而言之，那么多同事，高矮肥瘦，未婚已婚，易小薇都不喜欢。我也以为易小薇眼界很高，非大款或名流不予考虑。但等到小马来了，我就知道我错了。这易小薇原来柔情似水，将爱情看得很重。到底有多重？她曾跟我说过："我是为了爱情而活着的，我的全部生命，就是为了遇到我的爱人，去爱他，并让他爱我。在这个人出现之前，我是不会谈恋爱的，宁缺毋滥，一次也不会。但如果一旦遇到，我不管是上刀山下火海，还是铁板上滚钉，我都会勇往直前，决不退缩！如果他一直没有出现，那么我就一直等下去，即使等到鸡皮鹤毛，等到地老天荒，我也会等下去。我是相信爱情的，我也相信这个世界上，始终有一个人是我所爱的，而他也将会爱我。如果一辈子都遇不到这个人，我也就认命了。"

你会奇怪她跟我说这样的话是吧。老实说吧，我也曾经认真追求过易小薇，这么美的女子，这么好的女子，每天见到她而不动心，要么他是死人，要么他是白痴。我并不觉得这是多么丢人的事。我还没有结婚，我不像赵大嘴那样张扬，又不像张新桥那样恶心，我是老老实实去追求人家。当然，她不喜欢我，我可以理解。但买卖不成仁义在，我可不像张新桥那样的人，吃不到葡萄就说葡萄酸。我敢保证，说易小薇做了人家情妇的，肯定就是他捏造并散布的。

当时，我日思夜想着易小薇，内心煎熬，我忍不住了，我跟易小薇约了一个时间，我跟她说："求求你，就让我见你一次吧，请你吃一次饭吧。等你让我把话说完吧。等我说完了，你要怎么样都行，我保证不会像赵大嘴、张新桥这样的人，那样死缠着你。"易小薇终于答应了，去吃西餐。其实，我最讨厌吃西餐，但我图清静。至于我当时如何向易小薇表白，就没必要说了。但我自以为讲得十分诚挚，我是真的爱她，如果她愿意跟我好，我会一辈子对她好的。我用全部感

吃了豹子胆

情说出了那些话，足足说了半个小时。易小薇静静地听着，时而还点点头。我几乎被自己感动了。我的眼角有点湿润。我扪心自问，我从来没有这样爱过一个女子。也许，以后也不会再有了。

易小薇说："你说完了是吧，说完就轮到我说了。"她先是说了上面的那番话，然后又说："洪主任，你跟别人不一样，你是真的喜欢我，爱我，我看得出来。但是我不能接受你。实话实说吧，我喜欢你，但不是你理解的那种喜欢。我无法让自己爱上你，永远也不会，对不起。我不能骗人，即使我可以骗你，我也无法骗自己。你对我的好，我永远也不会忘记，但请你以后不要再提这个了，好吗？两个人相爱，是无法讲清楚的，但我可以确定你不是我要的人。因此请你原谅——"

我当时真是沮丧到了极点，但是我并不恨她，反而很尊重她。我觉得她的确是我心目的好姑娘，我从心底里愈发爱她了。我说："易小薇，我很感激你，感谢你跟我说了这些。我以后不会再提了。"

我是一个讲话算数的人，从此退出了易小薇追求者的行列。但我心里始终念不忘，我依然关心着她，虽然我不再把这种关心表露出来。我冷眼旁观着那些蜂拥而至的追求者，我知道他们跟我的结果是一样的，不会有别的可能。另外，我在忧伤之余，我对易小薇到底喜欢什么样的人，抱着十分强烈的好奇心，也许，也有一丝嫉妒吧。

你猜对了，那个人就是马遥。那个饲养动物的小个子马遥，那少数几个不追求易小薇的人中之一。他有什么好呢？他是一个胆小鬼罢了，又没什么本事。我愤愤不平。但人家易小薇就是喜欢他。她一见到他，就喜欢上了。感情的事，真是让人捉摸不透。

但小马是一个反应迟钝的人，他对此似乎一点也没有感觉。两个多月过去了，易小薇一点也看不到他前来追求的迹象。易小薇就沉不住气了。于是，就发生了这件轰动整个动物园的事件。据说连园中的黑猩猩都知道了，有的黑猩猩还在吃饱喝足之后，提起这件事来打趣，拍着胸脯笑得震天价响。

那件事就是这样的：一天傍晚，唔，准确来说就是秋日的黄昏，秋天的金色云彩仍在天上停留，霞光打在地上。那天，小马的兴致不

吃了豹子胆

错，他喂完动物回来，嘴里哼着小调，脚步轻快。但他一推开门，却仿佛瞧见了洪水猛兽，嘴里发出一声无比惊悚的喊叫，将门一撞，飞也似的逃跑了。

原来，他一推开门，就看见了易小薇。易小薇全身赤裸，以手支颐，双腿交叠，以一种十分撩人的姿势，躺卧在他的铁架子床上。易小薇胴体雪白粉嫩，曲线毕露，她胸前的那两只乳房，颤巍巍地抖动，犹如两只凶猛的小兽作势欲扑。而她酡红的脸，她的臀部、腰部、腹部和腿部，没有一处不发出难以抵挡的魅力。在正常的情况下，一个正常的男人，遇到此情此景，是不可能有第二种举动的。然而，小马却惊叫一声，落荒而逃。这不是很有意思的事吗？

王贵祥曾经说过小马是同性恋，这是经不起推敲的。那么唯一的解释只能是马遥胆小如鼠，即使是送到嘴的肥肉，也没胆去尝一口。

那一幕情景，我当然没有目睹。目睹了全过程的是王贵祥。是他亲口告诉我的，他事无巨细地向我描绘了床上一丝不挂的易小薇是如何诱人、那夺路狂奔的小马又是如何惊惶失措。惊恐的小马，胆小的小马，他慌慌张张地逃走的样子，长久地停留在我的脑海中。即使在现在，甚至我一想起他，我的眼前马上浮现出他胆小如鼠的模样。

易小薇

小马失踪了。小马失踪了，这是一个事实，而不是猜测。小马失踪了，我感到世界塌了半边。尽管他不爱我，但只要能经常看到他，还能听到他的说话，我的世界就还是完整的。但现在小马失踪了，我的世界也随之分崩离析。

小马失踪是毫无疑问的，还有人说他是不辞而别了，静悄悄地走了，要像古代的隐士那样老死山林了。这真是无稽之谈！别人不理解他，我可十分清楚，他是不会离开动物园的。只要林璧儿还在这里，他就是死也不会离开的，就是死了，也要灵魂附体在一只猴子、一只老虎、一只豹子什么的动物身上，去围着林璧儿转的。小马肯定是失踪了，甚至是被一些仇恨他的人杀害了。是谁杀的，我还不敢肯定，但我相信，公安机关始终会查出真相，会为小马报仇雪恨的。他为人很低调，也与世无争，但还是得罪了一些小人。像王贵祥、洪远景、赵大嘴这样的小人，总是有一些促狭的想法，总是无中生有地树立了一些假想敌。不幸的是，小马使他们感到难堪了。没办法，小马就是比他们优秀，小马像一面魔镜，他一来，就像一只鹤走进鸡窝，就映照出他们的恶俗和可笑了。

动物园里的这些男人，一大半是色鬼，剩下来的全是白痴。只有小马例外。小马是不属于这个肮脏地方的人，他甚至不是属于这个肮脏时代的人，你瞧他写的那些诗，多美啊。赵大嘴那些无病呻吟的破烂算是什么诗！当然，我也不是很懂小马的诗，但多美呀，多忧伤呀。我每次看他的诗，总是忍不住潸然泪下！这个可怜的小马。他肯定是窥见一些什么神秘而可怕的事物，才忍不住悲伤。他为什么要来这里呢。一个诗人，到哪里不能找饭吃呢，为什么要到动物园来呢。是的，这里的确是一个名副其实的动物园，除了猴子啦，狮子啦，野猪啦，还有一些狂妄自大的双足动物，内心卑污，身体肮脏。他们跟笼子里的野兽沆瀣一气，狼狈为奸，他们跟那些动物有什么两样呢？

小马英俊，善良，勇敢，有才华，还会写朦胧诗，多么好的一个男子，但说失踪就失踪了。如果不是因为林璧儿，也许他还有离开动物园的机会。我肯定能说服他，让他跟我走，随便到祖国的一个什么地方也好，譬如到云南去，到蒙古去，到东北去，我会好好照顾他的，就让他每天什么事也不用干，整天看看天上的白云，瞅瞅地上的野花，一心一意去写诗好了。如果我们走了，他肯定就不会出事了。但因为林璧儿，我知道他是不会跟我走的。唉，这都是命。

我从不讳言我爱他，他是唯一值得我爱的人。之前没有，之后也没有。像我这样的女人，一生中要遇到一次爱情，或遇到一个爱的人，这样的机会十分渺茫，甚至比买彩票中了五百万还要渺茫。但我第一次看到他，就怦然心动，我知道就是他了，不会错！

爱情只是一种感觉，有就是有，没有就是没有。这是无法归纳或分析的，这是纯粹激情燃烧的火花，这跟理性无关。不瞒你说，追求我的人很多,我也曾经有过梦中情人,是那种高大英俊的,风流倜傥的,举止优雅的,言语得体的。打个比方吧,像梁朝伟、刘德华那样的,但体格要比梁朝伟稍大一点,风度要比刘德华好一点。总之,我做梦也想不到会爱上像马遥这样的人,但事实上,当我一接触到他像蓝水晶似的眼眸,我就知道自己爱上他了。说不清是什么缘由,但真正的爱情,纯粹的爱情,从来都是神秘的,不可解释的。我相信这个。

我仍清晰地想起第一次见到小马的情形。当时是我们动物园几十号人去城郊聚餐,吃农家菜,我看见小马躲在边缘的一个角落,低着头,静静地吃着。在座的多是女人,财务小伍、兽医室周姨等。小马没有吭声,大伙儿也没怎么搭理他。小马不慌不忙地夹菜,咀嚼,那种沉静的感觉,一下子攫住了我。

忽然,办公室主任张新桥来敬酒了。张新桥也就爱咋呼,他酒量很有限,捧着半杯红酒,敬一桌子人,大伙儿都一仰脖子喝干了。小马手足无措,左顾右盼,嘴里在说:"我手上没酒,我喝茶吧——"张新桥吼道:"怎么能说没酒,小妹,倒酒!"服务员赶紧倒酒,手脚麻利。小马捧着那杯酒,脸呈困窘之色,瞧瞧张新桥,又瞧瞧那杯酒,结结巴巴地说:"我很少喝酒的,我从来不喝酒的,张主任,我——"张新桥又喝掉一杯,说:"少说废话,干了再说!"小马仍在支支吾吾。张新桥性起,他劈手夺过小马的杯中酒,一手揪住小马的衣领,一手就往他的嘴里灌去。小马手脚乱划,犹如没顶的泅水者,眼里噙着泪水,嘴巴却被那个硕大的酒杯塞住了,话也说不出来。

我看不过眼了,一步跨过去,夺过张新桥手上的酒,笑道:"小马不喝就算啦,来来,咱们先来一炮,再来一个潜水艇,怎么样?"张新桥喜出望外,一张肥脸凑近我,色迷迷地说:"易小薇,你要来挑战我是不是?我日思夜想着的,就是跟你打一炮呀。好,咱们就来喝过痛快!"所谓一炮,你知道吧,就是将高脚玻璃杯横架在另一个酒杯上,斟满为止。所谓潜水艇,就是在一大杯啤酒里面,再放上一小杯高度白酒。我冷笑,老虎不发威,当我是病猫!我连续跟张新桥打了三炮,又跟他干了一个潜水艇。我声色不动,斜睨着他。张新桥脸涨成了猪肝色，摇摇晃晃着，像一个蠢笨的企鹅，摆了摆手，走了。

座上掌声雷动，只有小马没有鼓掌，但是他感激地看着我，他温情的眼神，就像真正的烈酒，我心中一阵涌动，我这才算是醉了。

动物园里的家伙，大多是长舌妇，闲言碎语很多，谣言更是满天飞，但我也不怎么去理会。譬如说小马是胆小鬼，任何一个人都可以去欺负他，任何一个人都可以去打他的耳光，这有可能吗？还有没有王法？小马只是不跟这些俗人一般见识罢了。小马是唯一一个敢走入铁栅栏里喂养狮子、老虎和金钱豹的饲养员，我就亲眼看过不止一次。他还敢抚摸豹子的额头和背部呢。依我看来，他不仅是胆大包天，还十分勇敢，他甚至懂得驯兽之道。即使是专业的驯兽员林璧儿，她在驱赶豹子表演的时候，不也是双腿发颤、战战兢兢、强颜欢笑的吗？至于王贵祥，他有什么了不起，他敢走入狮子、老虎的铁栅栏里去吗？敢伸手去摸这些凶猛的动物吗？他即使在喂大象，都像蚱蜢一样蹦跳，担心大象将他踩死，或者伸出长鼻子，将他扔到壕沟下面去。

这样的一个人，怎么会胆小呢？动物园里有很多说法，往往是无中生有，胡乱捏造，大多是靠不住的。尤其是说到我色诱小马，那更是荒谬绝伦！我是那样的人吗？我跟小马的爱情是纯真的，是伟大的，那些乱嚼舌头的人，太恶毒了，死后是要下十八层地狱被恶鬼用铁钩子拔舌头的。

事情很简单，其一，我怎么能够进入小马的房间呢？我又没有他的钥匙。如果我有他的钥匙，就证明我们的关系非比寻常，我还用得着引诱他吗？其二，即使我全身赤裸，躺在小马的床上，怎么我跟小马都不知道，偏偏动物园所有人都知道？气死我了。他们都看到了吗？他们都在现场吗？还说得他妈的有板有眼、活灵活现的，说什么我撅着大屁股，捧着不断颤动的双乳，结果将小马吓跑了。有本事就拿出证据来，人家璩美凤百口难辩，还不是着了针孔摄像机的道儿？有本事就将我的裸体拍成照片、拍成 DV 摆到网上去嘛。明眼人一听，便知道是编造出来的，但编得太拙劣了，除非脑子进水，否则有谁会信这种弱智的谎言？谣言不堪一击！老娘真的是做了，也就认了。但老娘比窦娥还冤！

人们老拿这个来说事，败坏老娘的名声不说，还将这件事作为小马胆小如鼠或武功尽废的证据，太可笑了，太恶毒了。小马是一个正常的人，我比谁都要清楚。

的确，我是跟小马做过表白，但不是秋日的黄昏，而是冬天的一个清晨。当然不可能在小马的房间里，我更不会脱光了躺在床上等他。如果他有这个要求，我什么都愿意。但他从来没对我提过任何要求，我也从来没有这样的机会。那天，小马提着肉桶给猛兽喂早餐，我就站在铁栅栏的旁边，静静地看着他喂，晨曦打在铁栅栏上，阳光在小马的脸上和身上跳跃，落下一块块斑点，那个小马可爱极了。我痴痴地望着他，阳光落在他身上的碎影，使我几乎出现了一个幻觉，小马就是一只豹子，精力充沛，睥睨一切，不将那些飞禽走兽放在眼里。他身上的美丽花纹使我入迷，让我涌起抚摸他的冲动。一会儿，小马喂完了，我闪身而出，笑吟吟地望着他，我穿着长袖长裤腿的运动服，双手在脖子上拉着一条毛巾。我装作晨运而跟他不期而遇，我相信那套紧身的运动服将我的线条勾勒得楚楚动人。然而小马不为所动。

我终于鼓起勇气，向他说出了我心中对他的全部爱恋，朝思暮想，这么多天来，我每天晚上都在梦想着他能抱着我，亲吻我，咬着我的耳朵说，我也爱你，易小薇。小马听完了，他既没有感动，也没有吃惊，事实上他一点表情也没有。我觉得他就像一位身经百战的大将军，调兵遣将，镇定自若，没有任何慌乱。我看着他的样子，我的心沉了下去。小马终于开口了，说："易小薇，我非常了解你，我了解你的每一个想法，因为我跟你是同样的一类人。但十分遗憾的是，我并不爱你，我可以确定这一点。我们都不是拖泥带水的人，也不会自欺欺人，对不起！"

我咬着嘴唇，我的牙齿深深地嵌入，我尝到了鲜血的味道。我仰望着他，悲伤地问："我们还没有任何接触，你怎么就这样肯定不会爱我呢？你就不能跟我尝试一下交往吗？"

吃了豹子胆

小马说："没有用的。我知道我不爱你，是因为我不怕你。我敢接近你，或者说敢让你接近，这就证明了这一点。我如果爱上一个女人，我根本没有胆量接近她。这是我的隐私，我将我的隐私告诉你，是不想你对我还抱有什么幻想。我知道我这样说很残忍，但如果我给了你一丝希望，而最终又不能跟你在一起，你会恨我的。"

"谁说你不怕我？你不怕我，为什么不敢让我接近你，让我跟你在一起？"我捉住了小马的手，我的身体软绵绵的，我向着他挨过去，我大声说："你如果不怕我，为什么不敢抱我？抱我呀，抱紧我呀——"

小马的脸上带着一丝怜悯，但他的身体像僵硬的石头，他的双手却像豹子的爪子一样有力，他将我的双手毫不留情地、一根根手指地掰开，他手上的强硬和力气让我绝望。他说："没有用的。这没有用的。我真的不怕，我怕的话，我要么不敢动弹，要么落荒而逃了。但我没有。"

我双手掩着脸狂奔而出，泪水从指缝间倾泻而出。我哭着说："马遥，你是个不可救药的胆小鬼！"

祝德昌

马遥胆小如鼠的形象，已经深入人心，不可逆转。据说连清洁工陈志强和食堂煮饭的乔姨也敢跟他叫板，不止一次去打他的耳光，而他抱头鼠窜，连声也不敢出。这个胆小如鼠的人，仿佛在一夜之间成名，几乎每一个人都在讲述他的事。我见到他之前，已经多次听说过他的窝囊样。他的知名度越来越高，他甚至比园长刘国伟还要出名，比动物园的大美人林璧儿还要出名。可以这样讲，不认识马遥的人，园中可是没有了。往往有这样的一类人，没什么本事，但似乎无人不知，马遥就是这样的人。

马遥第一次来找我，气色倒是不错，只是有些羞涩，那种扭捏的样子，像个娘们儿。他站在我的面前，绞着双手，半天不吭声。我当时也闲着无事，那时我不知道是他，我不耐烦了，问他："你有事吗？"

马遥红着脸说："您是祝医生，是吧？祝医生您好，我想找你看病。"

我问他："你有什么病？"

马遥说："我天生就有胆小的病，不知道该怎么治？"

我眼前一亮，说："哦，你就是那个胆小如鼠的饲养员马遥吧？你现在很有名啊，呵呵。"

马遥摆了摆手，故作谦虚地说："我能有什么名？那些诗都是写来玩的，当不得饭的。不过，最新一期《诗刊》又登了我一首诗。《诗选刊》马上来电了，说要转载。"

我知道他会写几首朦胧诗，但我才不关心他的什么诗。我不留情面地说："你胆小如鼠可是越来越出名了。现在你成了胆小鬼的代名词，你一说你胆小，我不用猜就知道你是马遥了。对吧？"

马遥摇了摇头，但似觉有不妥，赶紧又点了点头。他对着我苦笑，说："我这个胆小的病，能治吗？"

我说："什么病都能治，就是这个病不好搞。即使我开了药方，你也没有胆量去服用。"

马遥说："你不妨开来试试。我虽然胆子小，但药还是敢吃的，我不怕苦，也不怕药引古怪。我曾经吞服过无根水送服的生蚯蚓，也服过用童子尿煎服的蝎子。你尽管开来试试。"

一时之间，我又哪儿能开出什么治胆小的良方来？我一摆手，说："去去去，你既然是天生的，就认命了吧。胆小也不算什么病，即使是病，又哪儿能治？"

马遥不甘心地走了。但没过几天，他又来缠着我，死求白乞要我开一个处方。他说："医者父母心，你就救救我吧。你不是说你有良方开给我吗？我保证按照你的处方去用药，不管再苦再难咽的药，我保证不皱一皱眉头！"

他缠着我，求着我，手脚没处摆，口中却喋喋不休，让我心中不禁焦躁起来。我望着他的脸，倒也眉清目秀，唇红齿白，只是双眼呆滞无神，红色有些苍白，苍白中又染有一丝红晕。我突然升起一个念头，这张粉红粉白的脸，犹如女孩子似的脸蛋，如果一个耳光打上去，那一定很刺激！连清洁工陈志强都打过了，连煮饭的乔姨都打过了，我何不也打上一耳光，那该是多么的惬意呀。这个念头一浮出来，我的右手就蠢蠢欲动了，它就像一尾蛇，昂起头，兴奋起来了，跃跃欲试。我的左手赶紧死死地抓住右手，我毕竟是一个医生，我怎么说也不能打一个前来求医的病人。尽管马遥也不算通常意义上的病人。我额头上沁出了汗珠，吃力地说："马遥，你走吧，你走吧。"

马遥望着我，满脸均是殷切期待之色。我望着他俊美的脸，心中只是暗暗叫苦，我的右手已挣脱了左手的羁绊，眼看着就要向那张脸发动攻击。忽然，我脑海中灵光一闪，升起一个恶作剧的念头，我笑嘻嘻地说："好吧，我就开一个药方给你吧。要治好你的胆小症也不算难，你一不用吃药，二不用打针，三不用理疗，只要你严格按照我的要求去做，我保管你立马从胆小如鼠变成胆大包天！具体的做法是：下次你遇到陈志强，你就跟他动手。一见到他，就往死里揍，务必要将他揍到鼻青脸肿满地找牙，双膝跪下向你求饶，方才停手。他只不过是一个清洁工，也敢到处耀武扬威，你说他该不该打？当然，也要注意分寸，以免闹出了人命。下次你遇到张新桥，你就跟他动口。一上来就先喝掉一支啤酒，那张新桥也是银样镴枪头，中看不中用，只要你敢跟他喝，他就绝对不是你的对手。非喝到他一佛出世，二佛升天不可，看他以后还够不够灌你喝酒？下次你遇到易小薇，你就动鸡巴，把她往死里整，直把她操得哭爹喊娘，看她以后还敢不敢动不动就脱裤子露逼，这不是摆明了欺负你没用吗？你先服了这三剂药，我敢保证你药到病除，效果之快，立竿见影！"

马遥听了，脸上一阵红一阵白，他说："祝医生，你叫我打架也好，喝酒也好，都不要紧。但那样对待易小薇，这是不行的，这不是要流氓吗？人家还没有出嫁呢，好端端的一个黄花闺女，可别坏了人家的名声。我必须郑重澄清一下，易小薇是一个正经姑娘，她从来就没有在我面前脱过裤子。据我所知，她从来就没有在任何一个男人面前脱过裤子。"

我干笑道："嘻嘻，世界上哪有这么多黄花闺女，二十几岁的人了，还是黄花闺女，只怕你同意她也不同意哩，你以为这是光彩的事儿么。她从来没在男人面前脱过裤子？呵呵，她每次脱的时候都会告诉你？她跟刘园长的事儿，就你不知道。还正经人家呢。"

马遥不快地说："祝医生，你说我的病就说，何必要扯人家大姑娘的闲话呢。"

我说："别人都说你胆小，但我觉得你胆子倒不小嘛。你这样顶撞我，就不怕我刮你耳光吗？好，好，我们不提那个臭婊子，那么叫你去揍陈志强，去跟张新桥斗酒，这总可以做到吧。"

马遥说："其实陈志强也没有打过我，他是骂了我两句，说要打我一记耳光。但我怎么能跟他一般见识？他是一个清洁工，即使言语粗鲁点，别人也不会说什么。但我是一个诗人呀，我是人类灵魂的工程师呀，他现在也没招我没惹我，我能冲过去就揍他吗？这样，我成了一个什么人？祝医生，老实说，我很少喝酒，但并不等于我不喝酒，或者没有酒量。三个张新桥加起来，也喝不过我。但跟这样的人喝酒，也是胜之不武。"

我火了，指着马遥的鼻子说："我操，你小子大道理倒有一箩筐。你得跟我交代清楚，别老跟我说易小薇没脱裤子，陈志强没打你，少来这一套！你得老老实实告诉我，你别以为我不知道。你藏着掖着我可帮不了你。"

马遥说："我不知道你听说过些什么，这个人说我胆小那个人说我胆小，其实都没说到点子上。因为我内心的恐惧，我从来没跟任何人说过。其实，要打陈志强也没什么，将张新桥灌醉也是举手之劳，即使跟易小薇上床也没什么大不了的。但是我不想那样做，这跟我懦弱与否无关，因为即使做了，也对我的胆小病没任何用处。理由很简单，那都不是我要说的胆小——祝医生你先听我说讲完——我的确胆小如鼠，但却跟陈志强、张新桥这些人没任何关系，我要说的胆小就是——只要我爱上一个女子——我指真正的爱，我都不敢接近她，不敢走近她一米之内，一挨近她，我就会胸闷气喘，冷汗直冒，心跳加剧，我不知道该怎么办才好。"

我一怔，我仔细咀嚼着马遥的说话，我字斟句酌地问道："哦，你是紧张吗？"

马遥说："肯定有紧张，但也不完全是。更多的是兴奋，但归根到底是恐惧。"

我问："那么你到底害怕什么呢？"

马遥双眼闪光，说："我担心我控制不住自己，我的意思是说我的理智管不住我的身体，我感到身体里面有一头猛兽，老虎或狮子什么的，它要往外面跳出来。它要猛扑过去，将我喜欢的女子按在地上，撕裂她的衣裳，抱住她的胴体，要占有她，完完整整地占有她，不管她同意还是不同意。"

我大惊："不管在什么场合？即使在众目睽睽之下，你也会这样做吗？"

马遥脸色涨红，他不好意思地低头看着自己的手，仿佛这双手刚刚将一个女人的衣裳撕掉。他说："在刹那间，我除了那个女子的身体，我不会注意到任何人。当然，我不能那样做，我毕竟不是野兽。最重要的是，我如果那样做了，不管是什么样的女子，都不可能爱我，而我希望能娶我所爱的女子为妻。我很难爱上一个女人，但我终于爱上了。我不希望将事情搞砸了。但像现在这样，不敢接近她，不敢向她表白，也不是办法，她是很优秀的女子，很多人追求她的。花花世界，有那么多诱惑，她随时都有投向别人怀抱的可能。我现在唯一想做的，就是克服那种害怕她的情形，能够像一个正常人那样去接近她，去追求她。我相信你可以帮助我，你是名声在外的医生啊。"

我苦笑："你真是色胆包天啊，你压根就不是胆子小，而是胆子太大了。正如你所否认的，人们传说中的你胆小如鼠，大多是胡编乱造。那么，我只能说，你根本就不胆小，起码你不比我更胆小！"

马遥说："祝医生你这样说就不对了，害怕是不是一种胆小的表现？我害怕啊，我害怕接近我所爱的女子。"

我恼怒地说："你害怕的不是任何女人，而是你自己。你是害怕你自己做出禽兽不如的事情来。"

马遥分辩说："我自己是不变的，即使变也是因为具体女子的不同而改变。如果是我不爱的女子，譬如易小薇或随便任何一个女人，我就一点也不害怕。但如果是遇到我爱的女人，我就整个人全蔫了，我根本就不敢靠近她，我只能远远地望着她。有好几次，我都难过得几乎要哭了。由此可见，是真的害怕我爱的女子，我无法克服接近她的恐惧。所说的胆小，其实就是指这一点。祝医生，你能明白吗？"

我点了点头："你说的病案倒真有点棘手。我觉得你不是胆小，即使是胆小，也是一种特殊的、超出常规意义的胆小，我觉得你这是一种心理障碍，是一种心理疾病。鄙人不是吹牛，如果是身体疾病的疑难杂症，不管是肺炎风湿还是骨科牛皮癣，很少有我不能治的。但既然是心理方面的疾病，我建议你不如找心理医生看看。你总不能挥刀自宫，了无挂碍吧，马遥先生。"

马遥说："我这当然不是心理上的问题。如果是心理上的问题，我自己就能治好，我曾经花大力气研究过弗洛伊德、荣格和柏格森，我是诗人嘛，我是灵魂的设计者嘛。心理上的问题难不倒我，我这个问题，只能依赖于药物。"

你不是心理疾病那就是精神上短路了，我操，看来你去找精神病医生才有出路。这句话我差点就吐出来了，我硬生生地咽了下去，我尽可能和蔼地说："马遥，你先回去吧。我好好研究一下，这样吧，你下周这个时候再来找我吧。"

一周时间很快就过去了，我根本就没有将马遥的事儿放在心上。但没想到，他又来了，他第一句话就是："祝医生，可有良方？"

我有点措手不及，但我脱口而出："你去吃豹子胆吧。老话说得好，吃了豹子胆，皇帝也敢拉下马。你吃了豹子胆，你就不知道什么叫害怕了。"

马遥终于走了。但我忘记了他当时的神色，到底是喜悦还是失望，或许是将信将疑，但我总算将他打发走了。我只记得我瞧着他的背影，终于忍不住"嗤"的笑出声来。这家伙傻得可爱，真是二百五。他后来再也没有找过我。一直到他失踪也没有。我现在心里想，多么老实的一个孩子啊。除了脑子有点不灵光，其实人挺好的。但在刹那间，我忽然发觉我犯了一个不可饶恕的错误，我忘了问他，他爱上的女子到底是谁？

吃了豹子胆

林壁儿

马遥我当然认识，但一直没有打过交道，一次也没有。马遥都成了我们园的名人了，据说比刘园长还要出名呢。我觉得马遥这个人，平时深居简出，倒挺神秘的，我很少能见到他。据说不少女同事都去揍他取乐，而且都得逞了。他也不躲避，也不逃跑，只是静静地站着，等着一干女人们轮流上去，一个一个打他的耳光。我也曾生出去揍他耳光的念头，但根本就没有机会。我说过我跟他没有打过交道，具体地说，就是没有跟他说过一句话，没有单独跟他在一起待过。有时，他远远地一瞥见我，就像老鼠见了猫似的，一闪身就不见了。我见过胆小的男人，但还真没见过这么胆小的。我想起了他的绰号"老鼠"，倒真是名副其实，但他即使是老鼠，我也不是猫呀。

马遥胆小怕事的种种行径，通过不同的嘴巴传入我的耳朵，这些人发出的声音，就像嗡嗡叫着的蜜蜂，在空气中飞舞。开始是赵大嘴刮了马遥一个耳光，后来是清洁工陈志强。那天在狮山上，陈志强在瑟瑟的秋风中扫着黄叶，心情不禁有些焦躁，马遥提着铁桶从狮山上下来。陈志强走上去，喊道："给我站住——"马遥茫然地转身，回过头来，"啪"的一声，他的脸颊就挨了一记响亮的耳光。他被打懵了，望着陈志强，张口结舌，一时说不出话来。陈志强望了望自己的手，那只打人的手也震得隐隐作痛，他没想到他有这么大的劲。他手足无措，但心底的快乐就像喷泉一样急剧上升。马遥问："你为什么要打我？"陈志强壮着胆说："我看你不顺眼，我想打就打，却又怎样？"马遥摇了摇头，没有说话，踩着脚下的黄叶走了。

连清洁工陈志强也找到了逞威风的对象，这件事像旋风似的传遍了动物园。这个陈志强，猪狗不如的人物。很多人都愤愤不平起来，马遥应当还手，应当将他往死里揍。但马遥没有，这就等于说他连陈志强都不如。这样的人，如果还需要大伙儿的尊重，才是咄咄怪事！

于是，全园的人都来打他的耳光，或向他挑战。马遥当然不敢应战，而又无可逃避。就这样，马遥成了名副其实的过街老鼠，人人喊打。不是说他招谁惹谁了，而是他的出现，让人们突然发现，自己并非想象中的那么窝囊，还是有威风可以抖一抖的。而马遥就成了大伙儿的出气筒、替罪羊，每一个人都可以在他面前耍威风，甚至连女人也来打他。动物园食堂的乔姨，天一亮就去找马遥刮了一个耳光，原来她昨夜在家里受了老公的气，一直憋到天亮才找到发泄的出口。

一时间，马遥就成了骂人或咒骂的代名词，如果男人吵架，就骂对方，你他妈的是马遥一路的货色，能唬了谁去？女人之间对骂，就咒骂对方找了个马遥一样的老公，简直是一辈子也抬不起头来！那段日子，动物园的问候语"你吃了吗?"换成了"你打了吗?"。

但"你打了吗?"很快就换成"你摸了吗?"，并且伴随着女人们放肆的笑声。据说，开始打得还狠，打得马遥眼冒金星，晕头转向。但后来，打耳光就变成了轻柔的抚摸了，女人们的纤手从马遥的脸上像羽毛拂过般柔和，他也同样不躲开，不逃跑。而无论打耳光还是抚摸，女人们都找到了无穷的乐趣，并乐此不疲。

关于马遥的种种窝囊样，人们传说得唾沫横飞，我开始不是很相信。世界上哪有这样的孬种？即使是兔子，逼急了也会咬人，何况是一个大老爷们。等我终于见到了他，才对种种传闻深信不疑。所有的小道消息，都隐含着真实的成分。所有的绯闻，原本就不是空穴来风，都是有些根据的。像马遥的事情，上述原理都得到了有力的证实。

我跟马遥的确没什么交往，连话也没有说过一句。但一些莫名其妙的传闻却硬是将我跟他扯上了关系，说什么他一直在暗恋我。有的话还说得特别难听。我们园什么都好，就是爱传谣言以及乱嚼舌头的风气不好，一些大男人也爱扯是非，窥探别的事情，讲别人的隐私，捕风捉影，添油加醋，我知道关于我的也有不少。有什么办法呢，一个长得还不算太难看的年轻女子，总是免不了有些是非的。像易小薇那么洁身自好的女子，还不是被别人跟刘园长扯了那种关系？唉，这些人，真是吃饱了撑着没事干。

自从他失踪了，关于马遥和我的那些传闻就更加变本加厉了，更加离谱和古怪了。有人甚至言之凿凿地说，马遥的失踪跟我有直接的关系。我知道这个人是谁，他就是祝德昌这个庸医，不学无术，就会乱扯是非，惹老娘生气了，非告他诽谤不可。我知道马遥在失踪的前一个月，去找祝德昌看过病，我猜八成是他开了什么虎狼药，把马遥给治疯了，所以不知跑到哪儿去了。马遥脑筋本来就缺少一根弦，祝德昌向来是乱开药的，这次他总算大显身手，使马遥变成了一个货真价实的疯子。

谁都知道刘园长是个"床头柜"，别看他是动物园的一把手，威风八面，说一不二，但家里养了个河东狮。嘻嘻，他不愧是管动物的头儿，可怜他到头来却被猛兽所制。即使他要找情人，也不是易小薇这样的，不是说易小薇不好，但她是一个冰美人。我知道刘园长不喜欢这种类型，他喜欢热情似火的，甚至有点放荡的女人。

关于祝德昌，我忍不住要多说几句。这个人医道平庸，医德差劲，是一个衣冠禽兽。有一次，我翻筋斗不小心闪了腰，去找他要点跌打酒搽搽。他开始还比较老实，用药棉蘸了活络油帮我搽，但搽呀搽呀，他的手就慢慢向我的乳房移动了。我勃然大怒，扬手将他的咸猪手打开，厉声说："祝德昌，你信不信我将你扔到豹子笼里去？"祝德昌嘻嘻干笑着，一脸厚颜无耻。我气咻咻地走了。据说，祝德昌揩女患者的油，这不是第一次了。我今后就是病死，也不会找他看了。

不久，就传出马遥喜欢我的消息。我不相信他喜欢我，他从来没跟我搭过讪，甚至没有打过照面。如果一个人喜欢我，但跟我一句话都没说过，这是不符合常规的。园中那么多男人，做领导的、打杂的，哪个不是色眯眯地盯着我，恨不得像饿狼扑羊那样一口将我吃掉？男人的那副德性，我见得多了。但刘园长跟我打趣，说："人家小马是暗恋呀，他不是不看你，而是躲在暗中放冷箭呢。祝德昌就经常见到他躲在大树后面，像个幽灵似的，痴痴地看着你，呆若木鸡，长吁短叹。他不是不跟你说话，而是将所有想跟你讲的话，全都写在纸上了，他是一个诗人呀，祝德昌亲眼看到，他写给你的情诗，没有一麻袋，也有一抽屉了。"我没好气地说："少跟我提这个混蛋！"我又补充一句："我说的是祝德昌！"刘园长笑眯眯地说："小马喜欢你，已经是公开的秘密了。祝德昌不说，别人也在议论纷纷，都闹得沸沸扬扬了。你知道陈志强和赵大嘴为什么要揍他吗？情敌不共戴天啊。"我说："园长你别笑话我。"刘园长说："如果他真的喜欢你，你会要他吗？"我扭头就走，抛下一句："恶心！"

后来，我听到越来越多马遥暗恋我的传闻，不由将信将疑。也开始特别留意马遥的言行举止和别人的说话了。我觉得马遥这个人神情落寞，懒洋洋的，似乎对什么事也提不起劲来。他没什么特别的，就是十分骄傲，一副不将别人放在眼里的模样。他有什么值得骄傲的呢？别人说他经常躲在路边或树底偷窥我，我一次也没发现。那些小道消息，连三成都不要相信！

刘园长又跟我说了一件事，却让我满腹狐疑。他说："今天下午，我处理了一起打架事件。当然，严格来说，与其说是打架，不如说打人更准确。因为一方揍人，另一方被人揍，根本就没有还手。你知道全武行的主人公是谁吗？"我嘴巴一撇，说："你要说就说，不说拉倒！"

刘园长笑眯眯地说："今天下午，赵大嘴将马遥揍了！你知道是为了什么吗？还不是为了你？他们在争风吃醋啊。你也知道，这个赵大嘴，追求你都半年了，还不死心，热情很高涨。据说赵大嘴是小马唯一的朋友，两个人还经常一起饮酒赋诗，交情好得很。有一天，赵大嘴忽然发现了小马的一个秘密，那就是小马写给你的一首情诗，标题就叫'献给林璧儿'，当场脸就翻了，一巴掌搧过去。下午我见到小马，他半边脸都肿起来了。小马不还手，不吱声，只是面如死灰，目光呆呆地瞪着赵大嘴。赵大嘴忽然一屁股蹲坐在地上，像个孩子呜呜地哭起来，说：'小马，你太过分了，别人的说话我还不信，但现在你还有什么话可说？朋友之妻不可欺，小马，你太过分了！'璧儿，你瞧，人家赵大嘴都将你当老婆了，呵呵——"

我不禁烦躁起来，说："赵大嘴真这样说？"

刘园长摊了摊手，说："哪还有假？"

我说："那好，把情诗拿出来看！"

刘园长说："我拿不出来，赵大嘴当场就撕了个粉碎。他恨得牙痒痒地说：'小马你给林璧儿写情诗，还写得这么好，将我写给她的情诗全都比下去了，你太过分了，太恶毒了。林璧儿如果看了这首诗，怎么还会喜欢我？'"

我"扑哧"笑了，说："我压根就没想过喜欢赵大嘴，即使他写得比李白好，我也不喜欢他。瞧他那副德性，满脸横肉，像个杀猪的！"

刘园长的一番话，激起了我心中的波澜，我一夜都没睡好，翻来覆去地想着马遥，但我发现他在我的脑海一片模糊，根本就拼凑不出一个清晰的形象。我的意思是说，他从来就没有走进过我的心里，但他的模样又影影绰绰的，无法消除。这是我从来没有过的奇特体验。如果他喜欢我，又不敢接近我，那么这算是什么意思？如果他光明正大摆开架势来追求我，说不定我还会给他一点机会，让彼此接触一下，加深了解，但他又没有什么行动。怎么会有这样的人呐。也许，大家的传闻，纯属笑谈，都是拿我跟他来取笑的吧。不行，我必须亲自去找他，面对面问清楚。我林璧儿向来是个爽利的人，可不兴云山雾罩，糊里糊涂！

对了，我得更正一下，我跟马遥也打过一次交道，唯一的一次。那天一大早，我就跑去豹园找他，他一看到我，就转身想跑。我大喊道："马遥，你别跑！"马遥果然不敢动了，但他背对着我，跟我相距也怕有三五米吧。我说："马遥，你是不是写情诗给我？你是不是喜欢我？马遥，你别不吭声，你看着我，你说话呀，你回答我呀，你喜欢就喜欢，不喜欢就不喜欢，请你说出来呀——"但马遥始终背对着我，没有说话，肩膀一耸一耸的，仿佛在抽泣。我火了，怒道："咦，你一个大男人，你哭什么呀你。"马遥忽然将手上空空的肉桶往路边一扔，发疯似的跑了。

他的身影，转瞬之间就在树林消失了。看来，他是喜欢我，至少并没有否认。我心乱了。我想起他单薄的身影，他手足无措的模样，

吃了豹子胆

一时涌起无限柔情，一时又火冒三丈。我想，一个女人图什么呢，还不是图一个知冷识热真心待她好的男人？如果他真心爱我，我就跟他好了。

上次见他后，直到失踪我都没见过。我想他在刻意躲避我吧，好像我要死缠他不放似的。据说易小薇在追求他，死缠烂打，但我才不会呢。瞧他上次那副窝囊废的鬼样，让我想起来都感到倒胃口，我最瞧不起没自信的人。我可以原谅一个人鲁莽，但绝不可原谅一个人怯懦。我就是一辈子不嫁，也不能嫁给这号人！

刘国伟

不管别人怎么看待小马，不管别人有什么闲言碎语，我都相信小马是一个好同志。他是一个勤勤恳恳、兢兢业业的好员工。他在业务上是没得说的，他的工作态度也很端正，他在工作上从不挑肥拣瘦，毫无怨言，他所料理的狮子呀老虎呀什么的，从来没有什么差错。现在他失踪两三周了，我们都很难过，很沉痛。我们不仅因为失去了一个好员工而难过，也为动物们失去了一个好朋友而难过。

关于他失踪的原因，众说纷纭，什么样的说法也有，总之五花八门，但不着边际。动物园的员工，平时不声不响的，现在倒个个成福尔摩斯了。有人说他是因为情感受挫，一走了之；有人说他被仇人杀害了，甚至被剁碎了喂老虎。这不是很荒唐的事吗？但我相信公安机关，相信你们一定能查出小马失踪的真相，以正视听，也好澄清动物园一些莫名其妙的传闻。总之，我会尽可能将我所知道的小马，我所了解的小马，和盘托出，毫无保留，我希望能给你们的侦破提供一些有用的线索，而不是像某些员工那样，唾沫乱飞，信口开河，只图吹过痛快，却往往距离事实何止十万八千里。

现在想起来，我们做领导的也有责任，对员工的关心还不够，尤其是对员工的日常生活和思想动态掌握得很不足。出事之后，我才比较全面地了解一些相关的情况。譬如说他跟一些同事的关系很糟糕，譬如说他这个人性格很孤僻，譬如说他还会写什么朦胧诗，等等。通过了解，我知道小马在群众中的口碑不太好，但绝大多数都是谣传，要么是夸大其词，要么是别人拿他开玩笑，总之大多是胡编乱造的。这几天，我知道你们也找了一些人，做了一些谈话，但要采取批判吸收的态度，辨伪存真，不要都以为是事实。即使他们讲的是事实，也可能记忆有误，或表述上有出入。即使是我刘某人的说话，也要做一个分析判断，不可全信以为真。当然，我讲的是真实的，是经得起验证的。

具体来说吧，大家都谣传小马胆小如鼠，我以为这是毫无根据的。我多次跟小马谈过话，在我的印象中，这个人也就是性格内向，有点腼腆，也不善言辞，看来他很不喜欢交际，也怕见领导。但也不能就说人家胆小如鼠了。什么叫大胆？咋咋呼呼没大没小就叫大胆吗？什么叫胆小，不喜欢自吹自擂斯斯文文就是胆小吗？我看小马是个很有教养的人，很懂得尊重领导。但不能说他胆小，胆子小的人，是不敢整天面对老虎、豹子的。我敢认定，小马不会胆子小，起码不会比我胆子更小。我有时视察狮山虎园，都不敢走得太近。那些畜牲呀，张牙舞爪，可不是闹着玩的。

现在，关于小马的谣言满天飞，我要一一澄清是不实际的，也没这个必要。谣言止于智者。我只说一件，我知道说小马胆小如鼠，是跟赵大嘴打了他一个耳光分不开的。赵大嘴打人，这是事实，我当时介入调查了，赵大嘴和小马都是诗人，赵大嘴提倡口语写作，反对知识分子写作，那些镜中的月亮、异国的乡愁，严重脱离现实，辞藻华丽，但只是一些没有血肉没有体温的文字僵尸。小马则反唇相讥，对口语写作嗤之以鼻，他说，所有的口语诗人都是纸老虎，那张开的血盆大口，滔滔不绝，貌似真理在握，其实无非是粪水喷涌的下水道。请注意，我的引述可能有误，因为我也不懂得什么叫口语？为什么口语的对立面是知识分子？但小马有句话我是记住了。他说，为什么口语诗人是纸老虎？因为你们只关注庸俗卑劣的日常琐事，而对精神事物麻木不仁。中国的精神侏儒已经够多了，但你的写作，使这个庞大的数目又一次刷新了纪录。他话刚落音，脸上就狠狠地挨了赵大嘴一个耳光。众所周知，赵大嘴体形横大，但身材很矮，最忌讳诸如三寸钉、小矮人、武大郎之类的称谓，这次小马指着和尚骂秃驴，他哪儿还能忍耐得住？小马自知失言，抚着热辣辣的脸庞，也就不再说什么。但本动物园的两个伟大诗人，从此分道扬镳，一刀两断。

就是这么简单的一件事，却以讹传讹，越传越离谱，说什么小马胆子小啦，谁都可以去打他耳光取乐啦，真是越传越玄乎，说什么清洁工打他，守门人打他，兽医去打他，连煮饭的大婶阿姨也去打他，真是岂有此理！即使小马真的软弱可欺，难道我们园的员工都是野兽吗？即使他们都发疯了，难道就没有王法了吗？我作为一园之长，能容忍这种不文明的行为吗？这些说法都是极不负责任的，我要追究最早散布谣言的人，我要狠狠地罚他的奖金，罚到他肉痛，让他一个月也不敢乱说一句！

不过，作为动物园的领导，我也负有不可推卸的责任。我对属下尤其是最基层的员工关怀得不够，有时遇到事情，也不够细心，一时麻痹大意，未能将危机化解在萌芽状态。他上班没几天，就来找我了。我见他脸色涨红，十分拘谨，还跟他开玩笑，说："呵呵，小马，有事就说吧。是不是你喂养的豹子跟你闹别扭了？"

小马说："也没有什么事。但我不想跟王贵祥住，我想搬出去，您可以安排吗？"

我说："这个恐怕有些困难，我们的条件很有限。其实，你们两个人住一间房子，也有十六七平方米，不是挺好吗？"

小马说："我不想跟别人住。我一个人图清静，有时晚上想看书，也不至于打扰别人。"

我搔着头发，感到很为难，我说："你想要一个单间，目前还缺乏这样的条件——"

小马说："我想过了，能不能在大房子中砌一堵墙，分一间小的出来？这样，大家各得其所，互不干扰，不是很好吗？"

我同意了，叫行政科马上去安排。当时我没有往深处想，我是麻痹大意了。我只是想到他要搬出去的问题，却忽视了他说不想跟王贵祥住这一点。现在回想起来，就大有文章了。王贵祥这个人，手脚不干净，可能是跟小马闹矛盾了。还有，据说王贵祥有后庭之好，当然，他到底是不是，这个我没有证实，在此提出来，仅供参考。同性恋是纯属个人的事，我们不好干涉。社会虽然有了很大的进步，但也没有到公开接受同性恋的地步。他王贵祥要怎么搞都行，但绝对不能骚扰到我的员工，否则我可饶不了他！

我想，小马强烈要从王贵祥的宿舍搬出去，就极可能与此相关。我庆幸当时接受了他的请求。否则，还不知道要闹出什么乱子来。

还有一种说法是这样的，不仅王贵祥是同性恋，小马也是，两人一搭上，就如漆似胶了。不久，王贵祥另有新欢，小马伤心欲绝，跟王贵祥闹翻了。但他又看上了赵大嘴，而赵大嘴同样是一位诗人，跟他有共同语言，但赵大嘴并不好这个调调儿，两人交往不久，就各奔东西了。类似的这些说法很无聊，我觉得是对小马的侮辱，是对小马的中伤，我个人特别不能接受！

理由很简单，因为小马是一个正常的男人，他当时一直在追求一个女人。动物园中传得沸沸扬扬，说小马暗恋驯兽员林璧儿。其实不是的，他跟林璧儿一点关系也没有。他另有心上人，他喜欢的是办公室秘书易小薇，还不是暗恋呢，明火执仗，展开了轰轰烈烈的攻势。易小薇对他也有好感，但又一时无法下决心，对他若即若离。这一来，可就够小马折腾的了。易小薇是很好的女子，我知道有一些关于她的闲言碎语，说得很难听，甚至还跟我扯上关系。全他妈的都是无稽之谈！易小薇条件那么好，心比天高，不要说是我，即使是李嘉诚的公子，也未必能让她做情人。她下不了决心跟小马好，也是有难言之隐。

原来，易小薇在外地有一个男朋友，处了好几年，关系还不错。据说那男子是做药材生意的，长年累月在云南边陲收购药材，一年到头，很少有机会跟易小薇见面。易小薇也不是耐不住寂寞的人，却抵挡不住小马的猛烈攻势。据说小马每天给她写一首情诗，用的词语比抹了蜂蜜的青枣还要甜，说的句子比李小龙的拳头还要

吃了豹子胆

有力。就这样，硬是用甜言蜜语敲开了易小薇的心扉。这家伙，别看他平时不爱吭声，倒挺浪漫的，对女人真有一手！这一来，她就为难了。她摇摆不定，有时想想远方的旧爱，有时看看身边的新欢，就举棋不定了。

动物园林木掩映，环境清幽，很适合情侣出双入对，小马和易小薇就常手挽手在林荫小径下漫步，花前月下，促膝谈心，何等快活。有小马陪伴在旁，易小薇也暂时忘掉烦恼。两人越陷越深，事情的解决就益发显得迫切，眼见得是一天也不能再拖了。

有一天傍晚，另一个说法是深夜，确切时间还有待求证，易小薇从小马的宿舍走出来，云鬓散乱，满脸晕红，她的神色有些慌张，但喜悦更大于惊惶。当时，不少人都看到了这一幕，必要时，王贵祥、洪远景等人，都可以作证。如果这一幕属实，那么易小薇跟小马的关系已非比寻常，甚至突破了某个重要界限亦未可知。这一点非常重要。而他的男朋友对此略有所闻，也意识到感情的危机，早已从千里迢迢之外的云南坐飞机赶回来，并坐立不安地在易小薇的宿舍等候多时了。至于，易小薇和远方男友之间，到底发生了什么事，我无凭无据，倒是不便揣测。但我可以肯定，易小薇男友第二天一早，就悄悄离开了。让人觉得蹊跷的是，在易小薇男友离开后不到一周，小马失踪了。

我说了那么多，就是想尽量讲得清楚一点。我的意思是说，小马的失踪，也许跟情杀有关。鉴于我对小马、易小薇以及某男子之间的三角恋的了解，这并非为毫无根据的臆测。我建议你们找易小薇谈一谈，兴许线索就着落在她的身上。

小马是一个很不错的小伙子，但说不见就不见了。我有一个预感，他极有可能已经离开这个世界，说不定已经被剥了皮、分了尸，总之没有存活的可能。我听说易小薇的男朋友是混黑道的，说在云南贩药材，实则在西藏猎杀藏羚羊，甭说剥羊皮砍羊头，就是杀人，他也是从来不手软的。

对不起，我今天说得太多了。总而言之，我提供的只是一些情况，我也尽可能做到只讲事实，我希望能对你们侦破这个案子有点用——不好意思，我先接个电话——什么，什么，小马出现了？还是他自己走出来的？原来他并没有失踪？我操，他真是疯了——哦哦——好，我马上赶过去——警官先生，刚才保卫科长徐柏苛打电话来说，小马已经找到了。啊，事情真是太复杂了，太匪夷所思了，恐怕超出了所有人的想象。我让徐科长跟你们详细说说吧。

徐柏苛

　　小马失踪约有三个星期，这段时间来，你们刑警支队也在积极调查，陆续讯问了好几个人，也做了详细的笔录，但似乎没什么收获。因为这桩案子太离奇了，不要说问他们问不出什么结果，即使是问到我，我也说不出个子丑寅卯来。如果仅凭着对这些人的讯问去侦察，对破案一点用也没有，甚至只能是南辕北辙，只能是歧路亡羊。如今，这个案子已水落石出，回头一看，也没什么稀奇，我相信我掌握的情况，对于你们结案是极为有用的，是不可缺少的。当事人小马，他已经不可能将事情的来龙去脉再复述一遍了。他已咬断舌头了，在几分钟之前，他要嚼舌自尽，他正送去医院抢救，即使没有生命危险，也变成哑巴了，永远说不出一个字了。

　　这些日子来，小马根本就没有失踪，他是故意躲起来的。他躲在哪儿？你做梦也想不到吧，他就躲在豹子的皮毛里面。这样，小马的失踪案就不复存在，而变成豹子遇害案了。这只豹子身躯宽大，是一只健壮有力的金钱豹，更难得的是它是一只驯豹，是动物园马戏团的镇团之宝。众所周知，在猛兽里面，就数豹子最难驯服，狮子也好，老虎也好，其实都不算太难驯服，就是豹子不好搞。豹子里面，不管是云豹、金钱豹还是美洲豹，都十分倨傲，宁可绝食而死，也不肯轻易屈服。在国内的马戏团中，狮虎表演很常见，豹子表现却是凤毛麟角。但让人惊奇的是，我们动物园就将这只四岁的金钱豹"贝贝"驯服了，这在人类的驯兽史上堪称奇迹！这得益于天才的驯兽师林璧儿。在她的调教之下，贝贝不仅可以做出普通驯兽的钻火圈、踩跷跷板等动作，更有独门绝技，它可以像京剧武生那样连续翻十八个空心筋斗。前滚翻、后空翻，甚至后肢直立，前肢上举，然后向下肢蜷曲折叠，模仿瑜珈的动作。看上去憨态可掬，滑稽好笑，哪里还有半分豹子的凶猛模样？这一招有个名堂，叫"豹子练瑜珈"，完全是出于林璧儿的创意，每次表演，都能博得满堂喝彩。

但我们都知道林璧儿是驯兽天才，谁知马遥才是真正的天才。他连林璧儿都骗过了，将全场的观众都骗过去了。如果不是他发起疯来，恐怕直到今天，我们都蒙在鼓里。而无中生有的小马失踪案，也永远休想侦破。这桩案子既然不复存在，当然就谈不上破案了。

对不起，我讲得没什么条理，颠三倒四，且听我慢慢讲。今天是星期六，动物园每周两次的演出，一是星期三，一是星期六，下午四点，演出开锣，演过了猴子蹬单车、狗熊踩圆球，就轮到贝贝大显身手了。林璧儿扬着小鞭子，赶着贝贝出场了，锣鼓响起，丝竹声动。只见林璧儿头戴一顶高筒宽边礼帽，穿着黑绒紧身衣、桃红色纱短裙，腰间束着一根金黄色的豹纹丝带，挺着两条明晃晃的雪白长腿，既显得野性不羁，又显得性感十足，跟那头威严地踱步的豹子相映成趣。林璧儿一声唿哨，豹子忽然人立而起，前爪合拢，向观众行礼。全场霎时寂静无声，继而掌声雷动。在林璧儿的指挥下，豹子的表演扣人心弦，我口拙舌笨，实在难以描述现场的精彩之万一。

但出人意料的是，豹子做完了瑜珈动作之后，忽然趁势举起前肢，搂抱住林璧儿的腰，那个毛皮斑斓的豹头，颤巍巍地移动过来，居然贴住林璧儿的脸庞，做出了亲吻的动作。林璧儿大声呵斥，但豹子毫不理会，反而愈发搂得紧了，她惊惶失措，脸色煞白，"哎呀"一声，竟晕倒在豹子的怀抱里。一些胆小的观众，已吓得尖叫起来。等我闻讯赶到现场，那只豹子正在缓缓地将林璧儿放在地上，动作轻巧，小心翼翼。一只猛兽居然对驯兽员做出如此举动，真是诡异难测，骇人听闻。但那只豹子忽然后腿矗立，挺起身躯，伸爪子往头上一扯，居然扯掉了豹子头部的毛皮，而露出一张人脸来，赫然便是失踪多日的饲养员马遥！披着豹子皮的小马，他脸色阴郁，忽然双眼流

吃了豹子胆

泪，泪水滂沱！

观众席上乱成一团，有人尖叫，有人狂笑，有人咒骂，还有人已看出情形不对，要夺路而走。我猜想，说不定还有人以为这是马戏团安排的特别节目呢。但我的第一反应却是，一个箭步扑上去，双手搭上小马的肩膀，要将小马抓住。没想到他肩膀一耸，我的手臂便被一股大力震开了，而且酸痛难忍。我心里一惊，据说小马练过铁砂掌之类的功夫，看来并非假话。我咬了咬牙，握紧拳头，纵算他功夫惊人，但我职责所在，怎么说也得把他抓住。小马泪水涌流不止，我骇异于一个男人，怎么会有这么多泪水。他缓缓地转过头，望着我，说："徐科长，我会跟你走的。但请你让我把林璧儿送到医务所去。她一个弱女子，可受不得惊吓。"他也不去理我，抱起林璧儿一步一步走出了演出厅，向医务所走去。我点了点头，跟在他的后头。我使个眼色，四个保安悄悄跟在我后头。小马抱着林璧儿，似乎也没感到吃力。他对此视而不见。但是我终于忍不住问道："小马，这到底是怎么回事呢？动物园上下都传说你失踪了，公安还在园长室问话呢。你怎么跑到豹子的肚子去啦？"

小马望着我，他的脸上写满了悲伤。他说："你真的想知道？"

以下就是我跟小马一路上的交谈，一直到走入医务所。

"徐科长，你也许听说过关于我的一些事情，有人说我胆小如鼠，有人说我是同性恋，有人说我是神经病。我跟你讲，我当然不是他们想象的那样，我只是不喜欢跟他们打交道罢了。我不去分辩，也不去解释。我既然给别人这样的感觉，那么我也有责任。但我为什么要去理会别人怎么看我呢？我是为自己而活着的。你瞧，我现在这个样子，我说自己不是疯子，你肯定也在心里反驳。"

"小马，别这样说。"

"我如果说自己是一个疯子，肯定没有一个人反对。如果我说自己疯了，无疑会对我的案件有利。我杀死了豹子，我吃了豹子胆。金钱豹是国家的一级保护动物，这牢我是坐定了的。但如果我被送入精神病院，那跟坐牢又有什么区别呢？是的，我所做的事，只有一个疯了的人，才会做。一个人如果不为了爱情去疯狂，还有什么值得折腾呢。但是，我要很清醒地告诉你，我一点也没有疯，我对精神病理学有过涉猎，我知道如何应付精神病测试，自然也就知道如何规避。重要的是，我要让林璧儿知道，让所有人知道，我所做的一切，都是在头脑清醒的情况下决定的，我愿意承担这一切的后果。

"有一件事，大伙儿是说对了，那就是我暗恋林璧儿的事。世上没有不透风的墙，群众的眼睛是雪亮的，真没错，我操他妈的群众，我喜欢一个人有罪吗？我喜欢她招谁惹谁了？而且林璧儿也找过我，她亲口问我：'你爱我吗？'她问得很严肃，我觉得她并非别人传说的那样轻浮，她是一个严肃的人。我很想大声地回答她，是的，我爱，我除了爱你，没有别的事值得关心。但是，我不敢面对她，不敢接近她，在她的面前，我一句话、一个字也说不出口。我全身发热，滚烫一片，我觉得自己立马变得僵硬，变成一块冰冷的石头，完完整整的一块，没有一丝缝隙，而我想说的话语，根本找不到出口并迅速冻结。我太紧张了。什么是绝望？在那一刻，我算是懂得了。林璧儿又重复问了我几次：'你说话呀你，你爱我吗？'我始终一言不发。我感觉到我的身体被掏空了，先是被扯出了内脏，然后是毛发，我的皮肤也离我而去了。我变成了一个空心的人，一个只有形状的影子，一个飘浮在空气中的不存在的人。林璧儿终于走了。她丢下一句：'我不会喜欢一个胆心鬼。'

"也许祝医生说得没错，我存在着严重的心理障碍，而我一直无力克服。如果说我胆小如鼠，是指在我所爱的人面前怯懦，那么我的确胆小如鼠。"

"那祝医生是怎么说的？他的医术很高明，他的意见应该不错。"

"祝医生说：'我不是一个很称职的心理医师，但在动物园十几年来，也曾经尝试着为一些同事做过心理咨询及精神治疗，效果都不错，譬如王贵祥对梅花鹿的妄想症、林璧儿对豹子的恐惧。心理问题其实就是潜伏在身体里面的猛兽，必须将它赶跑或消灭。你知道的，我们长年累月跟猛兽打交道，内心对野兽多少存有恐惧之感。即使掌握动物习性的人，譬如驯兽员，也概莫能外。哪怕是驯兽，也毕竟野性未脱，没有理智可言。小马，我看你的问题，其实也是一种心理障碍，要克服内心的恐惧，并不容易，但只要方法得当，也并非没有可能。'他于是提出，让我去吃豹子的胆，理由是豹子的胆量最大。我当时一愣，这不是教我去犯罪吗？"

"你真吃了豹子胆？"

"是的，我将贝贝杀掉了，我将手伸入它的腹腔，掏出了它的胆。至于我是怎么杀掉它的，你就不要问了。我一边杀它，一边流泪，其实，这是一只很可爱的豹子。它的胆像鸭蛋那么大，呈黑青色，我将它切割成好几小块，放在一大杯米酒里，我狠一咬牙，咕噜咕噜地吞服。一股强烈无比的腥臭味直冲上来，让我醺然欲吐，但我总算全部吞下了，豹子胆来之不易，我怎么说也不能浪费了。我吃过蛇胆、猪胆，但都没有这么腥臭。"

"所以你胆子变大了？"

"没有。我一吃完就后悔了，我猜祝医生的意思，豹子胆并非药物，只有心理暗示的作用。但我一吃完，我感到心底涌起阵阵恐惧，我知道我根本不敢像正常人那样去接近林璧儿。只可怜了豹子！"

"你说你杀了豹子，但这些日子，我们却发现豹子还在豹栏里，还参加了马戏团的几次演出。"

"那不是真正的豹子，而是我披着豹子皮。我想过了，既然豹子胆没用，说不定这张皮倒能派上用场。我将这张皮剥了下来，稍为鞣制，就披在身上。"

"怪不得顶替你去喂豹子的人，都说豹子不思饮食。还叫兽医来看了两次，他居然没发现什么。"

"生牛肉怎么吃？我等到夜深人静，才去弄点吃的。现在天冷了，我只穿一套内衣，钻入了豹皮里面，还是觉得热气腾腾。豹栏里的气味又难闻得很，总之，滋味并不好受。我扮豹子，是希望通过这种方式，在林璧儿演出时接近她，并慢慢克服我内心的恐惧。但时间愈长，我愈烦躁不安，我感到自己越来越趋近于成为一只豹子了。贝贝并没有死，它的灵魂钻入了我的身体，我吃了它的胆，它却要让我代替它活下去，并进行演出。在夜深人静的时候，我感到豹子的皮毛跟我的皮肤在相互渗透，融为一体，甚至不可分离了。我吓得冷汗涔湴，我赶紧将豹子皮扯下来，才发现这是一种幻觉。但这样的感觉，一日甚于一日。明月高悬，我想起林璧儿来，不禁涕泪横流。我仰望着圆月，忍不住'呜呜'地发出豹子般的凄厉嚎叫。在那一刻，我作为人的感觉正在模糊、淡化，而对于如何做一只豹子，却心领神会，如有神助。豹子只是一张皮，人的欲望才是一只豹子。前几次演出，我轻而易举地完成了任务。而林璧儿根本就没看出什么破绽。每次我凝视它，我都想，如果我真正成为这只豹子，如果我一辈子都生活在豹皮里面，这样，我也许永远能接近林璧儿了。只是，她日后结婚生子，日渐衰老，是否偶尔会想起那个胆小如鼠的、那个失踪了的饲养员？"

"小马你又是何苦呢？"

"如果我一直这样下去，那个叫马遥的人就不见了，消失了，名叫'贝贝'的豹子却会长期活下来。但在今天，我决定结束这个荒唐的想法，我忍不住要亲吻林璧儿，她实在是太美了。在那一刻，我完全克服了恐惧，但我感觉我是作为一只豹子在亲吻她，在抚摸她。作为人的我，大脑一片空白，意识完全消失了。但是我不后悔，我也许已经克服了我的恐惧。当然，等待着我的将是刑律的制裁，但愿林璧儿不会有事。"

在交谈间，医务所到了。祝德昌医生看见一个豹子抱着林璧儿走进来，猝不及防，还没反应过来。小马将林璧儿放在沙发上，忽然咧嘴对他笑了，说："豹子胆一点用也没有。"

祝德昌不停地擦着额头的汗滴，几乎连林璧儿也顾不上看了。林璧儿不知何时早已醒来，她双眼呆滞无神，泪珠在眼眶里滚动，她也许听到了我跟小马的交谈，还是完全被疯狂的小马吓傻了？无论是谁，碰到这样一个疯狂的追求者，都不是一件好事。我说："祝医生，你看看林璧儿吧。"

小马看着林璧儿，他的眼神变得炽热起来，他的眸子里有细小的烈焰在跳跃，他的眼神完全等同于一只猛兽。他缓缓地将豹子头部的皮毛套上脑袋，突然，豹子皮里发出一声撕心裂肺的惨叫，把我们都吓了一跳。他躲在豹子皮里咬断了自己的舌头。

警官先生，他送到医院去了。我要跟你说的就是这些。我相信，关于小马失踪以及豹子被杀的案件，已经得到相当合理的解释。这个可怜的小马，即使他没有死，也不会说出一个字来了。即使他没死，等待着他的将是牢狱之灾。杀死金钱豹是要被判刑的。这个可怜的小马！

恍惚的一天

　　早上七点，陈榆父被一阵巨大的轰鸣吵醒。他感到耳朵充满了冰碴和铁钉，噪声像利刃一样切割着睡眠，睡意就像一张被捅破的窗纸。但他的四肢依然笼罩在深深的困乏之中，他摸出床头的橡皮耳塞，塞入了耳孔。耳朵里的钉头似乎变得柔和，而冰碴正在融化。这样的日子已持续了两年，窗外正南面不足廿米就是那个古罗马斗兽场似的建筑工地，已经建到了十九层，据说这是一座高达三十七层的建筑。每天七点，准时施工，风雨不改。平时，他将噪音当作上班的闹钟，但今天是周六，他没理由早起。结果他一直睡到十二点，这一次是饥饿将他拽了起来。即使睡到十二点，他依然感到睡眠不足，手脚发软，头痛欲裂。睡是睡了，甚至还做了一些好梦，但噪声使他的睡眠变得徒有其表。他昨晚睡得太迟，先是看一本叫《不能承受的生命之轻》的书，相当精彩，但不是他要写的小说。后来打开了电视，电影频道正在放映一部美国影片《真爱难舍》，片名译得俗不可耐，剧情倒动人肺腑，纽约来的一位年轻貌美的女建筑师爱上阿特兰大的一位盲人按摩师，他们在彼此身上窥见爱、光明和真理。尽管这种公主爱上流浪汉的故事，只有在童话中才能产生，但他被迷住了，欲罢不能，结果一口气看到底。他对自己说，这是每一个单身男子的白日梦。

　　昨夜，他在梦中写了几个杰出的短篇，其中有博尔赫斯的《曲径分岔的小径》、卡尔维诺的《糕点店的盗窃案》和埃梅的《穿墙记》。他记得当时哑然失笑，小说虽然精妙，但跟他没什么关系。即使在梦中，他也知道自己不是博尔赫斯。他是一名诗人，现在想写小说。他老是在梦中完成一些精妙的小说，甚至梦见自己写出了《唐吉诃德》。当然，在现实中他没写过一篇像样的小说。他在梦中告诫自己，这不是真的，只不过是一场梦。如果你想捕捉这些小说，就赶紧用笔记本将梗概记下来，说不定还有希望写出来。在梦中，每次他都认真做了笔记，但醒后还是忘得一干二净。

他洗漱完毕，现在精神好了一些。他责怪自己不该睡着了仍在为小说绞尽脑汁。他瞅着镜中的自己，就像看一个陌生人。镜中人脸色苍白，无精打采，无所事事。这让他感到心烦意乱，窗外的噪声像飓风一样呼啸，无休无止。他感到身躯像一只沙漏，正在流泻着沙粒，变得越来越空虚。他像倒垃圾那样往喉咙快速倒下一碗面条，他毫无食欲，纯粹是为了完成任务。现在，他的心情慢慢平复下来，他忽然感到有件事被忘掉了，于是，这一天他都将被这种怀疑的感觉所折磨。他认真想了想，但始终不得要领。在广州，他算得上是一个深居简出的人，也没有几个朋友。他打开音响，《沙漠之舟》的旋律马上弥漫了整个客厅。音乐在噪声中显得孤立无援，仿佛一股清泉注入发臭的河涌并被其淹没，但毕竟聊胜于无。

他拉开窗帘，并推开落地窗。灿烂的阳光马上布满室内，但噪声同时更疯狂地涌来。他望着那幢正在紧张施工的庞然大物，这就是噪声和尘埃的源泉。它像一只巨大的蜂巢，噪声就像一群疯狂而锐利的马蜂，穿过墙壁，穿过窗帘，准确地钻入他的耳朵。在它的旁边还有一片空地，这将是另一幢高楼矗起的地方。这些地皮属于同一个小区，但不会同时建筑，也就是说，他将饱受噪声的折磨，不知何日是尽头。这就是他挑的好地方，他苦笑了一下。当时买房子，他挑中的房子南面是一道围墙，墙边种着一排排小叶榕，小榕树仿佛有着细软腰肢的少女，婀娜多姿，随风起舞。而围墙外就是一片绿油油的菜地，菜叶上还升起一簇簇金黄或粉白的小花。这在广州并不多见，仿佛是上帝显示的神迹，他爱上了这个地方。但三个月之后，围墙荡然无存，菜地被推土机翻起，打桩机挥动着巨大的铁臂，一座三十七层的高楼将拔地而起。这就是一时冲动的后果。都怪他那种以生俱来的天真和幻想害了他。他说，一个人如果不买几次房子，是不会买到理想房子的，正如不多谈几次恋爱，就不会找到真正的爱人。但这仅是他的看法而已，有眼光的人不会同意。无论买房子还是找女人，他都表现得非常愚钝。无论如何，他总算有了一套房子（假如他有能力一直供下去的话），爱人却遥遥无期。他先后爱上三个女子，但她们无一例外地把自己变成了他的红娘，她们仿佛合谋似的，具有惊人的一致：我有更合适的女孩介绍给你，我们还是做朋友好些。她们一说完，就要付诸行动。每一次，他都强忍着心底的不快婉言谢绝。

　　阳光多么好，他的心情变得明亮了些，这让他暂时忘却了那件想不起来的事。他决定找个理由让自己出门。他必须逃避这些疯狂的噪音。他在出门前，又将窗帘和窗子关好，这是出于防范噪声和尘埃之必要，他能想像有一小部分噪声和尘埃被玻璃窗阻隔并被厚厚的窗帘所吸收，而更多的将无情地覆盖房间的每一处角落和每一件东西。这该死的声音与尘埃，也是这座城市最普遍的事物，无处不在。他下意识地抖了一下，仿佛能将心底的喧嚣和尘土抖落。

　　经过一番近似搏斗的努力，他终于挤上了公交车，并成功地使自己的双脚牢牢站稳。通常，这个城市的乘客要拥有立锥之地并不容易，而吊环和扶竿则纯属多余，因为乘客就像罐头盒中嵌紧的沙丁鱼，几乎要将车厢挤得变形，又哪里有供人跌倒的空间？今天是周末，乘客不会太多，他大可不必挤上这样的一辆。车向着目的地飞驰，但他却不知道要去哪儿。由于是周末，平时像蜗牛爬行的车辆恢复了正常的速度。他在过了五个站之后，终于有了自己要去的地方——中山图书馆。馆里的"快乐特价书店"经常能让他满载而归。他买回来的书，堆满房间的每一处角落，犹如秋天的落叶堆满了山谷。文学大师的灵魂在书页间升起，犹如闪光的、看不见的蝴蝶在翩跹飞舞。在每一个噪声肆虐的夜晚，他都仿佛窥见了这些蝴蝶。他热爱他们，并试图成为这群蝴蝶中的一只。但他根本就看不了几本，他怀疑自己有一种藏书的癖好，有的书因从不翻动而成了蟑螂和白蚁的窠穴。这一次，他选择去图书馆，主要是因为书店的"快乐"二字，他渴求快乐犹如一个焦渴的人想去饮水。然而，这辆车跟图书馆南辕北辙，他只好下来换乘了另一辆。

这一辆车人不多，他甚至拥有了两个吊环，他让双臂像大猩猩的长臂那样举起并抓住吊环，真舒服，整个人有一种悬空般的轻微眩晕感，他闭上了眼睛，几乎要睡着了。司机在不停地叫嚷，注意小偷，看好自己的东西！他是一个长着连鬓络腮胡的小伙子，豹头环眼，看上去面目狰狞。他微笑，他倒像个来自中东的恐怖分子呢。他想起了晚报的一道测试题：如果你在公交车上遇到小偷，你会挺身而出、暗中提醒被偷者还是袖手旁观？他踌躇再三而难以抉择。接下来的问题更加尖锐：如果那个被偷的人就是你自己而又被你发觉呢？你是拼命反抗还是装聋作哑？据说小偷都身怀凶器，又大多成群结队，他们从不忌惮明偷还是暗抢。问题让人头痛，不想也罢。他又去想那件可能是子虚乌有或忘了的事情，刹那间，浓重的睡意袭上眼皮，他竟然睡着了。图书馆到了，一批乘客下车，又一批乘客上来。司机照例在叫嚷：注意小偷，看好自己的东西。他若有所思，他刚才于迷糊之中，好像想起了那是一件什么事，但醒后还是一无所获。

"快乐特价书店"里人并不多，他想，这个城市人满为患，到处都是人，街上和车上全是人，银行和邮局全是人，餐馆和商场全是人，甚至连吃饭也还得排队，客村一家叫"小母牛"的火锅店，生意异常火爆，垂涎三尺的食客从店里排到马路。只有两种地方例外，一是美术馆门可罗雀，二是书店还算清静。他喜欢这种清静的感觉，但书店开在地下室，未免不够通风。书页翻动，一股灰尘扑面而来，他不禁打了个喷嚏。这里的书都不是畅销品，书价也就三四折，好在他视畅销书如粪土，倒也能觅到不少好书，譬如里尔克、列那尔和纳博科夫（当然《洛丽塔》除外）的著作，都是一些炒不热的经典。他一下子就挑了十几本砖头般厚的外国名著，看在便宜的份上，还买了几本中国作家的小说。要知道，同胞的作品对他没多大吸引力。

他就要离开了，他看了看手机上的时钟，在书店呆了一个小时，现在是下午三点正。下来他已无处可去，只能扛着这一大摞书回去。

买到好书的感觉不坏，他核对着书单上的账目，叹道，如果有一本是我写的就好了，哪怕是中国作家的也行。然而，当他在掏钱的时候，心里一沉，有一脚踩空的感觉——糟了，钱包不见了！现金还是其次，麻烦的是身份证和电话本。幸亏供楼的银行卡不在里头，手机放在另一个口袋。他不知道是在何时何地丢的，有可能是在车上打盹时丢了，说不定当时司机叫嚷就是要提醒他呢。当然，也有另外的可能，譬如他压根就没带钱包出来，他这么一想，不禁感到一阵恍惚，心里说，待会回家可得好好寻找。然而，这些书怎么办呢？他搓着双手，不好意思地说，没带钱，我下次再拿吧。店主是一位模样很甜美的小姑娘，她笑着说，你可以先拿走呀，如果你不介意写一张欠条的话。她手脚麻利地打着包，又说，都是老顾客了，我当然相信你。他瞅着那双白皙而灵巧的手，觉得这双手的主人无疑也拥有一颗金子的心。但他知道自己并无权利加以进一步的探究。这就是诗人的想法。诗人总是想入非非。

他扛走了书，外面阳光灿烂，尘埃在光线中浮动。他感到心里升起一股暖意。他为自己在这座冷漠的城市能为别人信任而感动。

他返程时运气不佳，他费了九牛二虎之力才挤上公交车，并将这一大包书塞入座椅底下。幸好他坐车有"羊城通"卡，否则连回家的钱也成问题。当车走了一半路程，他的手机响了。这是一个年轻女子的声音，声音很动听，即使通过手机的过滤以及车上喧响的干扰，依然无损其甜美。天啊，孙小蕈，他感到心在剧烈地跳动，她的声音有多久没听到了？三年还是两年？这曾经是让他魂牵梦萦心神俱醉的声音。但是她并不爱他，他只好硬下心肠让自己忘掉了她的声音以及全部。若非如此，他就不会爱上后来的那两个女子了。他们的交谈很快就结束了，他持着手机有点发怔，恍如梦中。孙小蕈说得简洁、准确而不容置疑。现在，他的难题来了。今天，他跟孙小蕈在环市路的"火焰山"酒吧有一个重要的约会——确切地说——是跟她介绍的一个叫方紫茵的女子相亲。真是该死，他怎么会答应这次荒谬的约会？孙小蕈劈头质问他，还有十五分钟就到约定的时间了，但还没见他的踪影，希望他不要迟到，即使迟到也不要人家久等。他脑海里闪过一道白光，他想起了这一次邀约。他讪讪地说，是我不对，我忘了这件事。对方说，那么你赶紧过来，要打的！他嗫嚅着说，但我正在外面，我手上有一包东西，我已经回到了半路，我能先回家吗？对方寸步不让，不行！你得马上打的过来！

现在，凭空多了一件事出来，他倒是有点措手不及。然而，他觉得这并不是他想不起来的那件事。这件事就像一根楔子嵌入了木板上的一个孔眼之中，严丝合缝，一点不差，但他总是觉得还有一处孔眼在等待着另一根楔子。他叹了口气，说甭管了。

他狼狈不堪，只好截了一辆的士赶到"火焰山"。他甫一下车，就示意孙小蕻帮他付钱。孙小蕻跟方紫茵说，来来，我来介绍，这就是咱们的大作家陈榆父同志，听说在写长篇呢，是不是？他点了点头，忙不迭地将肩上的纸包放下来。方紫茵瞪大着眼睛，好奇地问，这是啥呀？他笑道，这是给你送的情书来着。话一出口，就有点后悔，他觉得自己说了一句蠢话。方紫茵格格娇笑，说道，我才不信呢，咱们今天才认识。孙小蕻也笑了，说你什么时候学得如此油腔滑调？他一本正经地说，现在的女孩子宁肯要巧克力和玫瑰花，还有谁想看情书？他的头像葵花向太阳那样转向方紫茵，不过，写情书是我的强项呀，即使你不想看我也要写的。方紫茵是一位很阳光很时髦的女子，言行举止，落落大方，但听了这句话，她忽然粉颈低垂，脸色潮红，倒是一声不吭。这一切哪儿能逃脱孙小蕻的法眼？她笑着说，以前倒不见你这么会说话，想想以前，你像根榆木疙瘩似的，谁愿意跟你在一起？他咀嚼着这句话，觉得有些复杂，不由自主地说，就是吸取了以前失败的教训嘛。方紫茵说，我听说一个男人要成长，就非得要好几个女人做老师来培养不可。小蕻无疑就是最好的老师了。

孙小蕻大笑，说，据说有缘的男女在遇见之前，中间隔着一堵墙，两人互不能见，直到双方脚下踩了一堆异性作为垫脚石，才能越过墙头看见对方。说老师也不算，我只不过是他脚下的一块垫脚石罢了。你瞧，我把他调教好了，却落到了人家手上。我倒是前人种树后人乘凉了。

他想，他跟孙小蕺有多年没见了吧？但瞧她巧笑倩兮，风姿不减当年。而方紫茵言行举止之间，风情万种，显然是个秀外慧中的知识女性。然而，不知道为什么，他心里竟毫无感觉。他知道问题不在于对方，而在于自己。也许，他现在根本就没想过要认识女子，还是他一直无法忘记心中的某人？连他自己也说不出来。一阵恍惚之感猛然袭来，他觉得眼前一片模糊。他觉得目光布满了一种棉花糖似的东西，像云彩一样飘浮，触手之处一片绵软。于是，三人一时陷于沉默。两个女子不停地往嘴巴塞着雪糕、水果和烤鸡翼，一边发出麻雀一样唧唧喳喳的响声。这是属于亲密女孩子之间的暗语，非他所能破译，况且他也无心聆听。他左手持叉，右手持刀，四顾茫然，觉得胃里装着一块石头，他毫无食欲。奇怪的是，这竟是一块饥饿的石头。

他很快就找个借口溜了，对于一个没钱埋单的人来说，这可能是最佳选择。他刚迈出店门，孙小蕺就给他发了信息，大意是说方紫茵觉得他左看右看还是木头、人又小气云云。孙小蕺最后安慰他说，不要紧，也许是缘分没到。下次我再物色，包管你们一见钟情，相见恨晚。这本是意料中事，但他收到信息，心中还是有一种如释重负之感。他觉得虽然是好女孩，但他不可能爱上她。他将那包书搬上公交车，除了回家去接受噪声的折磨，还能怎么样呢？

他在酒吧呆的时间不长，但从环市路回客村，中途却要经过广州大桥，这里老堵车。公交车以连蜗牛也自叹弗如的缓慢在蠕动着，他计算了一下，光过桥就花了四十分钟，这样，当他回到家的时候，已经是傍晚六点了。而冬天的六点，就是名副其实的夜晚。工地上照常施工，他们通常会干到晚上九点才会收工，如果碰到倒混凝土，还会更晚。两盏大如南瓜的明灯将工地照得亮如白昼，而噪声像潮水一样袭来。尽管在意料之中，他还是有一种昏眩的感觉。让他始料不及的是，他的门前竟然密密匝匝地围着一群人，当他摁亮路灯的一刹那，他们的脸孔逐一从黑暗中浮现出来，就像梦幻般的水母浮出海面，显得非常不真实。

来人一共有五个，三男二女，其中两个是男诗人蚂蚁、火星人，两个是女诗人青山小百灵、杨小羊，还有地下摇滚歌手兼民间诗人虎鲸。蚂蚁和火星人是某公司的中层干部，杨小羊是一家时尚杂志的娱记，青山小百灵还是大学生呢，至于虎鲸，他从来就没见他上班，但也不见他挨饥受饿。他最爱挂在嘴上的一句话是，我的摇滚专辑就要上市了，这将是一场史无前例的音乐大革命，你们就等着帮我数钞票吧。所谓诗人，是当不得真的。即使像他混到了某出版公司的签约作家，也还得在一家报纸谋生。虎鲸肩上斜挎着民谣吉他，而蚂蚁和火星人头上各顶着一个纸箱。蚂蚁咧嘴笑说，你家的音响太差，瞧我的！看这样的架势，他们是要在他的家里开一场摇滚诗歌朗诵会。火星人则说，料想你这里也没东西吃，今天我们可要尽欢而散！青山小百灵大度地说，这么冷，你们今晚不走也行。好像她才是主人。他皱了皱眉头，他依稀记得是在一次饭局上说过有空就来我家开诗歌朗诵会诸如此类。

他问，这是约好的吗？同时，他觉得脑海那块木板中的孔眼依然空空如也，根本没有一根合适的楔子可以放进去。现在，他完全可以确定，他的确是遗忘了今天要做的一件什么事。只是，这是一件什么样的事呢？夜幕降临，看来这件事只能胎死腹中了。奇怪的是，竟然没有人打电话催他。他深感心烦意乱，而喉咙里咕噜了一声，隐隐有呕吐的欲望。

而众人异口同声地说，这还用约吗？

他反问，你们就不怕我不在家吗？电话也不打一个。

众人大笑，你还能到哪儿去？我们又不是第一天认识你。

他叹息，事已至此，还能怎么样呢？他帮忙将两个纸箱抬入客厅。众人在地上铺了几张报纸，将纸箱里的东西倒出来，食物倒也丰富，全是面包、罐头、啤酒诸如此类，但这些都不对他的胃口。他竟然没有感到饥饿，其实他下午在酒吧也没吃过什么东西，倒是中午那碗面条有想不到的能量。虎鲸取出两个硕大的音箱并接好音响，一阵地动山摇的声音从音箱里好像泥石流一样滚流出来，青山小百灵忍不住扭动屁股踩了两记舞步，这就是虎鲸的最新摇滚乐力作《天真的垃圾桶之歌》，众人鼓起掌来，齐声喝彩。老实讲，他不喜欢虎鲸的任何音乐。他干脆将落地窗及窗帘完全打开，任由工地上的喧哗涌入室内，他心说，这跟外面的噪声又有什么分别。

众人狼吞虎咽，很快填饱了肚子。几只空的啤酒瓶在地上滚动，发出清脆的声音。虎鲸是个乐痴，这居然也能激发他的灵感，马上记下了一行简谱。他摇头晃脑地哼唱着，不无陶醉。青山小百灵自告奋勇充当司仪。她建议今晚的活动分"诗歌朗诵"、"摇滚乐欣赏"和"诗坛大态势讨论"三部分，当然，在朗诵过程中也可辅之以虎鲸的摇滚乐，而讨论的议题可于《当代中国诗歌何去何从》及《广东诗歌在中国诗歌版图中的位置》二者中择其一。众人一致选取第一个议题，因为他们写的不是广东诗歌，而属于整个中国，假如暂时还没有属于全世界的话。

六人的诗歌创作代表着不同的流派和风格，譬如蚂蚁和杨小羊俨然是知识分子诗人，火星人自诩为民间派，青山小百灵以当代李清照自居，虎鲸跟江湖上一个臭名昭著的专写精液和私处的小团体遥相呼应。至于陈榆父，则宣称写诗仅是个人的事务，向来跟任何帮派划清界限。诗学上的争论并没有妨碍他们的友谊，每一个人都以宽宏大量相标榜。在虎鲸疯狂拨动的琴弦和声嘶力竭的演唱中，诗歌朗诵会开始了，详情不必细叙。陈榆父在这种热烈的气氛中格格不入，显得心不在焉，啤酒和香烟的气味让他深感厌恶，他对什么东西也提不起兴趣。他朗诵了一首仅有三行的短诗：

果子的核，比包含着它的果实大得多
犹如人的灵魂，要大于他的身躯
他走过的道路，好像不属于任何人。

他照例获得了掌声，但他知道没人真正听见这首诗。他蹩脚的普通话就像尘埃消逝于空气中，没有人甘于做一个听众。人人皆是如此，忙于聒噪，无心聆听。青山小百灵凝望着他，啤酒使她脸色酡红，而双眸闪闪发亮，那种无比专注的神情显得有些滑稽。

轮到虎鲸时，朗诵会出现了一个小小的插曲，最终影响了朗诵会的顺利推进。当虎鲸停止弹奏和歌唱的时候，工地的噪声显得无比真切，犹如飓风席卷而来，一下子攫住了他。此刻，众人的喧闹对噪声造成的干扰已经消除，窗外的噪声乃是绝对的噪声，纯粹的噪声，犹如惊涛拍岸，穿云裂石。虎鲸仿佛遭受电击似地颤抖了一下，忽然脱口而出：啊，太美了，这是上帝告诉我的声音！众人面面相觑，不知他说的是什么。虎鲸侧着脑袋，仿佛要让潮水般的噪声通过身体并冲刷，他说：但愿我只剩下一对耳朵，其他全是多余！大家这才恍然大悟。虎鲸情不自禁地说：锤子敲打钉子的声音犹如陨石坠地，电锯切割钢筋的声音仿佛灵魂在碎裂，搅拌机搅拌着肚腹里的混凝土，这种声音仿佛挟裹了一切——对——就像时代的洪流卷走了每一朵单独的波浪！什么样的喉咙才能发出这样天才的歌声？这才是真正的天籁之声，是工业时代的灵魂和良心。比起大自然和人民群众的伟大创作，个人可怜的灵感又算得了什么！他闭上了嘴，他全身每一个毛孔都仿佛变成了一个细微的耳朵，在贪婪地吮吸并咀嚼。他竖起双耳，手却在纸片上快速地划写着，他要用简谱记下每一记噪声的旋律和节奏。

　　火星人气恼地说，你要干什么？你不来就让我来吧。陈榆父摆了摆手，示意大伙儿由他去。忽然，众人听到"噗"的一声，微弱而真切，工地上响起一片惊呼声，刹那间，所有的声音一齐窒息，仿佛有一只巨手突然扼住了发出这些声音的咽喉。杨小羊说，好像是一个沙包从高空掉落下来。虎鲸说，不，这是一个人掉在地上的声音。如果是沙包坠地，就应是"嘭"，而不是"噗"。虎鲸在声音上是专家，众人再无异议，一时哑默无声。虎鲸颓然跌坐在地板上，眼里闪烁着泪光。他说，这样的声音让人无法漠视！

　　音乐朗诵会就这样半途而废，关于《当代中国诗歌何去何从》的讨论自然宣告流产，众人怏怏不乐，鱼贯而出。虎鲸神色戚然，这个单纯而疯狂的人，他仿佛因触及了音乐滚烫的灵魂而被灼痛。青山小百灵走前瞥了陈榆父一眼，目光饱含着复杂的内容，他在其中读出了孤寂的时光和河水的流逝，也许还有在寂寥的时光中缓慢生锈的钟摆和水上快速漂走的朵朵猩红落花。他避开了她的视线。他听见了自己的一声叹息。

大伙儿走了，客厅内布满了烂报纸、面包屑和空酒瓶，杯盘狼藉。陈榆父稍为拾掇，时间不到八点，工地上一片死寂，这跟平时迥然不同。现在没有了噪声，他反而觉得有些不习惯。他觉得体力依然充沛，只是心里空空荡荡。这让他想起了脑海中那块木板上的空洞，它等待着一件亟待记起的事情像楔子那样去堵塞。后来，他想起了那个该死的钱包，但东翻西找仍一无所获。他以为钱包在家里的幻想被无情地粉碎了。换言之，他今天确实遭遇了小偷，而且损失不菲。

陈榆父去洗了一个热水澡，慢慢平静下来，胸中那种窒闷感也有所减轻。他坐在木头沙发上，干脆关闭了灯。他感觉寂静犹如黑夜一样稠密，但像筛子一样露出星光似的小孔。那是一些细小、清澈的虫鸣，唧唧复唧唧，这些久被压抑的声音，现在终于有机会显露出来。这种声音听来非常舒服，他几乎有了写诗的冲动，他自言自语说，看来我跟虎鲸理解的天籁是两种东西。

十分钟后，有人敲门了，是一个从没见过的女子，她给陈榆父的感觉是外面飘入了一团浓雾，或者说她是一个梦幻般的女子。她的第一句话就是：张非，我还算准时吧？

陈榆父微微发怔，她叫唤的不是他的名字，但又分明是在招呼他，因为该女子不仅用声音在呼唤他，而且用目光乃至身体的每一个部分呼唤他。他想她也许真的认得他，他每年都去高校开几场讲座，她也许是哪所高校的学生。他的头脑在飞速地转动，他用过的笔名难以计数，但还是排除了"张非"。他脱口而出，我是张非吗？

她不待邀请，径自走入来，嗔道，你比在网上逗多了。我不管你在现实生活中叫什么名字，我只知道你是我的宝贝张非。你可别忘了，我们是在网上建立了幸福家庭的，还生了两个聪明伶俐的孩子呢。不是你约我，我还真懒得见你呢。网恋见光死，还是活在虚拟世界的好。哈，你比我想像中还要帅一些。她眼波流转，说，你觉得我漂亮吗？

陈榆父正要指出她的错误，但刹那间产生的逢场作戏和冒险的冲动制止了他。反正，他现在无事可干，而她是又如此美丽动人，或

吃了豹子胆

许，天晓得，感谢她的误会，倒能使他走运，会遭到一次艳遇。他相信，这样的女孩子，无论是哪一位男人，都不会拒绝跟她发生一次乃次 N 次艳遇。众所周知，在这座城市发生的无数次一夜情之中，有不少就是自网络始的。的确，他上过聊天室，甚至在网络谈过虚拟爱情，但那好像是半年还是一年前的事了。他觉得网恋很无聊，因为连对方是男是女是老是少都不知晓，只要想起这一点，他就感到索然无味。他搜索枯肠，拼命回想他是否用过张非这样一个网名，但结果让人头疼，因为他根本无法确认或否定。而他在今晚是否约过这样的一位女孩子，原本可以轻易否定的事，似乎也变得有点糊涂。

她堪称年轻貌美，但陈榆父吃不准她的年龄，她看上去介于十八岁到三十岁之间，但说她比青山小百灵更小，似乎也并非没有可能。她纯真的神情，仿佛是一个硬邦邦的青芒果，但野性而魅惑的笑容使她又像一个熟透的浆果。她环顾着四周，说，房子还不错，就是乱了点。看来你在网上娶了老婆，但在现实中就没这么走运。她吃吃地笑，你在网上天天讲甜言蜜语哄我，但现在看来倒是老实人一个哩。

是的，我一向被你迷得神魂颠倒。陈榆父说。他其实是想从她嘴里探听出什么来，按照她的意思，他好像是一个油腔滑调之徒，整天讨好娘儿的货色。他不禁庆幸噪声在今晚销声匿迹，否则她肯定受不了。

你在网上老变着花样叫我，沙糖桔、水晶宝贝、紫色的浆果，不过，我最喜欢的还是你叫我赤裸小魔女，后来我不是还改用了这个网名吗？我要你现在就叫我赤裸小魔女。

唔，紫色的浆果，倒像是他的用语习惯。他心中窃喜，啊，原来她的网名就是赤裸小魔女，这个名字倒是蛮让人想入非非，怪不得那个张非被她迷得神魂颠倒呢，还跟她结了网婚并在网上生男育女。

我也喜欢这样叫你，他说，我的赤裸小魔女。

你太狠心了，你有多久没理我了啊，你怎么能硬得下心肠丢我跟孩子不管？网海茫茫，我根本就不知道该到哪儿找你。如果不是你今天约我，我还以为你永远要抛弃我了呢。所以你一叫我，我马上答应了，我不能没有你。她语带哽咽，犹如梨花带雨，仿佛真是受了天大的委屈。

他讪讪地说，是我不对。现在，他有点晕头转向，他今天有约过任何网友吗？而且是在月黑风高的夜晚？他忽然笑了，你为什么不把我们的孩子带过来呢？

她轻捶了一下他，说，你真坏。她的眼波开始变得迷蒙起来，她眼中的水雾变得越来越浓，她用一种软糖似的声音说，你在网上每晚都要抱着我睡觉的，我现在就要。

陈榆父抱起了她，往床上走去。他觉得怀里的女子异常柔软而轻巧，衣裳里面包裹着的仿佛真是一股浓雾，当衣裳自女子的身上全部褪掉，就更像是一股浓雾了，乳白、绵软而富有弹性，现在，这股浓雾在他的怀里流动、蔓延。他感到身体犹如熔炉中的坚铁，也在逐渐软化并消融。他认为自己所抱住的乃是一个完整的梦境。他感到自己在做梦。

她说，我可以睡到天亮吗？

他说，求之不得。

赤裸小魔女的身体妙不可言，让陈榆父欲罢不能，精疲力竭。直至下半夜，他才沉沉地睡去。第二天早上七点，他照例被工地巨大的轰鸣声吵醒。他揉了揉眼睛，伸出手去。他以为会抱到她香软的腰肢，然而，手臂所环绕着的仅是空气，她早已不知所终。他惊出了一身冷汗，四肢冰凉，头痛欲裂。他猛地从床上弹跳起来，翻开抽屉一看，里面的数码相机及三千元现金已不翼而飞，幸好存折还在。只见存折夹着一张纸条，上面歪歪扭扭地写着：张非或陈榆父先生，你是一个好人，我会记住你的。

在这一刹那间，他脑海里仿佛闪过一记电光，他想起了昨天早晨忘掉的事：他发现客村车站竖着一块牌子，上面写着，此路段常有暗娼以低价引诱嫖客至××的出租屋并实施抢劫，敬请好色男士洁身自好，切勿上当，以免人财两空。——××派出所示。他觉得这可以用在报上的"立此存照"栏目，原本是要在周六上午用数码相机将这块牌子拍下来的。

小说镜

天下着雨。雨声清脆。雨水中的场景模糊不清。车辆像巨大的甲虫，在水洼中缓慢爬行，而水从轮胎上飞溅。行人看不清面容，身影飘忽如幽灵。陈榆父站在公交车站的雨篷下，望着越下越大的雨，出现了短暂的幻觉。在那个瞬间，他远离喧闹的都市，置身偏僻清幽的乡间，树木青翠，草叶倒伏，而雨水敲击着红瓦屋顶和宽大的芭蕉叶。他戴着斗笠，赶着一头青牛在泥泞的田间小径行走。然而，他的幻觉转瞬即逝，忙着进站出站的公交车和聒噪的人群使他烦躁不安。陈榆父闭上眼睛，想捕捉那个美妙的幻象而不可得。他走在大街小巷，经常出现白日梦、幻觉或虚构的场景。他越来越讨厌这个疯狂的城市，那些莫名奇妙的感觉，只不过是潜意识里的一种反拨，而又无济于事。譬如今天，他像梦游一样来到这个名为"天河城"的公交车站，不知所为何来，又要到哪里去。而雨水是从何时下起来的，他根本就无从觉察。他感到头脑中水声荡漾，他的脑海涌动着种种奇思异想，宛若大海装满了蔚蓝色的海水、礁石和鱼类。

年少时，他将脑海中的想法倾泻在稿纸上变成奇妙的小说。他作为声名鹊起的小说家为人所津津乐道，已经是十年前的事了。念及小说，他想起刚才是买书去了。他手上卷着的一本外国小说被雨水打湿了。那是伊莎贝尔·阿连德的《幽灵之家》，他曾在旧选本上读过她的短篇小说《我们都是泥做的》，喜欢极了。他抬起头，只见天空被雨水完全占据，那些粗硕的雨水像一根根绳子，透明的、柔软的、从天上长长地垂挂下来。他想，也许每一根绳子的尽头，都站着一位面容安详的天使。雨水像一幅流动的、虚构的织锦，覆盖了天地间。城市只有在雨中，那些扑鼻的尘埃才没那么难以忍受。"没有破碎的时间，也没有破碎的雨"，这是他一篇小说的开头，然后是"打着雨伞的女子在雨中没入了暮色，出租屋亮起灯光，房间想必更加潮湿了"。但更多他就无法想起了，小说的标题也无法忆及。

车站对面就是果城购书中心，他刚才沿着人行隧道走到这边来。书店摆着一排排木头书架，像狗粮一样陈列着市民的精神食粮。而车站后面就是天河城广场，这个闻名遐迩的超级商场是果城最时尚的器官，象征着时尚、潮流和活力。公交车一辆辆地开来又开走。他不想回家去，但又没有更好的场所。很久以来，他都是一个人住。他想不起一个可以聊天的朋友。他像一棵树木或一尾鱼那样喜欢雨水，他的心灵在水声中十分澄清。雨声很连贯，流畅，清脆，他得好好享受这一片天籁。

他就是在避雨时遇到方绿珠的。那时他不知道是她。这个三十多岁的女子，给人一种梦幻般的感觉。他第一眼见到她时，觉得她很熟悉，但记忆中从来没见过她。重要的是，这个女子绝非来自人间。他被这个想法吓了一跳。

方绿珠从出租车走出来，"啪"的一声打开蓝色雨伞，她在短裙和高跟鞋之间裸露的腿部，在雨中十分优美。她迅速挤到车站的雨篷下，尽管狼狈，但仍不失优雅。雨篷下避雨的人拥挤不堪，人头攒动。当她看到陈榆父，不禁"呀"地惊叫出声，眸子闪亮。陈榆父无法确定她是慌张还是惊喜。方绿珠露出神秘的笑容，说："你就是陈榆父先生吧？"陈榆父点了点头，他对陌生女子能叫出他的姓名略感讶异。但对于一个长期沉湎于虚构情景中的前小说家来说，现实中的遭遇再离奇，也不会让他有多意外。女子看了看表，说："作为老朋友，你请我喝一杯咖啡好吗？"陈榆父打量着她，素白如雪的短袖高领上衣，深蓝色短裙，尽管不算年轻，但秀丽的脸仍透出罕见的美。在雨声之中，有这样的女子相陪小憩，倒是不错的选择。

二人在天河城广场四楼的蓝调咖啡厅落座。女子说："这样奇妙的时刻，我做梦都希望能够出现，但又是我不敢奢望的。"她的话让人有点摸不着头脑。陈榆父望着墙上的大理石面，光滑如镜子，上面映照着他的侧影。一个四十多岁的中年男人，腮部的肉开始松弛，小腹耸起，背部有点佝偻，已是日薄西山。他庆幸大理石的光滑毕竟比不上镜子，他鬓边如霜雪的白发看上去也只有暗影。他忍不住又瞥了她一眼，说："雨声使这个城市变得美妙。"女子说："你真的认不出我吗？"陈榆父说："我得坦白说，我从来没有见过你。但你给了我一种熟悉而亲切的感觉，仿佛我们是相识多年的好朋友。"女子"扑哧"笑了："这就是小说家跟女人搭讪的方式吗？"陈榆父吃了一惊，他至少有十年没发表过小说了，他说："你看过我的小说？"女子说："我读过《海底的人类》。"陈榆父搜索枯肠，但无论如何也想不起他写过这样的一篇小说。他挠着脑袋，不好意思地笑了。女子笑道："看来你忘掉了它，怪不得想不起我来。你在小说中写道，在遥远而神秘的一个海域里，生活着一个神奇的种族，就像美人鱼一样，在海底自由游弋，快活自在。唯一跟美人鱼不同的是，他们是真实的人，看上去跟陆地上的人类没什么两样，而不是像美人鱼那样，在该长双脚的地方，却拖着一条深蓝色的大尾巴。他们有时也会跑到陆地上去。"陈榆父笑道："这个故事倒不赖，真是我写的吗？"女子挺起身来，凑近陈榆父的脸，低声说："我就是那个神奇种族中的方绿珠，你一点也想不起来吗？"

陈榆父记不起曾塑造过"方绿珠"这样的一个人物或奇异物种，他满脸茫然。他见女子的双眼蓝幽幽的，仿佛盈满了幽深的海水，他可以断定，像这样湛蓝的眼睛，在人类之中闻所未闻。他愕然问："你真是从海底来的吗？难道世界上真有这么奇妙的人类？"方绿珠说："也可以说我是从海底来的，但我首先诞生于你的笔端。我是你塑造的人，我诞生于一个虚构的世界里头。这听起来有点荒诞是不？但你才是这个荒诞故事的创造者。更奇妙的是，虚构的世界跟真实的世界有一天会交叉并相互混淆，让我见到你。这是我梦寐以求的，但没想到真的会发生。"

陈榆父觉得头部剧痛难当，头脑中海水激荡，仿佛有一片尖利的礁石在切割着海水。方绿珠仰脖喝掉了杯中的咖啡，从手提包里掏出一张名片，说："我得上班了。希望有机会再聚。"她一阵风似的走了。

陈榆父木然良久。很快，雨停了。曾被雨水覆盖的各种噪声变得愈加尖锐。他觉得刚才的这一幕，就像一场白日梦，来得快，去得也快。但咖啡桌上的四方形卡片，印着"方绿珠"的字样以及地址电话诸项，却证明这是活生生的现实，而绝非梦幻或幻象。卡片上写着方绿珠的头衔是省歌舞团的"舞蹈编导"，并非人寿保险或销售经理诸如此类，这使得她的存在更加可信。但来自海底的神奇种族，听上去荒诞不经，毫无根据。他决定马上回家去，将那篇小说找出来看看再说。

陈榆父多年没发表小说了。他对过去发表的小说很不满意，他立志要写出一部非凡的杰作。这是一部永恒的小说，所有的小说都从中诞生，又从中消失。它是小说之母，它包罗万象，囊括万物，所有的人物，所有的场景，所有的故事，将不断地在其中涌现而又消逝。就像庞大的空中花园，里面栽种着奇花异草，在天上散发芳香，而它的阅读也完全是开放性的，在虚空中有无数种路径。他每天都在为了写出这样的一部小说而绞尽脑汁。他知道要完成这样的一部小说，并非轻而易举的事，即使耗尽毕生的心血也未必能够。这只是他一厢情意的想法，事实上，他已被小说界完全遗忘。对于势利的文坛来说，他不是不想发表，而是江郎才尽了。"这位才华横溢的青年作家昙花一现，之后就像陨星坠过夜空一样销声匿迹了。"在果城一家晚报的文学版，曾有一位关注过他的评论家，无限惋惜地写下了这样的句子。

在十年前或者更早，陈榆父发表了大量小说，他的中短篇小说占据着各大期刊的版面，犹如树木占据着山坡，异常夺目。那些期刊随便堆积在阁楼或床底下，只有他特别看重的几本，才郑重其事地放入书柜里。他花了整整一个下午，才将那篇刊载着《海底的人类》的期刊从积满灰尘的旧书堆里找出来，这是一本不怎么起眼的省级杂志。那篇小说是他在二十七岁时写的，尽管故事不乏新奇，但手法稚拙，怪不得他一点印象也没有。

杂志印刷相当粗糙，纸页也微微泛黄，他在小说的第二段看到了方绿珠的名字，他的心一阵抽紧。而第一段是对海底以及那个神奇种族的简要描述。方绿珠在小说中，是一位充满幻想的十七岁少女，她最大的梦想，就是离开深不可测的海底，到大城市的璀璨舞台去跳舞，那当然是陆地上的、人世间的大城市。因为人世间的舞台有着七彩的灯光和优美的旋律。生活在海底，虽然富足而自由，在夜晚却一片黑暗与死寂。海底没有灯光，也没有乐器。曾经有上过陆地的人，带回了发电机和电灯，但却无法使电灯发光，一夜不到，海水的盐分就使发电机生锈并报废。也有人带回过笛子、二胡、钢琴之类的乐器，在水中一片暗哑，根本无法吹奏。她憎恨黑暗犹如憎恨仇敌。然而，在小说的结尾，她最终无法离开大海。原因是她被公选为新一代的女王。女王是不可以只顾一己私利而离开她的祖国和人民的。小说的伤感气氛像潮水一样涌动，曾使他感动万分。但在今天看来，这篇小说显得稀松平常。

陈榆父掩卷沉思，他距离写此篇小说过了十六年，今天遇到的女子也就三十多岁，倘若考虑到方绿珠在小说中的年龄和这一段空档，倒是十分吻合。换言之，小说中的方绿珠，已经在海底或人世间又度过了十六年的光阴。

类似的想法使陈榆父心烦意乱。在一个下着大雨的正午，一位中年作家在公交车站遇到了他小说中的主人公。作为一篇小说，这是一个不错的构思，但在现实生活中，这是毫无理由的，也无法使人信服。至于那个女子，不管她是否叫方绿珠，她都不可能是从海底走来的人，更不可能从一个虚构的世界撞入这个城市。

陈榆父解开了这个问题的症结，心情很好。他煮了一锅面条，打了两个鸡蛋，权当晚饭。他躺在沙发上，打开了《幽灵之家》。"'巴拉巴斯从海路来到家里。'克拉腊姑娘用纤细的字体记下了这件事"，这是《幽灵之家》的第一句，他一下子被抓住了，遂津津有味地看起来。

晚上九点，电话铃响了。电话是周若梅打来的，约他明天去天河城电影院看电影。陈榆父对国产电影没什么兴趣，动辄花两三个亿去拍摄的《神话》《无极》之类，空洞无物，除了风景还不错，并无可取之处。《神话》就是笑话，《无极》就是无聊。然而周若梅说了一句："这场电影你一定要看，这是一个关于你的故事，或者说，这个电影是拍你的。"周若梅说得很正经，不像开玩笑。陈榆父狐疑不定，这个时代居然还有人去拍摄一个作家。这倒是稀奇的事。天下起小雨，沙沙作响，细雨使八月的晚间变得清凉，很适宜睡眠。陈榆父尽管呵欠连连，却无法入睡。他被周若梅的电话扰乱了。

近十年来，没有人采访过他，也没有人跟他提过拍电影的事。该电影恐怕只是捕风捉影，向壁虚造，并不可信。挂羊头卖狗肉的事，他见得多了。他对电影将他拍摄成什么样的一个人、讲述了什么样的故事抱有浓厚的兴趣。他兴奋起来，他像放电影一样过滤或追忆往事，一帧帧图像或景观像浪花一样从脑海中涌现出来。他古怪而忧郁的童年岁月，他名声大噪的青年时代，他一蹶不振的中年时光，一幕又一幕，无数的事件，无数的纠葛，每一样微小的事物，总是让他想起一连串的事情。而每一件事情，又让他忆及相关的人与事物，层出不穷，盘根错节，每一个镜头都真实而清晰，但又稍纵即逝，像梦幻一样飘散，却总是无法定格或固定下来。某些事件曾在他的生命中占据着重要的位置，如今却可有可无。他想不起在前半生有什么值得大书特书的事情。

他感到头部隐隐作痛。后来，一个女子跃进了他的脑海。这是一个裸体的女子，白皙的身体犹如大鱼跳进蔚蓝色的海面。跟着又有一个，两个……那些在他的生命或身体留下过深刻痕迹的女人，一个个清晰地呈现，仿佛在漆黑的房间对着他发笑。他叹了口气。除了这些女子，他并没有更多值得回忆的往事。陆俏燕是他的第一个女人，但最终没有结婚。跟他结婚的是孙颜，一个中学地理教师，他们在持续了短暂的婚姻生活后，因相互厌烦而友好分手。之后是姓唐、姓郑、姓李的女子……在这些性伴侣当中，有几个他一时想不起名字——最后是周若梅。有好几年，他跟周若梅相见恨晚，如胶似漆，周若梅甚至动了离婚跟他过的念头，这把他吓坏了。那次失败的婚姻阴影一直萦绕不散，他逐渐跟周若梅疏远了。

他上次见周若梅是什么时候，半年还是八个月前？这真是一个迷人的女人。她身材高挑，容颜妩媚，尤其是她的乳房姣好，无论形状、大小还是手感，都无可挑剔。

倏地，陈榆父的头脑闪过一道光亮，他想起了方绿珠。然而，他除了记得她绿幽幽的眼睛，其他并无印象。他可以起床开灯去翻看《海底的人类》，里面有关于她精确而详尽的肖像描写，但终究懒得起来。他终于睡着了。他在梦中看完了一场电影，在影片中，他写出了那部惊世骇俗的小说，他将这部永恒的小说用海水书写在波涛上，每一滴水都在阳光下完美地折射出小说的情节。而他最终跟随方绿珠到了神秘的海底，终老一生。

翌日午后，陈榆父到了天河城的电影院，周若梅买好电影票在等他。周若梅三十多岁了，但看起来像是二十多岁光景，她的脸、腰肢、胸部和腿部，以及这些部位显现的线条和体态，都十分优美，使她洋溢着丰熟女人的活力。

电影的名字平淡无奇——《浮城故事》——这让人想起《城南旧事》之类的旧片子。事实上，这就是一部旧影片，拍摄于一九四七年之春，这曾经是炮火轰鸣硝烟漫天的岁月。这部影片在电影院近期陆续上映的十部经典老电影中名列第七，而他从来没有听说过。一部老电影怎么会是拍他的呢？他对周若梅的故弄玄虚很不满。但周若梅没有辩解，她在黑暗中静静地望着他，一双秀美的眼睛熠熠生辉。

影片开始了，这是过去年代的老电影，讲述的却是一个未来故事。在二十世纪九十年代中期，一位才华横溢的青年作家横空出世，风靡全国，更让人感兴趣的是他的婚恋生活。他在短暂的婚史之后，不停变换着性伴侣。尽管电影中没有露骨的情色镜头，但这样的题材在六十多年前无疑是极其前卫的。作家的名字就是陈榆父，陈榆父开头还以为是巧合，银幕上的男主人公尽管是黑白的，但无论身材、眉眼还是神情都跟他如出一辙，赫然便是他的翻版。他盯着银幕，汗如浆出，越看越心惊。那块在黑暗中闪亮的银幕犹如一面魔镜，映照着某一阶段的生活情景。换言之，在电影中，他有一段经历和他的现实生涯重叠，甚至有一些片断逸出了他的生活，那是他暂时没有经历到或无法忆及的遭遇。倘若抛开电影的拍摄年代来看，这部影片拍得乏善可陈，特别是场景的转换以及镜头剪辑都显得相当拙劣。但演员的表演相当出色，尤其是那个饰演男主角的演员。他的一举手一投足，或随便一个眼神和表情，都演绎得很到位，仿佛这原本就是他的生活，而不是一次演出。

陈榆父在心里惊叹，即使是由他来扮演，也无法演得这么惟妙惟肖。但陈榆父可以断定，那个演员绝对不是他本人，一、他从来没有参加过任何演出或电影拍摄；二、在六十多年前，他根本就没有出生。现在，最大的问题在于，这部影片讲述的千真万确是作家陈榆父的某段生涯，而出生于一九六七年的陈榆父不可能出生于拍摄电影的一九四七年。当然，如果这部取材于陈榆父的影片在今天拍摄，就一点问题也没有。因此，他完全有理由认为，电影中的故事并非取材于他的生涯，而他的生活完全是抄袭电影中的情节——展开的。这个问题十分严重，他不禁觉得头疼难忍。

周若梅看来不是第一次看这部片子了。她偶尔瞥一下银幕，但更多的时候在望着陈榆父。电影院里的光线很暗，周若梅注意到陈榆父越看越震惊，脸上浮现出了恐惧的神色。周若梅伸手握住了陈榆父，他的手心一片冰凉，全是冷汗。银幕中，恰好出现了陈榆父跟周若梅亲热的镜头。陈榆父将周若梅轻拥入怀，那是在朔风凛冽的初春，地点在粤北某个小城的郊外，草根灰白，而满坡梅花大盛，瓣瓣大如杯盏，如狂雪。银幕上周若梅将脸庞埋入陈榆父的怀里，满脸娇羞。那个女演员跟周若梅十分相像，就像是一个模子印出来似的。三十来岁的周若梅，在六十多年前更是不可能存在的了。周若梅看着银幕，她的脸挨着陈榆父的肩头垂过去。他们是在某年初春于梅花丛中认识的，周若梅粉红的脸蛋映在雪白的梅花之中，灿烂之极，一下子攫住了陈榆父的心。此后数年，他们每个春天，都要相偕去看梅花。后来两人分手了。影片完全忠实于这一段往事，但不用十分钟就结了。

周若梅离开陈榆父的那天，阳光白亮，她于灿烂的阳光中掩面而泣，泪如雨下。看到影片重现了这伤感的一幕，周若梅忍不住小声哭了。事实上，这一幕的确十分感人，座中落泪的并不仅是周若梅一人。周若梅抹了抹眼睛，小声说："对不起，我早看过了，但还是忍不住。"

陈榆父没有吭声。他的眼睛盯着银幕，头脑在飞速运转，一些重要的、致命的东西在困扰着他。他想起了方绿珠，那个生活在海底的少女，她终究离开纸页或海底并跟他相遇。他喃喃地说："不可能的，这是不可能的。"

电影结束了。两人走出来，外面的阳光异常猛烈，陈榆父仿佛从一个虚幻的世界回到现实中，他徐徐地呼出一口长气。他像从一个可怕的梦魇中逃脱出来，但观看电影的阴影仍挥之不去。因为问题的症结仍未得到解决。他知道，这部对观众也许平常的电影对他却绝非一部电影那么简单。周若梅跟他回到他的居所，两人很自然地亲热了。陈榆父的身体依然生猛，但他的头脑没有一刻离开过那部该死的《浮城故事》。往昔的生活片断和影片中的镜头不断地涌现，在相互交织、相互校正、相互融入，最后，他不得不沮丧地承认，也许他的记忆跟现实略有出入，影片中的细节却确凿无疑。

周若梅幽幽地说："我来到人间，只不过是为了影片中的十分钟。或者说，我跟你的缘分，其实早已命中注定。分手的时候，我想不通，一连哭了几天，但现在我明白了。"陈榆父说："事情没有这么简单，我现在怀疑我们存在的真实性。我们也许生活在一个虚构的世界里，譬如说某人做的一场梦，某人拍的一部电影，某人写的一个故事。而我们只不过是这个虚构世界的其中两个人物而已，即使是现在，我们好像是觉醒了，其实这只不过是一个幻觉，而我们仍然没有走出这个虚构的世界。换言之，表面看来，我们是看完电影了，其实不然，因为我们就是电影里的主角，我们还在电影中活动，散步，吃饭，偶尔争吵或做爱。既然我们还存在着，就说明影片还没有结束。"

周若梅说："只有你才是主角，我、小陆或孙颜，都不过是配角，也许我连跑龙套的都不如。我们这些人跟你在影片中的镜头，都不会超过十分钟。但我不怪你，一切都是上天的安排。"

陈榆父说："与其说是上天或造物主的安排，毋宁说是创造者的安排。"他约略跟周若梅说了昨天遇到方绿珠的事情，周若梅听得目瞪口呆。她说："莫非我们真的是六十多年前的创造之物，但直到今天才真正来到人世间？"陈榆父点了点头，说："影片讲述的是一个六十多年后的未来故事，时间就是现在。当然，从今天看来，这就不算什么未来，而恰好是现在。但我有理由怀疑，我们并没有来到什么人世间，我们只不过生活在一个虚构的世界罢了。但问题是，是哪个人创造了这个世界？"

周若梅说："当然是导演啦。"陈榆父说："电影是一门综合的、立体的艺术，所以问题就复杂了。尽管导演至为关键，但我们完全有可能最早脱胎于某个剧作家的笔下，演员的作用也不容忽视，正是他们的共同努力将我们塑造成功，并具有了灵魂和呼吸。"

周若梅张大眼睛，惊愕地瞪着他，说："榆父，你不是真的认为我们不存在吧？"

"我们当然存在，但我们只存在于一个虚构的世界里面，而这个虚构的世界也是真实的，却不是我们通常认为的那种真实。若梅，对不起，我一时无法表达我要说的意思。"陈榆父仰面坐在椅子上，身心俱倦。他觉得脑袋里翻江倒海，乱成了一锅粥，那些杂如乱麻的事件，一时无法厘清。

那场电影完全将陈榆父的生活打乱了，他不得不将那部永恒小说的构思暂放一边，当务之急是将自己是否存在的事情弄清楚。他的存在可以归功于上帝；倘若他并非实有，那么到底是谁创造了他？这真是一个十分头痛的问题。但那场电影也有一个好处，那就是使周若梅跟他的关系更密切了。她最近离婚了。"我离婚不是因为你或任何人，而是因为我自己，"周若梅微笑着说，"我是适合单身的，我现在比任何时候都更能理解单身的你。你也不必担心我要求你结婚了。反正，我们的命运早已在一部影片或一个故事中安排好了，由不得你我。以后的事，天知道！"

两人又一起去看了好几遍那部影片。陈榆父不仅再三重温了往昔的生活，还将导演、主演、编剧等人的姓名全用笔记下来了，甚至连摄影、剪辑、美工、出品人和发行者也不放过。他们中的每一个人，都可能是重要的线索，六十多年过去了，他们存活世上的可能性并不乐观。

　　电影的结尾纯粹是开放性的，给观众留下无穷的遐想。步入中年的陈榆父内心孤独，远离了他的情人和朋友，深居简出，他十来年没发表过任何一篇文章了，昔日的耀眼新星销声匿迹。多年之后，已没有一个人想起他。他并没有想过放弃写作，他每天都在冥思苦想，妄图创作出一部包含所有小说在内的永恒之书。以陈榆父的才华，他可以写出更好的作品乃至传世之作，他在小说创作上的可能性无限宽广。但他要写的小说委实太过神奇或虚妄，无法不让人联想起科学家制作永动机之虞。也许，连导演都无法就这个问题得出结论，而将它抛给了观众。显而易见，影片撷取的仅是他在二十多岁至四十五岁的生活，他在二十岁之前的生涯乏善可陈，而四十五岁之后的生活仍然是一个谜。但既然是一部拍摄于六十多年前的电影，为什么不交代他一生的结局呢？导演的这个安排，让陈榆父百思不得其解。事实上，电影的结尾，所指向的恰巧是他现在的生活阶段。

　　周若梅成了陈榆父的得力助手，上网寻找资料或打电话调查情况。陈榆父是一个老派的文人，他对网络毫无兴趣，甚至连操作电脑也不算精通。在网络时代，要寻找资料没有比上网更便捷的了。关于编剧的资料完全没有，导演的呢，查到一则消息，但他已于八年前过世了。好在，查到了一则跟男主演相关的消息，《浮城故事》在沉寂了数十年之后，又被当作经典电影被挖掘出来，在各大城市反复放映。男主演居然是昔年鼎鼎大名的沈君松，尽管他在今天已被人遗忘，但还是被一家娱乐周报挖掘出了一些情况。他在新中国成立后就息影了，现居上海，已是年逾八旬的老人了。周若梅最感兴趣的是，到底是谁在电影中扮演她，但毫无蛛丝马迹，包括其他的主创人员，亦无迹可寻。能查到沈君松这个线索，陈榆父已经十分满意了。

　　陈、周二人坐飞机到达上海，他们按图索骥，在上海石库门的一条幽深的里弄找到了老先生。沈君松头花雪白，但精神很好，脸上的皮肤犹如婴儿一样细嫩。当陈榆父在他面前出现，他愣了一下。毫无疑问，他眼前的中年男子，比他更像他在银幕上饰演的男主人公。沈老先生说："你很像我饰演过的一个角色。都多少年啦。"沈老先生的声音细长而清脆，宛若童声。陈榆父说："我就是《浮城故事》的主人公陈榆父。当然，在银幕上吃喝拉撒的人其实是你，而不是我。你扮演的却是我本人。"沈老先生笑了笑，说："那么你是从银幕中走出的了。"他慢悠悠地说，倒也不像在说笑。沈老先生已届耄耋之年，但他眉眼间的神态，跟陈榆父依稀有几分相似。陈榆父打量着他，当他到了暮年，就是这个样子吗？这倒是不错。但沈君松只是他的饰演者，终究不是真正的他。

陈榆父说："我只是电影中的一个角色，是你创造了我。"沈老先生说："如果你说的全是真的，那么创造你的不是我，而是编剧，我只不过是照着脚本去扮演罢了。原因很简单，既然我能演，别人也可以演。"周若梅插嘴说："老先生，那么编剧聂文俊聂老还健在吧？"沈老先生说："那部电影的主创人员就剩下我跟老聂了。没想到走的走啦，老的老啦，而银幕里的人，还年轻着呐。"

陈榆父打听得很清楚，聂文俊是二十世纪四十年代身价最高的剧作家之一，他撰写的话剧脚本和电影剧本不计其数。但在炮火纷飞的岁月里，他写的故事不谈政治，只关风月，在莺歌燕舞的老上海不算什么，但解放后他就惨了。在一九五七年被打成右派押入牛棚，文革中被戴上高帽游街，几番批斗大难不死，现在是孤家寡人，就住在北方一个名叫镜花园的小村子。那儿就是他昔日下放的地方，没想到倒成了他的安身之所。

陈榆父和周若梅来到这个名称跟某部古典小说谐音的村子，村口的宽阔大道种着两排高大的白杨树，在呼啸而过的摩托车和小四轮货车当中，偶尔有一辆骡子拉的木车慢悠悠地驶过。村庄到处都是苹果树，红通通的苹果缀满了枝条，空气中弥漫着水果香甜的味道。秋风瑟瑟，风声中带着肃杀，而九月的阳光使村庄变得和煦而温暖。他们在一个小四合院里见到了那位富有传奇色彩的老剧作家。聂文俊老人坐在小板凳上晒太阳，他眯着眼睛，目光捕捉着墙上的阴影。阴影是高处的苹果树枝丫打下来的，它随着阳光在墙上移动。当看到陈榆父时，老人的眼睛刷地亮了，并咧嘴笑起来，他干瘪的嘴只剩下两颗门牙。

陈榆父心想，老人至少有九十岁了吧，他稀疏的头发贴在干瘦的头上，脸上的皮肤皱巴巴的，像一只放大了的核桃，倒是一双眼非常清亮，就如黝黑石缝中流出的泉水。这只不过是一个平凡普通的老头，却是他陈榆父的创造者。陈榆父感慨万千，他张了张嘴，一时说不出话来。他体会到方绿珠遇到他的那种心情。

聂文俊老人持着拐杖，从凳子上颤巍巍地站起来，说："你来啦。"他的声音听上去十分苍老，吐字倒很清晰。陈榆父将老人扶到凳子上去，他努力使激动的心情平复，缓缓地说："我就是《浮城故事》里的陈榆父——"聂文俊老人笑了，说："我早就有一个预感，你是真实的人，总有一天会来找我的。所以，无论是什么样的情况，我都要活下来。事实上证明我的等待是有价值的，尽管我等了你六十多年。"陈榆父说："我是您老人家塑造出来的，没有您，就不会有我。对吧？"老人说："不是这样的。我只不过是《浮城故事》的编剧而已，而你早已在世界中存在。我完成这个剧本只花了一天，我冥冥中如有神助，那些奇妙的场景、激烈的冲突和精彩的对白，在笔端下汩汩流出，我根本不用思索，只是任由一个个句子自动而飞快地在纸上呈现而已。我在一种极度亢奋的、梦幻般的状态下轻而易举地完成了一生中最重要的剧本。这种奇妙的体验，我之前没有，后来也不复再有。"陈榆父谨慎地问："也就是说，您是在一种梦幻般的状态下将剧本完成的，而我终究是您创造的角色。我不明白的是，为什么您说我早已在世界中存在呢？"聂文俊老人说："剧本不过是我从原著改编的罢了。事情很简单，电影来源于剧本，但剧本来自于一本小说。因此，创造了你的，实在另有其人。"老人压低了声音，他的声音里透出敬畏和神秘。

陈榆父大吃一惊："在剧本之前还有一部小说？那么是谁写下了

这部小说？"聂文俊老人说："不知道是谁。但我可以让你看看它。"老人示意周若梅将他扶到院子里。院子中央有一棵高大的苹果树，树上硕果累累，成熟的苹果像小灯笼一样悬挂于枝头，树上有几只小鸟在唧唧喳喳地叫，而被秋风刮落的黄色叶片铺了一地，间杂着几只熟透、烂掉了的苹果。院子的角落放着一把锄头。

聂文俊老人说："小说就埋在苹果树底下，请陈先生将它刨出来。"陈榆父照办了。他挖到三尺来深时，在纵横交错的树根之间发现了一个腌咸菜的瓦埕，他将瓦埕小心翼翼地搬出来。由于苹果树很大，陈榆父在树底下挖的这个土坑，对它没有什么损伤。陈榆父启开泥封，将瓦埕捧到老人面前。老人神情肃穆，伸手从里面掏出了一个油纸包，他的手在颤抖着，将油纸包一层层地打开，他的眼睛缓缓射出了炽热的光。老人说："我有三十年没看过它了。我宁可丢了性命，也不能让它毁掉。"

油纸中赫然露出了一个圆形的小镜子，镜子是青铜磨制的，四周镶嵌着精致的黄铜花纹。聂文俊老人拿起小镜子，镜面幽蓝，空空如也，它没有反映院子、树木或天空上的任何事物。这是一面真正空洞的镜子，但当老人轻轻摇晃时，奇迹出现了。

陈榆父无法用语言表达他看到小镜子时的感觉，惊骇中夹杂着狂喜，还带着对触及神秘的兴奋和恐惧。作为一位小说家，他的绝望心情就是从这里开始的。他终于看到了他一直梦想的那一部包罗万象的小说，而这部小说却出自他人之手，正是这一点让他深感沮丧。他恐惧地闭上眼睛，隔了几秒钟，才睁开眼贪婪地观看。镜子中出现了一行行繁体汉字，那一行行句子构成了一段段篇章、一部部小说。无限多的小说章节，像浪花一样涌现和消失，无穷无尽，既没有开端，也没有结束。这面小镜子包含了人世间所有的小说或故事，长篇或短篇，神话或寓言……镜面上的句子移动得相当迅速，仿佛书写在流水之上，要完全记住那些内容是极其困难的，但陈榆父还是在闪动的句子中准确地捕捉到了红线、李娃、杜十娘、李瓶儿、聂小倩、林黛玉等人名，这些如玉佳人陈榆父早已耳熟能详，她们分别出自唐宋传奇、三言二拍和《金瓶梅》《聊斋志异》《红楼梦》之类的古典名

吃了豹子胆

著。这是一些他看过的小说，而更多是他闻所未闻的，那无限多的小说像走马灯一样轮番出现。

终于，陈榆父看到了这部名曰《浮城故事》的小说——他的姓名出现了，之后是陆俏燕、孙颜和周若梅……他的眼前浮现出往昔生活的场景和电影《浮城故事》的镜头。他目瞪口呆，时而亢奋无比，时而万念俱灰，他的心在狂跳，脸部忽冷忽热，手脚则阵阵发抖。原来，他所有的梦想和遭遇，所有的悲欢和离合，所有的思虑和情绪，早已在小说中一一注定，安排停当，他只不过是按照小说所叙述的生活下去而已。他的人生是虚幻的，被塑造的，不真实的，他只不过是小说中"陈榆父"这个人物的扮演者。就此而言，他跟曾短暂地饰演了陈榆父的沈君松并无二致，只是，沈君松在闭幕之后，大可全身而退，他却要一直扮演到生命的终结。

聂文俊老人又将镜子一晃，镜子深处的文字立刻消失了。镜面恢复了蓝幽幽的颜色，那些无穷无尽的小说，仿佛从来就没有存在过一样。

陈榆父和周若梅面面相觑，两人皆是脸色苍白，冷汗直冒。陈榆父发现他只不过是一部永恒小说里的其中一个人物，那就是他一直梦想要写而无法完成的小说，而他的故事构成了小说的一小部分情节。或者说，他的生命正依赖于小说的虚构，而小说的作者就是创造者。

聂文俊老人说："这是一个魔镜。我将其命名为小说镜。其实这是一部以镜子形式出现的奇书，它包含了所有的书而主要是小说，所有的书都在其中诞生而又消失，所有的书都在其中覆灭而又重现。它是一部唯一的小说，绝对的小说，永恒的小说，它包含了所有伟大或拙劣的小说，美妙或糟糕的小说。换言之，它是所有小说共同构成的神奇书籍，每一部小说都能在其中找到，每一部小说都无法摆脱它的孕育或束缚，包括过去的小说、正在书写及尚未写出来的小说。制作这个镜子的人，也就是这部永恒之书的创造者，他是唯一的，不会有第二个。因此，蒲松龄就是曹雪芹，林语堂就是周树人。尽管更多的小说没有署名或作者不可稽考，但只有唯一的作者，毫无疑问，小说的荣耀应当归功于制作镜子的人。譬如那部关于你的《浮城故事》，就没有作者署名。我不认为它是一部杰出的小说，但也没有多么糟糕。像这样不太好也不太坏的小说，都没有署名，它们占了大多数。"

陈榆父说："那么是谁制作了这个镜子？"聂文俊老人摇了摇头，说："没有人知道，也不应妄自揣测。"陈榆父说："我可以再看一遍关于我的那些章节吗？"

"当然可以，"聂文俊老人说，"我将所有的故事和细节完整地写入了剧本，而导演和演员又天才地再现了这一切。尽管电影只是复制品，但看上去比原著还要完美，你现在不可能看到更多。"他又摇了摇镜子，无限多的小说又从镜子深处涌现出来，清晰而快捷地呈现在镜面上。陈榆父凝神细看，困惑地说："我看不到小说的结局。"聂文俊老人说："所有的小说都没有开头，也没有结尾，所有的小说都是未完成的，或正处于生长之中。譬如伟大的《红楼梦》，它现在的所谓结尾，只不过是狂妄自大者的狗尾续貂。"

陈榆父黯然说："看来，我今生无缘跟写下我的人相遇了。"聂文俊老人说："陈先生，你的运气算不错了，你知道你来自哪一部小说。尽管镜子里蕴藏的小说无穷无尽，但我无法从中找到关于我的只言片语，这不等于我虚度的九十年荒诞离奇的生涯，就显得更加真实。"陈榆父半晌不语，他想，在镜子中创造了这一部永恒之书的人，也许就是我们通常称之为上帝的那个人，也许只不过是一位呕心沥血的天才作家。

陈榆父说："我只有最后一个问题，您是怎样得到这面镜子的？"聂文俊老人说："这是唯一跟我有关的故事，我是不会说出来的。"他将肩头靠在墙上，抱着镜子入睡了，像孩子那样发出轻微的鼾声。

陈榆父回来之后，生了一场大病。病好之后，他觉得浮生若梦，没有什么值得去努力了，他放弃了写一部永恒小说的野心。他知道在那个神奇的小圆镜面前，他所有的努力都只是白费劲。他也放弃了寻找创造者的愿望，他知道了人的局限性，尤其是一个虚构出来的人，他的局限性可想而知。他跟周若梅尽管来往密切，但经常想起方绿珠，那天在雨中跟方绿珠遭遇的印象太深刻了。她多美啊，她蓝幽幽的眼

吃了豹子胆

睛盈满了海水。他不禁嫉妒方绿珠了，比起他来，她的运气好得多了。

十月的一天深夜，响起了电话铃声，声音在寂静的房间回荡，响亮而清脆。陈榆父忽然生出一种奇妙的感觉，他觉得电话是从另一个世界打来的，他一下子来了精神，说："你好，我是陈榆父。"对方停顿一下，才说："陈先生好，我是绿珠呀。我是从海底打来的，我回到了我应该待的地方，你在小说中安排好了我的命运。我曾经庆幸我遇到了我的创造者，但后来才发现，你不过跟我一样，也是别人在小说中塑造出来的。我终于明白了一个道理，被虚构出来的人，是不可能目睹创造者的，正如那些现实中的人，永远不能目睹上帝。再见！"

陈榆父握着电话筒，好半天也没有回过神来。突然，他裤袋里的手机尖锐而急促地响起来，才使他真正、彻底地苏醒过来，回到了现实的世界中。现在不是夜半，他也不在家里。此刻，他正站在天河城公交车站的雨篷下等车，而雨水一片白茫茫，下得铺天盖地，没头没脑，雨声在耳中听来十分密集，看来不知要下到什么时候。实际的情形是，他刚才靠在站牌上打了一个盹，有五分钟还是十分钟？然而，这个时间却足够让他完成了一个离奇而漫长的梦境。他揉揉眼睛，只是，刚才他到底是置身梦境中还是真实发生的事情？连绵不断的雨水抹掉了梦幻和现实的界线，让他一时无法确定。他瞄了一眼刚买不久的《幽灵之家》，心想，也许这部堪跟《百年孤独》媲美的拉美魔幻现实主义小说使他进入了一个奇异而陌生的世界。他裤袋里的手机仍在执拗地鸣叫，他掏出来一看，来电显示是周若梅的电话。作为昔日的情人，他们有大半年没联系了吧。他摁掉了手机。这个电话来得不是时候，现在他不想接任何一个电话。

就在此刻，有一个年轻女子打着蓝色雨伞，从出租车走出来，她身上的短袖高领上衣素白如雪，深蓝色短裙裹着饱满的臀部，她的脸庞在雨水中透出奇异之美。陈榆父不禁多瞧了她一眼，越看越觉得眼熟，但几乎马上可以断定，他从来没有见过她。他猛然想起白日梦里的细节，他的心不禁像鼓点一样狂跳起来。该女子挤到公交车站的雨篷下，来到陈榆父身旁，嫣然一笑，说："你就是陈榆父先生吧？"

漫游者

　　我没想会遇到这样的人。我一踏进这个西南边陲的小餐馆，就看见了他。他望着我，目光炯炯。餐厅里空空荡荡，隔壁的一间小房子挂着油腻的布帘，里面传出的鼻鼾声振动着门帘。他冲我招了招手，仿佛是我的老朋友，一直在等待我。我觉得他十分熟悉，但马上可以确定从来没有见过他，这种感觉本身就是陌生而古怪的。他盯着我说："我能理解你的想法。"我说："我没有什么想法。"他说："这儿的游客并不多，但我坚持认为开一间餐馆是必要的。"我从头到脚打量着他，他神情散漫，实在不像这个餐馆的老板，而像是一位内地的游客。他的目光锐利，清亮，仿佛穿透了我的心底，说："我不算是一个好的生意人，我以前也喜欢在大地上漫游，像一朵云飘过旷野和天空。几年前发生的一件事情，使我改变了主意。你先吃饭吧，如果你乐意，我可以跟你说说那件事。"

　　他挑起门帘走入去，将一位浓眉大眼的小伙子拉出来。小伙子跟他面貌酷似，但年轻得多，看来是他的弟弟。小伙子揉着惺忪的睡眼，趿着拖鞋走向伙房。

　　很快，小伙子就弄好了我要的两个菜。他又钻入厢房，一会儿就传出打雷般的鼻鼾声。老板看着我狼吞虎咽，蛮自信地说："滋味还不错吧？"我点点头。老板开了两支啤酒，递了一支给我，将另一支往嘴里倒。"我请你喝，"他说，"咱们聊聊吧。"

　　此刻，窗外阳光大盛，天空很高，很蓝。遥远的雪山像少女的乳

吃了豹子胆

尖，锐利，闪亮。而半山腰的岩石跟一团灰云混淆不清。我的目光越过他的头顶，停留在无垠而寂静的虚空之上，我依稀看见一只黑鸟飞快地掠过。但我不能肯定。

老板说："在三十岁那年，我离开了娇妻和幼儿，踏上了通往远方的路途。我说不清背井离乡的原因，不知道要去哪里，也不知道要去寻找什么，但我确实听到了某种缥缈而真切的呼唤。尽管我不知道是谁在呼唤我，在哪儿呼唤我，要呼唤我到哪儿去。我搞不清这呼唤的确切意义，但我可以断定这个呼唤是真实的，有力的。总之，我不能再这样过下去了。我对一个在南方都市里过小职员的生活烦透了。即使家庭的温暖和天伦之乐，也无法阻止我跟过去的生活一刀两断。"老板又开了一支啤酒，仰脖往喉咙里灌。他喝酒的速度，让我想起小时候用水去灌地下的蟋蟀。他望着我，诧异地说："你不喝？"我歉然地摇了摇头。他的话让我想起了很多往事。我不想对他和盘托出。

那只黑鸟又在天上出现了，像一支箭激射而出，又瞬间消失，我还没有肯定它是一只乌鸦还是喜鹊，或者别的什么鸟。现在，我才留意到老板浑身漆黑，倒是衣襟上的一排白纽扣又大又亮，像闪光的银币。那身黑衣裳就像是黑鸟的表面，他垂下双手，仿佛鸟在合拢翅膀。我这个想法是毫无道理的，这让我觉得气氛有些压抑。

老板也看到了那只黑鸟，说："太远了，你看不清楚。别看你瞧到的只是一个小黑点，其实它的翅膀伸展开来，怕有一两米。也许它就是大雕，或者传说中的鸿鹄，如果看清它的嘴脸，你会吓一跳的。"我说："你说你早就改变了主意，那你是寻找到了想要的还是放弃了追寻？"

老板说："不要着急。在一个细雨连绵的冬日，我来到了东南的一个小城。我在街头遇见了一个潦倒的肖像画家。画家是一个沉默寡言的人，他画好的几个样品，就放在他脚下的空地。画纸湿透了，但没泡烂，倒像白瓷一样闪光。画中的人像，仿佛全成了活人，表情活灵活现。雨越下越密，街上没有什么人。雨水打湿了画家的脸庞，但他无动于衷。他啜下流入嘴角的雨水。他像一尾鱼。那些画像也像鱼头在水中摆动。

"我说，给我来一幅吧。那个画家的眼睛，就像火柴在磷纸上猛然擦亮。他目光单纯，又带着神秘，有点像鱼的目光。他说：'你要寻找的是自由，但自由是难以描述的，更无法像抓小白鼠一样将它关入笼子。你离开了你的家，就像鱼离开水域，登上了河岸。只有雨水，才会像镜面那样，映照出你愈来愈模糊的记忆。'我摇头不答。这只是他的想法。

"我的问题要复杂得多。画家抽出一纸白纸，那张纸马上被越来越密集的雨水覆盖了。他手上的炭笔在挥动，我的画像在水面上迅速而神奇地完成了。我的肖像，像一碗水中的倒影，或一面镜子里的虚像，清晰、逼真，也在荡漾。我吃惊的倒不是这个，而是该画像尽管出自画家的手笔，但赫然是他的自画像，或干脆说就是他的映像。我惊诧之下，还没有领悟到其中的深意。我付了十元酬金，我拒绝将那幅湿淋淋却没有被怎么毁坏的画像带走。亲爱的朋友，你是否看出了什么问题？至少我当时无动于衷。"

"你编的这个故事很不错，"我说，"但事实上永远不会发生。"

老板嘿嘿地笑了，继续说下去："在一个云朵被落日烧红的夏日傍晚，我来到了一个江南的小镇。我之前没来过这儿，但小镇的一切事物，都让我感到异常亲切而熟悉。那种熟悉的程度，就像一只在花香中迷失的黄蜂，又回到了枝叶掩映中的蜂巢。我在小镇的旧旅馆上遇到一个人，他清癯，健谈，却让人没有陌生之感。我觉得那个人似曾相识，却又说不出来。我一直怀疑他的黄色葛衣下面，隐藏着一对半透明的翅膀。它们单薄、轻巧，就像折骨伞的绸布。那对翅膀并不大，但足够使他飞上天空。我紧张地注视着他，唯恐他突然张开翅膀飞走。我担心的事情，最终没有发生。那种翅膀不像飞鸟的，也不像天使或神人的，倒有点类似昆虫的羽翼，譬如蝴蝶或黄蜂。我精神恍惚，觉得自己正在陷身于一个骇异而逼真的梦境中。越来越浓的暮色，加深了我的这种感觉。我几乎忍不住要掀开他的衣服，查看他的两胁。我在跟那个人喝光了两坛黄酒之后，一股强烈的睡意像洪水漫过河床那样将我淹没了。

"我一直睡到翌日中午才醒过来，那个人充满怜悯地望着我，转身走了。我走到镇上去，我突然发现，街上没有汽车，室内没有电灯，整座小镇没有一件现代文明的产物。我所行走的分明是一座古镇。青砖灰墙的房屋一间挨着一间，密密匝匝，鱼鳞似的红瓦上，有枯白的茅草在晃动。

"我走进一座院子，一个美妇人迎了出来。该妇人风姿绰约，白皙丰满，如果要用古代的美人来形容，显然非杨贵妃莫属。至少，那也得是唐朝的美人。妇人说：'相公远道归来，历尽风尘之苦，待奴家好生服侍相公。'我一愣，她显然是误会了，但这样的误会，傻瓜才会说穿呢。我随即想到，这不过是小姐扮成古代美人招徕生意的招数。我点点头，随她步入庭院。院中栽着几丛修竹，一束虞美人像火炬一样怒放，墙角的白玉兰散发出阵阵幽香，沁人心脾。妇人端来一只盛满热水的铜盆。她将我的鞋袜脱掉，那双在我脚上移动的手，细嫩，滑腻，让我舒服极了。我是一个有经验的男人，通过这样的一双手，可以推测妇人的好处。果然，夜晚里妇人的温存无与伦比。

"我枕在妇人的双乳间沉沉睡去，进入了另一个虚幻的世界。在梦里，我成了一位巨人，就睡在两座锥体状的白色山峰之间。但我在梦里清楚地知道，山峰不是真正的山峰，我也不是真正的巨人。我离苏醒还远着呢。说是梦吧，但那种空气稀薄、近乎窒息的感觉是无比真切的。我变成了一只黄蜂，不幸的是，我被一个孩子抓住了，并捏住了我的翅膀。我就像一个被警察反剪双手、拧向背部的犯罪嫌疑人，动弹不得。

"一种极度的恐惧攫住了我。我终于惊醒过来。窗外晨曦柔和，红霞正在被无数道白光驱散。我居然睡了一宿。我抚着妇人白嫩滑溜的背部说：'但愿你真是我娘子。你的老板很有创意。'妇人拭着我额角的汗滴，答非所问，说：'你太疲倦了，那只是一个噩梦，醒过来就好了。'我说：'我得走啦，埋单吧。'妇人笑着说：'你回到家来，就出不去了。'我不理它，扔下两百元，抬腿就走。然而，门口外面的小径，所通向的乃是另一座庭院。与其说是我走出这一座院子，毋宁说是迈入了另一座院子。我不禁汗毛倒竖，我飞快地一连穿过了七座彼此相似的庭院，却始终找不到真正的出口，也看不到一个人。

"我陷入了一个由无数座庭院组成的巨大迷宫之中。我精疲力竭，停下来。我双腿发软，冷汗涔涔。那个妇人寸步不离地跟着我，说：'你注定要陪我一辈子的，你走不了。'我感到天旋地转，那些院子仿佛也跟着我的脚步在转动。我被这些房子囚禁了。我意识到我像一匹小马陷入了梦幻般的泥沼之中，而我再也无法醒过来。此刻我十分清醒，我知道。我完全脱离了睡眠，阳光刺痛了我的复眼。那个梦境十分荒唐，按理说，一只黄蜂是无法做梦的，在梦中，我是一个来自现代的年轻人，并在一座古代小镇或仿古建筑群中寻欢作乐，碰上了销魂而恐怖的艳遇。在那个弥天大谎的梦境里，被一座座庭院组成的迷宫困住了，无法逃生。而在现实中，我不过是一只工蜂，每天清晨，在六角形的蜂房中振翅飞出，在山坡上的野花丛和桉树杈上的大蜂巢之间来回奔波。我失去了飞翔的能力，我被一个孩子捏住翅膀塞入了玻璃瓶，并正在旋紧塑料瓶盖。

"我终于完全清醒过来，我将那个缠绕在身上的梦境像蝉蜕一样抛掉。那些重重叠叠的梦境，就像那无数座庭院一样，将我压得喘不过气来。黄昏的夕光，像一只灰鹤啄上我的鼻子，也许它以为这是一只土豆呢。那个人笑眯眯地望着我，桌子上倾倒着曾装满黄酒的坛子。他手里拿着一只玻璃圆球，但在光滑透明的球体表面，却从内部呈现出无数个拼接在一起的六角形的、蜂窝状的图案。我有理由认为，那个圆球正是使我饱受折磨的罪魁祸首。但他说：'不是的，这完全是你喝多了。你是一个想入非非的人。'我不知道，我到底从梦境中脱身了没有？我凝望着他，一股寒意像蛇窜上脊背。借助圆球的反射，我发现我的面目跟他何其相似。只是他垂垂老矣，额头上的皱纹像水波在荡漾，而我则年轻力壮。"

我没有吱声。老板说："你好像不信我说的。"我说："你的确是一个讲故事的天才。"老板苦笑说："你很快就会知道我说的全是事实，我发誓并无半句虚言。"我说："你不去写小说，真是可惜了。"

吃了豹子胆

老板说："在开餐馆之前，我跟你干的是同一个行当。"我问道："你老婆是不是也很像杨贵妃？"老板咧嘴笑了，说："我老婆更像范冰冰。"我说："她还在家乡吗？"老板说："也许吧。我后来没有见过她。"我又问："那你孩子呢？几岁了？"老板说："快七岁了，后来也没见过。"我默然不语。老板说："我以前见过一个小孩子，他很像我的儿子。当然他不是。"

忽然，一只黑鸟扑过来，像一颗石头投掷在碗盘狼藉的餐桌上。它伸着嘴喙去啜饮盘上的残汤，看来一点也不怕人。我终于看清了，它就是刚才看到的那只黑鸟，确凿无疑是一只乌鸦。我冲着老板笑了笑。老板尴尬地挥手去驱赶它，它才振翅飞走。

老板说："多年以来，我在各地游荡而一无所获，我麻木了。我几乎忘记了我出门远行的目的，我开始怀疑，我是否听到什么该死的召唤或启示，而实质上是在逃避那些让我厌烦或恐惧的东西，譬如女人，譬如家庭等。我心底有一个声音愈来愈清晰：你要寻找的东西不存在，而你要逃避的却如影随形。这个声音占据了我的头脑，在我的身体里盘旋。它是一只鸟，我成了一个鸟巢。我携带着这只鸟，烦躁不安。它似乎要伴我到天涯海角，一直到地老天荒。直到前年，我遇到了那个渔夫的孩子，才知道我错了。那只鸟是不存在的，连一根羽毛也没有。我的漫游一无所获，但并非全无意义。

"我是在深秋踏上那个南方之南的海岛的。岛上仍炎热如盛夏，微风中吹送着海水的气息和菠萝蜜的浓香。那些穿着长裙露出美腿的年轻女子，像色彩斑斓的大蝴蝶在海滩或椰林间飘然而过。我在海滩上闲逛，远眺着洁白的沙滩和深蓝的海面。这几年来的往事，就像波涛在不停地涌动，或者像水面上的海鸥在盘旋。我深感人渺小如水滴，但一个人的命运依然像大海那样深邃和神秘。水的自由在于流动，所有水滴都渴望汇聚在一起并触及那深刻的源泉，即使冷漠的沙子也紧抱成一团。而人呢？我几乎说服了自己，这么多年的奔波劳碌，只是为了知道我是谁。

"我凝望着起伏如丝绸的波涛，几乎有了写诗的冲动。忽然，我感到脸上很不自在，那是一种被人盯视的感觉。那些目光是如此炽烈，像火焰在吹拂。我低下头，看到了一个七八岁大的孩子，他抱着一具大鱼干。那具鱼干长愈一米，就像是一架沉重的飞机模型。刚才盯着我的有两对眼睛。一对是孩子的，另一对是鱼的。我明白那两对眼睛背后的渴望，但我不需要这具鱼干。我从不做饭，也没有朋友可以相赠。我奇怪的是，那具鱼干分明挤干了水分，却仍能发出海水般深蓝的、让人心颤的目光。孩子不说话，执拗地望着我。

"我快步离开，孩子寸步不离地跟着我。我不耐烦了，说：'你跟着我也没用，我不会要它的。'孩子开腔了：'我的事也是你的事，但你似乎忘了。'我当时惊诧于他说话的腔调如此老成，而对其话语的深意没有察觉。我怒恼地嚷道：'我不会买下这尾鱼的，我一见到鱼干就反胃。'我童年时吃过太多鱼干了，以至于日后看到鱼干，就像看到噩梦中的鬼怪。我在前面走，孩子在后头跟。孩子忽然说：'到了。'

"我如梦初醒，看到海边的土坡上有一座茅寮。好像不是孩子跟着我走，而是他巧妙又不易察觉地将我带到了茅寮门前。我小时候就是这样将一群鹅赶回家的。我不由自主地跟他走入去。孩子充满热忱地望着我，说：'先生，我们需要三百元看病，你能帮这个忙。而我们唯一值钱的就是这尾鱼。'房子里一片漆黑，透过墙缝中射入的光线，我看见木床上睡着一个老人。他神色憔悴，脸孔苍白，在不断地喘气。我伸手去摸他的额头，烫如火炭。我朝孩子说：'他是你爸爸？'孩子说：'不是的。'我说：'你们看上去很像。'孩子说：'我们在等钱看病呢。'我掏出三百元，还帮孩子叫了大夫。折腾到傍晚，老人才有所好转。

"我端着那具大鱼干，跑到海滩上叫卖。我有非要卖掉它不可的冲动。孩子跟着我。我们坐在一棵弯垂如弓的椰树上，落日像烧红的圆铁盘，眼看着就要急速地沉入大海。有个女人牵着一只卷毛狗走过来，说：'那孩子长得跟爸真像。'她像在跟那只狗说话，但狗不理她。孩子说：'在别人的眼里，我们就是父子俩，其实不是的。那只狗也不是狗，至少在那女人的眼里不是。'我瞧了瞧他的眼睛，又望了望鱼干的眼睛，孩子的眼睛像海水一样幽深而湛蓝，而鱼眼的火花早已熄灭。我想起了出门远行的初衷以及这几年来的遭遇，无数件往事，就像白色的浪花在波涛上盛开和破碎。金色的霞光映照着孩子的脸，他目光炯炯，脸蛋儿像天使一样美，仿佛被晚霞镶上了金边。我握着孩子的手，说：'谢谢你。'

"今天我才晓得，我既不是要追求所谓的幸福，也不是要避免痛苦，而是对多年来的一成不变心生厌倦。我到处游荡，不需要任何回报和好处。同理，我也无惧于利诱和恫吓。我不指望一个老大罩着我，哪怕他是上帝，我也没想过做别人的救世主。我深知每个人都有自己的路要走，他人无法代理。事实上，每一个人都携带着自己的天堂和地狱——"

我打断他说："用不着长篇大论，我知道你想说什么。你认为你的生活死水一潭，你要的是打破预先设定的秩序，而不管其是好是坏。"老板说："不是的。我曾经有过你这样的想法，但如今我发现命运的链条，自有其不可揣测而不容打破的法则。我曾无意中听到神秘源泉的呼唤，我花了好多年的光阴去追寻它。它来自整体。我的愿望就是触及这个神秘，别无他求。"我高声说："你这种悲观的论调，不配使用'追寻'这个词。"老板坚持说："除了对神秘本身的肯定，我对一切持怀疑论的态度。"我说："你的怀疑论不足道。那个孩子后来呢？"老板说："我后来没有见过他。"

忽然，一个巨形物体从天上飞过，穿过云端，老板惊喜地大叫："大雕，我说就是大雕嘛。"我没看清楚，惶恐地说："那是飞机吧？"老板说："你有没有见过黑色的飞机？"我摇了摇头。老板得意地说："你刚才听见飞机的轰鸣了吗？如果是飞机，飞得这么低，肯定有响声的。"我说："就是呀，我听见飞机引擎发动的轰响。"老板生气地说："哪有的事！"

我懒得跟他争论。他想了想，说："你似乎一直没有看出问题的症结。看来，我讲得口干舌燥，全是白搭了。"我说："我不明白你在说什么。"他又端起酒瓶子往喉咙里灌，这已经是第三瓶了。我们之间出现了短暂的沉默。

他说："我只好将我遇到一群人的事情讲出来了。就是这件事使我厌倦了多年来固执的、盲目的漫游。你一定要耐心听我说完这件事——"他的脸色忽然变得严肃起来，像兴奋又像恐惧。他的声音有点暗哑，我注意到他拿着啤酒瓶的手在颤抖——

那一个夏天，某个不可思议的时刻，我去了一生中去过的最远的北方。一阵大风吹起，我在恍惚之中，跟一群人在草叶吹拂的辽阔旷野上相遇，猝不及防。那些人或惊诧或麻木地望着我。他们高矮不一，但脸孔彼此相似。为首者骑着高头大马。前面是马夫，后面是侍从。他衣冠华美，腰挎宝剑，看来是一个大人物。他盯着我，似笑非笑。我目瞪口呆，跟他就像两面虚空的镜子，从对方的脸上窥见自己。

在刹那间，我的脑海里飞快地掠过那个潦倒的画师、手捧圆球的老者和卖鱼干的孩子，他们是同一个人。我知道我遭遇了一生中最大的神秘。我撞入了另一个世界。这是无法解释的。但我很快就从惊惶中镇定下来。我知道，越是容易犯迷糊的时候，越要保持头脑清醒。我思忖："他是梦想中的我，还是主体的我？而那些随从，不过是一些较为次要的我。"大人物仿佛猜出我的心思，微微一笑，说："我是某个时刻的你，你也不是你自己。你自己大于我们的总和，如果这个变幻莫测的背景可以忽略不计的话。"我瞅着四周，这巨大的背景，由天空、大地及草木构成，也许还有看不见的风及空气。蒲公英像缩微的云絮，在草叶上飘飞，几根鸟的羽毛从云中掉落。

大人物的坐骑凝望着我。他说："这匹马也曾经是你，但只限于局部。去年春天，我在不周山遭遇一头半人半马怪。他使用尧时代的语言，说他是某个时刻的我。我见过女娲修补之前的天空，也见过大禹治理之前的黄河，但我还是被吓了一跳。"我忽然发现，队伍之中，有两个人推着一辆囚车，推车的人跟被囚禁的人，具有同样的脸庞，而神情迥然不同。大人物看到了我的疑虑，说："他是一个反叛者。他妄图逃离作为整体的我们，然而他身体的另一半灵魂出卖了他。当然，也可以说是对他的拯救。"囚徒比我年轻，他凝视着我，嘴角带着轻微的嘲讽，他的目光蕴藏着无限深邃的波涛，又仿佛什么也没有透露。

我望着这一群人，一声不吭。他们分享着我的姓名和灵魂，而具有不同的身体和影子。我看到一个孩子，他脸色苍白，像一株羸弱的雏菊，死神的巨翅曾多次掠过他的身躯。大人物说："他是我们的童年，他为了通向我或你，走过了每一条道路。而每一条道路，都会将他塑造成另一个人。幸好，尽管他多次误入歧途，但并没有迷失。"孩子忽然大声说："我不想成为你，我还没有停滞，也没有被固定。我可以到达的那个人，仍在我的身躯中孕育和生长。"

一个中年人走出来，满脸欣慰："我虽然头脑迟钝，大腹便便，但总算在最微小的地方，摆脱了最高意志的控制。"一个老人懊恼地说："都是你不争气，我才落到这般田地。我依然没有完成自己，而我已油尽灯枯。"我好奇地问："你想成为什么样的人？"他说："在年轻时代，我在大地上漫游，我做过水手、小贩和捕快。我没有一天停止过想成为诗人。现在，墨水只剩下一滴，而我还没有写下时光的奥秘——"

大人物粗暴地打断他："狗日的，快闭嘴——"他扭头对我说："一个人的精力实在有限，只有专注和持恒，才可能实现理想。譬如一棵橡树，它要成为巨木，就只有抛弃细枝末节——像那种想入非非的人并不可怕，可怕的是这个家伙，他跟随我走过同样的道路，如今却妄想跟我分庭抗礼——"大人物扬起马鞭，狠狠地抽打着囚徒，鲜血像火花从囚徒的脸上溅起。大人物冷酷地说："无论是哪一棵树，都不能有两株树干。否则只有一种下场。"

囚徒对着我微笑，仿佛在说："你看到了吧。"我问："他将要被押向何方？"大人物侃侃而谈："对不觉悟的人，就去教育他，改造他。对不服从的人，就去压抑他、削弱他，必要时铲除他、消灭他。至于这个家伙么，他有麻烦了，我要把他押上京城，让皇帝看看他忤逆的嘴脸和卑贱的骨头，然后施以极刑。"我愈发惊诧："谁是皇帝？他是谁的皇帝？"大人物回答："皇帝就是我们的整体，是我们的最高意志。他当然是我们共同的皇帝，他是抽象意义上的每一个我，而又抛弃了那无关紧要的每一个人的个性。"

我凝神细看，只见队伍之中，有一辆马车运载着大堆白色或青色的巨石。车上有人持着锤子和刻刀在敲打。我看见一个人的五官和毛发，从石头上缓慢地长出，但更多的还没有成形。完成的石人，有大人也有小孩，他们从车上走下来，汇入越来越壮大的队伍。我几乎脱口而出："我从何而来？我要到哪儿去？我是否来自一块石头？来自一把锋利的雕刻刀？"但我最终没有张口。

大人物说："那些雕像不是真实的人，而是梦想的产物。尽管我们认为梦想不值一提，但我们并不排斥，更不禁锢。当然，每一个人的梦想，都得经过检察机关的许可。"我疑惑地问："你带着你的队伍，带着石头以及石头里的雕像，走的是同一条道路。但你看上去鹤立鸡群，跟他们并不一样。"大人物笑了，说："你很敏锐。我们既一样，又不一样。我们是一个整体，但蛇无头不走，鸟无头不飞。总得有人去指挥，有人去干活……"

人群中有一个年纪与其相仿的人走出来，厉声说："我早已厌倦了赶车和凿石。为什么你从不劳动，而我却拼死累活！"大人物勃然变色，用鞭梢一指，马上冲过几个凶神恶煞的大汉，将他四脚攒地，捆成一团，掷入一辆囚车。大人物耐心地解释说："我们总是随身带着囚车，以备不时之需，但有时囚车不够用，只好就地正法。"我惶惑地问："这也是皇帝的旨意吗？"大人物举着剑说："我的旨意，就是皇帝的旨意。"

天上，一朵灰云在扩大。它像一个碍眼的补丁，使晃动着蓝色丝绸和白色棉团的天空变得灰暗。更多的乌云在迅速地聚拢，像全世界的乌鸦集中在一起。那年轻囚徒的眼神中滚过了一连串雷霆。大人物说："我本来孤身一人。在漫长而艰辛的路途中，首先遇见了我的马，然后遇到了我的马夫。沿途之中，不断有人加入我们的队伍。你不想加入吗？"

我绕着队伍走了一圈，我在人群中反复寻找我想成为的那个人而一无所获。其实，我不知道我要成为什么样的人，但我知道他们肯定不是。我仰望着天空不断地堆高的乌云，仿佛给天空穿上了一件威严的黑色大氅。在塌陷的乌云之中，显现出闪电纤小而耀眼的道路。我看到一个巨人，在闪电的钢丝绳上行走。他巨大的身影，几乎遮蔽了天空。他的脸仿佛从我们所有人的脸中跃出，但显然更加完美、神秘和冷峻。我的泪水流了下来。我知道我穷尽毕生之力，也不可能成为他，甚至不能接近他。既然如此，成为什么样的人，已无足轻重。但眼前的这个人群，尤其是那个飞扬跋扈的大人物，却让我有一种又想哭又想笑的感觉。

我壮起胆子，坚定地对着大人物摇了摇头。大人物从鼻孔里哼了一声，说："你会后悔的。"他不再理我，扬起马鞭往前一指。这群人像轻烟在风中吹散，瞬间不见了踪影，就像狂风卷走了尘埃和草屑。我受到了极大的惊吓，坐在地上双眼发直，半天没有回过神来。仿佛这一切都是假的。只有逐渐变得幽暗的天空、地上深深的车辙以及路上撒落的碎石屑，让我在惊疑中不敢否定。

老板终于说完了那件匪夷所思的事情。他汗如浆出，虚脱般瘫软在椅子上。他说："就是这件事情，使我决定结束在大地上的漫游。"我说："那么，是什么促使你开了这个餐馆？"老板望着我，笑了笑，一本正经地说："就是为了你。"

他冲着厢房大喊了一声。那个浓眉大眼的小伙子睡意未消，但还是一骨碌就起床了。他用手端着一面大镜子，站在我的面前。他嘻嘻笑着说："不用看也知道你跟老板是双胞胎，你看那个鼻子，那对眼睛，就像是克隆人一样！"老板不理他，将头部凑过来，冲着我说："亲爱的朋友，你看到了什么？"我感到心烦意乱，不自觉地闭上了双眼。老板说："看到了吧？那是两只大鸟的脑袋，一模一样的鸟。"

我怀着强烈的好奇和惊恐，终于猛地张开了眼睛。镜中的画面好在还是人脸，而不是什么怪鸟的脑袋。那两张人脸的确有几分相像，我只觉得头脑"嗡"地一声轰响，仿佛有一架飞机或一只大鸟正在穿过我的脑海，而消逝于头部之中无垠的天际。我头痛欲裂，精神恍惚。我宛若身处梦境，双臂张开来，身子轻飘飘的，眼看就要像鸟一样飞起来。

我狠狠地掐了一把大腿，使自己稍微清醒，又凝神去看那面镜子，老板一张瘦长的马脸咧嘴笑着，神经兮兮的，跟我肥大的圆脸风马牛不相及！世上哪有两张一模一样的脸？我笑了。这种想法本身就何其荒唐！我惊疑不定，不敢再看了。我一个箭步跑出餐馆，夺路而逃。我宁愿马上将这个餐馆、老板、伙计以及该死的一切遗忘！我跟自己大声说，老板的话，全是胡说八道。

吃了豹子胆

逃亡者

"陆嫣，如果事情不是发生在我头上，我不会相信这是真的。"我的闺蜜袁蓓对我说，"我老公失踪近十天之后，家里来了一位不速之客。她自称是王柏的情人李响。我没见过比她更恬不知耻的人。但我不得不承认，无论从哪方面来说，作为我的敌人或情敌，她都是不容小觑的对手。一打照面，我就觉得她似曾相识，其实素无谋面。多日后，我才想起影片《新龙门客栈》中张曼玉饰演的老板娘，她桀骜不驯的野性气息让我将两者相混淆。当然，她没有给我带来丈夫的消息，相反是希望在我家能看到他，至少也能打听到点什么。而王柏的失踪，在我身上及李响身上的后果是类似的。尽管我讨厌这种类比。当李响听说王柏失踪了，她的泪水夺眶而出。这仿佛比离弃她更让她意外和悲伤，一股恐惧的闪电在她的身体上震颤，她哆嗦着说：'我再也见不到他了。'"

"你确定你丈夫真是失踪了？"我说。

"李响跟你的疑问是一样的。"袁蓓说，"当时，他失踪仅是我的揣测或设想，尚未得到警方的最后结论。他在我眼前消失快十天了。没有任何音信，我无法通过手机、QQ或朋友处等途径找到关于他的线索。当然，也不排除他跑了或死了的可能。到今天快两个月了，我认为他死了，否则不可能离开我。"

"他会回来的。"我除了这样说还能说什么。

"他走了我也完了。天都要塌了。我不知道往后该怎么过，"袁蓓摇了摇头，说，"自从嫁给他之后，我幸福极了，我活着的全部意义就是为了照顾他，享受他在我的照顾下心满意足的感觉。他几乎是一个大孩子，除了在单位摆弄一下照相机和电脑，啥也不懂。不通世务，深居简出，怕跟人打交道，连饭也不会做。没有我，他要生存一天都困难。而我也无法想象，没有他的生活我该怎样过下去。他消失的第一个夜晚，我就知道出事了。随着时间的推移，我不得不说服自己接受事实：不管他是生是死，我都失去了他。他一向是乖老公，除了出差，从不在外头留宿，也几乎不在外头吃饭。实在无法推辞也会给我打电话并取得我的同意。结婚三年了，我们没红过脸，没闹过别扭。有时我真想冲他发火，他怎么就什么都对我百依百顺呢？不像个男人。难道我就全是对的吗？他唯一的缺点就是脾气太好了。但我看着他就笑了。这孩子，真是老实人。我贤惠温柔他不是今天才知道，我即使数说他，想必他也是甘之若饴吧。呀，他就是一个长不大的孩子。"

"他会回来的，"我说，"我对王柏既不陌生，也不了解。但你说的我完全赞同。他的确是一个老实人。我对他的印象蛮不错的，起码他不像别的臭男人死盯着我的胸看。胸大不是我的错，但为什么臭男人只看到它们却看不到我内心的风景呢？作为一个单身女人，我有时嫉妒你。"

"这几天我都睡不着，在夜深人静之际，我想起了跟他相识、相爱乃至结婚的重大事件以及细节，"袁蓓说，"他在我心目中依然无可挑剔。我也检讨了自己的所作所为，我不为自己付出的心血后悔，我甚至可以做得更好一些。我也很支持他去做自己想做的事。譬如他喜欢搞摄影，又搞不出什么名堂，我就鼓励他到各地多走一走，但他对旅行或远足提不起兴趣。他对世界有一种莫名其妙的不安感，又惊恐于陌生人。没有我他寸步难行。我是乐意陪他去的，但也不勉强他。他爱怎么样就怎么样好了。他无论怎么样我都支持他。他失踪后，我想过了无数种可能，就是没想过他会背叛我。

"李响的出现，让我感到他突然变成了陌生人，至少，在他的内心也隐藏着我不知晓的黑暗角落，那是对我也不开放的。而我对他通体透明。那么,一切皆有可能。这足以摇撼我之前的幸福感。它宛若建筑在沙子上的城堡,轰然倒塌。面对李响的刹那间,我措手不及。我不知道该在她面前扮演何种角色。敌暗我明,我对她一无所知。而她可能下过功夫。这让我犹豫不决。我除了做幸福的小女人,其他并不擅长。数日以来的悲伤像风暴席卷了我的身心,犹如秋风扫落叶,但我也决不在李响面前稍露怯意。于是,我轻描淡写地说:‘你不是第一个来找我老公的女人,也不会是最后一个。’

"李响惊讶地说:‘你在说啥呀。’

"我说:‘我知道你。我不知道你是王柏众多情人中的哪一个,我也记不住你的名字。尽管他跟我说过很多次,提及一大堆寡廉鲜耻的女人,但我无法也无意去区分。不都是狂蜂浪蝶么。我无所谓。我跟他分居大半年了。他烂桃是吃了一筐,鲜桃却休想再尝到一口。对我来说,他曾经是一个好桃子,但早被虫蛀坏了,烂透了。我有了别的男人,我没必要对他隐瞒。现在他是死是活,我不关心。他不是有很多关心他的红颜知己么。我只是你的假想敌,你的敌人都潜伏在暗处。我略感遗憾的是,早点办离婚手续好了。不过,现在更好。’

"李响说:‘你确实一点也不了解王柏。王柏这样说时我还不信,但我从你嘴上得到证实。你了解我吗?你了解我跟他的爱情吗?你少来这一套。你可以糟蹋自己,但请你不要玷污他以及他对你的爱。事实上,王柏爱的终究是你,他只是离不开我的身体——不——现在不也离开了吗?他跟我说,他不可能跟我结婚。他不可能离开你,没有任何女人可以使他离开你,他跟我的关系似是而非——我认了。我不需要跟他结婚,只要他不离开我就好,偶尔来看我就好。我爱他。对他不依赖,也不要求,这我做不到,但我可以不占有。我对他的爱跟你对他的付出毫不逊色。这你该清楚的。’

"李响忽然用双手掩住脸,泪水从她的指缝流泻而下。我像被一股气浪推得站立不稳,我给李响递过一张纸巾。我注视着李响,她觉得对方在替我流泪。在那一瞬间,我们仿佛变成了同一个人。对她连珠炮般的质问,我无言以对。多日来,我的泪水早流干了。这使我看上去略显残酷,或更坚强。

"李响说：'除了你是什么模样，我对你及你的婚姻了如指掌。当然，这一切来自王柏的讲述，他对我毫无隐瞒。他没这个必要。他是一个骄傲到连谎言也不屑于说的人，他说：'李响你更适合我，我知道，但我无法爱你。'袁蓓，我跟你原本素不相识，亦无瓜葛，但因为一个男人而有着隐秘的联系，这让我觉得古怪但并不羞耻。见不得光的是他，而不是我。我知道你一直蒙在鼓里。我在脑海千百次想象过你的容颜，猜测你是何等尤物让他割舍不下而又无法忍受。我一次次压下了去偷窥你的念头。我怕我一见到你就会跟你摊牌。而这是王柏不愿看到的。当王柏不辞而别时，我对你嫉妒得发疯而无法忍受。我以为他重新回到了你的身边。我做好了一进门就跟他大闹一场的准备，最好还跟你打上一架。我豁出去了！我没想过他会失踪。当我想到可能再也见不到他，我怕极了。如果他能回来，他爱怎么样都行。现在只希望他能平安无恙，除此别无所求。'

　　"我的脸色舒缓下来。我忽然觉得敌人不是面前这个坦荡的女人，而是我们共同的爱人。至少在寻找失踪者这件事或王柏归来之前，我们可以站在同一阵线。陆嫣，你也是女人，你能理解吗？当时我跟李响说：'很遗憾，他对我的爱并非如你所言。他还是离开我了。'

　　"'所以我倾向于相信王柏的失踪是一个事实。那我毫无指望了。恐怕你也是。'李响对我说。"

　　"他会回来的。"我脱口而出。

　　"你能确定？"袁蓓狐疑地望着我。

　　"这是直觉，"我说，"你不是说我的直觉一向很准吗？这是作为半个通灵者的你也不得不服的。"

　　"但是陆嫣，王柏失踪进入第五十六天了。"袁蓓说，"现在，连警方都不再追查了。看来我永远失去他了。"

　　"你的盟友李响呢？"我问。

　　"我至今无法确定李响是敌是友，"袁蓓说，"她给我带来的震撼是长久而清晰的，但奇怪的是，她也像我梦境里出现的人物，她的到来及消失都像是一阵风、一股烟雾或一个谜团。事实上，她只在我的客厅逗留了一个下午，我后来再也没有见过她。我没有更多她的信息，连她的电话号码都没有。也许连李响都只是一个化名。这个名字我在'非诚勿扰'的相亲节目中就见到过，当然不是同一个人。她仿佛只是来告诉我，王柏曾经有一个地下恋人，那就是她……重要的不仅是她，还有一个既污秽凄苦又充满美好的爱情故事。我承认，故事可歌可泣，讲述者也绘声绘色，如果那个故事的男主角不是我的老公，我肯定会掬一捧同情之泪。说不定她还是王柏安排过来的呢。但我不否认来者真的爱他。她的悲伤和眼泪都不是装得出来的，除非她是中国影后。"

那个下午和那个突然来访的女人，像一团烟雾搅作了一团……她跟我的闺蜜袁蓓就一个男人交谈了一个下午……我有点发愣，说："我想听听那个故事。"

"这就是今天约你来我家的目的，"袁蓓说，"李响说得头绪凌乱，我得考虑怎么跟你说。我尽可能保持李响的口吻以及当时的情形。我对寻找王柏失去了信心。直白地说吧，我已经放弃了任何努力。李响的讲述有多少可信度？故事中的王柏跟我所了解的王柏完全是两个人，这粉碎了我头脑中关于他的形象。这不是说我恨他。我只是无法理解。也许他真的有我所不知道的一个或几个侧面。如果他真遭到了不测，但愿他在天国里安息——"

袁蓓说："李响对我说：'你真想听那我就说。我的讲述既不添加也不删减，以力图保持原汁原味。倘有难听之处，那不是我的杜撰。当然，这不等于我同意交谈者的观点，但我不妄加评论。为了准确地再现当时的情境及氛围，我刻意保留了交谈者的语调而不加处理，譬如王柏跟我说的话，以及他对你某些说话的转述；有时则过于随意。这可能给你的理解带来了障碍，请见谅。'

"王柏对我说：'你让我说我老婆是什么样的人，我真的不知该从哪里说起。她像玻璃人那样简单透明，又像一架机械那样充满了错综复杂的齿轮和构件。这是一个难以言说的矛盾体，或者说是一个悖论。以此为基础，我们的婚姻关系既简单又复杂，既热烈又冷漠。如果从中国传统美德也就是封建女性的标准来看，她是一个完美的人。她贤良淑德，恪守妇道，勤俭持家，仿佛是一个怀抱着牌坊的古代幽灵游荡到了二十一世纪。但她同时凶悍如虎，专制如暴君。她有很多死板的生活信条，她不但将古代贞女作为学习的好榜样，还将若干个心灵导师的演讲录奉为生活指南，同时她还爱好占星术以及诸种神秘荒唐的学说。在我看来，那些形形色色的玩意，无非是披着各种时髦包装的老皇历。她是一个严格按照书本或死人来生活的人。如果我将那些乱七八糟的东西一扫而空，她肯定呆若木鸡，连吃饭喝水都无所适从。但她真的对我好，当然是以她的方式。她在客厅养一缸金鱼以挡灾，玄关上挂着绿宝石及符咒以辟邪，卧室有一个小铜炉，常燃着上等莞香，烟雾缭绕。今天不宜动土，明天适合郊游，雷暴天气不可同床，子夜阴气大盛不能说鬼。有时她夜观天象并结合网络上的星座学说，说我近期受月相影响，易诱发旧疾，就煎一煲奇苦无比的中药汤让我服用……我有时很享受，有时不以为然。有时觉得井井有条，有时觉得机械刻板。唉，就是有时觉得好，有时不耐烦。这是否说明我也是矛盾之人？随着年月的推移，我越来越觉得厌倦。我的余生就将这样波澜不惊地度过，既无意外，亦无悬念，没有烦扰，亦无激情，我认为这是没有创造性的生活。作为一个艺术家，没有创造性就等于失去了存在的依据.'

"王柏说："我太太对我真的很好，在生活起居上照顾得无微不至，她身兼妻子、丫环、厨子、洗衣妇等数职。她宠爱我。她一切以我为中心，就像月亮绕着地球转，她发的光也来自于我，仿佛她全部生活的意义就是服侍我。当然，她执拗地以她的方式坚定地推行这一切。她容貌娇美，身材颀长。她的肉体摊开在床上，宛若一块巨大的白玉，晶莹剔透，温润滑腻，也像玉石一样冷漠。这让我因敬畏而怯懦。我像蹩脚的雕刻师，总是畏缩不前，唯恐因稍有不慎而出现败笔搞砸了材料。每次她都像处女一样喊痛，她的表情也像从未经人事。每次性爱都徒劳无功，要么半途而废，要么潦草了事。但袁蓓每次都哼哼唧唧，看上去满足极了。其实，她在做爱上有严格的操作章程，譬如爱抚的时间、花样、节奏和技巧都有规定，就像小学生的考卷答案一样标准。她躺在床上指挥，我像一个熟练技工在操作。我每次都觉得自己像一把螺丝刀，在拧紧袁蓓身上不存在的螺丝钉。有时我希望对方略有瑕疵还好，好比一堵旧墙，那可以让我做一个顽皮的涂鸦者。或者让她干脆变成一个荡妇，而我躺卧如画布，让对方尽情涂抹。袁蓓每次都很注重爱抚的仪式感及程序，按部就班，有条不紊，仿佛做爱也有图纸，无论交欢的时间、地点和事件都按计划执行。看来完美无缺，实则因机械而无趣。我将这当成了一项繁琐而沉重的任务，有点像平时听单位领导做报告。她的身体多美啊。我经常躲在自己的房间里手淫。对了，平时分房睡，有必要时才凑到一起。

　　"王柏说：'袁蓓将她对性爱的理解及管理扩大到了家庭以及社交层面上，而主要是对我的管理和约束。她自以为掌握了人生的真谛，一理通百里融。没有真理指导的人生必将撞板，也不值得去度过。我闷死了。有时我想去跟那有限的几个朋友聚会，但为了不让她不快或担忧而大都放弃。在她看来，我恐惧于社交，还是待在家里踏实。真要愁闷了，就出一趟远门，去看看风景，拍几辑照片，而这一切自有她打点照顾，根本不用我管。不能说她不对。唉，一个失去了行动自由的男人，我不知道该怎么评价自己，我的压抑感日趋加深。当我慢慢醒悟到我变成了一个囚徒，我才感到自由呼吸何其重要。'

　　"袁蓓我跟你说，王柏是跟我睡在一起时说这些的。那不是第一次，也不是最后一次。但那次他向我打开了心扉。他说完之后，像孩子一样泪光闪烁。他说他像一只冲破栅栏跑出了猪舍的猪，天空辽远，草叶摇晃，自由的风从远处吹拂而过，山麓间的溪水在阳光中闪闪发亮……他趴在我的身上，彻底打开了，放松了，他像在草地上在烂泥堆疯狂地打滚那样在我的身体里折腾。而他必将又被赶回猪舍里去吃去喝，去睡觉去长肉，偶尔去拧一拧螺丝……我不是故意要贬损你们的家庭像猪圈，要损那也是王柏在损——

　　"我对李响说：'看来王柏比较喜欢烂泥，我也可以变成一摊烂泥。他既然从你那里得到了所谓的自由，为什么不干脆跟你过算了？他觉得你早晚也会变成一个猪圈是吧——'

　　"请你先听我说完。我打动他的东西恰恰是你所缺乏的。那还真是自由。我对他没有任何约束。他爱跟谁睡觉就跟谁好了。但他来找我，我就好好对他。你做得到吗？我真的是为他好。我只是跟他一同分享生活、岁月和爱。我对他没有占有感。占有带来束缚，依赖不是爱。你的灵修导师没有教导你吗？作为追求一个身心自由的人，我对灵修课程也有所涉猎，当然，我对占星术之类提不起兴致。

"你不关心我们是怎么好上的？我以为这于我是重要的。我们相识于一次前卫艺术家的小型摄影展上。我不必吹嘘我在摄影界上的江湖地位，但那是王柏不可同日而语的。我曾三次入藏，拍过一组关于藏羚羊的照片，暮色苍茫，群山静穆，青藏铁路上，开车呼啸而过，三只羚羊正从桥洞中穿行，其中一只扭头回望，它惊恐的眼神让我心颤。一群秃鹫在暮色越来越浓的低空上盘旋，跟羊及火车构成了复杂而尖锐的互文关系。王柏说我拍出了在虚空中往鹰隼飞去的难以描述的灵魂。他顶多算是个摄影爱好者，但这句话说得很有水准。这样的照片当然不能做展览。那次我展出的是"竖起来的城中村"系列，拍的是果城城中村改造的样板工程，云水村密密匝匝的握手楼被拆迁一空之后，数百户村民集中起来搬入了从原址建起的一幢三十九层大楼，除了割一小块重建了个小祠堂和小公园，其他地皮全搞成了房地产。照片上的大楼拔地而起，周边高楼林立，密不透风，玻璃外墙在相互折射着阳光，安装着防盗网的套房像整齐划一的铁笼子。

"王柏喜欢玩观念摄影，这你了解。他展出的照片是一个身穿豹纹服饰的美女站在动物园的豹笼前，笼中猛兽跟扮成豹子的性感美女构成了奇妙的张力，具有相互对峙、相互阐释的效果。摄影师的技巧略有不足，美女的眼神不够锐利，其表情跟豹子也不甚协调，但仍然给观众带来强烈的视觉效果。我跟他说，女模特称不上适合，她尽管胸大，但给人的感觉过于麻木和冷漠。倘若她没有凛冽的眼神及野性的气质，就无法激活豹子在笼中的凶猛及压抑感。美女穿豹纹服亦是蛇足。总的来说，创意不错，但模特表现平庸。王柏说：'我要的就是该模特目光慵懒梦里不知身是客的迷惘感——'我说：'你甭狡辩。你这张图叫'爱的囚徒'，倒不如叫'猛兽的习性'，我只看到了囚禁中的猛兽，而没有看到爱的展示或表达。如果真要拍'爱的囚徒'，我的建议是，找一间院子里花草乱长、室内空空荡荡的别墅做背景，再找一个脸容憔悴纵欲过度的美女穿着雪白的睡袍像木偶坐在餐桌前，对着午餐发呆，那种笼中鸟的感觉就出来了。你那个波（粤俚语，指乳房）大无脑的女模特倒正好派上用场——'

"王柏说：'我上哪儿去找别墅？'我说这我来解决。他忽然盯着我看，有点发呆。我说：'你怎么了？'他说：'我们本来是同类。你让我想起了非洲大草原上掠过草叶的豹，独来独往，倏忽而逝，而我早被关进了动物园。'我感到心中最柔软的地方被硬物温柔地碰触，说：'原来你拍的是自己？'王柏说：'我从你身上嗅到了自由的滋味。我说，自由是什么？'他说：'自由就是天马行空，没有障碍，也没有边界。我的自由就是我说了算。'我说：'你错了，在政治的层面，人只有不妨碍他人的自由。如果你光有独立，没有宽容，那也谈不上自由。具体到伦理关系，不要求不依赖就很好了。'王柏说：'也许你是对的。但我强调的是精神性的自由。譬如一个奴隶的当务之急是挣脱镣铐，然后才顾及其他。有首诗怎么说，生命诚可贵，爱情价更高，若为自由故，两者均可抛——我一直想拍一帧满意的'自由女神'，但苦于找不到好模特，我觉得你就很好，不会有更适合的人选了。这算是我对你的要求吗？'我说：'拍就拍，到你工作室还是到我工作室？'王柏说：'我没有工作室。'我说：'那好，跟我走。'

"在我开车送他的途中，王柏的目光微带醉意。我说：'请你不要用这样的眼神望着我，我不是富二代，但也不缺钱花。'我家在青龙山麓的别墅群里，工作室则设在珠江新城。墙上贴着我随手放上去的新作，室内的诸种器材当然是一位专业摄影师的行头。王柏看得目驰神摇，不胜艳羡。我对他说：'我需要身披长袍、头戴荆冠吗？手上还举着一支火炬？'王柏说：'不不，我只拍肖像就好，我善于捕捉模特的表情和内在的气质。'我说：'也不需要特定的背景或氛围？'他说：'此时此地，最好不过。'我说：'要我脱吗？'王柏说：'哦，不需要，我只拍肖像，我要突出你的眼神，你的身材太好了，拍全身会分散照片的主题。'

"照片拍完了。王柏忽然抱住我。我将他抱得更紧。我们在木地板上做爱……王柏的腿猝然往后一蹬，三脚架呼地砸过他的耳根。我哈哈大笑。我无法忘记王柏的叹息：'我总算尝到了真正女人的滋味。没有你，我就算白过了。我的运气还不错。就冲这句话，我无力自拔。'我说：'我本来想拒绝你的，我不想你将我当成随便的人。但我被你打动了，你很纯真。虚情假意的人我见得多了，但你给了我一种真实感。你爱我吗？'王柏说：'我爱你。'我说：'我现在怎么对你，以后也怎么对你。'我一时昏了头，天长地久之类的话也就冲口而出，当时无论是说者还是听者都深信不疑，大为感动。作为一个杂糅着怀疑论的自由主义者，我动真情的时候并不多。王柏说：'我得回去了。'我说：'你是一个怕老婆的人。'王柏说：'不是怕，她是一个好人。'那天，我的身体因狂欢而松弛，却于瞬间掠过了一丝阴影。我跟他好了多少天，就有多少天在想着，他该一扭头就跑回妻子身边去了吧。我知道他给我的真实感不会持续太久。

"王柏老说：'我不是自由之人，所以特别羡慕你的自由身。但结婚的时候哪儿懂得自己需要什么？'我说：'不要以为我喜欢单身。我只是没找到合适的人。请不要将婚姻说得那么不堪，当初你结婚时也没有人拿枪指着你的头壳吧？'王柏说：'婚姻就像个笼子。我还是向往大自然，走向无拘无束的旷野——你还可以走向旷野的。'这是我第一次隐约地跟他提及他离婚的可能。但是他装作没听懂。如果他要我，我就嫁给他。男人贪恋女人的身体，女人渴求男人的卖身契。然而没想到没多久，王柏就消失了。连招呼也不打一下。是什么让他失望到这个地步？让他要跟我分手乃至绝交呢。我今天过来，本来是要跟他求个明白的。袁蓓，当我知道他是失踪了，那就意味着他不一定是跟我分手了。这样想让我稍觉安慰。请你不要指责我的冷酷。

"我跟他在性爱上很美妙——我知道你不想听这个——但我知道他不爱我。他爱的也不是自由。他只爱他自己。一个自以为是、带着自我的人，不可能懂得爱或自由。他迷恋的只是我的身体，或我身体中蕴含的自由气息。但他人即地狱。每一具身体都威胁到了自由。我

吃了豹子胆

从自由主义者变成了无我之人，也就是说我爱上他了。我才知道自由于我不重要，我需要的只是爱，甚至不需要对方是否真的爱我，只要给我一个去爱的对象就行。他真是爱袁蓓你的吧，他迟早会离开我，回到你的身边。起码他不可能因为我而跟你离婚。这种想法让我无法安枕。

"你管得很严，王柏每次都觉得是偷盗犯，这固然刺激，但终日提心吊胆。他觉得我越来越依赖他了，难免心生恐惧。男人都这副德性。他跟我说，如果这个世界上只有一个人爱他，那肯定是袁蓓。至于我么，对他的身体永不餍足，我爱他么？他无法确定。爱是不讲道理的，也无法寻觅证据，但我们之间除了性爱怕没啥了吧。我的身体柔软、有弹性而充满力量，可以做出种种匪夷所思的动作和姿势来，让他欲仙欲死。这些话很伤人。我说：'你不要这样说，我对你因了解而怜悯。'他说：'我不需要别人同情，你也没有资格可怜谁——人轻微如草芥，卑贱如蜉蝣。'我们不知道从哪天起，不再像刚开始那样心有灵犀了。尽管他没有流露出对我（包括我肉体）的鄙夷和厌倦，我后来仍敏锐地捕捉到了，我可是专业的摄影师啊。至少，他在体能上大不如前了。毕竟他得同时应付两个青春年少的女人，家有悍妻，外有娇娃。我最不爱听的，就是他老说袁蓓你待他百般温柔，而按照预设程序的爱抚又给他带来了压力之类，他说这些时掩不住得瑟之色。他像在诉苦，又像炫耀，也许连他都分不清这二者的区别。这让我妒火中烧。

"那天午后发生了一桩小事，那肯定是一个重要的预兆。当时我懵然不觉，但今天回头来看，就显得一清二楚了。我给他煮了一碗汤面，给他放了几片牛肉。牛肉煮面么，天作之合嘛。他说他宁死不吃牛肉。我坚持放了。他不再有异议，并一言不发地吃掉了牛肉。但他说的一句话我至今记得：一个追求自由的人，怎么会如此霸道？这仅是一次偶然，谁会将几片牛肉提高到讨论自由或生死攸关的地步？但类似琐事层出不穷，不断地累积并蔓延，终有一天，就像蚁穴日渐空大并使千里之堤毁于一旦。我们的堤坝原本就是豆腐渣工程。类似之事无时无刻都在发生，这些小冲突像漩涡在水底暗涌，但他像平静的水面隐忍不发。而我粗枝大叶，或说我顺其自然，我不喜欢将鸡毛蒜皮的事放在心上。

"面吃完了，我们的交欢是又一次清晰的预兆，但仍被我忽略了。他从我的胯下出来——我喜欢采取女上位，像一支铁骑将一座堡垒夷为平地，像一辆装甲车将目标辗为齑粉——一个小个子男人从高大女人的大腿间扭出来，半滚半爬，像我刚一诞生而长大成人的儿子——我沉醉于这种奇异而略带色情的狂想中，当时全没留意他的感觉以及后果。我母性勃发。我伸出手去抱他。他粗暴地打开了我的手。他仿佛透不过气来，张大着嘴，像跳到沙滩上的大鱼。他像置身孤立无援之境，半是绝望半是麻木而略带梦游的目光让我心神不宁，这让我想起了他的那个女模特。正是这种表情使王柏之前带给我的真实感荡然无存。奇怪的是，我对他的迷恋有增无减。爱恋原本就是蛮不讲理的，不合逻辑的，既无迹可寻，又难以言说——

"李响在叹息，陷入了沉默。

"我对她说：'你爱他？他只是你自由而主要是性自由的论据。他为你的欲望提供了一试身手的广阔天地。他只是一面空无的镜子，完整地映照你贪婪的身体和怒涛般的情欲。他是不慎掉入了蛛网的小麻雀，将那面闪亮的蛛网当成了八角形的天空，而你像等待在网中央的狼蛛迅速爬过来，伸出了毛茸茸的节肢。他是因渴极而凑近沼泽地喝水的食草动物，而掉入了你锯齿状的鳄鱼巨嘴。他是耗尽了血肉的俄国农奴，而你是贪得无厌的地主婆。他是进入了平型关伏击圈的小股日军，也是一个被日军扫荡的敌后村庄。他不是你爱上的人，只是你的食物，是你的性奴隶。他不再拥有真实感，是因为洞察了偷鸡摸狗的荒唐与无聊，但他仍为你提供了自以为是的真实感。他岂非正是你所杜撰的'爱的囚徒'？'

"你不要轻易下论断。你不了解我，不了解我们的关系，也不了解王柏。他的内心有一个黑暗而广阔的国土，我敢肯定你从未涉足此地。

"我说：'你不也在下论断吗？你跑来跟我说这些是要抨击传统婚姻的万恶及讥嘲我是个性冷淡者，而吹嘘通奸的合理及通奸者的高洁？你是要将自己塑造成攻陷了婚姻牢狱的解放者，还是要炫耀你床上的功夫非比寻常？你是要在王柏失踪之后贬低他以减轻我的丧夫之痛，还是要扮演一位得手的偷袭者而沾沾自喜？须知，我纵使是一个婚姻的失败者，而你在爱情的农场上亦颗粒无收，白忙一场。其实，我对你的讲述仍有存疑的成分。我随便举一例，你说他拍的所谓‘自由女神’的照片，片中人当然不是你。他给我看过。因为他拍的原本就是我。再如你似乎跟他无日不在贪欢，其实时间就不允许。因为他几乎每顿饭都在家里吃，更从不在外留宿。当然，我不否认你们像野狗那样在垃圾堆或荒郊上见缝插针地苟合，但请不要将自己打扮成坠入情海的泅渡者。’

"瞧你泼妇骂街似的，就不像是交流的态度了。我只回答一个问题，时间固然不易安排，但世事怕就怕认真二字，就像《满城尽带黄金甲》里那帮女角的乳沟，挤一挤还是有的。你也上班吧，他得上班吧？他作为单位的电脑技术人员，常以给同事维修电脑或去电脑城买配件为名溜了出来。就是上班也得上个厕所呀。我在他单位附近筑了个巢。我早几年炒楼赚了一笔。作为自由职业者，我不上班好多年了。

"袁蓓，我只是想告诉你事实。我对你所知甚多，而你对我懵然无知。也许这样对你比较公平。不管他是生是死，我跟你都是他逃离的女人，或者说我跟你都失去了他。

"我说：‘请不要将我跟你相提并论。你对我也不要自以为是。我必须提醒你，王柏嘴上的我或从你嘴里冒出来的我，跟我没什么相干，譬如我对占星术毫无兴趣，更不了解。’

"袁蓓，如果你对他管得不是那么严苛，多给他一点空间，他也许就会将监狱当成庭院了。说不定你们会有真正的幸福。月盈则亏，过犹不及，这道理你懂的。

"我也同情你，倘若你将笼罩着他的黑屋子般的身躯开一个窗口，他就不至于透不过气而遁逃。你在肉欲上的贪得无厌将他吓跑了。

"这个么，也许是，也许不是。

"我倾向于认为王柏离开了人世。他是一个孩子，惊恐于风吹草动，不可能独自生存于这个奉行丛林法则的世界。他没这个能力。钱都在我手上呢。但我始终抱有幻想，但愿他只是个离家出走的任性的孩子。如果他仍在人世，早晚有一天会回来的。我这里有他的家。尽管你有别墅和洋楼，但你没有家。

　　"我觉得他就是躲起来了。他以为逃避能解决问题。他一直在逃跑。我决定去找他，即使跑遍天涯海角，只要他仍还活着，我就能找到他。他不是也将我当成监狱么，那好，我就以肉体为巴士底狱，以双乳为铁窗，判决他终身监禁。要么是我找到他，要么是我也在路上迷失！"

　　"双方唇枪舌剑，你来我往，忽然停顿下来，大家都感到了轻松，"袁蓓说，"我发现我并不讨厌李响，也不嫉妒，反而有一种同道中人般的惺惺相惜。也许是李响始终尊重王柏对我的感情，也没有我动不动就讥刺对手的尖酸刻薄。这个持续了一个午后的长谈，虽有刺耳之音，毕竟带来了关于丈夫的消息，这像一缕阳光冲淡了我心中的阴霾。我倒是对李响讲述的那个男人涌起恶心之感，我从未想过这个朝夕相对同床共枕的人，对我有如此之多的怨言乃至憎恶。这让我五味杂陈，又心胆俱寒。

　　"李响走时丢下一句话：我想他的情人不止我一个。

　　"陆嫣，我跟李响说了谎。'自由女神'的模特也不是我。这你当然知道，因为照片上的人就是你。李响说的那个穿豹纹服的模特也是你吧。平时你跟王柏没什么交往，这恐怕也是假象吧。你们也背着我干了不少好事吧。起码，那个'自由女神'就没听你们提起过。"

　　"我跟他当然没什么。他会回来的。"我说。

　　"照片上的模特不是你还好，"袁蓓说，"那我还可以指望他找什么'自由女神'去呢，那说明他至少仍在人世。"

　　"李响说的话未必不是真的。王柏到底有多少个版本的'自由女神'？天知道，"我说，"他也对我感兴趣吗？我奇怪我从来没有想过这个问题。但我可以很负责任地告诉你，他不是我爱吃的菜。我比较喜欢高大健壮、精神强悍而具有统帅气质的人，当然前提是他得懂我，而不是光盯着我的胸脯。王柏正如你所言，他就是一个长不大的孩子。至于拍几张肖像照，那算不了什么。你的宝贝老公几乎给他所认识的男女老少都拍过。这对吧？但该死的是，他为什么要将那个照片公诸世人，还起了那样的一个标题。而这我一概不知。

"你瞧我疑神疑鬼的，还怀疑到了你的头上，"袁蓓说，"但无论是谁有了李响这样的小三，都不能低估他的吸引力和眼光。近日来我神思恍惚，发生太多事了。我脑海本来有一个固定的王柏，现在忽然有个女人跑来告诉我，说有另一个王柏。而在三周之后，又出现了一个叫刘娜的女人，说她是王柏的网恋情人。唉，这都是我想不到的王柏，不知道失踪的王柏又是怎样的呢。

"当王柏在刘娜的世界（主要是网络及电话上）杳如黄鹤之后，她如坐针毡，在过了一个多月后，她再也挺不住了。我不知道她是怎么找到我的，但据此可以推测他们的关系非同一般，起码不是通常意义上的网恋，并不局限于网络世界里的虚拟情景，而早已介入了现实。我相信通过王柏的编排和污蔑，她也像李响一样对我有了肤浅而荒唐的印象。刘娜说，他俩也现实不到哪儿去，连面都没见过呢，但她不怀疑这段感情的真实性。这年头啊，做小三的倒理直气壮了。

"刘娜自称来自东北，但生得娇小玲珑，杏眼桃腮，细嫩白净，看上去像苏杭一带的美女，恐怕她的来历跟姓名都是假的吧。然而她给我看她的机票，上面显示的出发地及姓名完全一致。她坦率地说，王柏失踪的那天她老做噩梦，她就知道出事了。这样的心灵感应不止一次了。她知道他离不开她，当然这纯粹是情感上的依赖，尽管相爱两年有余，但一直是清白的。严格来说，他们根本没见过面——性爱视频不算吧？电话做爱不算吧？她必须来搞清楚他到底怎么了。我问：'什么是电话做爱？'刘娜诧异地望着我，表情夸张地说，跟利用网络视频模拟做爱的情景相类似，当然介质主要是电话。王柏在做爱时绵绵情话的杀伤力你是清楚的——我不吭声——她说他离不开我，她又何尝离得开他呢。但他们没有任何实质性的接触，她说隔着几千公里呢，还能隔山打牛？她们靠的完全是纯洁而坚贞的感情维系，她认为这更值得珍惜。'刘娜你跟我说这些不害臊?'她一脸天真地说:'你太老土了吧。现在的年轻人那个没有一至几个情人或网络恋人呢。'她特别享受网恋的感觉，她以为比现实中的恋爱更持久，也更有现实感。既有足够的距离及保持双方的独立性，不致因走得太近而心生厌倦，又因为足够的距离而带来了巨大的想象力。想象力就是激情。她在现实中没谈过恋爱，但在她所谈的数次网恋中，王柏是最棒的。如果不是因为他突然消失了，她不会萌生一定要见他一面的念头。她担心捅破了窗户纸，那绮梦仙境、海市蜃楼般又虚幻又美好的爱恋就会像秋日清晨的大雾被阳光驱散。爱意要滋生不算难，要持续下去却无比艰难，就像漫漫长夜中的烛火，即使没有风吹，也会因自身的脆弱及懈怠而熄灭，而你只能绝望地看着爱情像竹篮子里的水，飞快地流逝而无计可施。

"我问她:'刘娜你是爱情专家吗?'她不好意思地说，她这一套仅适用于网络天地，在现实中是行不通的。她在某市的民政部门工作，专门负责婚姻的登记及注销，见过太多悲欢离合。

"我问刘娜:'王柏有跟她提起过我吗?'她说我在他的眼中是个好女人，她相信他说的每一句话。我跟她说:'刘娜你永远见不到他了，他失踪了。'刘娜的眼泪扑簌扑簌往下掉，她说得给我看点东西，就当是悼念王柏吧。她从挎包里取出了一个单薄轻巧的iPad第二代，大拇指利索地在屏幕上滑动着，很快就从一个文件夹找到了一段视频:王柏冲着数千公里之外的刘娜说着大胆露骨的情话，将衣服脱掉，揉搓着肿胀的阳具，那副荒淫无耻的嘴脸使我感到了羞辱，并略感好奇。我从没见过如此狂野、放纵和迷醉的王柏。我跟他同房时都在夜晚，也不开灯，那跟我从小接受的教育有关。即使在李响的描述中，王柏也没有那么畅快，一个镜头胜过千言万语。我关掉了视频，说够了。刘娜说她拥有的只有这些，而我每天夜晚都能跟他同床共枕。他说你是一个好人，但他过得不好，她使他得到安慰。她连他都没见过。她只拥有这些。

"我问她是否介意他是有妇之夫?她说干吗要呢，他是真爱她就好。我说:'难说他没有同时拥有现实或虚拟的数目不详的恋人? 刘

吃了豹子胆

娜说这又如何？对她来说，重要的是对她好，他对她说的情话、短信息以及视频都具有真切的现实感。我说，我是说他也许没死，而是躲在一个不为人知的地方跟某个潜伏在世界上的美女风流快活呢。他的失踪是主动性的选择，这完全有可能，对吧姐妹。'刘娜盯着我，问我不会将他毒哑了藏起来吧。我笑了，说：'我将他剁了，你要不要打开冰箱看看？'

"我尊重李响，但我鄙视刘娜。如果她不是一个神经病，就无法解释她的言行。但我干吗要吃她的醋？她不过只是拥有了王柏的几个音像。刘娜临走时的举动，却透着几分纯真而让我有点感动，又有点哭笑不得。刘娜递给我一个 U 盘，说里头全是王柏在不同时间不同场合拍下的视频，赤身露体，狂野迷醉——在我看来当然是丑态百出——她说我想念他的时候可以打开看，这原本是属于我的，她不再保存了。她这是完璧归赵。她决定将他忘掉。她问我：'你没拍录过欢爱的场面吧，你很美，你是一个古典美人。'她说她喜欢我。她来之前就早有心理准备，原本就没想到会有他的消息。相反她可以给我提供一些我不知道的东西。他跟她说过在婚姻中从未享受过性爱的欢愉，而他并非无能之辈，至少在模拟性爱中显得生龙活虎。她说她不是在炫耀什么，也不是要嘲笑谁。她只是想强调一点，王柏不是一个真正的阳痿症患者，即使他在夫妻生活中一直无能为力，在她这里却生龙活虎，雄风大振。

"'且慢，他跟你说他阳痿？'刘娜说：'那当然。'我说：'他一次次地在视频里勃起、射精，你仍觉得他阳痿？在你的摄像头面前，想必你也是一丝不挂而忙个不停吧。'刘娜说利用特别设计的虚拟情景有助于阳痿症病人恢复性功能，性幻想具有不可思议的力量，她曾在婚前教育课程中跟学员说过。我说：'你太天真了。'"

"这些人太有意思了，"我说，"你没有添油加醋乃至歪曲及捏造吧？我认为你手上没有刘娜给你的什么视频。我没见过人变态成这个地步。"

"你怀疑我？"袁蓓说。

"我只是奇怪，你在说王柏出轨或失踪时像局外人一样冷静，"我说，"他毕竟是你的丈夫，你不该以谈论一个外国人的口吻去说他。"

　　"你认为我应当指天咒地痛骂还是捶胸顿足地大哭？"袁蓓说。

　　"我怜悯王柏。我庆幸我不是你们中的一员。"我说。

　　"你说婚姻中性和爱孰轻孰重？自由和责任呢？"袁蓓说。

　　"我不是已婚人士，也不是婚恋专家，"我说，"这个问题也很没劲！"

　　"王柏失踪后，这两个不速之客的出现显得匪夷所思。"袁蓓换了个话题，说，"她们既来历不明，又行径古怪，突如其来，倏忽而去。这两人找我的时机是精心拿捏的。她们所讲述的内容，尽管真假难辨，但肯定经过周密的设计和剪裁，刘娜甚至带来了恶心人的物证。她们耗费一番唇舌的目的，不外是要来告诉我，我的婚姻一败涂地，我跟王柏都是输家，而他尤甚。她们给我提供了一个乃至两个迥异不同而面目怪诞的王柏。他一直处于水深火热之中，遇到她们才获得喘息之机。这是我绝不能苟同的。王柏从来没跟我表达过不满，也没有任何压抑的痕迹。他是快乐的，至少是平静的。也许他的内心确有焦虑，但我看不出来。而那大多跟他创作乏力有关。其实，他只要稍一流露，我都会试法宽解而让他放松。怎么迁就他都可以。我可以听他的。我可以女上位，也可以玩视频，这算什么？就是他要跟我分手，我也会放他走。我爱他。尽管我无法证实李刘二人均是一派胡言，我仍疑虑重重。这些人证物证虽让人沮丧，但我仍不肯承认王柏不爱我。她们将王柏说得荒诞不经，丑陋不堪——从我的角度而言——却奇怪地减轻了我失去丈夫的悲痛。按理说，失去一个不忠者比失去一个忠诚的丈夫让我更好过一点。但不管他是什么人，我都爱他。我有个难以解释的想法，她们的到来是王柏的'驱使'，至少是因为他的缘故。他仍为我着想。她们以折磨人的方式减轻了我的苦楚。唉，这死鬼！"

　　"你别傻了。"我说。

　　"陆嫣，你说王柏是怎样的一个人？尤其是发生了这些事后？"

袁蓓说。

"别人的评价无损于我坚持说王柏是个老实人，"我说，"但他称不上勇敢者。当然我对他了解不多。我对别人的丈夫没兴趣。"

"坦白说，我早就知道了王柏跟李响的外遇，"袁蓓说，"你信吗？但我装作不知道。我说服自己将这些乱七八糟的事全都遗忘。她跑来跟我说那些也不算什么，不就是几句话。但刘娜给我看的视频将我击垮了。我头脑里那幅以幻想编织的、日趋完美的画像于刹那间被撕成了碎片。不管他是生是死，我都无法再爱他了。这让我万念俱灰。我只要想起那些恶心的镜头，我都像掉入了冰窟窿，全身透凉。"

"我一直以为你们婚姻幸福美满。"我说。

"金玉其外，败絮其中，你算是看到了。"袁蓓说，

我一时找不到什么话来安慰她。我不太习惯同情或开解别人。

"我今天跟你说了这么多，不仅因为你是我的好姐妹，还因为我知道王柏爱你，"袁蓓说，"如果说他曾爱过我以及李响、刘娜之流，但那都过去了。时至今日，如果他在这个世上仍爱一个人的话，那就是你。所以请你不要故作不知，也不要对他的失踪装作若无其事！"

"你疯啦，"我说，"难道你以为王柏失踪跟我有关？你觉得我将他藏起来据为己有？还是我杀了他？"

"我没这样说，"袁蓓说，"他生死未卜，但如果他不是遇难或寻短见的话，他下落的线索肯定着落在你身上。他当然不会寻短见。他没这个胆子。我几乎可以断定，他仍活在世上。他一直在逃避。他未必是躲避我。"

"你凭什么这样说？"我说。

袁蓓明白我问的是什么，说；"凭我知道他爱你。"

"但我不爱他，"我说，"老实说，我只喜欢强者，而他不是。如果说你对我复述跟李响及刘娜见面的情形，以及王柏的出轨（包括网络上的）是为了破坏他在我心目中的美好形象，我想这是多此一举。他在我心中原本就不甚美好。至少，他自己就很清楚。你大可不必了。"

"我知道的事比你想象的多着呢，"袁蓓冷笑，"别忘了你说过我

是通灵者。我可以透视人的内心。我跟你说这些，是表明他让我心碎了。我不再在乎他是生是死，我也不是要将他找回来，我只是想你转告他，他跟谁在一起我都无所谓了。也许追他的人成群结队，但不包括我在内。我烦透了。"

"我不知道他在哪里。我没有联系他的方法，"我说，"我很好奇你言之凿凿地认定王柏的失踪，只不过是躲了起来。"

"也许你忘记了，还是去年秋天的事，"袁蓓说，"你跟我随口提起王柏咨询过你，作为资深的法律人士，你明确答复了他——如果一个人失踪了（或选择自己躲起来），失踪者的家属通常在二十四小时到四十八小时后报案，警方才会受理并通过调查确定他是死亡还是失踪。如果没有发现其尸体或一定范围内如高速公路或医院意外死亡的人中没有他，那么基本上可以断定他是失踪了。如果他是故意躲了起来，也可以通过他的身份信息确定他仍活着，譬如他坐飞机、使用银行卡或上网等——因为这可能泄露身份信息。所以，只要他没有暴露身份，理论上就无法找到他。当然，前提是不要让熟人目睹或让警员认出来。另外，街上的摄像头很多，只要一个人仍活着，就有被别人发现或找到的可能。我的转述没大问题吧？你还奇怪地跟我说，他干吗要问你这些呢。我当时心中就咯噔一下，也没往深处想，但现在将事情联系起来看，就足以说明某个问题了。"

"这个我忘了。每天咨询我法律事务的朋友数不胜数，"我说，"即便如此，也说明不了什么。"

"这至少说明他选择了主动性失踪——有没有这个说法——是蓄谋已久的，"袁蓓说，"这你也了解。你作为朋友，却只字不提。"

"我暗示过你了。"我说。

"但这还不够。"袁蓓说。

"那好吧，"我说，"你得有心理准备。我一直带在身上，但我难以启齿。"

我从挎包掏出了一沓东西，往茶几上抖了抖，那是一页 A4 打印纸，还有几张照片。我说："这可见我所言不虚。也足以证明我的清白。这几天，我一直在纠结，要不要拿给你看？这涉及我的隐私，但也不能说跟你无关。我不知道这些消息会给你带来安慰，还是又一个打击？不给你看呢，我良心上过不去，倒好像我跟王柏真搅缠不清了；给你看呢，不管对你还是对王柏来说，这多少有些残忍。我犹豫不决，我在等候适当的时机。如果你不觉得我心存冒犯，那就请你看一看。"

袁蓓的目光首先被那沓照片吸引过去了。照片一共有十二张，王柏面容黧黑，肤若古铜，须发飘扬，衣衫褴褛。他或像野人在荒野上奔跑，或裹着旧大衣在雪山上攀登，或在海涛拍击的礁石上光溜溜地端坐如罗丹的"思想者"，或像猿猴在巨木及藤蔓上攀缘……照片上的他健壮及敏捷都堪比人猿泰山或阿凡达。在照片中，王柏的表情时而凝重，时而轻佻，时而欢笑，时而悲伤，眼神也很复杂，清澈中交织着迷惘，坚定中夹杂着懒散，也许连他自己也说不清他当时的感受。这些照片于写实中又透出荒诞，人还是那个人，却显得虚假，无论人还是照片，都显出双重的虚幻性，而给人一种古怪而飘忽的感觉。这些照片仿佛由电脑合成，又像拍自某个人迹罕至的洪荒之地，譬如是亚马逊流域的林莽或加勒比海湾的礁石中，甚至来自外星球。照片上神奇的风光将我一度震撼，我在 BBC 拍摄的纪录片《地球脉动》似曾相识。尽管如此，从王柏身上黝黑的肤色以及他身体上的光影来看，照片仍有不容置疑的真实性，我只是指出了摄影者或主创者故意营造的怪诞风格，让人觉得照片亦真似幻。袁蓓泪光晶莹，但嘴角露出了笑意。我不知道她是喜是忧。"王柏到底去过什么地方？"这是袁蓓的疑惑，但也同样是我的困惑。我冲着她摇了摇头。

这一组照片有个标签：《一个逃犯的十二个瞬间》。

袁蓓的脸色变得越来越难看，她忽然发笑，说："你说是谁为他拍下了这些照片？是神农架里的野人，还是墨西哥幽谷的印第安姑娘？他到底是什么样的逃犯？他到底干了什么而要逃亡？既然是逃犯为什么要拍下自己的行踪及藏身之所？"

"他当然不是通常意义上的逃犯。你看完他的这封信就明白了。"我指着那张纸说。

袁蓓只扫了一眼书信，立马脸色苍白，她几乎要哭出声来。她压抑住了悲伤……也许还有妒火。她抗打击的能力远超出了我的估计，我没想到她以一种恶作剧的、孩子气般的表情，大声将那封信读了出来——

亲爱的陆嫣：

你好，当你收到这封信时，你已经看不到我了。请你放心，这不是一封遗书，而是一个人要远行的告别。也许是为了逃避所谓婚姻或爱情的追杀，也许是为了更好地了解自己，我已独自上路，远离一切亲人和朋友。

我爱过很多女人。爱得越多，我越迷惘，越空虚。我距爱越来越远了，也许我从来没有尝过爱的滋味。我曾经天真地以为，每一个女人的身体都珍藏着一瓶琼浆而只有一瓶，我喝光了一瓶，还可以去找下一个。而事实上更糟糕，我在情人的身上翻箱倒柜，却遍寻不着，我一次次地打开情人的身体，就像剥洋葱一样，但剥到最后，你发现里头空空如也，葱瓣落了一地，细嫩多汁，晶莹透明。我想，我若不能为爱人挖掘内心的甜井，必焦渴如沙漠，即使天降甘霖亦无法解渴。而我永远不能。两个相爱的人像刀刃给彼此带来了伤痕，两个追求自由的人相互成了牢狱。这是一个伟大的时代，也是一个糟糕的时代，我们赢得了性解放，但已爱无能。

我在婚姻中得到了安定，但也有禁锢；我在外遇中遭遇了激情，但倍感无聊；我在网恋中得到的是双重的虚无及幻灭。无论在哪一重关系中，都有一个权威，这带来了服从、扭曲及压抑。因而让爱窒息。我选择离开，对她们显得残酷——幸好不是对你——我实属迫不得已。她们都变成了我的牢房。逃犯越狱当然不必说明理由，亦不会告知藏匿之地。陆嫣，你是我关于爱的最高理想，也是最后一个指望。我从不奢求你的爱，你也不必施舍于我，那我的爱就永远不会窒息。我从来没有拥有过你，也就永远不会丧失。每天夜里我都想念着你，幻想着跟你肌肤相亲，我跟别的女人做爱

吃了豹子胆

或网恋时无一不将你作为性幻想的对象。

爱是什么？自由是什么？生之意义何在？如果搞不清楚，就没有资格去爱，甚至没有资格去活。爱是最大的神秘。有谁宣称他懂得爱他就是骗子。但我可以确定什么不是爱，诸如占有、控制、恐惧、依赖、要求……以及逃避都不是。感谢上帝通过我爱过或爱我的女人让我了解了这一点。尽管如此，我还是选择了逃避。我庆幸你从不爱我，永远不会爱上我，而使我对你的爱足以持续到生命的终结，不会腐化，也不会消减，而得以保持萌发时的活力，直至成为永恒。这也许就是爱的源象。

为何我无惧于告诉你？是因为我从来不曾是你的囚徒及逃犯，而你也不屑于捕捉及囚禁我。不管你还是我，都是安全的。再也没有比爱一个无望的人更让人心碎。我时刻都有丧失自由的恐惧，这一切比起孤独不会更可怕。但我还是选择了孤独。从今天起，我决定做一个勇敢的人，我别无选择。永别了，我的爱！

……

我的目光追随着袁蓓的目光，我们的目光在书简上交叉、重叠和碰撞，我的耳朵充斥着她清脆的声音、平静的语速及清晰的节奏。我知道她无非要读给我听，但我早看了不止一遍，不知道她为什么要这样做。她的声音舒缓有致，如珠玉相撞，悦耳之至，跟书简措辞古怪晦涩难明的内容产生了一种让人惊悚的荒诞感，让我肝胆俱颤，身体战栗。她逐字逐句地读完了纸上打印的文字。我相信她不会错过每一个词的意思，不放过信函的字体及打印纸的颜色。我被迫将这些重温了一遍，但仍有不解之处。这些照片及书简关乎一个人的内心乃至秘密，因为那是寄给我的，我承认这些文字触动了我，但我坚持认为我不可能爱他。我对写下这些文字的那个人没感觉。爱是不能妥协的。我也不是随便就能哄骗的小姑娘，至少我不是李响和刘娜。

多年的律师生涯告诉我，这个世界是建立在理性及秩序之上的，进一步来说，就是建立在条文及符号上亦无不可，我必须保持头脑清醒，连爱也不能感情用事。否则就可能因为昏了头而犯下大错。李响说过，爱是不可理喻的，我不同意。我以为万物皆有依据，一切都可以解释——只要是有把握的东西，我就如探囊取物；没有把握的事情，我就不要去碰——这有点像接案子。如果说这也算是一封求爱信，那么没有比这更婉曲更别扭更让人不安的情书了。但是袁蓓故作平静的声音，让我心跳加速，神情不安。

"这些东西足以解释王柏失踪的秘密，"我说，"但至于他人在何方，仍不得而知。六日前，邮差给我送来这个快件，无论信封还是里头都没有留下王柏的通联方式或蛛丝马迹。显然，邮包因寄件人的特殊要求而专门处理过了，可能发自本城亦可能发自外省乃至海外。"

袁蓓盯着我看，她的眼睛布满了红丝。我不知道她是难忍悲伤还是出离愤怒。

"请你不要这样瞪着我。"我不安地说。

袁蓓咧了咧嘴，似笑非笑，她仰起头来，泪珠已滚落脸颊。

"如果这件事不是发生在我头上，我不敢相信这是真的，"我说，"这是今天你跟我说的第一句话。我以为对我同样适用。不过，严格来说，这只是你们尤其是你跟王柏之间的事，而我自知至终都是一个旁观者。信不信由你。"

我待不下去了。我转身出门，身后传来了袁蓓压抑的啜泣声。

从袁蓓家里出来，我脑海里翻滚着王柏那些野人（自由人？）狂歌或高士归隐般的照片，还不时嘣出了书简中那些莫名其妙又让我脸红耳热的话语。这个王柏啊，他对妻子及情人的背叛和逃遁算不算一种反抗？够不够洗刷他作为一个懦夫的证据？尽管他说要变得勇敢，但要说一个逃亡者是勇敢的人，这终究有些牵强，这两者无疑处于相反的方向。他所追求的所谓爱或自由，到底是什么鬼东西？如果他如愿以偿，岂不是又回到了原点？我到底会成为他的终点站，是他将要剥开的洋葱，还是他下一个要越狱的囚室？这些问题跟他书简中的文字搅缠在一起，像蜂群一样在我头脑中飞舞、嗡鸣，让我心烦意乱。如果他留下联系方式，我不能确定自己始终不去找他。

疑似跳桥事件

　　我的邻居司马久先生是一个有趣的人。我注意到，"疾恶如仇"这个词很少人用了，因为生活中疾恶如仇的现象已相当罕见。但除非动用这个词，否则无法形容司马久先生的性格及行为。倘若再加上"惩恶扬善""济危扶困"或"行侠仗义"之类的词语，则更加全面。这些词语同样散发着出土文物的气息及中世纪的美德。若要形容他的尊容，则相对容易，请诸位想一想齐天大圣的模样就行了。当然是六小龄童版，而绝非周星驰、张卫健或谢霆锋之流的版本。某词就像某人，也会有其命运。很多词有幸进入词典，像温室的花朵、动物园的猛兽，被好生供养，享受进入庙堂的待遇；而凝练又僵硬的释义，就像花盆或铁栅栏，既提供了保护，又限制了其活动范围；这样的词往往名存实亡，宛若皇帝难以计数的妃嫔，皇帝一时心血来潮的宠幸纯属偶然。难以计数的词像野生植物在自生自灭，像孤魂野鬼在网络或书刊上游荡。更多的词犹如上个月的报纸，成为陈迹，又像时装店的箱底货，无人问津；甚或入土的陶俑难见天日，或清晨的露珠无情地消散于空气中。让人欣慰的是，总有一些不安分的词语，像黑夜中燃烧着黑色火焰的黑豹，挣脱绳索的束缚，在一些不安分的文本中出没，并发出耀眼的光辉。

　　司马久先生对我就词语大发感慨不胜其烦，但这没有办法。我是一个舞文弄墨的人，平时就靠推敲词语的节奏和意义为生。我说："我跟你谈这些没别的意思。怎么说你也不懂，我是要让你知道，平时你揪住我谈论'无影脚'及'虎鹤双形'的威力时，我有什么样的感受。"

司马久练武多年，对武学的痴迷程度跟迷上网瘾的青少年相仿佛。难得的是，他学以致用。关于上述词语形容的壮举，尽管我没有目睹，倒也略知一二。十多年来，他路见不平、拔刀相助的事迹在街坊间口口相传。他身材矮小，却身手敏捷。他无数次跟我说起少年时代跟黄飞鸿的弟子猪肉荣的徒孙苦练"虎鹤双形"及"无影脚"的事，尤精分筋错骨的小擒拿。有一次，他因为勇擒扒手，光荣登上《果城晚报》。那张报纸我看过，司马久先生的玉照几乎占了半个版，他一脸正气，大义凛然，只是跟美猴王何其相似，恍惚间我还以为是新版《西游记》的剧照。

司马久既疾恶如仇，又有恻隐之心。他曾经在果壳桥上，冒着生命危险，将某个欲投入果江自尽的妙龄女郎拦腰抱住；又慷慨掏出一张五十元钞票给赴果城寻妻未遇盘缠尽失的落魄汉子得以返乡。至于跟黑恶势力做斗争，更被他视为毕生最值得奋斗的事业。他的远大志向是将世间的恶人铲除殆尽，以还果城一方净土。让人尴尬的是，三十年来，果城由边陲小城变成了一个国际化的大都市，但小偷、拍砖手、砍手党之类的恶人，较之于过往无增无减。原因是十分复杂的，但司马久先生视之为奇耻大辱。他曾经异想天开，欲效仿黄飞鸿时代的民团，在年轻人中拉一支队伍，苦练国术，保境安民，其中的重点发展对象就是我。上头不许姑且不说，现在的年轻人大多热衷于街舞或迪厅，发泄精力的渠道多了去，又有谁愿挨苦"食夜粥"？我说："抓贼的事儿，有政府管着呢。你犯不着狗咬耗子。"司马久嚷道："就是有你这样的人，歹徒才益发猖獗！"

司马久上了报纸，愈发神气活现。不料没几天，他被人乱刀砍翻在街头，幸亏抢救及时，才没丢掉老命。此后，他不去抓贼了。至于他是如何受伤的，问了他几次，他只是摇头不答，却掀起上衣，让我看他的背部，几道纵横交错的刀疤，像半尺长的大蜈蚣蠢蠢欲动。我倒吸一口冷气。司马久恨声说："中了暗算！师傅教过铁布衫横打的，可惜没学好。那时血气方刚，只想学揍人的功夫，谁会对捱打感兴趣？"他又说："贼是不抓了。我想了很久，仅靠一两个人的力量，是无法打击歹徒嚣张气焰的。这个结论很沮丧，但我必须承认自己的局限。"我说："有政府管嘛。"他说："如果政府办好了事情，就没人想做贼，就是想也不敢！"我说："你甭乱说！"司马久叹道："我身手大不如前了，以免再栽了跟头，反倒助长贼人的威风。你要不要学两招散手？很容易的。如果碰到小偷，也好露一手。"我摆了摆手，说："我不是那块材料。小时候连体操也学不会呢。"

其实，司马久的身手仍在，他退出江湖皆因夫人严胜男的法旨。据说，严胜男大作狮子吼："你再去抓贼，我一刀剁了你的爪子！"司马久伸出手来，涎着脸说："你剁，你剁！"严胜男气得将菜刀一扔，躲在房里哭了半天，出来一抹眼泪说："你再硬颈我投奔张打铜去，反正你给人斩死了，我也没得依靠了。"那张打铜是"西关铜盆"的传人，做得一手好铜器，跟严胜男是青梅竹马，一直对她有意思，迄今单身未娶，就因为死心不改啊。司马久的嚣张气焰被压下去了。他瞅着妇人，徐娘半老，风韵犹存，那身段儿从背后看，仍保持着少女般的窈窕和曲折。想当年，她也是西关的一株花呀，引得无数男子垂涎三尺。他知道妇人性子刚烈，是说得出就做得出的人，这才服帖了。只苦了这身怀绝技而无用武之地的高人，平时闲得发慌。每日晨昏，只好到家门口果壳桥侧的果壳广场一带，先是打一套"虎鹤双形"，然后绕着广场游走，顺着江堤散步，只望能碰见失足落水或投江自尽者，好救将上来，也算是一桩功德。

综上所述，司马久先生算得上是好人。但在九月间，他做了一件让人瞠目结舌的事情——他将果壳桥上一个嚷着着要跳桥自杀的人一把推下。跳桥者摔断腰椎送入医院，而司马久在桥架上英姿勃勃，意气风发。他先是笑逐颜开，伸出右手食、中二指，做出"V"字的姿势，然后以手加额，向桥下的执法人员及人山人海的围观者敬礼！这一来，就激起了轩然大波。而他的行为更是饱受争议，善恶难辩。司马久跟跳桥者一同作为主角，相关文章以消息、访谈或时评的形式，连续多天占据了果城各大报的显要版面。有人叫好，有人抨击。跳楼者是一个肥头大耳的包工头，他趴在医院愤愤不平而有气无力地说："这是彻头彻尾的谋杀！我永远不会原谅他！"司马久则辩解称："我只是为了解决问题。起码让堵塞的交通恢复正常。"他后来委屈地对我说："子平，谁知道那张比床单还大的气垫，居然没有充气，既然没气，为什么还要搬来呢？"

肇事当天，我在现场目睹了事件的全过程。各大传媒皆美其名曰"推人事件"。每次有类似的好戏，我是不会放过的。我这是体验生活，跟普通的看客不一样。我认为在庸常无聊的日常生活中，蕴藏着看不见而巨大的神秘。我只要用语言的铁锹及鹤嘴锄将其挖掘出来，那就是艺术，还得到稿费的奖赏。公允而论，司马久是有些委屈，但他也确实有不妥之处。

有必要先介绍一下肇事场所——果城闻名遐迩的果壳大桥。它建于上个世纪八十年代初，是一座混凝土为桥墩而钢铁为桥面的大桥，桥的两侧是错综复杂的钢铁支架，其造型犹如巨大蝴蝶张开的双翅。设计者恐怕做梦也没有想到，正是这个奇特的造型引发了多年后的一连串"跳桥"事件。该桥像一只钢铁蝴蝶横亘在波涛滚滚的果江上，在较长的时期内，是果城连接大河南北两岸的唯一通道，作为果城的标志性建筑而为世人所知。岁月无情，该桥逐渐锈蚀、朽坏，经过多次维修，勉强可用，却已风光不再，就像上了年纪的美女，尽管涂脂抹粉乃至整容隆胸，依然无法掩饰其老态龙钟的暮气和凄凉。它不再有名的另一个原因是，三十多年来的成果之一，就是果江两岸矗立起了十几座雄伟壮丽的大桥，诸如黄鹤大桥、果城大桥、龙眼大桥等，就将果壳桥比将下去。但作为果壳大桥脚下生活的老果城人，我们对其情有独钟。

司马久对我说："在八十年代，果壳桥还是'果城八景'之一呢。它说老就老了。唉，岁月不饶人啊。我也老了，连你这个穿开裆裤的小子，如今也娶老婆了。"我说："老城区么，甭说是桥，就是街道也老了，商铺也老了，那个'果壳饼家'，百年老店么，说倒就倒了。连果江也老了。你瞧，连江水都老得迈不动脚步了。它就像一个赶着要去赴死的人。我都怀疑它能否走到海边了。波涛都是凝固的，灰黑的，江面像攒动着无数只癞蛤蟆。没过几年，果江只怕就要寿终正寝了。"司马久说："我不跟你咬文嚼字，什么江水也会老，太文绉绉了，不就是受污染了，中毒了？人心中毒才可怕呢。世风日下啊，真是一代不如一代了。倒退几十年，果城可谓天下太平，在阿爷时代，路不拾遗，哪有人去偷去抢？哪有什么贪官污吏？还是过去好啊。"我反驳说："这种话我最不爱听。人性古今同一，过去的人就未必都高尚了。没有贪污腐败，那是根本没东西可贪。好比一个美妇人，她没偷汉子，是因为没受到真正的诱惑。她的贞洁是未经考验、未获证实的，因此是靠不住的。倘若对李嘉诚公子的追求还能说不，那才是三贞九烈！"司马久说："你这是强词夺理！你看现在的人啊，全中了毒、撞了邪！有吃有喝了，干吗还不满足，偏要动不动就寻死觅活！你瞧，这个月，果壳桥上发生了四起跳桥事件。他们当然不会真跳，无非是搞个噱头罢了。现在的人精神特空虚，你不能否认！"我说："你不能这样说。他们也是逼上梁山了。好比小妇人一哭二闹三上吊，还不是要迫人就范？你别看各路传媒都来了，但有没有效果，那还是未知数呢。以前大家活着是为了一张嘴，现在肚子填饱了，就开始考虑心灵和尊严的问题了。乃至于不自由，毋宁死。这就是社会的进步。"

司马久说："为什么这么多人选择果壳桥？除了这桥容易上下而没有危险，恐怕就是桥架上坐得舒服，有利于打持久战。这儿人气旺啊，再找个风和日丽的日子，那是天时地利人和全占了。当然，那些围观者更可恶！也是国人的通病了。鲁迅先生讲的无聊的看客，就是这些人！"我不答腔。我就是这些无聊看客中的一个，每逢有好戏登台，我是一场不落。司马久说："现在果壳桥又出名了，那可是全国出名，跳桥的没几个是本地人，外乡人都慕名而来了，连外省人都坐火车坐飞机赶来一试身手。果壳桥名声在外啊。我儿子说，'你想玩自杀吗？果壳大桥是你的最佳选择！'跟"贾君鹏，你妈妈喊你回家吃饭'是本年度网络最火的两句话。可惜呀，果壳桥算是佛头着粪了。"

进入今年夏天，果壳桥上隔三岔五就上演一出跳桥秀，这个社会问题使司马久深受困扰。应当说，这些既五花八门又大同小异的跳桥者跟司马久没有什么关系，但硬要说有瓜葛也讲得通，不是有蝴蝶效应的说法么？作为一个资深的文学青年，我喜爱的诗人约翰·邓恩就说过："谁都不是一座岛屿、自成一体……"那段有关丧钟的著名论述，就被海明威直接用作其长篇小说《丧钟为谁而鸣》的扉页题词。我觉得司马久是神经过敏了。犯得着痛苦吗？真是小题大做。别人要跳桥干你屁事？每逢好戏开锣，作为看客，司马久是与众不同的。人家兴高采烈、手舞足蹈，而他眉头紧锁双眼冒火。他在桥脚不安地走来踱去，急得像热锅上的蚂蚁，仿佛他不是观众，倒是主角。

我不止一次问他："你想干吗？"他说："我什么也干不了，我帮不上忙。桥是用来过江的，但现在车辆都堵住了，人挤成一团，你看这大桥成了什么样子——"的确，果壳桥上及两侧人群麇集，水泄不通。但严格地说，交通阻塞不是跳桥者造成的，而是围观者的杰作。跳桥者只是占据了桥架上一个极其有限的空间。换句话说，是他们自己不想过桥。当然也不能否认，桥架上的人或跳桥秀本身，就像一块黄糖散发出浓烈的甜味，将人们像蚁群一样吸了过来。果壳桥就像一根布满了蚂蚁的树枝，在晃晃悠悠，眼看就要因为无法承受的重量而折断——这当然是我的幻觉。我不是要为跳桥者辩解，但如果人们不是蚂蚁，那这块东西也就不是糖。客观的情形乃是，此时此地，无形中多了一个乱糟糟、闹哄哄的集市，人群越聚越多，交通越来越堵塞，然后是派出所的人、消防队的人、医院的人、电视台的人、报纸的人……他们全赶来了。

这就更热闹了。这正中跳桥者的下怀。他就是要将事情闹大，要惊动媒体，再借此惊动政府而将原本无法解决的事情或他心头的死结解开。他来精神了。他是不会马虎大意、偷工减料的。戏一定要做足，要声情并茂，要制造悬念，要掀起高潮，要画龙点睛，这就需要较长的时间了，起码得给记者报料提供足够的时间。因此，就有人窥出商机来了，卖水的，卖瓜子的，卖雪糕的，卖盒饭的……各路小贩闻风而动。若是烈日，还有人搬来了凉帽、扇子乃至防晒霜；若是淫雨霏霏，则有人打起了推销雨具的主意。最绝妙的是，居然有人推销

吃了豹子胆

起小板凳及望远镜并获得了成功。每次，司马久都摇头叹息道："这成了什么样子！"

尽管出发点不同，我跟司马久都不会错过观赏任何一场跳桥秀的机会。我以为跳桥现场有人情练达，有世事洞明。桥上有人粉墨登场，吹拉弹唱；桥下有人摇头晃脑，评头论足。

司马久愤世嫉俗地说："这些人是不是有病啊。愁眉苦脸地爬上去，乐呵呵地走下来，好像在桥上捡了多大的宝贝。你说，这有效吗？"我说："记者来了，还是有点用的。有钱的怕当官的，当官的怕传媒的，事情闹大了就好办！"司马久说："只可惜了果壳桥！"我说："可惜什么！它成了伸张正义的桥梁，你应当为它感到骄傲。"司马久说："那也得看跳桥的是什么人。"确实，要跳桥的，真是什么人都有，可未必个个代表正义。他们都是为了一个共同的目的，从五湖四海赶过来了。如果说这些人也有信仰，那么果壳桥就是其圣地。说他们要跳桥是不准确的，根据以往的纪录以及我的观察，迄今没有一个人真的跳下去。作秀而已，用个时髦的词语，这是"炒作"呢——利用自杀作为噱头。

我不像司马久对跳桥者怀有成见。我跟他说，果壳桥像一个露天展览馆，几乎展出人世间弱势群体每一个类型或标本，那都是一一些叫天不应、叫地不灵的苦命人。他们束手无策了，走投无路了，幸亏南方有一个果城，幸亏果城有一座果壳桥，就看到了暗黑命运的天空露出了鱼肚白。他们将果壳桥当成救命稻草了。没有理由不试一试。他们爬上去，又不会有什么损失，就当是一次体育锻炼好了。鉴于果壳桥脚手架般的构造，特别适合人们进行锻炼而不至于有什么危险。它就像一把巨大的、蝶翅状的梯子，牢靠安全。

据我粗略统计，上桥的人，还是农民或农民工居多。有田地被强行征用而未获赔又无处申诉的，有被工头欠薪不给反报以老拳的，有被村霸抢宅占妻而走投无路的。就近期来说吧，我们就目睹了一起农民工讨薪的事件。那个农民工看来年纪不小，脸孔黝黑，表情木讷，但也许是未老先衰。他跨坐在半空中的钢铁架上，仿佛一只面目阴郁的乌鸦。我鼻子一酸，脑海浮现出罗中立的油画《父亲》。在我看来，农民似乎都是这个样子。他连普通话也说不利索，只是反复强调，拿不到工钱，就不活了，活不下去了。谈判专家是一个戴着金丝眼镜的小伙子，很斯文，很有耐心，但谈判技巧实在不敢恭维。他说得口干舌燥，一点效果也没有。他忽然说："你不是广东人，又不在广东打工，干吗要跑到果城来跳桥呢?"对方迟疑了半晌，说："果城有好政府。"谈判专家说："果城政府也管不了外省的事呀。"他脱口而出："这儿有全国闻名的自杀桥!"判断专家说："兄弟您先下来，其他的事好说。"他说："讨不到工钱，我不下去。就是下去，我也无法活了。"

双方僵持了大半天，谈判专家一筹莫展。消防队的人跃跃欲试，但终究不敢硬来。到了天黑，大家都腻烦了，围观者也纷纷作鸟兽散。那个跳桥的人无可奈何，终于双腿颤抖着爬下来。他蹲在桥上号啕大哭。"能哭出来，肯定不会寻死了，"司马久又强调说，"但无论如何，他制造了混乱。"

跳桥者的身份越来越复杂，光以上个月为例，其情形之多样化让人匪夷所思——

一个衣冠楚楚、气宇轩昂的男子爬到桥上，声称其上司倘若不将他从副科长提拔成科长，他马上自杀。他在现职位上已干了七年，像包身工一样辛苦而像婊子一样能干，无论从哪个角度来讲，他都应该升迁了。况且，领导曾于三年前亲口承诺。

一个打着大红领带的年轻人，看来是个推销员之类的白领。他一边坐在桥架上，一边操作着手提电脑，其间还夹杂着这桩事儿——对准大桥四周摆弄着数码照相机，忙得不亦乐乎。我笑着对司马久说："他看来是要现场直播呢。"这是个自称无端失恋而生无可恋的男子，他在向某女郎发出最后通牒——如果对方不回心转意，他将一死了之，而让对方一辈子承受良心和舆论的双重谴责。

最古怪的是，居然有一个模特儿般的美妇人，她薄嗔轻怒，身材性感，那搭在锈蚀铁架上的一双大腿，像大号长试管一样白皙而反光。也不知道她是如何爬上去的，只见她酥胸半裸，香汗淋漓，却毫无惧色，倒似胜券在握。她正冲着手机那头叫嚷："玩腻了就想甩，那没门！你不但得接我回去，还得给我名分。否则我两母子马上死给你看，那是一尸两命。我死了，你的高官厚禄也保不住。我写好了遗书。我一跳下去，你明天就会上头版头条——"她的话无论是内容还是声音，都像小李飞刀，锐利，凌厉，弹不虚发。谈判专家说："谁要甩你啊？"美妇人对桥下的观众毫不理睬，一会儿，她喜滋滋的在消防队员的帮助下登下桥架。她轻盈得像一只鹤。看来她已大获全胜。

每次跳桥事件，当事人悲喜不一，却无一例伤亡，因为没有谁会真跳。司马久叹息说："好端端的一座桥，就这样被人利用了，糟蹋了。倒成了一把利器，以供要挟对手之用。你们这些可悲的看客啊，还以为是看要猴戏呢，其实是被当猴子耍了。"这句话我不爱听，好像他就不是看客，而成了执法者。我说："那你为什么也来？"他说："我是心疼这座桥。但我一点办法也没有。我不喜欢爬到桥上去的人，不喜欢瞧热闹的人，不喜欢那些见利忘义的小贩。这发的是什么财？"我说："谁喜欢他们来着？但热闹呀。那些要跳桥的人，挺苦的。"他说："不是每一个跳桥者都值得怜悯。"我怒道："你还有没有同情心？"

是讲述"推人事件"的时候了。进入九月，让人大开眼界的是，有个跳桥者竟是肥头大耳、老板状的家伙。他果然是老板，一个手下有好几十号人的建筑包工头。他居高临下，瞅着桥下越来越多的人，就像一个踌躇满志的领袖那样扬起手来，慷慨激昂地发表演讲。原来，他的施工队帮某县政府大楼搞装修，对方拖欠了七十多万工钱，好几十号人围着他寻死觅活。他拿不到工钱，就等于断了生路。他诙谐地冲着人们抱拳打了个罗圈拱，说："说多谢各位乡亲父老捧场，请大家暂时不要走开！等记者来了，下面的节目更精彩，保证不会让大家失望！"他居然从腰间掏出一瓶水来，仰脖灌了几口，显然是有备而来。他吐字清晰，头头是道，桥下响起了掌声。司马久气呼呼地说："我最看不惯这号人。一看就是个奸商！"我说："那是。那厮连口渴也忍不了，还会去寻死？就是演戏也得真实点，太不敬业了。"

　　一会儿，有关部门的人全来了。谈判专家仍然是那个金丝眼镜，他身材瘦削，一张嗓门倒是十分洪亮。司马久说："这孩子太嫩了，他能搞掂那家伙？别指望了。"谈判专家用手提喇叭冲着桥上大喊："兄弟先下来吧，请先下来，有话好好说嘛。"包工头说："你让那县长派人送支票来，我马上下来。不是到这个地步，谁想死呀。那笔钱到了那帮弟兄手里，我就是死也眼闭了。否则我两手空空下去，也是死路一条！"谈判专家说："我没有权力让该县长给您送钱，但请您先下来，咱们一起找有关部门协商解决，我保证！"包工头说："所有的方法都试过了，如果走得通。上面虽然凉快，我也不至于像个猴子一样爬到这么高的地方乘凉。"桥下响起一片笑声。谈判专家说："你先下来，有什么要求，我都可以替您反映。"包工头说："我这儿有那县长的手机号码，劳烦你打给他，如果他说有钱，我立马下来；如果说没钱，我立马投江自尽！别的就不要啰嗦了。"谈判专家不防他有这一手，一时迟疑不决。他跟旁边的同事嘀咕了几句，均是面有难色。谈判专家更是脸红脸白。观众不禁高声喝彩，有人说："桥上这位大哥，太有才了！"

　　消防队员将一张床单般大的红色气垫摆在地上，紧张地仰望着。五六个穿着制服的人走来踱去，脸色凝重，却又不敢轻举妄动。双方一时陷入僵局。包工头又喝了一口水，居然掏出一对耳机塞入耳朵，一边听着音乐，一边闭目养神。太不像话了！我正要跟司马久说话，却发现他不见了。就在刹那间，司马久爬上了高达四米的桥架。据目击者后来称，那个小老头身手太敏捷了，他爬桥的速度快得不可思议，只觉眼睛一花，他就从地面上到了桥架。开头还有人以为是一只猴子，细一看原来是个老伯。桥下的人都不吭声，只是留意桥上的动静。包工头很警觉，马上张开眼睛，慌张地说："你别过来！你想干什么？"司马久咧开大嘴，露出神秘的笑容，说："别慌张，我是来帮你的。"他话犹未了，忽然一个箭步跨到包工头的身边，伸手一推，包工头应声而坠。他在半空中骇得尖叫，但跌在气垫上时，却一声不吭，仿佛断了气。俄顷，他忽然脸部扭曲，像挨宰的猪一样撕心裂肺地大叫："我死了，我就要死了"。

有个消防队员喊道："糟啦，气垫忘了充气!"而坐在桥上的司马久正在叉开右手的食、中二指呈"V"字状，众所周知，这个姿势表示胜利。桥下一时彩声如雷。司马久得意洋洋地举手加额，向围观者敬礼。后来，司马久这个招牌动作被本城乃至全国的报纸、网站反复转载，各大传媒连篇累牍、不厌其烦地炒作。我的邻居司马久先生就这样成了公众人物。这是他始料不及的。

包工头腰椎被摔断了，送入了医院。医生诊断说，治好了也不会残废。谈判专家安慰他说："你像一个皮球那样富有弹性呢。你身上肥颤颤的脂肪救了你的命。"包工头像一只王八趴在床上，愤怒而虚弱地说："我要告他! 这是彻头彻尾的谋杀!"当司马久从桥上下来时，脸如死灰，他隐隐约约觉得自己闯了大祸。他马上被公安带走了。

司法机关的处理是高效而公正的，包工头答应免除对司马的起诉，但他咬着牙说："我如果真要自杀，我不怪他。但我怎么会跳下去呢? 即使一分钱讨不到，我也不会自杀。他怎么可以暗算我呢? 这是谋杀，人命关天啊，我一辈子也不会原谅他!"司马久被责成向包工头赔礼道歉，并承担其所有医药费用。司马久没有异议。他在回答推人动机时说："我只想去解决问题，果壳桥是供人过江的，不是一个马戏剧院，不应该有这样那样的演出。既然你们没有办法解决，我就来解决。"对方问："难道你没想过发生意外?"司马久说："不是有气垫吗? 谁会想到这么大的气垫没气。没充气还搬来干什么?"

真有人从桥上坠伤，这次的跳桥事件比之前的任何一次都闹得大。对媒体来说，堪称不可多得的猛料，各路传媒尤其是报纸、电视纷纷做了重点报道，持续多天。司马久在记者采访时无数次重复了那番关于推人动机的说明。没有人怀疑其动机的真实性，但同时对其毫无私愤不能信服。某记者的提问居心叵测："听说您是一个疾恶如仇的人，平生最看不惯恶人，当您伸手去推跳桥者的刹那间，是否想到他是恶人而该死?"司马久说："我不认为他是恶人，也不认为他是好人。我不是法官，我没有权利判决他的生死。"记者说："但您还是伸出了手，可知您的行为完全有可能置他于死地。"司马久说："我说过了，这是误会。如果气垫充满了气，他就会一点事也没有。"记者仍不死心："据说您早上过江饮茶时，交通堵塞已相当严重。到下午您饮茶回来，堵塞不但没有缓解，反而变本加厉，所以惹得您无名火起?"司马久说："这纯属谣言！我当天没有过江饮茶。我也没有什么火。我只是想尽快恢复果壳桥正常的交通秩序。而那些人太没用了。"记者摇了摇头，嬉笑道："看不出来，您老倒处处为大家着想。"

果城的媒体在穷尽了报道的诸种可能之后，意犹未尽，又纷纷刊登时评，从不同的角度和立场发表争论。争议的焦点集中在司马久那"惊人一推"的性质。有人认为该包工头太可恶了，哗众取宠，又并非真要自杀，故不值得同情。又因此事堵塞交道，扰乱社会秩序，司马久虽然鲁莽，但其出发点无可厚非。另一方则坚持认为无论如何，司马久都不应该出手推人，因为包工头的性命同样值得尊重；况且有执法者在场，司马久是越俎代庖了。一时间报纸硝烟弥漫，网站板砖乱飞。我凑热闹写了一篇，本意是要为司马久辩护，我也觉得他不应该去推人家，谁赋予了你这个权力？但谁叫他是我的邻居呢？我文章的大意是，1. 司马久是抱着解决问题的良好愿望爬上桥架的，所以执法人员也没有阻止；2. 他以为气垫是可以确保坠落者无事的，但没想到在不该出问题的地方偏出了问题；3. 司马久认错道歉及承担医药费了，也是诚心悔改的表现，大家不必死揪住他的尾巴不放，诸如质疑他要泄愤杀人，那就是无稽之谈了。

没想到，一连多天，传媒均抓住气垫的问题大做文章，继而指责执法者营救不力，并在众目睽睽之下让一个局外人爬上桥去，实有不作为之嫌。有关部门焦头烂额，在针对气垫的问题时，辩解称："气垫太大了，平时一般不会充气，那样太耗费人力物力了。况且从那么高的地方坠落，即使充了气，也难保不会出问题。其实我们不充气，是因为按照经验，这张气垫是根本用不着的。尽管跳桥者个个貌似万念俱灰，实际上都会乖乖地爬下来。但又不能不带，你看那么多传媒的摄影机在晃动，如果不带，就看不出我们工作的严肃认真。"自

吃了豹子胆

然，这样的解释难以服众。报纸及网络上的讨论越发升级，时评家唾沫横飞，大赚稿费，读者看得目驰神摇，大呼过瘾。讨论逐渐深入，指向公民本身的权利、社会与个人的关系以及如何从根本杜绝此类自杀式控诉的行为……有一篇时评甚至尖锐地指出：此类行为当然不值得提倡，但在目前仍严重存在着社会不公的情况下，却不失为其谋求社会公正及个人维权的一种消极反抗方式。这种以自杀相威胁去谋求正义的通道一旦堵塞，其怒火势必泼向社会，其后果不堪设想。因此，解决此类问题正如治水，一味堵截不如疏导，只有依靠法制以健全社会法治，依靠教化以改善世道人心，从而保障公民的权益及捍卫社会公正，这才是解决问题的根本之道。这需要全社会有识之士的共同努力……该文立论不俗，行文却未免偏激，但司马久深以为然。他反复阅读了几遍，还跟我讨论，说："我能理解包工头这种人了，如果有别的办法，谁会去动寻死的念头呢。"我说："没错。但我对爬到果壳桥上的诸君子并不乐观。"司马久说："子平，要相信政府。出了那件丑事，政府一定会有办法的。"我笑了，说："但愿如此。这样，你那一推倒真推动了果城法治的历史进程呢。"

　　然而，果壳桥上仍有好事之徒在爬下爬下，消防队依然出动，围观者仍然云集，交通仍然堵塞。果壳桥依然无法洗刷"自杀桥"的恶名。这是司马久先生作为一个老街坊最无法容忍的。他不止一次望着桥上的疑似自杀者，坚定地说："不能这样下去。"

　　发生"推人事件"后，司马久成了新闻人物，记者的纠缠让他不胜其烦。而严胜男的警告更是让他心惊胆战："你下次再惹是生非，我爬上果壳桥自尽了事！"司马久问："你爬得上去？"严胜男说："我爬不上去，自有张打铜背我，我跟他一起跳便罢！"

　　司马久问我："你有没有好办法？使任何人任何时候也不来跳桥？"我说："这些人都是被逼的。没有人被欺负了，换句话说，天下太平了，进入大同世界了，按需分配了，而人们的思想又个个变得高尚了，这种现象自然绝迹！"司马久说："我看未必。即使像你说的，天下太平了，但还是有人神经不正常。人心太复杂了，你看那个什么副科长、美妇人之类，难保不来跳二荏桥。就是我家那个黄脸婆——"我呵呵大笑，说："你是杞人忧天了。至于别人么，老实讲，他们跳不跳，也没碍着你司马久什么。"司马久嚷道："不管那些人是走投无路还是另有企图，都没有权力爬到桥上去撒野。我再三申明，桥建好是为了过江的，可没设计这个用途。我越来越觉得这些人不可理喻。你说得太空泛了，有没有具体点的方案？"我说："我吃饱了撑着？这事儿自有专门的人去管。我一个小百姓，犯不着去瞎操心。"司马久点了点头，说："是啊，有政府呢——"

　　过了两天，司马久忽然神经兮兮地问我："你有没有兴趣爬到果壳桥去看看风景？我陪你去。"我愕然道："你疯啦？"司马久摇了摇头，走了。翌日，又传来有人疑似跳桥的消息。那个人就是司马久。他蹲在桥架上，挠头抓腮，活脱脱的是美猴王的翻版，他想干什么？消防队、记者等各路神仙都出动了。谈判专家依然是那个金丝眼镜。人们都认出桥上是何方神圣了，不禁骚动起来。有人嚷道："这是个名人啊。"

　　谈判专家冲着桥上叫道："您老人家也来赶这个时髦？"司马久说："我烦透那些爬到桥上嚷嚷着要自杀的王八蛋了，我决定要终结这一切。我不想死，但为了果壳桥的清静，我不惜献出生命！"谈判专家有点摸不着头脑，说："老伯，您讲具体点，您是因为什么想不开啊？"司马久说："很简单，你们必须解决果壳桥屡次发生的假跳桥事件，否则我就真的跳下去。我受够了。"谈判专家啼笑皆非，说："有关部门正在研究解决呢。一系列方案正在起草、论证、出台中，从大的方面讲，我不妨透露一二，诸如在保护公民的维权工作、健全相关的法规条例方面，我们做了大量工作，务必保证信访路径的畅通，坚决打击黑恶势力。到时候，果壳桥上区区小事，自会迎刃而解。但这需要时间。你这样爬上去，岂不是添乱吗？"司马久说："你少来这一套！请给我一个具体的方案和时限。"谈判专家："这不是三言两语就讲得清楚的。您老人家有何高见？"司马久说："我的高见就是爬上来。看来没有人真跳下去，你们是不会重视的。到底有没有解决的办法？"谈判专家说："我以人格向您担保，有关部门高度重视，有力的措施正在酝酿之中，很快就会出炉——"司马久说："到底是什么措施？"谈判专家说："还没有最后敲定，我不是很清楚。至于细则嘛，我也不能乱说，但——"司马久说："那么你就去找个能说的人来——"谈判专家脸色难堪，无计可施。双方陷入了僵局。

司马久在桥架上换了个姿势，坐得舒服了些。他的身手果然敏捷异常。我觉得必须站出来了，我对谈判专家说："桥上那位是我邻居，让我试试看。"谈判专家将手提喇叭递给我，我大声喊道："你别犯傻呀，你先下来，别人跳桥干你鸟事？"司马久说："这儿没你的事，你要真关心我，就想办法去弄点面包、矿泉水来。老子今天是豁出去了。得不到满意的答复，我誓不罢休！"我说："你要的，我送不上去啊。"人群中响起哄笑声。司马久长叹一声说："子平，跟我家黄脸婆说一声，来生再见了。罢罢罢，只希望在我之后，不会再发生跳桥的悲剧了。"我大惊道："你别干傻事。你跳下去只是白搭。无人在乎你的小命，张打铜还巴不得你早点跳下去呢——"这句话起了效果，司马久不再吭声，抱着脑袋痛苦地想了好一阵，他终于举起双手作投降状。他像长臂猿一样向四周挥动双手，忽然往地上的那张气垫纵身一跃，半空中兀自传来那恐惧莫名的叫声："有没有充气啊——"

围观者捧腹大笑。那个场面是荒唐而滑稽的，我骇得双腿发软。好在，气垫看上去软绵绵，胀鼓鼓，弹性十足，司马久毫发无损。后来他对我说："我仿佛掉落在一个巨大的奶子表面，感觉很不错。"

事情还没有结束。严胜男气得暴跳如雷自不必细表。有关部门终于出台了关于杜绝果壳桥上疑似跳桥事件的一系列措施。其中最直接的一项就是，在桥头两侧各派出四名工作人员旦夕守卫，一看到可疑人等马上采取行动。工作人员中就有司马久的身影。他是以志愿者的身份参加的。他感到浑身是劲，对该项工作热情高涨。但他认为该措施还是美中不足，觉得尽取守势，未免不够主动，这只能治标，不能治本。我安慰他说："您老人家甭着急，事物的发展总有一个过程，有关部门在积极研究呢，你要有点耐心。美国人够厉害了吧，但也不能要求他们顷刻间将恐怖分子一网打尽。关键是有决心有行动有效果。你瞧，自从你们守桥一个多月了，还没有发生过一起跳桥事件呢。"司马久哈哈大笑，说："胆敢有人来跳桥，誓必让他尝尝我这三十六路小擒拿手的厉害！"出于某种复杂的原因，我这个疾恶如仇的邻居，将那些打算赴果壳大桥的跳桥者，统统当成了仇人。而这怎么说呢。

吃了豹子胆

乡村公路

  天快亮的时候，凤凰村的孙二牛做了两个梦。先说第一个。该梦堪称风光旖旎，他怀抱不知怎的，多了一个杏眼桃腮蜂腰耸乳的美人儿。一开头，他有点奇怪，他还没有老婆呢。但是他又骂自己，没娶老婆就不能有女人吗？都什么年代了。他在梦中还担心这是白日梦，他年逾三十，还是一条光棍，经常梦见女人，当然个个都是如花似玉、如狼似虎的女人。可惜天一亮，他发现又是黄粱一梦，手中除了一个烂枕头，什么也没有。他还担心这次又是一个梦，就狠狠地掐了一下大腿，却痛得大叫起来。当然他不是真的叫，而是在梦里叫。他还不放心，又用手掌托着女人的丰乳旋转了一圈，女人发出了销魂的呻吟。他开心极了，这次是真的呀。他赶紧忙碌起来。他感到有一条急流在汹涌，浪花溅起几丈高，但这是一条被囚禁的河流，他的身体就是河岸。他更起劲了，他要将那条河流解放出去。或者干脆让它奔入大海。女人如容器。这是一个深如大海的容器。河流就要决堤而出。"啊，妈呀——"孙二牛快活得直喊娘。第一个梦到此为止。第二个梦接踵而至，这是一个货真价实的噩梦。他在一个漆黑的雨夜听见让人窒息的拉锯声。沙沙沙，锯末像沙子下漏，像雨打芭蕉。空气中弥漫着一股类似于中药的新鲜木料的清香。拉锯谁不懂？这有什么可怕的？他也拉过，两人一左一右，坐在地上，手中拉着一把锯齿闪亮的油锯，中间夹着一棵树木。渐渐锯子没入了树木，用手一推，树木应声而落。要命的是，他在梦中不是人，却变成了一棵树。手脚变成了树杈，头发变成了叶子。那把大锯就嵌在他的身上，来回拖动。他全身因极端的恐惧而扭曲，那股锯末的味道也不再清香，而变成一股棉花烧焦的味道。他感到一阵无法忍受的剧痛，大喊一声，终于惊醒过来，从而脱离了梦魇。

后来孙二牛告诉我说："他妈的，梦境倒是记得真真切切，那个女人呀，美得我说不出！可惜不是真的。"

我笑了，说："幸好那把锯子也不是真的。"

其实那把锯子是真的，那些锯木声也是真的。只不过并没有锯在孙二牛的身上，而是锯在一棵真实的大树上。可能正是那真切的锯木声飘入孙二牛的睡眠，才让他做了这么一个骇异的梦。当时孙二牛背心冷汗涔涔，惊魂未定。天全亮了，晨曦透过灰黑的窗棂，照在他脏兮兮的床铺和毛毡上。这是一个露水清亮而阳光柔和的秋日清晨。换言之，这是一个美妙的早晨，如果不是因为那个噩梦以及那些锯木声，他还要在床上赖一会儿。孙二牛揉了揉惺忪的睡眼，伸了伸懒腰，提着裤头走出了房子。

就这样，孙二牛更真切地听见了沙沙响的锯木声，还看见了那把鳄鱼长嘴似的大锯，油光锃亮，锋利异常，正在一棵大树上来回拉动。拉锯的是土德和火运，两个人都是精力充沛膂力过人的后生。旁边还站着一群人，村长孙老凤正在仰首指指点点。而树上还像猴子似的挂着两个小伙子，他们腰间盘着绳索，手上持着大刀。树上的人，是要将枝丫砍下来，再用绳子拴着放下地面。放大树通常都是这样的，这叫"落枝"，最好就只剩下一段粗大的树干，这样才好控制它仆倒的方向。这都没什么不妥，但他们要放的大树却是他孙二牛家的，这样问题就大了。"停手——不要砍我的树——"孙二牛发疯似的冲上去。

他还没冲到树前，就被两个汉子拦住了，而且将他的双手反拧其后，就像电影上的公安抓流氓一样。孙二牛动弹不得，倒是双脚可以乱蹬，嘴里在大声咒骂："放开我，放开我！为什么要砍我的树？还有没有天理！"

没有人理他，没有人吭声。

锯树的两人头也不抬，在专心地锯着大树，锯子非常锋锐，锯末沙沙地落在地上，锯刃很快就吃进了树身。

有必要说说孙二牛家的这棵树。这是一棵非常奇特的树。没有人知道它是什么树，没有人说得出它已经生长了多少年。但传到孙二牛的时候，已经是第七代了。这棵树就是孙二牛的传家宝，也是孙二牛从祖先那里得到的唯一恩泽。父亲比他还要穷，不可能有任何遗产留给他。它又高又直，直插云霄。它很粗壮，需要好几个人才能环抱过来。它的躯干洁白如玉，还长着极为精致的青色花纹。每到秋天，它就像蛇一样蜕皮，那美丽的树皮像美女褪下来的一件罗衫。树干的表面光滑细腻如处女的肌肤。它的枝丫却寥寥无几，仿佛就是她的纤纤玉指。它的叶子也不多，只是每一片叶子都大如芭蕉扇。仿佛美人青翠的指甲。这棵奇特的树，仿佛长着柠檬桉的躯干，却长着芭蕉似的叶子。在春天，这棵树绽开一些败絮似的小花，也没有香味。在秋天则连一个小果也没有。

应该说，对这棵树垂涎三尺的人并不少，但有谁胆敢轻犯，孙二牛必以死相拼。这棵树仿佛是光棍孙二牛唯一的亲人，甚至是他的命根子。他还要在百年之后交给自己的儿子。他现在没有老婆，不等于以后没有。他还不算老呢。他至少还有三十年的时间用来娶妻生子。但问题是这次不同了，这次不是一个两个人来打他的主意，而是全村人倾巢而出。

孙二牛还在嚷，这次他是冲着孙老凤："村长您说，为什么要砍我的树？"

孙老凤咳嗽了两声，从怀里掏出一张纸，纸上写着几行字，上面戳着一个红色公章，凑近孙二牛的脸，说："你可要看清楚了——这是县府的公章！你敢阻挡县府要修的公路？"

孙二牛是读完了小学的，他看得很清楚。公章的确是石龙县人民政府公路局的公章，但上面的文字没有一个跟砍树有关，而是一个关于修建乡村公路的公函。孙高强为了造福乡梓，独力出资三十万修建一条乡村公路以连通村外数里的省道云云。后面两行字是公路局的批示意见，自然是同意云云。孙高强就是凤凰村最有钱的人，财大气粗，脖子上带着一条黄灿灿的粗大金项链，手上戴着七八颗金戒指。据说他手下有十来支施工队，是县里排得上号儿的建筑包工头哩。

"纸上没说砍树呀。"孙二牛说。

"树不砍掉，路怎么修？"孙老凤斥道，"公路的出口连着省道，而终点却在孙高强的家呢。总之，孙高强说路怎么走就怎么做，钱是他出的，路是他修的，谁敢说半个不字？"

"总之不准砍我的树！谁砍我的树，我砍他的头！"孙二牛吼道。

"树是全村人砍的，我看你砍得了几个？"孙老凤冷笑，"你砍我个鸡巴！我看你怎么砍！"

孙老凤一挥手，马上又上来几个汉子，将孙二牛甲鱼般四脚朝天抬起来，"轰"的一声，将他扔进了孙二牛家门前的那口池塘。人们爆发出一阵哄笑声。

孙老凤举起拳头说："大伙儿，路通财通，孙二牛要阻挠咱们修发财路，大家答不答应？"人们也举起了手臂，如惊涛拍岸般吼叫："不答应！"

"他要螳臂挡车怎么办？"

"扔他下去！"

孙二牛手脚并用，迅速地爬上塘堤，但他刚走上来，又被村民扔下塘里去。孙二牛再次爬起来，人们再扔，一连扔了五次，孙二牛早已筋疲力尽，手酸脚软，再也无力爬上塘堤。当他用双手攀住堤岸，正要跨起右脚的时候，他自己一松劲，像一个皮球从塘堤滚下去。人们又是一阵哄堂大笑。

孙二牛绝望地浮在腥臭发黑的塘水中，硬挺着湿漉漉的脑袋，他不禁呜呜地哭了。

"当时呀，我觉得天要塌了，而我完全没有办法。什么是绝望？这就是绝望！"孙二牛对我说。

孙二牛的家在村庄的最南端，是一栋两进三间的泥砖屋。门前就是那口生产队时代挖的集体鱼塘。厨房旁边长着几棵树，大多是相思树和桉树，还有就是那棵奇怪而美丽的大树。树旁有一口老井，方口圆底，井水清甜。近年来尽管有不少人家在院子里挖了井，但还是时不时来老井打水。井栏由石头砌就，呈八角形，井台异常宽阔。井外面就是稻田，水稻都成熟了，金子般的稻穗倒垂下来，几乎弯到了地面。稻田里有几只鸡在啄食。而包工头孙高强的住宅就在孙二牛南面约一里许的山坡上，中间隔着一道小河。孙高强的小洋楼占地数百平方米，高三层半，装修之豪华，在四邻八乡首屈一指。其实，孙高强全家都住在县城里，建这栋房子也是摆设，甚少回来，也就是清明祭祖及除夕或什么特别的节日才回来一趟。孙高强大车小车不下十数辆，只是开不进村子。他投资建这条乡村公路，多少有点私心，这样，他就可以将小车径直开到家门口哩。

在孙老凤的指挥下，大树被锯断了，"轰"的一声巨响，仆然倒地。孙二牛仍在水塘中，眼睁睁地看着那段巨大的木头被削掉枝丫，剥掉树皮，断成了好几截。这是他家里的树木，就算锯了下来，所有权也应该属于他。这才合情合理，但没有一个人跟他讲情理。孙老凤将这些木头卖给了别人，得到五百块钱，全村每个人都分到了八毛钱。当然孙二牛除外。八毛钱并不多，但全村人欢天喜地，仿佛过节似的。天渐渐黑了，那些木头就堆在井台旁，明天将会有数辆马车将其运走。人们也逐渐散去了，孙二牛从水塘里爬起来，抖动着脸上的水珠，仿佛一只落汤鸡。他扑在木头上，呜呜地哭了起来。

月上中天，院子里洒满了月光。孙二牛在庭院里踱来踱去，他觉得有一股火苗从心底飚起，胸口憋很得难受。他觉得月光也像火焰。那是一些白色的火，不仅烧伤了他的皮肤，也灼痛了他的心。孙二牛收集了家里囤积的煤油，十斤装的香油壶满满一壶。他打算在半夜时趴在木头上，然后将这些煤油倒在身上，将自己连同木头烧成灰烬。孙二牛想到这里的时候，觉得月亮就像独眼巨人的那只大眼睛，闪烁着吓人的鬼火，阴森之极。他不禁打了一个寒战。死亡是多么恐惧的事情，况且他还没拥有过自己的女人呢。但孙二牛有了更堂皇的借口，他对自己说："我干吗那么傻，要去自己死？就是死也要跟孙老凤那狗日的同归于尽！"于是，他的计划就改成全身浇上煤油，出其不意地抱着孙老凤，然后迅速点火。但很快，他的计划又有了新的调整，他觉得孙老凤也只不过是孙高强身边的一条狗而已，孙高强才是罪魁祸首呢，擒贼先擒王，要杀也应当先杀了孙高强。但孙高强住得那么远，孙二牛觉得要跑到城里去杀他，就觉得麻烦之至。这么麻烦，不去也罢。还有一个问题是，孙高强该死吗？答案是否定的。他要修路，不管出于何种目的，客观上总是一件大好事呀，要不村民也不会这么支持。他妈的！孙二牛狠狠地骂道："修路归修路，干吗要砍我的树？砍了还不够，还要抢走！"现在，他的问题全部集中在于，木头是自己的，却被别人抢走了，换言之，就是利益受到了侵犯。就这样，孙二牛的计划从自杀到跟人同归于尽，再到杀人，他的气几乎全消了。他甚至有点心平气和了。"我怎么想到去杀人？我好端端一个人，干吗要做杀人犯？"他在心里暗骂自己。

孙二牛终于屈服了，他将那壶煤油收了起来，电费那么贵，这些煤油还可以用上半年呢。第二天，三辆马车来搬运木头。木头又大又沉，每一段恐怕有上千斤吧，马车后面铺着一块木板，十几条汉子呼哧呼哧地喘着粗气，用绳子和木杠将木头顺着木板慢慢地滚上去。他还扎堆在看热闹，仿佛跟他从来就没什么关系似的，他还拿起一根木杠走上去帮忙呢。

"我是不是特没用？"孙二牛笑笑，"我在想呢，我的木头被人抢了就算啦，反正也不是我种的。"

"幸亏你没杀人，否则你要被枪毙的，"我说，"你这不叫没用，而是理智，理智你懂吗？"

路开始修了，从省道那端一直修过来，没几天就修到了村庄。孙二牛手上拿着一只剥掉了皮的番薯，一边往嘴里塞着，一边伸长了脖子在观望。只见一辆挖掘机和两辆推土机在作业，机器轰鸣，尘土飞扬，道路渐渐有了雏形。那些挖开的路面露出了新鲜的红土，孙二牛觉得这跟番薯肉没什么两样。

但事情还没完，在孙老凤的指挥下，两个小伙子用斗车装满了薯瓢般的红土，哗啦啦地往井里倾倒。这不是要填井吗？孙二牛大吃一惊。他大喝道："你们要干什么？快停手！"

"不就填井嘛，路线要经过这里的，"孙老凤斜睨了他一眼，对小伙子说，"不用管他，给我填！"

"不准填！我说不准填就不能填！"孙二牛冲到了井边，拉住了斗车的扶手。

"井是你家的？"孙老凤冷笑。

"不是，"孙二牛嗫嚅着，"但你们填了井我到哪儿喝水？"

"不是你家的就少废话，你到哪儿喝干我屁事！"孙老凤恶狠狠地说。

"不是我家的也不准填！"孙二牛大喊，"要填就先将我埋了吧！"

他豁出去了，他跳进了井里。井里虽然倒了不少泥土，但水仍很深，他用手扶着井壁的石缝，仰望着井口。他想起了小学课文的一个成语：坐井观天。他觉得自己就是那只青蛙。他看到天空是四方的，依然是那么蓝。但是阳光那么猛烈，刺痛了他的眼睛。在一刹那间，一斗车泥土从井口上倾倒下来，他赶紧将眼睛一闭，头部和耳朵被泥土砸得生痛，只觉得嘴里也落满了泥沙。他将嘴里的泥沙吐了出去。

孙二牛躲在井里，泥土还是不断地倒下去。渐渐地，井水被泥土覆盖了，这样，孙二牛不再是浮在水中，而是站在泥土上。井壁越来越浅，孙二牛觉得脚底下的泥土越来越高，到最后，他的头颅已露出了井口，井已被填了大半。眼见大势已去，他只好用手一撑井沿，跳了上来。孙二牛被泥土砸得浑身青紫，刚才在井底还不觉得什么，现在一口劲泄了，马上觉得火烧火燎般疼痛难忍。

"怎么样？"孙老凤哈哈大笑，"做土狗子的滋味还不错吧。"

这天晚上，孙二牛用光了一瓶红药水，全身涂抹得像一面红旗，稍一动弹，就痛得龇牙咧嘴，这样就像一只狒狒。他觉得孙老凤欺人太甚，一口气难以咽下去。"我决定要一刀砍了孙老凤这个婊子养成的——"孙老凤对我说。孙二牛去拆了那把安装在木凳里的铡刀，就着月光霍霍地磨，雪亮而宽阔的刀刃像一面镜子，映照着他涂满了红药水的前额。那把铡刀是平时用来铡稻秸或干草的，但如果用来杀人，却无疑是一把利器。我的眼前浮现出了孙二牛在月光下磨刀的样子，咬牙切齿，血脉偾张，面目狰狞。我可以想见他是何等的愤怒。

"但是我一抱起铡刀，我就颓然跌坐在地上，也就是说，我最终没有杀人，一个也没有杀。"孙二牛说，"你说，我该杀孙老凤这婊子养的还是那狗日的孙高强好？还是那些瓜分我那棵大树的每一个村民？我呸，八毛钱就将他们卖了，他们连猪狗都不如，他们的良心只值八毛钱。但是我不能杀人，如果我去杀人，我不要说良心，我连人都不是了。我就是日本鬼子，我就是希特勒，我就是张子强。"

孙二牛那天晚上，呆呆地伫立在院子里，他抱着那把人头高的铡刀，脸颊贴在刀刃上，仿佛抱着一具美丽女人的胴体，他抱得那么紧，抱得那么惶然而不知所措。他感到女人的体温在一点一滴地流失，这样，他抱着的就不是一个女人鲜活温热的胴体，而是一具女人失去了生命和温度的尸体。他感到了刀刃的寒冷，但那股寒意仿佛是从心底泄露出来的。那把刀"咣哐"一声掉在地上，打碎了地上的青砖。随着铡刀的坠地，孙二牛也仿佛松了一口气。他再次找到了平衡的办法，反正那口井也不是我一个人的，他对自己说，这几天我就喝河流好啦，过几天我再在院子里挖一口井。

"你不会觉得我没用吧？"孙二牛又嘻嘻地笑了，"我真的下不了手呀。"

"怎么会呢，你这叫理智。你杀人你也活不了，一命偿一命。"我心里涌起了对他的同情，这个农民多么老实，或者说，他有罕见的忍耐。

孙二牛跑去睡觉了，他睡很很香，甚至又梦见怀抱中多了一个女人，这个女人不比任何一个女人逊色。"可惜是在梦里，"孙二牛咂了咂嘴巴说，"再漂亮又有什么用呢，又不是真的。"

但就在孙二牛沉浸在绮梦中的时候，他被惊醒了。他张开眼睛，他看到了泥墙，看到了天空，还有远山，但这一切都在旋转。他被四个汉子抓住四肢从房子里抬了出来，他身体悬空，感到一阵晕眩。他还穿着裤衩呢，初秋的清晨微有寒意，他感到大腿间起了一层鸡皮疙瘩。"一个人离开了地面，就会感到莫名的恐惧。"孙二牛说。那些人将孙二牛扔在塘堤上，堤上长满了柔软的青草，草叶上沾满露珠。

孙二牛一坐下来，就看见孙老凤那张得意的麻脸。

孙老凤挥了挥手，十几条汉子举起十字镐、鹤嘴锄和钢钎，齐向孙二牛的房子招呼。孙二牛的泥砖屋马上出现了几个大窟窿。

孙二牛大惊失色，喊道："为什么要拆我的房子？"

"这是公路的规划，这是孙高强指定的路线，谁敢违拗？"孙老凤说。

"你拆了我的房子，我住哪我住哪你说？"

"你住哪我管不着，我修路你也管不着！"

孙二牛不说话了，他噔噔地跑到房子前，用手攀住檐头，身子往上一翻，人就上到了瓦面，犹如猴子般灵巧。他只穿着裤衩，趴在屋脊上，露出了他胸前的一排肋骨。他的身子并不结实，他看上去犹如一只拔光了毛的黄鹤，在秋风中瑟瑟发抖。他要用自己的生命捍卫自己的房子。然而，拆屋的人根本就不管他，手中的工具在不断地挖掘着墙壁，发出嘭嘭的响声，尘屑四散。终于，墙被挖倒了，轰然一声巨响，屋顶坍塌了。孙二牛像一只纸飞机那样坠落。这是一次短促的飞翔。跟着他同时坠下的，还有数不清的砖头、瓦砾和尘土，他抱着一根横梁从半空中跌落下来，横梁一头高一头低，低的触及地面，高的那头还架在墙上。是那根横梁救了他，否则他落到地上不死也一身残。当他爬起来，揉了揉眼睛，仍犹如在梦中，刚才还好端端的房子，顷刻间被夷为平地。

这天晚上，可怜的孙二牛无家可归。他将被席搬到土地庙中，他决定在矮小而灰暗的小庙暂时栖身。在香烛的微弱光亮之中，香火在黑暗中闪烁着红点。孙二牛带着手套，取出了一大包东西。这是一大包老鼠药。他动了投毒的念头，他要将这些老鼠药投入村里的每一个水井、每一个水缸。孙二牛说："我只有一个念头，我要将全村人全部毒死，一个不留！"孙二牛说得轻描淡写，我不禁打了一个寒战。

我问道："是什么使你最终打消了投毒的念头呢？"

"我也不知道，可能我不合适杀人吧。"孙二牛说，"我真的下不了手。你说，别人为什么就下得了手呢。你看银幕上不管好人还是坏人，杀起人来连眼都不眨。"

我黯然。我觉得孙二牛的确是一个善良的人，但是他的身躯仿佛蓄积着可怕的力量，否则后来他也不会做出那件惊人的事来。

孙二牛接着说："我躺在席子上，我冷冷地瞧着那些毒药。我忽然心里打了个冷战，我是在土地庙中啊，土地神就端坐在神龛中，仿佛冷冷地瞅着我。土地神我是从小拜到大的，这么多年来，我也不知叩了多少个响头，许了多少个愿。尽管一个愿望也未实现，但我还是信的。譬如我祈求一个老婆，但直到如今……呵呵。你说世间有没有神灵？反正我信。人生在世，总会有些敬畏。我不知别人有没有，反正我有。我敬畏死亡，我敬畏神灵，我敬畏一切未知的东西。说起来很好笑是不是？你说我怕死也行，我竟然那么怕死。那天晚上，我恐惧地打量着四周，四周黑魆魆的，鬼都没有一个，只有唧唧声的虫子叫。我又看了一眼土地神。土地神依然不吭声，也就是并没有显灵。我这才松了一口气，我感到背部冷汗涔涔。我在一瞬间有了决定，我感到心里忽然涌起一种难得的宁静，这种宁静具有惊人的美丽。也许，这就是人们说的良心发现。你说我差点做了什么啊，那可是万劫不复的罪孽！幸亏我悬崖勒马了。"

我再次沉默，我想不到一个老实巴交的农民的嘴里会吐出诸如"敬畏""罪孽"之类的字眼。

孙二牛偷偷地将老鼠药埋掉了。他已经在土地庙里住了近一个月，也就是说，他一直住到乡村公路修好。公路并不难修，只要将泥土推平就行了，孙高强并不打算将公路修得那么好，既不打算铺沥青，更不会铺混凝土，他需要的只是一条黄土路。他修这条路的目的乃是为了方便自己偶尔的返乡，他是生意人，算盘打得贼精，他不会为了这偶尔的一两次投资过多。土路很快就弄好了，难度在于小河上的那条桥梁，建那条桥花了二十天上下。现在道路修好了，剪彩的日子也到了。孙高强全家老小都回来了，他们开着两辆崭新的小车。一辆是银白色的，曲线流畅，车身锃亮，犹如一只灵动的银狐；而另一辆全身火红，犹如一只火狐。孙高强将小车泊在秋收后的稻田上。

剪彩典礼就设在桥头上，两个漂亮的乡村姑娘身穿大红旗袍站在小桥两旁，她们的手中牵着一根大红绸带。而另两位姑娘站在身旁，其中一位手捧盘子，盘中放着一把锃亮的剪刀。全村的人几乎都来了，毕竟这是乡村难得一见的盛况。村长孙老凤主持典礼，他动情地介绍了张老板出资修路的情况、这条乡村公路对村庄经济发展的重要意义以及全体村民对张老板的衷心感激之情，他最后倡议大家以热烈的掌声感谢张老板。一时掌声如雷。孙高强也发表了简短的演说，他说，这条公路得以修成，要感谢村长孙老凤主持大局，要感谢付出辛勤劳动的筑路工，要感谢全体乡亲的支持！又是一阵热烈的掌声。一个姑娘执起剪刀，并递给孙高强老板。

孙高强手起剪落，"咔嚓"一声，红绸带一刀两断。村民掌声如雷动。但就在这一刹那，人们忽然听见一声巨响，仿佛是什么重物掉入了河水中。人群中响起一片惊叫。孙老凤震慑心神，定睛一看，只见孙高强那辆银狐般的小车已倒栽葱般掉入河中，车尾插入河泥中，车头向天，犹如水流中的一尾大白鲨。只见一个人从驾驶室里艰难地爬出来，然后从半空中的车头纵身跳下，那人满头是血，河水几乎都被他染红了。有人惊叫道："啊，是孙二牛。这狗日的怎么会开车？"

将小车开进河里的正是孙二牛，没有人知道他是何时摸入车里的，也没有人知道他是何时发动引擎的。更令人奇怪的是，孙二牛怎么会开车。这是村庄每一个人的疑问，也同样是我的疑问。

"你学过开车吗？"我问他。

"没有。"

"那么你是怎样将车开进河里的？"

"与其说是我将它开进河里的，不如说是它将我带进河里的。我是胡乱搞的，没想到真的发动了，呵呵。当然，我不否认我的本意就是将它开进河水里。这是我表达愤怒的方式，我的愤怒就是我的尊严。我不打算去做杀人放火的事，但不等于我就这样善罢甘休。我觉得我胸口奔腾着一股火焰，而那两辆小车犹如木叶，正好被我的愤怒烧成灰烬。我要让孙高强、孙老凤之辈知道，他们是人，他们有头有面，有钱有势，但我也是人！"

孙二牛头被摔得头崩额裂，血流如注，当他摇摇晃晃地爬上岸来的时候，他还想着将另一辆小车也开进河里。但他被惊魂未定的孙老凤一把抓住了，并他的双手反剪于后。孙二牛摇摇欲坠，与其说是孙老凤抓住了他，毋宁说是孙老凤扶着了他。孙高强阴沉着脸，说："先送去医院，救活了再扭送到派出所。"

那是一九九四年深秋，窗外的黄叶纷纷飘坠，小镇秋意渐浓。孙二牛戴着手铐坐着，我在飞快地做着笔录。我是黄花镇派出所的一个民警。我刚从警校毕业，未满二十，讲话轻声细气，不像在审问疑犯，倒像两个朋友在聊天。那时，我嘴唇上的茸毛还没有长成如今的络缌胡呢。孙二牛在医院里躺了十几天之后，竟然奇迹般一点事也没有。孙二牛讲得唾沫乱飞，我看得出他对我颇有好感。我也承认他的故事吸引了我。但我没想到十年后，我离开了故乡黄花镇，爱好舞文弄墨，我更没想到我会将这个故事写出来。

最后的处理结果乃是，孙二牛被关了几天就放回去了。孙高强强烈要求派出所判孙二牛承担维修车辆的全部费用，他的小车尾部大幅度裂开，犹如孔雀开屏。但孙二牛光棍一条，一贫如洗，休要说家徒四壁，他现在可是连立锥之地也没有了。所长老杨冷冷地说："那你张老板是不是也要帮他建一栋房子？"孙高强不吭声了。

在前段时间，我回了一趟黄花镇，并专程去了一趟凤凰村。我想看一看那条乡村公路，还有孙二牛。我去的时候是恰巧是秋日的一个雨天，但那条公路早已溃烂不堪，犹如一大团烂泥，我的摩托车陷在污泥中，费了半天劲才拽了出来。公路旁边没种树木，也没有草皮，料想十年来也无人维护，才会有今日之模样。我看到了那条小桥，桥墩上长满苔藓，桥缝中探出来的一把铁芒箕在风中飘扬，犹如乱发。十年时间不算太长，但足以使一座迈向彼岸的小桥衰老。而对岸山坡上那幢曾一度风光无限的小洋楼早已倾圮，废墟中长出高高的茅草。想来孙高强老板已多年没有打理。凤凰村的房屋鳞次栉比，密密匝匝，那些青灰色的瓦面犹如细密的鱼鳞。在秋风秋雨中看去，显得无限凄凉和冷清。也许，十年来，凤凰村人仍没有发达。那条乡村公路并没有给他们带来财路和运气。我找到了孙老凤，他依然是一村之长。这是一个眨巴着小眼睛的小老头，我从他布满皱纹的麻脸上看不

吃了豹子胆

出他当年的凶狠和跋扈，倒是有一种说不出的悲苦和愁闷。

　　"孙高强败（败，粤方言，此处为衰落之意）了，败得一干二净。"孙老凤说，"倒是孙二牛那小子发了，生意做到了省城呢。他是黄花镇最显赫的包工头。"

错　误

　　离过年还差六天，孙有德回到了村子。他有四五年没回家了。这个村庄没什么值得留恋，也没给他留下什么美好的记忆。偶尔，他想起这个名叫"凤凰村"的粤西山村，没觉得有什么特别，也谈不上有什么感情，仿佛他不是这个村子的人。但昨天，他被一种莫名而强烈的情绪所驱使，忍不住坐上返乡的大巴。也许是心血来潮，也许是母亲惦记着他。母亲躺在门前岭一个土坟里，有七年了。他该去看看她了。想起母亲，孙有德很难受。母亲潘翠花命苦呀，她年轻守寡，好不容易将他拉扯大了，会挣钱了，却又撒手西去，一辈子就没享过福。

　　孙有德一走进村口，大狗小狗冲着他狂吠。孙有德笑了笑，真是狗眼看人低。他孙有德今非昔比了。他在省城闯了这些年，好歹算见了世面，挣了点钱，不是当年那个夹着尾巴做人的穷光蛋了。也难怪，那些狗将他当成陌生人了。奇怪的是村巷带小孩的老妪或壮妇，一看见他，脸色大变，就抱起小孩一溜烟跑了。孙有德走在小巷上，很纳闷，他忽然扭过头来，看见后面有一道人影闪入墙角，也不知是男是女。而小巷两边的木格子窗，在黑黝黝的房间里面，闪烁着鬼鬼祟祟的目光。孙有德笑了笑，他不就像个城里人嘛，有什么好稀奇的。他瞅瞅身上的西装和皮鞋，虽然不是牌子货，倒也花了四五百。快过年了，但村子没有他想象的热闹。他在井台边遇见一个打水的老头，他认得老头是孙起运，冲着他咧嘴一笑。谁知孙起运脸色一变，好像突然间受到极大的惊吓，双手一松，木桶"嘭"一声掉入井底，那根打水的井篙戳在井壁上。孙起运的嘴巴张了张，一张干巴巴的脸用力挤出笑容，却怎么也发不出声音。

孙有德回到家里，发现那栋三间过的大瓦房面目全非。屋顶上堆满落叶和尘土，还长着茅草和车前草，茅草稀疏、枯萎，车前草却青绿而繁茂。尽管墙体还算结实，屋顶却穿了好几个窟窿，孙有德推开门，尘埃和霉味扑鼻而来，几柱白蜡竿似的阳光，从屋顶直打进室内。孙有德放下行李，就去门前岭的墓地看母亲了。

孙有德伸手拔掉坟头的几株野草，有钱了，母亲却不在了。他坐在拜台上，遥望着向西倾斜的太阳，阳光由白变黄，显得柔和了些。而笼罩在黄昏光线下的村庄，林木掩映之中，红瓦和白墙影影绰绰，看上去有些模糊和飘忽。他揉了揉眼睛，依然无法得到一种确切的感觉，仿佛他透过阳光看到的，是几十公里外的另一座村庄。

孙有德回到房子门前，却被眼前的情景吓了一跳。他的屋顶上或蹲或坐着几个人，他们在拔除野草，拾掇屋瓦，清扫尘土和落叶。一个肥胖的老头赤脚踩在横梁上，将腐朽的木格子抽掉，举起锤子，将洋钉丁丁当当敲入新替换的木格子，盖上崭新的红瓦。孙有德认出那个钉木格子的老头是村长孙老凤，他肥胖得像一个圆球，但在屋顶上如履平地，像猴子一样敏捷。另外的几个人，是孙雷、孙虎和孙大石，这几个人跟他年龄差不多，也就三十来岁，还有两个青皮后生，他一时想不起名字。

孙有德仰望着屋顶上忙碌的人们，胸口有些发热，他有点感动。毕竟是同村人，又同一个宗族，算起来都是叔伯子侄哪。日后有什么用得着他孙有德的地方，他肯定不会袖手旁观。这句话他没有说出口，他不是善于表达的人。刚才还黄澄澄的阳光，有点发红，落日正在下沉。红色的霞光使屋顶上忙碌的人染上了一层梦幻的色彩，他目不转睛地看着他们，那种不确切性越来越强烈了。孙有德忽然涌起一阵焦躁。他终于看到了不妥之处，屋顶上的那些人，手脚虽然麻利，但表情很不自然，且没有一个人吭声。

孙有德看着他们，心里的烦躁越来越强烈。他一个一个瞅着屋顶上的人，被他瞅准的人，都低下头去。一个他想不起名字的小伙子，双脚突然踩空，哗啦啦一阵乱响，几片被他踩碎的瓦在房间里摔得粉碎，他整个人差点从木格子和房梁之间的空隙掉下去，好在他抓住了梁木，孙大石手一伸，将他拉扯上来。暮色逐渐从屋顶笼罩下来，没有人说话，空气弥漫着一种压抑而古怪的气氛。

终于，众人完成了工作，顺着木梯走下来。孙有德看着大家，说："感谢各位了。"没有人答腔，孙有德又说："我没有请大家来帮忙吧？"孙老凤说："就要过年了，收拾收拾好过年，瓦面都拾掇过了，下雨也不怕啦。"孙有德瞅着孙老凤的那张肥脸，一些不愉快的记忆沉渣泛起，他很讨厌那张脸，他一时不知道说什么好。须臾，他问道："这两位是谁？"孙老凤说："他是孙起运家的斌仔么——他是志强，孙士贵家的，跟你同一辈分——"他指了指刚才差点摔落的小伙子，又指了指另一个年纪相仿的小伙子。孙有德对这两个人一点印象也没有，嘴上却说："好好，志强都这么大了。"他瞥了一眼孙志强，孙志强转过脸去，他身体很单薄，忽然剧烈地颤抖，地上泗湿一片，他竟尿了裤子。

孙老凤说："大伙儿辛苦啦，散去吧。"众人脚步踮得极轻，走得却异常迅捷。孙老凤说："大侄子，今晚就到我家吃饭吧。"孙有德推辞说："不必了吧。"孙老凤说："我杀了只老母鸡，还打了一樽烧酒。你一定要来。我有话跟你说哩，这些话我放在肚子里十几年了，都变成话虫子了，钻来钻去的，我不说出来就不舒服。"孙有德见他说得严重，答应了。

果然是好酒好肉，孙有德也不客气。孙老凤喝了两杯，一张肥脸红红润润，看上去像一只圆滚滚的大南瓜。孙有德生出一股冲动，很想一拳将这只大南瓜砸得稀烂。他想起了几件往事。童年时，时任生产队长的孙老凤，用牵牛绳将他吊在番石榴树上毒打了一顿，原因是他被指控偷挖生产队的番薯。有一次，他辛辛苦苦在河湾叉到了两尾大鲤鱼，被孙老凤一手抢过去了，诬蔑他偷生产队的塘鱼，那是赃物得"充公"。诸如此类的事太多了。这些还不算什么。在他五岁或更小时，母亲潘翠花衣服被撕烂，袒胸露乳，胸前还挂着一双破鞋，被孙老凤等几条大汉，如狼似虎地押上晒坪批斗。多年以来，这件事就像毒蛇盘踞在孙有德的心里，等到他成年，明白了那双烂鞋子的含义，心中充满耻辱和疑惑。然而，他知道母亲绝对不是破鞋，那么到底是为什么呢？别的事情他并不是总能想起，但这件事却成了一个谜团，经常从他的脑海浮现。也许，今天有望将这个谜团拆解，这个想法让孙有德亢奋起来。

"大侄子，我过去对不起你呀，"孙老凤说，"希望你大人有大量，原谅你叔。"

"你是说你打我？"

"我打过你吗？"

"你是说你抢我的鱼？"

"我什么时候抢过你的鱼？"

"你是说你拉我妈妈去晒坪当众批斗？"

"你妈妈那么漂亮——你妈妈是个大好人，一辈子就没做过亏心事，"孙老凤说，"我怎么会将她拉去批斗？"

孙有德瞪着孙老凤，只见孙老凤一脸迷惘，不像是在说谎，仿佛从来没有发生过这些事。孙有德喝下一杯酒，头脑中一阵恍惚，连他也对那些事情的真实性发生了怀疑。孙有德声色不动，说道："你说的是什么事呢？"

孙老凤神色不自然了，一双小眼睛在骨碌碌地转，似乎下定了决心，说："我这辈子不敢说做过什么好人好事，但济困扶危的事情，倒也顺手做过几件。当年你们孤儿寡母生活很艰难，我身为一队之长，对你们照顾不周，心里很过意不去。"

孙有德望着他，没有说话。

"我没照顾也就算了，但我做了件很对不起你们的事。我这辈子没做过什么坏事，但那次我真是错了。"孙老凤说。

孙有德不知道他要说的是什么事，嘴上却说："你太过分了！"

"那五十斤救济粮我本来是批给你们家的，但有人不服气，闹上门来，还说了一些十分难听的话，说什么我跟你们家批粮，是你母亲用身体换来的。我为了避免瓜田李下，也为了你母亲的清白，最后只好批给了别人。"

孙有德脑子里压根就没有这件事。这件事对他来说，也算不了什么。他说："孙老凤，你好好想想，你没有批斗过我妈妈吗？那到底是谁？"

孙老凤挠着光秃秃的脑袋想了半晌，一张脸由红变紫，说："我想起了，想起了。唔，那件事是跟我有点关系，不，本来没什么关系。那时你还小，有人诬蔑你妈妈偷野汉，说要将她浸猪笼——"

"是谁说的？"孙有德说。

"村里的人都这样传闻，但我觉得这不可能。"

"又传说我妈妈偷了谁？"

"牵涉到好几个人，村支书啦，生产队的会计啦，其中传得最凶的还是我哩。但正因为这样，我敢以人头担保那是造谣，是恶意中伤，我对你妈妈很尊敬，我可没对她存过动一根手指的念头。"

"说得很好听，为什么还要拉她去批斗？"

"我知道你妈妈是清白的，是无辜的。但大伙儿说得有鼻子有眼，群情激愤，非得要将她拉去浸猪笼不可。如果我不出面，你妈妈肯定过不了这一关。我对大伙儿说，常言道，捉贼要赃，捉奸在床。你们老说潘翠花偷汉子，但又拿不出什么真凭实据来，我看这事儿就大事化小，小事化了吧。但大伙儿不答应，说虽然没有捉奸在床，但这事儿可不是空穴来风，难道全村人都是睁眼瞎和大话精吗？我说了半天，大伙儿仍不依不饶，我也知道，在那个年头呀，大伙儿没戏看没歌听，都憋得疯了。现在好不容易逮了一个事儿，不就是图个热闹吗？我眼珠一转，心生一计，说，也不管她是真偷还是假偷了，都社会主义了，可不能随随便便浸猪笼，那是要出人命的。那好吧，死罪可免，但活罪难饶，咱们斗破鞋去！就这样，你妈妈过了这一关！"

"全他妈的混账！"孙有德骂道。

"除了批粮那事儿，这是我对不起你们家的一件事。再也没有了。"

"我没有喝醉，"孙有德瞪着孙老凤说，"别的事也就罢了，我妈被批斗的那件事，你还是实话实说的好！"

孙老凤脸上冷汗直冒，他拼命绞着双手，那双手也变得通红起来，像十根胖乎乎的红萝卜。他飞快瞥了一眼孙有德，眼神闪过一丝惶恐，说："大侄子，不是我不想说，我怕你饶不了我呀。"

"你不说，别人也会跟我说。"孙有德说。他想起在村口遇见他的孙起运，想起吓得尿裤子的孙志强，还有躲在墙角和窗棂后面偷窥他的那些人，他觉得这里面大有蹊跷。尽管他一下子不知道这是什么事，但他总算清楚一点，那就是他时隔了四五年重返凤凰村之后，仿佛变了一个人，村子的人，似乎大多对他心怀戒惧。这当然不是什么好的感觉，但他及时利用了这一点。

孙老凤哭丧着脸，说："好，我全招了。有一夜，我喝醉了酒，我摸入你妈妈的房间——我真是禽兽不如——但你妈妈宁死不从，她还从床底下摸出一把砍柴的镰刀，差点割下我的脑袋。你妈妈真是贞女烈女呀，原来，自从你爸爸过世，她每天都枕着一把锋利的镰刀睡觉。我狼心狗肺，我真不是人，我这就怀恨在心了，趁有人诬蔑你妈妈是破鞋的机会组织了那次批斗会。诬蔑你妈妈的人，我都知道是谁，那些狗日的，他们都垂涎三尺，但根本没机会。凭良心讲，我真的很佩服你妈妈，从此，我就死了这条心。我发誓说，我没有碰过你妈妈。这就是真相，我不骗你。大侄子，你原谅我吧，你放过我吧。"

孙有德忽然弯下腰来，低下头来呕吐，他的呕吐物倾泻在杯盘狼藉的饭桌上。他呕得十分彻底，他恨不得将五脏六腑也吐个干净。他觉得身体发凉，四肢冰冷，莫非刚才喝的酒全结成了冰块？他手撑桌子，慢慢稳住身体。他望了孙老凤一眼，走了。

当晚，孙有德彻夜难眠，那件困扰了他那么多年的谜团解开了。这跟他的猜测没多大的不同，但没想到亲耳听孙老凤说出来，仍然有那么大的反应。他好不容易控制了情绪，因为他一时无法拿定应对的主意。今年岁末，他选择了回家过年，纯粹是出于一种随意而莫名的念头，绝对没有任何寻仇的想法。过去经历的种种遭遇，他遗忘得差不多了。他历来认为仇恨是无济于事的。以他的性格，他不赞同以牙还牙的做法，既然在村子待不下去，他宁愿远走高飞。现在，一个新的谜团浮上他的头脑。孙老凤好歹也是村中一霸，数十年作威作福惯了的人，为什么见到他却似乎很害怕？

第二天一早，孙雷就过来请他喝酒。孙雷说："有德哥，我有话要跟你说，咱们哥俩好好喝酒聊天。"孙有德心中一动，说："那好吧。"孙雷的饭菜整得很丰盛，两人干了一杯，孙雷的神色就活络了些，张口就说："有德哥，我当年对不起你呀。"孙有德这次有了经验，不急着接腔，任由孙雷说下去。

"你还记得那次修水利的事吧，孙起运说你偷了他的军用大衣，还打伤了你。"孙雷说。

孙有德点点头。那一年冬天，村子里的青壮年都被生产队派去离村子十七公里外的"墩"修水利，在罗江边开挖一条运河，将罗江的水引出来灌溉田地。孙有德家里没有别的男丁，那年他十五岁，也跟着大伙出发了。众人早出晚归，中午带了锑煲及米面蔬菜，在河堤上掘地为灶，捡些枯枝败叶做柴火煮饭吃。没有人跟孙有德搭伙，他自己随便弄点吃的。一连数天，虽然辛苦，倒也平安无事。但到了第七天，却出事儿了。天很冷，北风很大，柴火很难生起来，孙有德撅起屁股，像只癞蛤蟆趴在地上，张大嘴呼呼吹着土灶，浓烟熏得他涕泪交流，好不容易将火生起来。

忽然，他的头上响起"咣啷"一声，土灶上的锑煲像足球被一脚踢出老远，煲里的米呀水呀撒了一地。孙有德站起来，还没等他反应过来，就被孙起运捏着衣领提起来，双脚悬空。孙起运说："猪头，你好大的胆子，你爷爷的大衣也敢偷？"孙有德吓得全身哆嗦，结结巴巴地说："我没偷过你的大衣，我没偷过谁的大衣。"孙起运骂道："我的大衣不见了，找遍了河滩没找到，倒在你的行李卷里发现了，不是你偷的，难道是我自己塞进去的不成？"孙有德说："我没偷过，我不知道。"旁边有一帮人在起哄，就等着瞧热闹。孙起运骂道："好呀，我看你还敢不敢嘴硬——"孙起运一拳打在孙有德的胸口上，孙有德单薄的胸口就像一只纸糊的盒子，"咔嚓"一声，被捣破了。他四仰八叉飞出去，额头上沁出黄豆大的汗珠，却怎么也站不起来。

"好呀，你装死去吧。老子姑且饶了你。"孙起运骂骂咧咧地走了。

那一次，孙有德在床上躺了半个月，喝了几次苏木水，总算将胸口的伤慢慢散开去了。他没有偷过孙起运的衣服，肯定是别人拿了塞进他的行李卷里去的。这件事他还记得，就是不知道是谁干的。一转眼，就十几年了。

"都是我不对，我玩笑开大了，"孙雷说，"那时候还年轻，开起玩笑来不知轻重。有德哥，你宽恕我吧。"

孙有德点点头，又摇摇头，他陷入对往事的追溯之中，脸色阴晴不定。孙雷无从揣测孙有德的意思，稍为停顿，又说："你家那只鸡被偷的事，也是我干的——"偷鸡的事情，孙有德倒是一点也想不起来，说："你说下去——"

"那是一九八二年初春吧，你家那只老母鸡长了一身肉，屁股肥墩墩的，我看着看着，口水就流了。我趁它跑到我家的院子里觅食，就撒了一把米，从院子开始，将米粒撒了一条线，弯弯曲曲的，将母鸡引进了我的厨房，将房门一关，就将母鸡逮住了，锅里的水正沸腾着呢。我将鸡颈一割，抛入锅里，搅了几搅，将毛拔了。那天下午，我喝了浓浓的一锅鸡汤。"

"我家有丢过鸡吗？我都忘记了。"

孙雷说："没想到，到了傍晚，你妈妈发现老母鸡不见了，跳出来大骂，从村头骂到巷尾，用尽了天底下最恶毒的诅咒：是那个孝狗偷了我的鸡不放出来，全家不得好死！吃了我家的鸡，肠烂肚穿，死了不能入土，用烂席子一卷扔在山冈上喂野狗。斩头鬼，别以为我不知道是你——你妈妈骂着骂着，又心存一丝希望，说，将我的鸡放出来便罢，不放出来，老天不收他，我也要收拾他。他是怎么割断鸡脖子的，我也怎么割断他的脖子。死绝种，好将我的鸡放了——你妈妈披头散发，指天咒地，捶胸顿足，足足骂了半天，没有一个人出来答腔。我没那么傻，谁答腔不等于自招吗？我越听越生气，喝到肚子里的鸡汤仿佛变成了农药，觉得肚子有点不舒服。我知道这当然是心理作怪，但你妈妈的咒骂将我惹火了。我决定要在夜晚好好修理她。

"你妈妈骂累了，舌头麻了，总算闭上了嘴。等到夜半三更，星光朦胧，她提着煤油灯去上茅房，途中要经过孙老凤家的竹林子。她就撞上鬼了。一个鬼全身素白，伸着长长的白舌头，脚不踮地，像一个纸人，从竹林里轻如鸿毛地飘出来，仿佛没有半点重量。你妈妈吓得'吐呀'一声，扔掉煤油灯，一转身就拼命往家里赶，连茅房也顾不得上了。那个鬼就是我扮的。我身上蒙着白纸，嘴上咬着削薄了的白萝卜，踩着高跷走出来，在星空下真够吓人的。

"那一次，你妈妈病了好几天。老实讲，我后来很内疚，一直想找个机会跟你说。我不说出来，那个鬼就一直跟着我。有德哥，我太缺德了。我真对不起你。"

"我妈妈是生过病。她一年到头也会病几次，"孙有德说，"但她撞上鬼的事，我从来没有听她提起过。"

"鬼是我扮的。我真不是人。你会饶恕我吗？"

"真有这回事吗？"孙有德略为踌躇，说，"我真的没有印象，这谈不上饶不饶吧。"

"有德哥，宽恕我吧，你宽恕我吧，"孙雷脸色煞白，哭丧着脸说，"我赔你十只鸡，我知道赔一百只鸡也弥补不了我的过错。我希望你能原谅我——"孙雷的女人不知从哪里搬出一只大鸡笼，笼子里挤叠着毛色鲜亮的鸡，鸡脖子纷纷从笼眼钻出来。孙雷接过来，放在孙有德的脚下。

"你这是干什么呢？我不要你的鸡！"孙有德摆了摆手。

孙雷扑通跪了下来，可怜巴巴地扯着孙有德的衣角，说："有德哥，你将鸡拿走吧，你不拿走，我就不能活了。"

孙雷的女人在墙角用衫袖擦着眼角，一团恐慌慢慢在她的脸上堆积。孙有德看着脚下这个五大三粗的汉子，心中感到一阵厌烦。他觉得这顿饭吃得一点滋味也没有。孙雷的讲述或忏悔除了勾起他昔年的屈辱记忆，并没给他带来什么。他好不容易忍住呕吐的冲动，摆摆手，离开了孙雷家。

到了傍晚，又有人来请孙有德吃饭了。这一次是孙大石。孙有德

吃了豹子胆

不想去，孙大石说："有德哥，我求求你，你一定要来，你弟妹特意叫我去黄花镇买了只卤鸭。我知道你喜欢卤鸭。"

孙大石嘴里吐出的"卤鸭"这个词语，勾起了孙有德少年时代一次愉快的回忆。那一年，他在黄花镇小学读五年级，刚一回到家里，就闻到了一阵奇特而十分浓郁的香味。在灶头上忙碌的母亲潘翠花端出了一盘卤鸭肉。那一顿饭孙有德吃得满嘴流油，从此认定了卤鸭是天下美味。母亲笑眯眯地看着他狼吞虎咽，说："你得感谢起财叔呢，是他送的。"孙起财就是孙大石的父亲。

"你是不是也有话要跟我说？"孙有德嘴角露出笑意，但他警惕地问：

"我倒没什么，就是你弟妹惦着你呢，专门准备了卤鸭。"孙大石说。孙有德想不起孙大石女人是什么模样，但他点了点头。

孙大石女人叫唐莲花，很年轻，腰很细，屁股很大，倒有几分姿色。一张鸭蛋清的圆脸，眼睫毛很长，一双眼睛忽闪忽闪的，看上去很清纯。难得的是她的皮肤像糯米粉一样，又匀又白。孙有德多瞧了她几眼。唐莲花不禁脸含羞色，垂下眼帘，那些长长的眼睫毛，像柔软的栅栏，将涌动的眼波全封锁了。

三人坐在四方桌上，每个人都端一杯酒。唐莲花浅浅笑着，没想到酒喝得很爽快，一仰脖就干了，又满上一杯。孙有德本来担心孙大石又请求他原谅，他在心底里筛了一遍，实在没发现孙大石有什么对不起他的事。孙大石却没怎么说话，只是一味劝他喝酒，吃菜。唐莲花也不多嘴。米酒醇厚，卤鸭喷香，孙有德回来，没吃过一顿好饭，这一次还算不错。孙大石喝得急，脸就红了，他一拍大腿，说："糟了，我忘了牵牛啦。牛还在屋背山的桉树林里。"外面夜色渐浓，他跨出门槛，又扭头对女人说："莲花，你陪有德哥好好喝几杯，不用管我啦。"

唐莲花喝了几杯酒，脸色酡红，愈发娇艳，眼见丈夫出门去，她一双眼就变得放肆起来，往孙有德身上扫来射去。孙有德不自在了，问："为什么要请我吃饭？"

"因为你是孙有德呀。多少人想请你吃饭，都没这个福气呢。"

唐莲花说。

"这什么话呀——"孙有德低下头，往嘴里灌酒。唐莲花目光湿漉漉的，仿佛拧得出水来。他不敢跟她对视，房间里的气氛，就像坠满尘埃的水汽，变得愈发凝重了。"真的没事吗？你们没话跟我讲吗？"孙有德说。

"我知道你的意思。但我们能有什么事？别人都做过对不起你们家的事，孙老凤啦，孙起运啦，孙雷啦，他们都不是什么好东西。但咱们家大石可是老实人一个，在路上见到钞票也不敢捡的。从上一辈起，咱们两家向来交情就不错的啦。"唐莲花说。她掩着嘴吃吃笑。

孙有德皱了皱眉头，唐莲花虽然说得轻巧，但他觉得肯定不是吃饭这么简单，这顿饭仅是开始呢。现在，一种惘然和不安的感觉，像越来越黑的夜色，笼罩着他。自从他昨天踏进村子开始，他就觉得有些什么事情在悄然蔓延着，他一下子无法说清楚。但显而易见，这是跟他有关的。似乎是他给这个村子带来了恐慌，这种恐慌就像瘟疫一样，迅速传遍了村庄，在村子的每一个人身上扩散。他盯着唐莲花，唐莲花垂下头，她的眼神掠过一丝慌张。

唐莲花去倒酒，但手在发抖，"当"一声打翻了酒壶。唐莲花望着孙有德说："我喝多了，我头晕。"她摇摇欲坠，孙有德伸出手去，隔着饭桌扶住她。唐莲花说："将我扶入房里去，好吗？"她的嘴唇抖动着，声音很细，很柔，又夹杂着一丝复杂的东西。孙有德将她扶入房间，唐莲花还没站稳，就趁势抓住孙有德的手，往自己的胸膛按去。

孙有德虽然喝了不少酒，但还没醉，他看出唐莲花也没醉。这事愈发荒唐了。他甩开唐莲花的手，有点生气了。他说："这是你的意思还是大石的意思？"这出乎唐莲花的意料，她一时手足无措。"这该死的大石，"孙有德说，"他脑子进水啦。"

唐莲花"嘤嘤"地哭起来。孙有德说："你怕什么呢？我看得出你怕我。我有什么好怕的呢。他妈的，真是见鬼啦，为什么全村的人都怕我呢，难道我不是人吗？难道我是一个魔鬼吗？"

"你不像人家说的那样。"唐莲花抹着眼泪说。

"是谁在说我？他说了我什么？"孙有德嚷道。唐莲花不吱声了。"好好，你不说，我去找大石说。"孙有德说。

"有德哥，求求你，别去找大石。如果大石知道没成事，他不会放过我的。"唐莲花说。她从背后抱住孙有德的腰。

"算啦，我可以答应你，我不去找他。但你们之间有什么事情，可别惹到我的头上来！"孙有德说。吃到他肚子里的鸭肉，就像鸭屎让他反胃，他忍不住了，喉咙里仿佛有一只生猛的鸭子抖动着羽毛在折腾，他扶着门框凶狠地呕吐起来。他吐完了，气也消了，冲唐莲花笑了笑，走了。

常言道，事不过三。孙有德回到村子不过两天，就被请了三次客，但没有一次是吃得舒服的。这样事情就变得严重了。孙有德必须思考这些问题。还没等他想清楚，又有几家人来请他吃饭了。孙有德一律拒绝了，说："有什么话就直说吧。饭我是不会去吃的。"那些请客的人央求半天，孙有德只是不作理会，来人个个面如土色，但又不敢说什么。

到了第四天，总算无人相扰。孙有德觉得事情越来越古怪了。他站在门前，想了好久，但想不出合理的解释。这几天，他可以确定的一个事实是，他很难在村巷遇到一个人了，显而易见，全村的男女老少都躲着他。这天夜晚，孙有德翻来覆去睡不着，那些问题胀得他的脑壳疼痛难忍。孙老凤、孙雷或孙大石，肯定可以给他提供答案或线索。他决定明天一早，就去找他们问个清楚。

没想到，隔天就是除夕了，孙老凤家里竟然门窗紧闭，一片死寂，一家九口人，早已不知去向。孙雷和孙大石同样是铁将军把门，仿佛他们料到孙有德要找上门来，连夜离村而去。

风很大，吹在脸上，像剃刀在脸上沙沙地刮着。孙有德在村巷逛来逛去，觉得胸口郁结着一个东西，就像一大团棉花，让他堵得难受。就要过年了，村巷很干净，野草和垃圾被清除一空。孙有德没有遇见一个人。连狗也没见到一只。他走着的仿佛是一个荒村，或者这个村子跟他没任何关系。一种局外人的感觉，像北风带来的尖锐寒意，直刺骨髓。他瞅着那些门窗紧闭的房屋，他知道里面有人，而他们一声不吭。

他随便走到一间屋子，敲了敲门。他敲得很轻，很有礼貌，但没有人回应。他举起拳头，用力地擂门，"咚咚咚"，仍然没有人理会，但他听到了急促的呼吸声。孙有德撸起袖子，托住一扇木门，轻而易举地将两扇被门闩连在一起的门搬离门脚窝。他走入去，只见墙角龟缩着一个老头，他的脸因惊恐而扭曲，双腿在瑟瑟发抖。孙有德望着他，他拼命想回忆起这个老头的名字，但他失败了。孙有德说："你怕我?"老头嘴巴张着，说不出话来，但他的腿抖得更厉害了。孙有德说："为什么? 我做了什么事情? 请你说出来!"老头不敢看他，脑袋耷拉着，几乎垂到了裤裆。孙有德不忍心再说什么了，走了出去。

孙有德一迈出老头的门槛，就碰到了何玉玲。两人狭路相逢，巷子太小了，何玉玲根本无法闪避。她挎着一只竹篮，篮子里面塞着几棵大芥菜。看来，她刚从菜园回来。孙有德怔怔地看着她，他没想到会在这里遇见她。有十几年没见了吧?

何玉玲是他初中的同班同学，她是附近何家村的人。看样子，她是嫁到凤凰村来了。昔日何玉玲是黄花初中有名的小美人，身边老围着一大帮男学生，男教师抢着给她单独辅导。那时，何玉玲从孙有德身边走过，总是仰着头，像一只高傲的天鹅。孙有德在远处偷偷地看她，又快乐又伤感。他的第一次手淫，就是幻想中抱着光屁股的何玉玲完成的。那几年，他几乎每个晚上，都在幻想中实现了对何玉玲的占有。孙有德眯着眼睛，注视着她。她除了脸稍有点发黄，依然漂亮得惊人，胸部更大了。那两个圆球状的物事，将她的毛线衣高高地撑起。孙有德咧嘴笑了笑。何玉玲显然也认出了他。一种极度惊恐的表情，缓缓涌上她的脸。但是她的眼睛，在恐惧中夹杂着一丝鄙视，一丝轻蔑。

正是这一丝蔑视，深深地刺痛了孙有德。毕业前夕，孙有德像做贼一样，从操场旁边的小树林走出，飞快地将一串用细竹篾穿起的鲩鱼塞到何玉玲的手上。那是他在黄花河里捉的。何玉玲吓了一跳，等看清楚手上的鱼和送鱼的人，她"啪"一声，将鱼掷到地上。她仰起头，剜了他一眼，一扭身就走了。孙有德呆呆地望着她的背影，何玉玲目光中的蔑视，像刀锋使他的心底阵阵发冷。然而，何玉玲这次的蔑视，跟以前还是有些不同的。这一次，包含着更复杂的东西，这他是看得出来的。

此时此刻，遇到老同学，孙有德一句话也说不出来。何玉玲跟他擦身而过，慌慌张张地打开门，闪身而入，然后又将房门关上了。孙有德恨不得一脚踢开何玉玲的门，好好问一问她。她目光中的蔑视，这是他很熟悉的。但一见到他就吓得魂不附体，仿佛白日撞了鬼一般，却让他百思不得其解。现在，孙有德可以断定一个事实，那就是这个发生在他身上的秘密，村子里的每一个人都是知情者，唯一被蒙在鼓里的，就是他本人。这个想法，让他沮丧极了。

他顺着村巷走到村口，眼直直地望着升上头顶的太阳。太阳洒下的光芒，使他感到暖洋洋的。他的视线从太阳转移到门前岭，岭上林木葱郁，而稍远一点的天空，飘浮着几朵灰色的云。他的脚下有一条灰白的小径，直通向门前岭，并绕过门前岭跟外面的世界相连接。那条小径，将门前岭分成两瓣，那两瓣浑圆而耸起的山岭，就像一个人撅起的屁股。在那两片屁股中间，一个人像截屏橛子出现了。他越走越近，开头很模糊，一会儿就面目清楚了。但孙有德根本想不起他是谁。他悲哀地发现，不知从什么时候起，村子里的人，有大半忘记了。即使面对面，他也认不出来了。

转眼之间，那个人已来到孙有德的面前。他穿着一件黑色的皮夹克。他是一个光头。他光秃秃的头部浑圆肥大，看上去有点像刮光了毛的猪头。他的脸上有一道刀疤，肉乎乎的，像一条暗红的大蜈蚣。他的一双小眼睛闪烁着，就像蛇的眼睛。孙有德感到脊背有一条蛇在缓慢地滑动，凉飕飕的。他刚看到这颗光头时，忍不住要发笑。别人还叫他"猪头"呢，这个绰号，除了这个家伙，还真没有更合适的人选。但现在，他怎么样也笑不出声了。

孙有德拦住了光头的路，说："你是村子里的人吧？我怎么看你觉得眼熟，却又一时想不起来。"光头睥睨着他，不去理他。孙有德说："嘻，看来你不怕我呐。你是村子第一个不怕我的人，很好，很有意思——"光头张开嘴，往他的脸上吐了一口痰。孙有德伸手抹掉脸上的痰，说："你到底是谁？我怎么就想不起来呢？"光头骂道："别挡着老子回家，滚开——"他一只手揪住孙有德的衣领，腾出一只手来扇孙有德的耳光，扇了左脸，又扇右脸，将孙有德的脸扇得像猪头一样红肿。末了，光头又抬起一脚，将孙有德踢翻在路边的番薯地里。

光头扬长而去。孙有德用手撑着地，慢慢爬起来，他觉得身子摔得散了架，脸上更是火辣辣的疼痛。但是他很兴奋。他妈的，这个光头不怕他，还敢揍他！事情变得越来越有意思了。

光头走得远了，进村了。孙有德远远地跟着他。光头一直走到村子深处，来到一间屋子前，一把大铁锁生满黑锈，光头掏出钥匙，捅了几次，没有捅开，索性从地上捡起一块石头，当当当，他只砸了几下，就像锁砸开了。光头走进屋子。看来，这就是他的屋子。但没过几分钟，光头又走了出来。这一次，他绕了大半个村子，大踏步走入一间屋子里。不一会儿，孙志强就鼻青脸肿地走了出去。孙志强曾经帮孙有德拾掇过屋顶，孙有德还是认得的。接着，屋里传出年轻女人嘤嘤呜呜的啜哭声及光头不堪入耳的粗言秽语。孙有德贴近窗子，只听得光头嚷道："老子在你家里住两天，那是瞧得起你。你哭个鸟！先给老子炒几个菜来，饿坏了！"

孙有德瞥见一个俊俏的小媳妇抹掉眼泪，切了猪肉，刷了铁锅，在灶膛里生起火来。光头嘻嘻笑着，从背后抱住女人的腰肢，凑近女人耳畔说了句什么。声音太小了，孙有德听不见。女人脸色刹地白了。只听得"嗤"一声，他将女人的衣裳撕烂了，露出白生生的肌肤来。一种强烈的恐惧攫住了女人，但她没有吭声，甚至连抽泣也不敢发出。光头将女人抱到柴火堆上，去扯她的衣服。

孙有德想冲上去将女人救出来，但摸着肿胀的脸颊，自忖不是光头的对手。此刻，光头已脱掉了自己的衣服，他裸露的背部，文着一条青色的大蟒蛇，随着身体的颤动，蛇的鳞片在闪光。孙有德瞅着那条蛇，倒抽了一口冷气，救人的冲动在刹那间冷却下来。他又窥了一眼，一种羞愧和变态的快感在他的心里交织着。他终于走了。

孙有德在河畔的小竹林找到了孙志强。孙志强在将一棵棵冬笋拗断，狠狠地扔入河里。孙有德想，这片竹林是他的，还是光头的呢。他喊了一声："志强——"孙志强扭过头来望着他，眼睛红红的，但他看着脸红肿得像猪头的孙有德，居然笑出了声。他摸着青肿的脸，仿佛在强调孙有德脸上的伤痕。"你在笑什么呢？你老婆被人搞，你还笑得出来？孙有德恼火地说。

"老婆被人搞的人可多了，你等着瞧吧。"孙志强脸色很尴尬，说，"村子里的漂亮女人多着呢。孙荣亮的老婆虽然大了点，但比我老婆漂亮多了，他很快就会知道的。"

"你怎么能说出这种话来。你还是人吗？"

"我不是人，"孙志强说，"但你等着看别人吧，看别人是不是一个人！"

"嘻嘻，你他妈的敢顶我嘴啦。你不怕我啦？不会吓得尿裤子啦？"

"我当然不怕你了。我那天是搞错了，我们都搞错了。你肯定不是那个人。否则你回来好几天了，也不见你闹出什么事来。否则你的脸，也不会开花。我怎么会怕你，你再招惹我，我他妈的揍你！"

"你少跟我抖。我不是哪个人？"

"那个给我们村子带来祸殃的人，"孙志强说，"那个恐怖分子。"孙志强为自己说出了这句俏皮话而得意起来。

"那个人当然不是我，而是那个光头。"

"废话！"

"那么前几天，为什么全村人都怕我呢？"

"搞错了，全搞错了。"

"怎么会搞错？你看我又不是光头，我脸上也没那么多肉。"

"捎消息的人搞错了。说你会回来，你就是那个人。"

"是谁捎的消息？"

"不知道，但村子里很快就像瘟疫一样传开了。"

"说我会回来？"孙有德惊诧地问，"那句话是怎么说的？"

"说你变成了一个抢劫犯，强奸犯，杀人凶手——"孙志强说，"你在省城里干的就是杀人越货的事情，也不知犯了多少桩案子，A级通缉令都出来了，连公安也拿你没办法，你手下还有十八罗汉三十六个喽啰。你在省城腻了，今年要回村子过年了。就这些。"

"这是没有道理的事。我怎么在别人的嘴上就变成恶人了？"孙有德说，"有说我的名字吗？有说这个人就是'孙有德'吗？我不信！"

孙志强略为踌躇，说："没有说你的名字，但说了'猪头'。黄花镇凤凰村的猪头。这还不够吗？"

孙有德"呀"一声张大嘴，好一会儿才说："这肯定是搞错了。"

"我现在知道了。"

"捎消息的人，将别人的事栽了我的头上。我还奇怪呢，怎么村子里的人见了我，就像见了鬼。那个光头是谁？"

"我认不出来。看着觉得脸熟，但我怎么也想不起来。我这几年都待在村子里，从来没见过他。我想他也有好几年没回过村子了吧。"

"嘻嘻，他才是'猪头'哩。这个花名，我被叫了几十年，但我觉得只有他最合适！瞧你们这几天怕我的熊样，看来，他的确是一个人物哪。"

"不说了，我得回家看看。"

除夕到了。风更大了。光头睡了孙志强女人的消息，在一夜之间传遍了全村。孙有德感到很奇怪，村子里的人，闭门不出，消息是靠什么传递的呢？他走在巷子里，发现每一个人，不管是男是女，都在咬着耳朵，小声议论着这件事，眉飞色舞。孙有德一走近，他们就像遭到驱赶的麻雀一样，轰地散开了。孙有德呆呆地望着这些人，他发现这些人陌生极了。他一个也叫不出名字来。他发现了一个事实，前几天，村子还看不到什么人影，冷冷清清的，但现在挤满了人，人声鼎沸，热闹非凡。这些人，仿佛一直生活在地底上，如今就像受到召唤的幽灵，忽然全涌上地面来了。

孙有德想，前几天，这些人还怕他怕得要死，但现在一点也不怕他了。他们盯着孙有德，从头瞧到脚，又从脚瞧到头，用打量一个乞丐或白痴的目光打量他，眼神里充满鄙视和嘲弄，还夹杂着类似上当受骗的愤恨或懊悔，总之表情很复杂。一个小伙子瞪着他，握紧了拳头，一副寻衅找事的样子，眼睛越来越红，眼看就想冲过来揍人。孙有德转身就走。他不想打架，更犯不着跟一个蠢货较劲。

要过年了，村子里的人杀鸡割肉，备好香烛果品，去祭拜土地神和家神，这是粤西乡村过年的风俗。忙得不亦乐乎。前几天笼罩在村子的阴影，仿佛完全消散了。过年的气氛，在鞭炮声和刺鼻的硝烟味中越来越浓。一帮小孩子哄抢着地上的哑炮，孙有德默默地瞧着孩子们，他想起了童年的往事。一个孩子忽然从口袋里掏出一只炮仗，点燃了往孙有德身上一掷。"轰"一声响，孙有德吓一跳，忙闪身躲避，孩子们哈哈大笑。孙有德苦笑道，现在好了，连小孩也不怕他了。

孙有德在好几拨人堆里转悠，已经将情况摸得差不多了。前几天人们害怕他，完全是搞错了，将他当成某个可怕的人了。光头来了，人们马上将这个错误纠正过来。显而易见，那个光头才是他们应当害怕的人。但似乎人们并不怎么怕他。这是孙有德怎么也想不明白的。村子里的人，高兴得太早了。他孙有德没事了，那个曾跟他纠结在一块的谜团消失了，但村子里的事情才开始呢。孙有德本来打算在年初一就离开这个跟他没什么关系的村子，回到省城里去。但是，一股强烈的好奇攫住了他，他想再逗留几天，再看看。

现在，他已经知道了光头的名字，他叫孙义德，跟他是同一辈的，至少大了他十岁。但至于他为何也叫猪头，村子里没有一个人说得上来。猪头，猪头，这一向不都是孙有德的专利吗？他可是由小到大都被别人叫作"猪头"的。也难怪，一开始大家都将此猪头当成彼猪头。

他盯上了孙义德的梢。孙有德在孙志强家吃了年夜饭，径直走入孙土寿的家里。孙土寿哭丧着脸，他一走出家门，就看到伫立在墙边的孙有德。孙有德不去理他，凑近窗棂，他看到孙义德抱着一个女人往床上一摔，女人的白屁股像闪光的锡盆，使黯淡电灯里的房间变得明亮些。孙有德白天见过孙土寿的女人，奶子很大。被光头压着的女人，吃吃地笑起来。孙土寿听到笑声，一张脸马上变得狰狞，举起拳头向孙有德冲过去。两人扭打成一团，孙有德好不容易挣脱了，喘着气说："你疯啦，又不是我睡你老婆。"孙土寿不吭声，他脸色发青，咬着牙捡起一块砖头，又向孙有德扑过来。孙有德不想再跟他纠缠，夺路而逃。

孙土寿冲着孙有德的背影奋力扔出砖头，他蹲在地上，死劲揪着头发，像一个无助的孩子号啕大哭。

孙义德在孙土寿家里过了一夜，到年初一，又跑去了孙石峰家里。孙石峰的女人也称得上村子有数的美人。孙义德从大年三十回到凤凰村开始，每晚都去睡人家的老婆，到了年初四，他已经换了四个女人。孙有德远远地跟着他，孙义德好像没发现他，或者就是发现了也不在意。那四个绿毛乌龟连屁也不敢放，一见孙义德走过来，都蹑手蹑脚出门去了。

年初四傍晚，孙义德终于走进了孙荣亮的家。孙荣亮就是何玉玲的老公。孙有德一颗心马上抽紧，他捏紧了拳头，如果孙荣亮敢对孙义德说不，他肯定会拔刀相助的。然而，他失望了。孙荣亮走出门槛，脸色麻木，他对伫立在墙角的孙有德视而不见。

忽然，屋里响起女人的尖叫，然后是"啪"一声，孙有德料想是巴掌掴在女人脸上的声音。女人不吭声了。孙有德凑近窗子，他透过窗棂的窗格子看到，孙义德一只手牢牢抓住何玉玲的双手，另一只手去剥她的衣裳。一种无法形容的惊恐涌上何玉玲的脸，她大喊："救命呀，孙荣亮，来救我呀——"孙义德咧嘴一笑，他任由何玉玲呼叫，慢条斯理地将何玉玲从一大堆衣服中剥离出来，用衣服将何玉玲乱抓乱蹬的手脚绑起来，又用何玉玲的内衣将她的嘴堵住。他松开手，处于极度惊恐中的女人，显得愈发无助，却又美得残酷。孙义德的眼睛闪闪发光。

站在窗外的孙有德看到了这一幕，他有点发怔。或者说，他的目光被赤身露体的何玉玲充满，而对周围的东西（包括欲火如焚的孙

吃了豹子胆

义德）无暇顾及。那曾经在他的白日梦或幻想中无数次出现过的何玉玲的乳房和光屁股，如今完全暴露在他的面前，却又显得更美，更模糊，让他无法确定。何玉玲身体发出的白光，刺痛了孙有德的眼睛。他被一种不确定性搞得有点恍惚。被仰放在床上的何玉玲，看到了他。他们的目光在刹那间碰撞了。何玉玲眼神闪过一股狂喜，但迅即为更强烈的悲哀所替代，赫然是似曾相识的蔑视。孙有德捕捉到了她的眼神。他捏了捏衣袋里的一件物什，那件东西坚硬，冰冷，但此刻变得滚烫并躁动起来，仿佛具有了生命。他从窗子绕到门口，走过厅堂，直走入何玉玲的房间。他除了这样做，没有别的选择。他不想一辈子都摆不脱何玉玲蔑视他的眼神。

孙义德脱光了。孙有德不敢看他背部的巨蟒文身。他觉得光溜溜的孙义德，像一只刮光了毛的大肥猪，看上去很滑稽。他几乎被自己逗乐了。他收敛了脸上的笑意，忽然冲着孙义德双膝跪倒。孙义德有点愕然，他面向着孙有德，赤条条的，晃荡着胯下毛扎扎的器官，露出胸口的一丛黑毛。孙有德说："孙义德，请你放过她。只要放过她，你要怎样都可以。"孙义德喝道："滚出去——"他飞起一脚，孙有德像一只车辘轳滚到墙角。他飞快地站起来，又走到孙义德面前，跪下来，说："请你放过她——"孙义德被彻底激怒了，脸上蜈蚣似的刀疤仿佛在跳动，他的小眼睛发出毒蛇的光，说："我数到三，我只数到三————一——二——"

孙有德跪在地上，一动不动，他可怜巴巴地望着孙义德。孙义德顺手抓住一张四脚木板凳的一条腿，猛地砸在孙有德的头部。鲜血马上冒出来，像雨水在孙有德的脸上流淌，流入他的眼帘和嘴角，顺着颈部流到身体。孙有德感到头部被砸掉了，不存在了，但一阵剧痛传遍全身，疼痛使他暂时免于昏迷。孙有德像一段失去知觉的木头，他仍然跪着，嘴角动了动，说："你放过她吧，你——"孙有德发出一声叹息，他仿佛为自己做的事难为情。

刚才居然没将孙有德砸昏，孙义德不相信似的瞄了瞄板凳，他将板凳呼地扔出门外。这一次，他搬起何玉玲房间里的一个大坛子，那是乡间腌咸菜的瓦瓮，他试了试，对坛子的厚度和重量感到满意，他走到孙有德的头顶，将手上的坛子高高举起。在一刹那，孙有德像一条鲤鱼，从地上拼命蹦起来，整个人贴紧了孙义德，又倏地分开。当他重新站稳的时候，孙义德已摇摇欲坠，他低下头，盯着自己的咽喉里的一把刀柄，他的眼神里交织着恐惧和迷惑。鲜血像水泡一样，从刀柄的四周冒出。孙有德握住刀柄，用力一拔，一股鲜血随着拔出的刀喷出来，喷在孙有德的脸部和身上。孙义德终于跌倒了。他瞧着手上的刀，又瞅了瞅孙义德胸口上的黑毛，他很想走上去将那丛黑毛刮掉，但刀"当"一声掉了。鲜血孙有德见得多了，他从来不会晕血。但这次他忍不住弯下腰，剧烈地呕吐起来。

孙有德将何玉玲嘴里堵着的内衣扯掉，解开她的手脚，将一张床单扔过去。何玉玲"哇"的一声哭出来。孙有德说："再肥的猪，我也只用一刀！你知道吗？我在省城是杀猪的。我在进入肉联厂之前，还在私宰点干过半年呢。我曾经花半个小时放倒了六头猪，还刮光猪毛，开膛破肚，没办法，我们必须在别人发现之前，将猪杀好。"

何玉玲缩在床单里，不敢看血泊中的光头，也不敢看孙有德。她仍然在哭，她完全被眼前的这一幕惊呆了。"唉，这可怜的女人，"孙有德说，"现在该叫你老公了。"他抹着脸上的血迹，迈出了何玉玲的家。

孙有德走到村子的小卖部，小卖部前几天还关门呢，这两天又营业了。孙有德拿起程控电话，拨通了镇派出所的电话，他说："我要报警——哦，你是许所长？好好，我是孙有德——我杀了个人——你不信？你不信不行。我怎么就不能杀人？你不过来，我就跑了——好好，我在村子等着你——"小卖部里的人，面面相觑，半天说不出话来。

不到半个小时，一辆警车进了村，从车上跳下四个人。为首者正是许所长，他们神色凝重，荷枪实弹，迅速向孙有德的房子包抄过去。

孙有德听到动静，他走出门口，举起双手，许所长"咔嚓"一声，将他铐起来。许所长说："你杀死了什么人？""我杀了猪头。在孙荣亮的家里。"孙有德瞧着手铐说。

于是，众人又押着孙有德往孙荣亮家走去。孙荣亮一见到孙有德，就嘶声叫道："是孙有德杀的，与我无关！我老婆可以做证，我老婆亲眼看见孙有德从口袋里掏出杀猪刀——"许所长扭头望着孙有德，孙有德说："他说得没错。"他忽然惊奇地在围观者中看见孙老凤的那张肥脸，还有孙雷、孙大石等人。过年前失踪的那几户人家，此刻都出现了，也不知道他们什么时候回到了村子。孙有德冲着他们笑了笑。

孙土寿从围观者中跳出来，用手指着孙有德，咬牙切齿地说："警察来了就好了，就不怕他作恶了。他就是猪头，省城潜回来的通缉犯，强奸犯，抢劫犯，杀人凶手——"

"我只杀过人，"孙有德分辩说："我没抢劫，我没强奸，我没被通缉！"

"我以村长的名义说一句公道话——"孙老凤站出来，说，"孙土寿说得没错，他的确是通缉犯，你看，回到村子没几天，又杀了一个人——"

"村长说得对，他就是通缉犯，枪毙他，马上枪毙他——"愤怒的人群举起拳头，叫喊道。

许所长皱了皱眉头，挥挥手说："大家不要吵，不要吵。孙有德杀了人，自然会有法律制裁。但问题是，他杀的人是谁？"人群顿时安静下来。孙有德感激地望着许所长。许所长仔细观察着血泊中的死者，仿佛在对自己说："这个人是谁呢？"人群中鸦雀无声。须臾，何玉玲走出来，哭着说："孙有德杀人是为了救人哪——"

许所长示意手下将孙有德押上警车，他带队离去前，冲着大伙儿说："我们不会放过任何一个坏人，但也不会冤枉任何一个好人！"

神的经纪人

　　进入立夏之后，凤凰村发生了一连串不同寻常的事。那天午后，阳光猛烈，天气燠热，孙锋搬了张条凳，在院子里的葡萄架下乘凉。他的脚下趴着一只黄狗，葡萄架的浓荫下很凉爽。那只狗眯着眼，流着涎水，仿佛进入了另一个世界。忽然，它一跃而起，张开森森白牙，一口咬掉了主人胯下的那团物件。这一切毫无预兆。孙锋疼痛难忍，连人带凳摔倒在地。那只狗叼着他的卵袋，冲出院子，不知去向。翌日，又传来孙由强奸母猪的消息。孙由是一个老光棍，四十多岁的人，精瘦矮小，家里养了一头母猪，就靠它下崽卖掉维持生计。孙由赤条条地趴在母猪屁股上的时候，孙养妇人正好路过，吓得她夺路而逃。也就过了两天，又传来孙柏白日撞鬼的消息。孙柏去黄花镇赶集，在归途上忽遇骤雨袭击，路边有一个凉茶铺，卖凉茶的老头邀请他去避雨。他觉得那老头很眼熟，一时却想不起来。等雨停了，他才发现自己站在一堆坟头前。而眼前山坡青翠，雨水洗濯过的草木芬芳异常，却根本不存在什么凉茶铺。他揉了揉眼睛，终于想起那个老头就是孙望，他是去年过世的，就埋在此处。他回家后大病了一场，卧床多日才能下床，脑海里怎么也抹不掉孙望的那张脸。

　　这几件事情，很快就传遍了全村。一开始，人们还没有认识到事情的严重性，仅作为笑谈，让大伙儿津津乐道。尤其是孙由和他家里的母猪，已成了大家嘴上最频繁出现的东西。妇人之间吵架，就相互骂对方是母猪，且是被孙由压在身下的那一头。作为妇人嘲笑的对

吃了豹子胆

象，孙由并不生气，他色眯眯地瞧瞧这个，望望那个，无论是什么样的妇人，显然都比母猪要迷人。他没有任何理由去反驳妇人的嘲弄。他越想越美，咧嘴一笑，露出一口黄板牙。

到孙蒙出事了，大家终于惊慌起来。

孙蒙在土地庙帮人请了神，还了愿，刚走出林木茂密的庙门，就被一声炸雷击中脸部。他面目一片模糊，就像一段烧焦了的木头，五官宛若木炭雕刻而成，孙天伸手去触摸，应声而碎。而他别的部位丝毫无损，连衣服也完整无缺。当时太阳高悬，阳光白亮，天空碧蓝纯净，仿佛一块新雕琢的巨大玉石。不要说乌云，就是灰云白云也见不到一朵，也不知道那记焦雷所从何来，雷公劈死的是他人也罢了，这孙蒙却非等闲之辈。

他在村子有十分独特的地位，他的职业很特别，三言两语说不清楚，他身兼巫师、庙祝、仵作、乩仙或通灵者诸如此类的身份。他是人与神交流的桥梁，也是生者与死者沟通的秘道。这样的人，在过年过节时主持村中的摆醮和游神，平时主持全村的红白二事，而其日常工作乃是为大伙儿请神、还愿之类。他的办公地点主要是村子里的土地庙、文武庙、关帝庙及祠堂，平时则住在家里。庙里香火颇盛，其收入甚丰。像他这样的角色，几乎是粤西一带每个村子都不可或缺的。除了破四旧那阵香火绝迹外，一年四季，可谓长盛不衰。

乡民敬神的愿望很单纯亦很实际，完全是要求得到世俗上的好处，譬如添丁发财、福寿双全、六畜兴旺之类，进入新时代，又相应添加了高考成功、打工顺利等，无非是给神送礼，以获得更多的好处。他们并不关心天堂和地狱，更不过问永生和彼岸，因此还谈不上是宗教，顶多是庸俗的民间信仰或祖先崇拜。庙里的神祇，级别不算高，但很有用，无非是另一种意义上的家神罢了。

在乡下人看来，雷公也是神，被雷公劈死的多是大奸大恶之徒，所谓"老天收了去"，正是此意。孙蒙享寿八十有七，可谓高寿，若无疾而终，算得上喜丧。但他偏遇雷击，人多嘴杂，说法就多了。他又是巫师，是人与神的双重使者，不是普通人，这个问题就大了。人们众说纷纭，将这一连串怪事联系起来，愈加觉得非同小可。每一件事都仿佛有所预兆而又难以揣测，但恐怕并非好事。不知道是村子的哪个人触怒了哪路鬼神，如今要报复村庄了。要命的是，唯一可以破解这个征兆的人就是孙蒙。

众人方才慌张起来，赶紧备好鸡牲果品去庙里拜祭，祈求神灵保佑，却又发现失去了跟神联系的中间人。人们手足无措，只好一味叩头，多烧纸钱香烛，大放鞭炮。连日之间，拜神者络绎不绝，各个庙里香烛长明，鞭炮轰响。人们脸色凝重呆滞，而莫名的恐惧却像冷汗从皮肤上沁出。

没过几天，一件骇人听闻的事情发生了。在众目睽睽之下，新一任巫师现身了。在土地庙四周，古木参天，枝丫遮天蔽日，烟雾缭绕，这一切使现场有一种虚幻的感觉。在村庄，也只有庙旁还有几株百年老树了。年近八十的孙天看到神像露出神秘的笑容，这让他心中一震。后来，有好几个人也证实他们看到了这一幕，而又难以理解。就在孙天惊疑不定的时候，一个明黄而瘦削的身影从神龛上飘下来，他就像一块发黄的香蕉叶，长大，单薄。他的形象跟神像重叠，又迅速从神像身上剥离。在刹那间，孙天可以肯定，他从这个人的脸上，窥见了神的容颜。或者说，他们具有相似的五官。这是毫无道理的，但这种感觉让他挥之不去。

这个人很年轻，眉目很清秀，只是脸庞苍白如纸，表情在稚拙中夹杂着肃穆，这就显得有些古怪。他叫孙中，平时深居简出。对于大多数人来说，他是一个陌生人。大伙儿望着他，狐疑不定。他从神龛下来，脚一沾地，忽然口吐白沫，全身抽搐，手脚疯狂地抖动，又暗合某种奇特的节奏。他仿佛是癫痫病发作，又像在演示某种古怪的舞蹈。

孙天毕竟见多识广，扭头对众人说："他是神灵附体了，看来大神选定了法师。快去请米仙！七十年前，我就经历过类似的一幕，印象太深了。"众人一听，吓得面无人色，纷纷冲着孙中叩头如捣蒜。

孙天招了招手，孙邦飞也似的跑回家，端来一扁箕白花花的大米。孙天用手一抹，米面平整，犹如一张白纸。孙邦跟弟弟孙项两人，走到孙中面前，一左一右，托定扁箕。孙天往孙中手上塞了一根桉树枝。孙中本来全身颤抖，此刻一接过树枝，却变得无比稳定。他双目微闭，孙邦兄弟手上的扁箕却在来回地移动。须臾，米面上出现了一个字：招。虽然歪歪扭扭，倒也清晰可辨。众人像鹅一样伸直脖子去瞧，脸上浮现出迷惘的神色。孙天双腿有些发软，他将米面上的字迹抹去，狐疑不定地望着孙中。划字，抹掉，孙中手上的树枝一连划出四个字，有人诵读出声，却是：招——生——瞒——死——孙中"写"完这四个字，手一松，树枝掉落。他仿佛用尽了平生气力，像一只倒空了土豆的麻袋那样委顿在地。

孙天一摸孙中的额头，烫如火炭，他竟似昏死过去。众人面面相觑，没有一个人吭声。众人手忙脚乱，团团围着他，既不敢离开，又不敢喧哗。孙天用力去掐孙中的人中，好一会儿，孙中才悠悠醒转，仿佛三魂六魄才陆续回到他的体内。他的第一句话就是："太可怕了！"孙天壮着胆子问："什么东西可怕？"孙中说："我去看了一下孙蒙待的地方。你想去吗？"孙天骇得面无人色，摇了摇头。

这个孙中，他一连考了三次大学，都没考上，在家里游手好闲也有好几年了。他平时跟村庄格格不入，见了长辈，也不问好，有妇人撩拨他，也只用鼻子跟人家交谈，摆出一副假清高的嘴脸。他既不入城打工，又不下田劳作，说躲在家里搞什么科技发明，但又整不出什么名堂，不知道他靠什么活下去。总之是一个怪人。没想到今天在土地庙里现身。只听得孙中清了清喉咙，大声说："可惜，可惜呀。可惜了凤凰村老幼七百多条人命——"众人盯着孙中单薄的身影，他就像一个纸扎的人，或香蕉叶剪成的人，那么扁平，呆板，没有一丝活力。孙锋说："他懂吗？他行吗？他靠得住吗？"孙天说："我不知道。"他问孙中："米仙昭示的那几个字，指的是什么？"孙中说："天机不可泄露！"他的声音也在微微颤抖。

无论如何，还是有人叫请孙中请神了。清晨，阳光清澈，孙中的脸庞在茂密枝叶间的光线和暗影中阴晴不定，显得莫测高深。行家一出手，便知有没有。他掷卜卦的手法纯熟之至，一抛一收之间，宛若行云流水。孙旺妇人紫英一看，兀自信了几分。

孙中问："你求什么？"紫英斜睨了他一眼，媚眼如丝，说："我一个小妇人，能求什么？还不是平安快乐就好？"孙中说："你要平安，就不要快乐。否则没人救得了你。"紫英一怔，脸色微变，强自笑道："小法师你这话是什么意思呢。"孙中说："你心里清楚。"紫英说："我一直很好。你为什么要这样说呢。你掷个卦看看。"那卦共一对，由坚硬牛角磨制而成，抛起落地时，阳面主吉，阴面主凶。孙中微微一笑，再不言语，他扬手将卜卦抛起，两卦均阴面朝天，全是凶兆。他一连抛了三次，结果毫无二致。紫英大惊失色。孙中念念有词，声音快速而低微，紫英也不知道他在诵经还是自语。

　　须臾，孙中说："大神发出旨意，你招了便没事，若有丝毫隐瞒，就不管你死活了。"紫英颤声道："莫非正合了那'招生瞒死'之兆？"孙中点点头。紫英说："我连蚂蚁也舍不得踩死一只，更不说人是非，平生不做亏心事，半夜不怕鬼敲门。我没什么好招的。"孙中说："这个村子没有一个无辜的人。你不坦白交待，就不会有活路。三天之内，必有血光之灾！我没什么可以说的了，你走吧。"紫英烧罢纸钱、鞭炮，一声不吭地拾掇了祭品出庙，面如死灰。

　　第二天正午，紫英在厨房煮猪食，孙旺冲入来，揪住她那把黑缎子似的乌发，将她拉到门前的苦楝树下，用黄麻绳将她绑在树干上。孙旺说："说出谁是奸夫，我就放了你。"紫英说："你疯啦——"孙旺不语，抢起一根拇指般粗细的湿篾条，一鞭抽在紫英的屁股上。紫英痛得"哇"地叫起来。孙旺又一鞭抽下去，说："我最后问你一句，你说不说——"紫英说："我不知道你说什么。"孙旺不再吭声，他饶有兴致地瞅着紫英的屁股，裤子被打烂了，露出一小块雪白皮肉来，他用力一撕，将那个缺口扩大了数倍，紫英半边白花花的屁股暴露无遗。他接二连三地冲着那团白影打去，仿佛在打一只凶狠的野兽。直打得紫英皮开肉绽，渗出来的血，将篾条也染红了。孙旺喘着气说："你招还是不招？"紫英抽泣着说："你打死我好了，打死我吧——"她想起法师的说话，脸上的乌云越积越厚，她歪着脖子，像一只被割断了喉咙的鸡，一副听天由命的样子。

　　孙旺任由她在树上绑了一下午，气咻咻地跑去睡午觉了。直到傍晚，才将她放下来做饭。紫英跑去跟孙绳一说，孙绳也不禁心里阵阵发毛。紫英说："你怕我家那个痨病鬼？"孙绳说："不怕。但我们要散了。"紫英抱着孙绳，嘤嘤呜呜地哭起来。孙绳粗暴地推开她，说："我烦透你了。"

孙绳找孙中请神，坦白交待了半年来跟紫英通奸的事。孙中安静地盯着他，孙绳感到其目光像刀锋雪亮、锐利，穿透了他的心底。他心虚地低下头。孙中说："全说啦？没有别的？"孙绳肯定地点点头。孙中闭着眼睛，口中念念有词，一手抛起，卜卦坠地，两卦均是凶卦。孙中厉声说："你还有别的事情，一件也不得隐瞒！"孙绳说："没有了，真没有了。我没别的嗜好，就爱搞女人。"孙中说："有没有，你自己最清楚。头上三尺有神明，你混不过关的。"孙绳脸孔涨成了猪肝色，呆了半晌，终于说："前年孙光鱼塘那事儿，是我干的。"孙中微笑，掷卦，一卦阴面伏地，一卦立起，主大吉。孙绳胸中的一块石头坠地，喜出望外地说："求法师指点生路！"孙中说："一报还一报，没有别的办法，你想避免今日之果，得勾销昨日之因。孙光一塘肥鱼，损失不下三万元，你只有携款登门，赔礼道歉。否则大限将至，在劫难逃！"孙绳惊叫："我去哪儿整三万元？"孙中说："你会有办法的。我且问你，你怎么就下得如此狠手？"孙绳说："我见不得孙光发财。你看他傻头傻脑，没理由比我还会挣钱。"

不到七天，孙绳就拿着三万元找孙光，承认了昔日的罪过，请求孙光宽恕。

此事在凤凰村一传开，众人惊惧之下，对孙中奉若神明。每天从早到晚，孙中都在庙里，为人们请神，聆听人们忏悔并指点出路，忙得不亦乐乎。不过一月时间，村子十之八九的人，都找了孙中。每个人都做过亏心事，或大或小，或明或暗，无一例外都得到了神的宽恕，并按照孙中的指点，或赎罪，或赔款。村民之间，日常的矛盾或纠纷，也无非是一些鸡毛蒜皮的小事，或数语不合的睚眦，毕竟没有杀人放火的事情。由于一切赖法师指点，背后有神灵撑腰，村子慢慢恢复了平静。大伙儿总算松了一口气。

现在，只有两个人没来找孙中拜神。一个是村长孙通，一个是那个曾对母猪不敬的孙由。

孙由放出风声说:"我不是不信神,只是不相信孙中那厮。什么玩意儿嘛,专门挖人家的痛脚,唯恐天下不乱。反正我不会去找他,我也没做过什么亏心事。是的,我是跟母猪有一腿,但猪是我养的,我是给它送温暖去了。我爱将它当作媳妇儿看待,这碍着谁了?"这话儿不胫而走,传到孙中耳朵,孙中淡淡地说:"他会找我的。"果然,不出数天,孙由就备了祭品去请孙中。当他从土地庙拜神归来,面如土色,他就将猪栏的母猪猪崽全送了人,分文不收,第二天一早,就收拾行李外出打工去了。他到底是因为什么,又去了哪儿,大伙儿一概不知。

没找孙中拜神的,只剩下孙通一家了。孙通老婆金枝说:"你看要不要请新法师去拜神,全村人都去了,听说灵验得很哩。"孙通把眼一瞪,说:"你敢?你敢去我打断你的狗腿!"

金枝没去,他倒去了。他也不是去拜神,而是登门拜访。他一进门,一双小眼睛滴溜溜地乱转,孙中的客厅很逼仄,阴暗,灰尘遍地,一踩一个脚印。木头沙发很陈旧,屁股一沾就吱吱叫,都要散架了。电视机还是十四英寸的。他家里透出寒碜和荒凉。都什么年代了?孙通不禁脱口而出:"你做法师不是狠赚了一把吗?也不买个大电视?"孙中说:"那是神的钱,我不能动。"孙通冷笑说:"那么你要将花花绿绿的钞票全当纸钱烧给神吗?"孙中说:"神的钱自有用途,你不要妄自揣测,以免触犯神灵。"孙通说:"你很聪明,孙蒙那个位置,的确是肥缺。其实你我很清楚,世上只有偶像,哪有什么神灵?你别忘了,我是一个坚定的无神论者,你甭在我面前装神弄鬼!我一个电话,就可以将你送到派出所去。"孙中说:"没错。有没有神,你我心里都很清楚。"

孙通瞪着他,孙中的眼眸像猫眼一样澄碧,仿佛深渊一样,要将他吸入去。孙通的视线越过他的头顶,望着灰沙剥落的墙角,缓缓说:"你是一个聪明人,这笔账不难算。你帮人家请神,赚的毕竟还是小钱。如果想赚大钱,你还得乖乖地跟我合作。你瞧瞧孙蒙的五层楼房,气势雄伟,雕梁画栋,这就是他跟我长期合作的结果。"孙中说:"他已经得到了应有的惩罚。你至今仍执迷不悟,一旦大祸临头，到时悔之晚矣。"

孙通咆哮道："我操你妈！你少来这一套，我不会再找你了。"孙通大踏步走了出去。孙中盯着他高大的身影，说："你会找我的。"

果然，第三天早上，孙通夫妇就备了鸡牲、果品、香烛、纸钱诸物，还有一圈车轮大的鞭炮，去请孙中请神，执礼甚恭。才数天不见，孙通脸色憔悴，萎靡不振。他目光闪烁，心烦意乱，仿佛被体内的某种东西所折磨。

孙中一连掷了三次卦，都是凶卦。孙通双眼刹那间失去了神采，他汗如浆出，问道："到底是怎么回事？"孙中说："是什么原因，你很清楚，神也很清楚。你只有全招了，才有生天。"孙通颤声说："可有解救的办法？"孙中说："办法还是有的。但你先得说出前因后果。"孙通说："十年前，我负责处理村子里的六万亩杉木，我从中得到了四万元的好处。"孙中说："就这个？"金枝一迭声说："就这个，再也没有了。"孙中喝道："没问你，你站到一边去！"金枝吓得退下来，再不敢吱声。孙通双手一摊说："确实没有了。"孙中说："大神在上，你自己瞧着神说吧。"

孙通抬头望神像，只见神像表情严肃，宝相庄严，赶紧垂下头来，低声说："我想起来了，唉，人年纪大了，记性就糟糕了。多年以来，我跟前法师孙蒙合作处理村中的游神摆醮等事务，每年我独得香油钱多则两三万，少也有五六千，合计也就拿了十三四万。平时顺手揩了些公家的油，也是有的，但数目凌碎，一时无法计算。这一次，真的是彻底交代了。"孙中盯着他说："你甭急。你再好好想一想，你不全部交代，我就无法帮助你。"孙通抓耳挠腮，愁眉苦脸，他跟金枝对望了一眼，他都要哭出声来了。金枝瞥了一眼孙中，却是不敢接腔。孙中盯着孙通，他的眼眸深如碧潭，仿佛具有一种诡异的魔力，直教人一头栽进去。孙通窘态百出，不敢跟他对视。好在，孙中终于说："那好吧，今天先到这里，你回去将所有事情好好梳理一遍。记起来了，就叫我。你也不必太担心。万事有我呢，我会想办法的，天塌不下来。"

孙通脸色阴沉，掏出一百元给孙中。他冲着金枝挥了挥手，金枝赶紧烧化了纸钱。孙通却将那圈大鞭炮拆掉包纸，挂在树权上烧，噼噼啪啪的，响了好一阵。

翌日，孙通又备好祭品去找孙中了。孙通哭丧着脸说："法师，真的没有了，我一件也想不起来了，我有罪，我是诚心的，你一定要相信我。"孙中说："你很不老实。"孙通说："我全招了。"孙中盯着他，目光像利锥一样锋锐。

孙通对着土地神砰砰砰地磕头，直磕得头破血流，嘴里在嚷道："大神在上，我知错了，求你指点迷津！"孙中说："你自己求没用的。神只会听我的。香港明星有经纪人，你想找明星，要越过经纪人是不可能的。我就好比神的经纪人，你要跟神说什么，都得通过我。"孙通像一只关在铁笼子里的猛兽，转来转去，却一筹莫展，他压抑着恼怒说："你到底想要我怎么样？"孙中好整以暇地说："你要记住，要跟你算账的绝不是我。"孙通大声说："是的，我是吃了一点钱，但村子里的人都是恶棍，没有一个不是，这一点，你比任何人都更清楚。换了他们是村长，换了你是村长，你也会贪。镇上的人贪，下面的人也贪，你不贪，你就做不下去。大家都是黑的，你凭什么是白的？你不将自己抹黑，不出三天，就会被别人当场踩死！你不贪，哪儿有钱给镇委的领导？而且，不贪白不贪，你不拿才是傻瓜呢，也不会有人给你送锦旗。我顶多全吐出来便是——"孙中摆摆手说："神不想听你说这些。你走吧，想起了新情况再来找我。想不起来，就不要来了。我也帮不上你的忙。"

过了五六天，孙通径直找上孙中家来，他开门见山说："好侄儿，大法师，你救救我吧，我搜索枯肠，想了几天几夜，确实想不起还有什么事情了。请你代我求神灵宽恕我，你说咋办就咋办。我有钱，我不会亏待你的。"孙中说："天作孽犹可违，自作孽不可活。你如果仍是执迷不悟，妄图避重就轻，蒙混过关，那你就别痴心妄想了。大神明察秋毫，你逃不了！"孙通歪着头问："你真不帮我？"孙中说："你首先得帮你自己。"孙通涨红着脖子大声说："你不要逼我！"孙中说："你会想起来的。你甭着急，先回家睡一觉，再好好想一想。"

孙通气急败坏地说："你就等着坐牢吧。"孙中说："神不会让我坐牢的。"孙通冷笑，他掏出手机拨了一个电话，叽叽呱呱说了一通，孙中也不去理他。不到半个小时，村口警笛厉叫，来了一辆警车，车上出来两个警察将孙中带走了。孙通畅快地大笑，指着孙中骂道："神怎么没给你指点一条生路呀——呵呵——"

孙中被带到黄花镇派出所，有个警察来给他做笔录。那个警察很年轻，嘴上没毛，带着金丝眼镜，看上去很斯文。孙中瞅着他，眼神很澄澈。

"姓名？"

"孙中。"

"哪儿人？"

"黄花镇凤凰村人。"

"出生年月日。"

"一九八〇年六月九日。"

"孙中，有人举报你从事封建迷信活动非法敛财，你要从实交代！"

"警官先生，我虽然不懂法律，但也知道现行法律并不禁止民间信仰和祖先崇拜。近年来，有的地方政府还年年举行祭祀黄帝大典呢。"

"孙中，我严正告诉你，祭祖和拜神是两码事，你自己拜神跟你装神弄鬼去愚弄百姓也是两码事，你不要混为一谈。黄帝是中华民族的共同祖先，祭祀他是应该的，但去拜什么土地神城隍爷，那就另当别论了。你凭什么说你就是村庄里的法师？还标榜为神灵的经纪人，嘿嘿，这个说法倒挺新鲜。"

"我从来没说过自己是法师，但大伙儿都将我当成了法师。"

"你不要狡辩！你既不否认，也不澄清，这就是你主观上蓄意为之的表现。"

"就当我是法师好了。这也构不成什么罪名吧。黄花镇每个村庄都有法师，有的还不止一个。你光拉我一人，别的不动，恐怕也说不过去。"

"你甭操心别人。你这次麻烦了，你诈骗群众钱财一事证据确凿，这让你吃不了兜着走！因为你代替神灵许下的愿望，纯属无稽之谈，这永远是无法证实为有效的。因此，你不折不扣地犯了诈骗罪。"

"我从不给别人许愿，我只让他们还债！通常，我先接受他们忏悔，然后建议他们为过去的过错而做出弥补。那些来找我求神灵宽宥的人，没有一个是好东西，他们都做了见不得光的事。让我遗憾的是，没有一户人家不来找我。我早就想到有今天了。这一切，我都暗中做了录音，您们听一听——"

孙中掏出一个电脑 U 盘，一个警察夺过来，塞入电脑，打开了其中的一个音频文件，马上传来凤凰村村长孙通的大嗓门。他对贪污的情况交代得相当详尽，房间的气氛马上变得凝重起来。做笔录的小警察嘀咕说："这不是贼喊捉贼吗？没想到告人的，反倒成了被告。"另一个警察脸色铁青，厉声说："即使这个音频反映的情况属实，也洗脱不了你的罪名！那些人有过错，你让其忏悔并做出弥补，这客观上有利于社会的公正和稳定，但你不应该收他们的钱！"

孙中说："您看一下这份材料——"他递上一个旧笔记本，上面密密麻麻全是日期和数据，记着他做法师一个多月来的收入明细，总数是六千九百多元，俨然是一本账簿。而里面又夹杂着一张汇款单回执，金额是七千元整，收款人是"黄花镇养老院"，寄出的日期是前天，可见是有多没少。至于汇款人，署名是"凤凰村全体村民"。两个警察面面相觑。

俄顷，一个警察又说："孙中，这一个多月来，你在村中散布了一些真真假假的传闻，有的涉及封建迷信，危言耸听，几近于谣言，极大地扰乱了凤凰村的生产生活秩序。你既不是为了钱银，为什么还要去伪装巫师？听说你也曾是黄花镇高中的优等生，莫非你真的信神？如果你不能解释伪装巫师的真实动机，恐怕你还是有问题！"

"我只是为了公道。"孙中回答。

"你说具体点！"

"四年前，村中新建的小学教学楼，一幢两层的房子，楼梯连墙体忽然间轰然坍塌，压死了一位老师和三个小学生，受伤者多达十数人，这显然是豆腐渣工程，里面必有猫腻！我需要有人为这几条人命负责！至于其他人的丑闻，这是凤凰村的耻辱，无非是附加产品罢了。并不是我的目的。换言之，我在调查这桩事情，可惜，我还没有头绪——"

两个警察对望了一眼，脸露惊诧之色。

"你怀疑是孙通？"

"那还用说。"

"你有证据？法律是要讲证据的，可不允许胡乱臆测，如果你拿不出有力的证据来，那就是诽谤乃至诬陷！"

"警官先生，那份音频文件，我已经备好了份，有必要的话，我可以随时传到网上去。"

"这当然对孙通不利，但很难证明他跟你说的那件事有必然关联。"

"事情明摆在这。你们会有办法的。"

"你回答我，诸如孙锋被狗咬掉卵袋的事，也是你一手策划的？或者说，压根儿就没有发生？"

"不是。但老实说，我也没有检查过孙锋的裤裆。但劈死老巫师孙蒙的那记响雷，恐怕谁都很难策划得出来。"

两个警察"扑哧"一笑。做笔录的警察问："你信神吗？"

"我信。但我信的跟大多数人的不同而我不试图说出。"

另一个警察挥挥手说："你可以走了，不要让我们听到你还在扮巫师！"

孙中前脚刚回到村庄，后头又来了一辆警车。这次带走的是村长孙通。金枝眼睁睁地看着丈夫被抓走，忽然像发了疯的母大虫，冲到孙中面前，伸手去撕他的脸，她哭着说："都是你害了他！"孙中挡开她的利爪，也不跟她啰嗦，转身就走。他连家门也不入，径直往土地庙跑去，他看着那被烟火熏黑的木头神像，不禁腿一软，双膝跪倒，冲着神像磕了三个响头。他以前没有拜过神，此刻心底却无端端地涌起了一阵恐惧。他做的这些事情，似乎受着一种无法解释的力量所左右。他已无力控制。

　　孙中怀着一种对自己厌恶和怜悯的复杂心情站起来。他抬起头，小庙四周的古树黝黑而幽深，他感到天旋地转，头晕眼花。他觉得必须马上离开，但双腿发麻，根本迈不动半步。他耳畔响起了一阵阵纷沓的脚步声，一种极度的惊恐，像一只无形的手扼住了他的喉咙。他的腿可以动弹了，但已经来不及了。他揉揉眼睛，猛然发现土地庙的门前，伫立着密密麻麻的人，孙天，孙锋，紫英……除了那个强奸母猪的孙由，一个都不少。他的目光像手电筒一样，在那个黑压压的人群上照来照去，他发现根本无法看清他们的面目。他苦笑了一下，没有一个人吭声。孙中能感觉到每一个人身上都在缓慢地堆积着愤怒，那些愤怒的柴薪越堆越高，只要投入一根火柴，就会"呼"地燃烧起来。人群在无声地、缓慢地向孙中逼近。孙中一步步退却，他从庙门退入墙角，已经退无可退。人群仍向他逼过来。每个人心底的愤怒，就像涌起的波浪，要将身体的堤坝冲溃，并最终将孙中吞噬。每一个人都是一朵怒火飙起的浪头，他们组成了一个巨大的漩涡，而孙中就像一块叶片，被卷入了漩涡的中心。他悲伤地闭上了眼睛。

　　孙天忽然说："你不是真的法师？"孙中不搭腔。他仿佛没有听到孙天的声音，他只是抬头去看庙顶构图简单、技法粗疏的壁画，又将视线投向那个身披罗袍、慈眉善目的土地神像。孙天大声说："你假扮成法师，目的就是为了挖掘我们的丑闻，还要上传到网络丢光凤凰村人的脸？你太恶毒啦。你是所有凤凰村人的敌人，你丢尽了列祖列宗的脸！"

　　孙中望着他，脸上露出了愁苦的笑容。他想起了孙天的招供，他七十六岁那年，以一颗花生糖果为饵，猥亵了邻家六岁的女婴。孙天恼羞成怒地说："你愚弄大伙儿是小事，但你冒充法师，亵渎神灵，却是死罪一桩。我宣布，我以神的名义，判处孙中的死刑，当场执行！"

　　他像变戏法一样，从衣襟下摆掏出一面小铜锣和一柄鼓槌。"当"一声锣响，人群就像一个烧红的熔炉那样沸腾、搅动起来。他们疯狂地利用身上每一个可以发动攻击的器官，诸如手、脚和牙齿，甚至肘部和膝盖，对准孙中的任何部位疯狂地招呼。紫英利用自己硕大的臀部作为武器，一屁股坐住孙中瘦削的脊背。金枝用嘴撕下了孙中脸颊的一块皮肉。疯狂的人群，组成了一只巨形怪兽的大嘴，孙中只来得及发出几下轻微的呻吟，就被完全吞噬了。

到省城去

　　这是凤凰村唯一的小卖部。老光棍福庆开的。从村子到石湾墟去，骑车要 20 分钟，走路要一个小时。急时要买些油盐酱醋，就不必跑到墟上。小卖部还装了电话，经常有打工的人，打电话找家里的老小。每次通话，得打两次，第一次是告诉福庆，让福庆带个口信，约个时间，让家里人等着，下次再打。福庆将话筒一挂，树杈上的高音喇叭就响了："×××，你儿子来电话——"声音很大，不管被叫的人，在屋里睡觉，还是在山地上锄草，都能听见。福根每次都听得清清楚楚，但从来没有听见自己的名字。儿子去省城大半年了，还没有打过电话回来。

　　有一次，福庆的声音在村庄的上空回荡："福申，你儿子来电话，说下午两点再打。"福根心中一动，继尔一沉。"福申"听起来像是"福根"，但他的耳朵灵得很，既然是福申，就不会是他。他不死心，丢下锄了一半的花生地，跑去问福庆："是找我的吧？你听错了吧？"福庆说："是找福申的，不可能听错。"福根点点头。但他没有走，蹲在小卖部门口那棵苦楝树的树根上，抱着头，在安静地等。两点刚到，福申到了，电话铃果然响起，福根抢过话筒，才听了一句，就讪讪地递给福申，脸涨成猪肝色。福申打完电话，对福根说："文桂机灵着呢，你不用担心。文通八月十五回来，到时我帮你打听打听。"文桂是福根的儿子，文通是福申的儿子，都在省城做工。

　　福根对福庆说："我崽打电话回来，你一定要叫我，叫多两遍。"

福庆回答："没问题。但问题是他得打回来。"

每天晚上，月亮爬上山脊，小卖部就聚集一帮人，大伙儿"咕噜咕噜"抽着水烟，众人于烟雾缭绕中大摆龙门阵，好不痛快。还有两三个半老徐娘，嗑着葵花子，插上两句嘴，间或伸长脖子，发出鹅叫般的笑声。大伙儿首先分享村庄的新闻，然后讲些外面的奇闻趣事。譬如福利和李映因为鸡吃谷的事情大吵起来，还差点打架。譬如王远和儿媳妇在甘蔗地剥蔗叶，剥着剥着，王远就将儿媳妇的花衣裳剥下来。据说墟上公路边的"路边鸡"饭店，菜烧得不怎么样，但生意不错，就是因为店里的鸡妖着呢，岁数够小，但胸脯够大。大伙儿挤眉弄眼，哈哈大笑。墟上最有名的理发师被镇上的公安拉了，原来墟上的鸡都由他供应，从外地挑好了，然后送到本地来。说的人唾沫乱飞，听的人眉飞色舞。福庆往玉芬娘硕大的胸乳摸了一把，玉芬娘吃吃地笑，拿起拖鞋，作势要掷过去。小卖部是消息最灵通的地方，成了村子名副其实的通信站。想听的人要来，掌握了新消息的人，更是迫不及待要发布。福远戴了半年绿帽，全村的人都知道，就是他自己不知。直到他无意中加入大话会，才从别人的嘴里晓得。

福根蹲在地上，他对这些事都不关心。他只关心来自省城的消息，因为儿子在省城做工，说不定就能了解他的情况，至少了解他做工的城市也好。福根叫道："谁来说说省城的事儿？"大家面面相觑，都没有去过省城，自然说不出任何东西。福根很失望，拖着脚步走了。身后响起一阵哄笑声。

福根跟大伙儿格格不入，他没有任何趣事发布，人家讲了趣闻，他也不笑。以前他从不参加大话会，但儿子离开村庄后，他可是每晚必到。尽管他每次都沮丧地离开，但还是天一黑就到。

八月十五前夕，有好几个在外地打工的人回来了，有从深圳回来的，有从省城回来的。小卖部人声嘈杂，空前热闹。在外地回来的人面前，平时那些耍角儿都闭上嘴，竖起耳朵，唯恐错过一个字。与其说他们讲得精彩，不如说他们的遭遇或见闻奇妙。大伙儿听得耳朵流油，嘴巴发出啧啧声，有时哈哈大笑，有时一声叹息。在这些人当中，文通是最引人注目的一个，不仅因为他是从省城回来的，还因为他能说会道，巧舌如簧，大伙儿围着他，犹如众星捧月。福申站在儿子身旁，乐得合不拢嘴。沾儿子的光，他黝黑的脸在月光下闪亮。

听得最认真的是福根。大半年过去，终于有人讲省城的事了。

文通说："人家都说省城好。但在省城容易么？我是赚了点钱，但每天都提心吊胆，要防人抢钱，又要防人害命。邻村的工头马成祥被黑社会绑架，勒索了十万，他的老婆乖乖地给了，连屁也不敢放一个，人总算没事，但一年就白干了。在省城一定要看好自己的手臂，砍手党可厉害了。我亲眼看见有个夹着公文包的小伙子，刀光一闪，一条手臂就跟着公文包坠落地上。还有专门用砖头或木棒打脑袋的砸头党。你说容易么？"

"不容易！"文通自己回答，"人家都说做装修好。但做装修容易么？好不容易有工开，完工了，又怕拿不到钱。工头的心都黑，跑几十趟也拿不到钱。有个人过年也拿不到一分钱，就噔噔噔跑到海珠桥的钢梁上去，等瞧热闹的都来了，公安也来了，写报道的也来了，就扑通往大江上一跳，溅不起畚箕大的水花。一条人命哪，就那么一点声响。拿不到钱，他就没活路了。我还算好的，中秋节老板给我结算了一半，另一半说过年时结。你说容易么？"

大伙儿都说不容易，福庆说："但你文通有本事，你赚到钱。看你抽的都是三个五，我看大队干部也没几个抽。"文通将手上的三个五派给大家，大声说："不容易呀。"

福庆说："听说省城的女人漂亮，鸡都像凤凰。"说到女人，文通来兴致了："那是，美女都奔省城来了，全国各地的美女都集中起来了。那些鸡，那是美得没法说，衣服都是透明的，穿上等于没穿，什么都能看到。那些鸡个个美得像仙女，骄傲得像孔雀，仿佛眼睛长在头顶上。但只要付钱，你怎么整都行。但'叫鸡'容易么？不容易。我上次就花了三百，才弄几分钟——"福申脸色变了，扬手给儿子一记耳光，骂道："败家仔！"文通恶狠狠地说："去省城不玩女人，算什么去省城？但我也只玩了一次，不是心疼钱，而是那些鸡都有病。我们工地上的小公牛，上得山多终遇虎，结果染上了，听说一截一截地往上烂，就像虫子蛀空的番薯。"

大伙儿刹那间安静了。只有文通摇着头说："不容易哇，不容易——"

福根一字不漏地听入心里，文通每说到省城一件可怕的事，他都禁不住心头发毛。他觉得那个被勒索的小工头，那个手臂被砍的小伙子，那个不幸染上性病的人，就是他的儿子，都是他的儿子。一股强烈的恐惧，像一只无形的手，捏住了他的喉咙。他觉得喘气艰难。他咳嗽了好几声，才挤到文通面前，说："我儿子怎么样啦？"文通说："我没见到你的儿子，但邻村的赵武见过。听他说在塘溪摆菜摊，就是青菜萝卜什么的。"福根眼直直望着文通，仿佛将文通当成儿子，说："为什么不给我打电话？为什么不给我打电话？"

文通嚷道："文桂他也不容易！"

福根说："他还小，他什么都不懂。"

福申说："他是醒目仔，你担心什么！"

福根说："早知就不让他去省城，早知我就陪他一起去。"

中秋节一过，文通卷起包裹踏上旅途。刚走出村口，就听到有人喊："文通，文通。"文通转头一看，原来是福根，头戴斗笠，手上提着一只蛇皮袋，鼓鼓囊囊的。福根喘着气说："捎上我吧，捎我到省城去吧。"文通挠了挠头。福根又说："我没有钱做路费。"文通说："钱不是问题，我先借给你。但你去做什么？"村子离公路不远，走十分钟就到了。文通截了一辆到化州县城的公共汽车。要到省城去，得先到县城。县城汽车站有去省城的班车。

福根一上车，脸就白了，继而发青，豆大的汗珠从额头下滴。文通没怎么在意，料想他也无非是寻常的晕车，挺一挺就到了。到县城只需大半个小时。汽车走了 20 分钟，到了和化镇，福根已经说不出话，口吐白沫。文通大惊，大叫："停车，快停车——"他将福根扶下车来，福根哗地吐了一地。文通给他灌了一碗热豆浆，他好半天才缓过气来。福根的眼泪冒出来，说："我不敢坐车，车速太快了，我顶不住车上的汽油味。我去不了省城啦——"

没有办法。文通只好送他回去。福根这辈子连县城都没有去过。文通在和化镇借了一辆单车,将他送回来。到了村口,福根嗫嚅半晌,说:"我坐单车倒是一点事没有。文通,你能不能骑车将我送到省城去?"文通瞪大眼睛,说:"你疯啦?坐汽车都要六个钟头,骑车那得要多久?这不可能。你回去吧。我可不能再耽搁了,得赶县城的班车。"

福根望着文通骑车在土路上卷起的黄尘,他决心要到省城去。

福根粗略估算村子到省城的距离,坐车的时间大约是五六个钟头,那么步行至少得五六天,因为晚上还得睡觉。他数了数,家里只有十几元零钞,全带上了。他磨了十八升糯米,到竹林去摘了一簸箕四指大的竹叶,裹了粽子,蒸了半箩筐,用扁担挑着,另一头是行李卷,除了衣服、被单、水壶诸物,还有席子,以供露宿之用。福根不是鲁莽的人,他除了准备粮食,还戴了斗笠和葵篷,以防雨淋。葵篷是用竹篾夹着竹叶编织而成的,外观很像乌龟的外壳。这是岭南乡间古老的防雨用具,貌似笨拙,却十分实用。福根的背部戴着它,有点像直立行走的乌龟,看上去很滑稽。

那天清晨,福根沿着村边的土路,踏上通向县城的大路。他花了三个多小时,就顺利到达县城。他跟着汽车到县城的汽车站,蹲在那儿观察了一会儿,终于大致弄清了去省城的方向。于是,他挑起行李跟着直达省城的班车,开始了走向省城的漫长旅程。他的行李很轻,但那半箩粽子相当沉重。他中午吃掉了两个,他还不能感觉重量的减轻。随着粽子被一个个吃掉,压力将越来越小,这倒不难想象。这样的想法,让福根平添不少力气。

福根沿着公路行走,他坚信一直走下去,就一定能到达省城。一辆辆客车呼啸着从他身边飞驰而过,那些车辆行驶的声音使他感到很亲切,毫无疑问,那些客车当中,就有奔赴省城的。可惜,他不认得字,因而无从辨识车头上的指示牌。从化州到盛兴,他花的时间大致跟从村子到化州的相当。道路笔直,旅途也很顺利。但是,意料不到的问题出现了。他跟着一辆汽车,进入了盛兴市客运站。天色已暗,

吃了豹子胆

而城市光怪陆离的灯光使他无所适从。

他刚放下担子，马上有一个戴着红袖章的汉子走过来，用手指着那箩粽子说："这里不准乱摆乱卖。你给我滚——"福根说："我不卖。我自己吃。"那人大怒："你自己吃，我叫你自己吃!"他飞起一脚，箩筐倾覆，粽子滚了一地。那人用皮鞋踩着一个粽子，慢慢用力，将它压扁、碾碎，又去踩另一个。福根飞快地将地上的粽子捡拾，但还是有十几个被踩烂了。他赶紧离开汽车站。他站在门外仔细留意，车辆进进出出，也不知哪些是开往省城的。而城市的大街小巷，看上去都差不多。他瞧了一会，觉得晕头转向，就像进了迷宫。而哪条才是通向省城的道路，他一时就无法摸清。

既然天黑了，就只能明天再走。他在人行天桥底下觅得一处容身，将席子铺开，就着壶里的水吞咽了三个稀烂的粽子，决定先睡一晚再说。

好在一夜无事。天亮了，他先去车站的洗手间将铜水壶灌满自来水，但进洗手间花了他五毛钱，让他心疼极了。他顺便撒了一泡尿。如果是为了撒尿，这五毛钱就不必花。但没有水喝，他是到不了省城的。

福根顺着车站前的马路出发，很快就到了一个十字路口，路边矗立着一面很大的指示牌，但是他看不懂。他拦着一个人，问道："到省城怎么走?"

那个人说："到汽车站呗。"

福根说："我刚从汽车站走过来，但走到这里，却不知道该往哪里走了。"

那人给他搞懵了，"神经病——"他扔下一句，转身走了。

福根挑着行李，在十字路口上打转，不知道该怎么走。他急得满头大汗，只好问路，他逮住一个就问一个。终于，有个人搭理他了，问："你不搭车怎么去?"福根说："你告诉我怎么走就行了。"那个人说："你跟着我走吧。"那个人长发飘扬，身材瘦削，衣衫褴褛，从背后看像个女人，其实是个男的。他背上斜挂着一把吉他。福根知道是一种什么乐器，但他说不出名称。

背吉他的男子在前面走，福根在后头跟着。男子脸色灰暗，眼皮耷拉，但眸子很亮，让人想起黑暗中擦亮的火柴。他没有说话，像一段木头在街道上移动。福根跟着他，过大街，穿小巷，终于到了一条十分宽敞的马路。福根觉得这条马路很古怪，与其说是路，不如说是桥，因为马路被一排排粗大的桥墩支撑着。但说是桥，桥底又没有水，各式各样的汽车在桥面上飞驰，路上空无一人。

背吉他的男子说："你走上去，沿着高速公路一直走到尽头，就到省城了。要记住，中途不要跟着出口走出去，一直走到底。"

"这是什么路来着？"

"高速公路。"

福根不懂，但管它是什么路，反正能通向省城就好。背吉他的男子忽然取下吉他，"铮铮铮"，他拨动琴弦，仰脸对着天空，大声唱歌："是否我，真的一无所有——"福根听不懂他唱的是什么，但觉得歌声沙哑而撕裂，一股悲怆感弥漫在他的胸中。背吉他的男子唱着歌，头也不回地走了。

福根迈上了阳盛高速，路面平整，而汽车"嗖嗖"地从身旁飞驰，一浪浪的车声像翻滚的波涛在汹涌。福根走了半天，往前看去，道路笔直，望不到尽头。向后看的感觉是一样的，他心底升起一阵寒意。他无法确定道路是否正确。他觉得自己像漫长旅途上的一只蚂蚁，除了咬紧牙关走下去，没有别的办法。

福根在中途遇到一个服务站，他在服务站再次确认了方向的正确，这让他勇气倍增。他遇到了好人，服务站那个扎着马尾辫的小姑娘，给他的铜水壶灌满开水，还给了他两瓶矿泉水。"沿着高速公路一直走到尽头，就是省城。"小姑娘的声音欢快如迸溅的泉水。

暮色降临，福根到达阳江。高速公路左侧的城市灯光璀璨，看上去就像一颗巨大的灯盏，将半边天空照得明亮和暗红。而夜晚的高速公路，车灯照耀，犹如一条光的河流。五彩缤纷的灯光，像河水一样流泻。好在，福根无须进入市区，他只要顺着公路往前走便是。福根曾陷入盛兴城区的迷津，无法找到出路，这让他心有余悸。他在路边铺开席子，准备休息。此刻，他才感到双脚酸痛。

从阳江到恩平，他又花了一天。夜雨从天而降，他睡在公路边，身上覆盖着那具乌龟硬壳般的葵篷，他缩头缩脑，努力蜷曲四肢，以尽量减少雨水落在身上。但雨太大了，雨水敲打在葵篷上，发出"噗噗"的响声。他迷迷糊糊地睡着了。他梦见儿子的手臂被砍手党一刀砍掉，他"哇"地大叫一声，翻身坐起，冷汗涔涔。他伸出右手，去抚摸自己的左手，发觉手臂完整无缺，方才松一口气。而地上的积水漫溢过来，他的背部全湿透了，也不知道是水还是汗。他既然醒了，想入睡就难了。此刻，雨水停息，天空一片黑蓝，星月浮现，遥远而微弱的星光，像因磨损而黯淡的花纹。

在肇庆路段的那一夜，月黑风高，他窥见几个黑影持着电锯和利剪，在偷盗高速公路上的电缆和电线，而贼人的小货车就停在他身旁不到五米的地方。大铁剪切断电线的"咔嚓"响，绕成团的电缆在路面拖动发出的声音，就在他的耳畔响起。他一动也不动，连气也不敢喘。如果让贼人发觉，那把大铁剪肯定"咔嚓"一声，落在他的手臂上。贼人行动迅速，几个黑影爬上车厢，小货车很快就在黑夜中消失了。他试图活动双腿，发现早已麻木。他想，到省城见了儿子，一定要劝他回去，在家里耕田多好，起码不用担惊受怕。穷就穷点吧，不就是过日子吗？有钱没钱照样过。

在这一路上，福根少不了惊吓。除了夜晚露宿的恐惧，他还得防备公路上的车向他撞来。他曾目睹了七起车祸，有两起汽车坠毁事故，三起撞车事故，其中一起是连环相撞，那些汽车像压扁的纸盒子一样变形、扭曲。而汽车里的惨呼声伴随着标出的鲜血飞起，让人毛骨悚然。福根看见一辆汽车越过公路的护栏，从高高的路桥上坠落，掉在路边的稻田或薯地上，尘土飞扬，发出巨大的轰响。在西江的大桥上，有一辆白色的小轿车从福根的耳畔呼啸着飞出，就像一架小飞机，插入西江，溅起一股白色的水柱。河面很快恢复了平静，仿佛什么也没有发生过。福根怔怔地望着江水中消失的轿车，还有车上的人。他伫立了一会儿，才重新赶路。

就这样，福根白天赶路，夜晚露宿，随着箩筐里的粽子被吃掉，他的负担越来越轻。倒是脚下的解放鞋磨穿了鞋底，双脚也磨出血泡，一抬腿就钻心地痛。他走了七天，终于走到了高速公路的尽头。他没有办法，只好顺着高速公路走下来。此刻，呈现在他面前的是一幢幢高楼大厦，以及密如蛛网的马路。福根顿时一片晕眩，马路上快速行驶的车辆，使他天旋地转。他心中一沉，他遇到了比盛兴市更加错综复杂的迷宫。

一个穿着短裙的年轻女子迎面走来，他拦住对方，说："这位阿姨，请问省城怎么走？"那个女子望了他一眼，没有搭理他，有没有听懂他的说话都是一个问题。福根风尘仆仆，蓬头垢面，看上去就像乞丐，身上的味道使人避之而唯恐不及。他一连问了几个人，都没有答案。

终于，有一个穿着中山装的老人告诉他："这就是省城。"老人说的话，跟省城电台主播讲的话一样，跟粤西土话有很大的出入，但毕竟都是粤语，福根也能听懂。

"我到啦，我终于到省城啦！"福根坐在地上，像孩子一样呜呜地哭起来。他历尽艰辛，终于到了省城，但他走下高速公路，却一下子失去了方向感。省城有无数条道路，他无法分清哪一条，才能将他带去儿子的地方。他像小溪里的一尾鱼，一下子来到茫茫无际的大海，不知该怎么走了。

穿中山装的老人说："你要去哪儿？"

"我去塘溪。我儿子在塘溪。"

"去塘溪也不近，但也不复杂。你可以先坐 129 路公交车，在新市站下车，然后转坐 331 路车，一直坐到塘溪总站就到了。"

"我不坐车。我不能坐车。"

"为什么不能？"

"我一坐就昏迷。这一路上，我从化州到省城，都是走路过来的。"

穿中山装的老人吃惊地望着他，摇了摇头，说："走路去塘溪，那可得要几个钟头。"

"辛苦我不怕，就是不认得路。"

穿中山装的老人掏出手机，说："你儿子在塘溪，你打个电话，让他来接你吧。"

"我儿子没电话。"

穿中山装的老人为难了，他想了想，说："有一个办法，你一路上跟着129路车和331路车的屁股后面走，一路上公交车不断，现在天色还早，你在路上再问问别人，估计能在天黑前赶到塘溪。"

福根虽然不识字，但简单的几个阿拉伯数字，他还是认得的，他一直通过这些数字来辨认纸币的面值。他觉得这不失为一个办法。于是，他盯着129路车的行驶方向，踏上了马路。马路上车辆拥挤，抱成一团，而129路车以蜗牛般的速度在缓慢行驶，走走停停，仿佛是有意给福根带路似的。福根来劲了，他一溜小跑，居然并不落后。前面到了一个岔路，堵塞的车辆忽然畅通，129路车呼的一声，绝尘而去。好在，福根没走几步，又有一辆129路车过来了。这一辆跟刚才的那辆，同样的模样，同样的颜色，还是同样的数字，在福根看来，没有什么区别。他一阵恍惚，觉得是开头那辆车又兜头回来。马路两旁，楼房林立，霓虹灯闪烁，那些巨大的广告牌花花绿绿。福根喘着气，像一尾缺氧的鱼儿吐着泡泡。他不敢看街道两旁，尤其是路上花枝招展的美女，那些东西让他头晕眼花，他只是紧盯着公交车行驶的方向，唯恐一不小心，就在省城里迷失。

就这样，福根一边行走，一边问路，居然让他顺利到了塘溪。塘溪在省城的郊区，他已经穿越了一小半省城，从广州郊外的一个地方，来到了另一处郊外。他牢牢记住文通说过的，他的儿子文桂就在塘溪摆菜摊。所以，他径直往塘溪的肉菜市场走去。

福根一脚踏入市场，新鲜蔬菜的清香、塘鱼的腥味以及腐烂物交织在一起的复杂味道，马上钻入鼻孔。但福根精神一振，他走过一个个菜摊，站下来，仔细地辨认着他的儿子。但是，他失望了。所有的菜摊小贩，根本就没有他的儿子。有的小贩还挥挥手，呵斥道："去去，走一边去，别挡住我发财！"别人都将他当成乞丐了。

福根不死心，他顺着整个菜市场走了一圈，依然没有见到儿子。

到省城去

他想，可能是今天儿子有事，没有开档，但说不定明天就会见到他了。他决定在这里等他。他数了数包裹里的粽子，还有四五只，也没有发霉，还可以充饥。至于那只箩筐，随着粽子的减少，他早已扔掉了。

他一连等了三天，依然没有见到儿子的踪影。他抱着头在墙角呜呜地哭起来。他一点办法也想不出。忽然，他听到一个熟悉的声音："来两斤白菜！"他欣喜若狂，跑过去，抓住那人的手，喊道："文通，文通——"

文通甩开他的手，打量着他，说："你是——"福根头戴斗笠，身披蓑篷，蓬头垢面，看上去十分古怪，他一下没有认出来。"我是福根呀——"福根又牢牢抓住文通，仿佛溺水者抓住一根稻草，"你说看到文桂在塘溪，他在哪？他在哪？"

文通瞠目结舌，骇得手上的白菜"啪"地掉在地上，说："你就是福根叔，你从化州走路来到省城？我的妈呀！"

"文桂在哪里啊，快告诉我吧。你说看到文桂在塘溪的。"

"不是我见过。是荷花村的赵武说见过。我一直没有见过文桂。"

福根颤声问道："那他到底在不在塘溪？"

"他本来在的，不过——"

福根的脸色"煞"地白了，他的双腿在剧烈地发抖，几乎无法站稳。

慌得文通赶紧扶住他，说："你别焦急，你听我说。我前几天才从赤岗搬到塘溪，我跟工头在塘溪开工。我的确没见过文桂，但我昨天打电话回家，听我爸说文桂回家找你去了。你先跟我回去，洗洗澡，吃完饭，我慢慢跟你打电话回去，一问便知。"

福根方才缓过一口气，但他性子急起来，哪里能任由文通慢慢去做？只是催着文通赶快打电话回去。

文通无奈，只好带福根到了路口的电话亭，拨通村子小卖部的电话。对方问："找谁呀？"那是福庆的声音。

文通说："你等等，我让福根跟你说——"

福庆在电话那头"咦"了一声，似乎被吓了一跳。

福根接过话筒，福庆连珠炮似的说："福根你还活着？你是人是鬼？你在哪里？大家都以为你失踪了，不见人影了。还有人看到你被西山的鬼抓了去，说还听到你的惨叫呢。这件事儿，至今还是大伙儿天天惦记着的新闻大事。你不知道，你失踪的第二天，你儿子就打电话回来，说要你听电话，但又找不到你，我们才知道你不见了——"

福根打断他说："我没有死，更没有被鬼抓去。我在省城呢——"

"你能去省城？听文通说你一坐车就昏迷，你能去省城？"

"我走路去的。我找儿子来了，但我到了省城，儿子却不见。听说我儿子回家了？"

"你儿子听说老子失踪了，就连夜从省城赶回来了，你瞧，你儿子多关心你。但他找不到你，他今天一早就到镇上的派出所报案去了。估计今晚能回来。天就黑了，你待会再打过来吧——"

福根放下话筒，他确切知道了儿子的消息，心上的石头坠了地。他擦了擦眼角，那是喜悦的泪。他跟文通走了。

在文通的出租屋里，福根放开肚皮，大吃了一顿。这是七天来的第一顿白米饭，还有青菜和肉汤。他站起来，松了松身骨，感到身心舒畅，脚上的血泡仿佛也已痊愈。文通带着他，去电话亭打电话。

"爸，你干吗要乱跑，干吗要跑到省城去——"文桂的声音在电话那头传来，有些关切，也有些气恼。福根听到儿子的声音，心里暖融融，甜滋滋，仿佛蜜糖在温水中化开了。他不介意儿子的埋怨，第一句就是："阿桂，你的脑袋没事吧？你的手臂没事吧？你的××没事吧？"

"我有什么事？我怎么会有事？我没事。"

"没事就好了。听说省城有砸头党、砍手党，还有一些有病的鸡，看上去像仙女，其实是魔鬼，专门要害人。你没事就好了。"

"你听说谁的？什么仙女魔鬼，扯淡！你坐车回来吧，我等你到家了，我才到省城去。"

"我不回家了。我是走路过来的，累死我了，我走了七天才到省城。你明天就过来吧，那么远的路，我一辈子也没走过那么远的路，我不敢再走了。"

生产队逸闻

这个村庄看上去跟南方随便一个村庄没什么两样，贫穷，荒僻，村前有池塘和大榕树，屋后有山岭和密林，更远处是小河和稻田。一排排低矮的泥砖屋堆积在鱼形的山坡上，屋顶上的青瓦细密如鲫鱼的鳞片。胡家庄不算大，但也有三个生产队。这三个生产队看上去跟南方随便一个生产队没什么两样，每天集体出工，记工分，秋收后分口粮。但胡全富夫妇很快就发现，这三个生产队还是大不一样的。在胡全富的大儿子胡文强看来，世界上任何一个角落，都不会有该生产队那样的荒诞场所了。他们一家人就像可怜的老鼠，饿得吱吱叫，上蹿下跳，而这个生产队就像一架冷酷而精密的捕鼠机。他们一家人，一掉进去，就休想有翻身之日了。多年之后，他回想起来仍恨得牙痒痒的，而生产队早已在地球上销声匿迹了。胡全富一家在三队，该队的特殊之处，就是除了胡全富一家，另外的十二户可以讲是一家人。队长胡大贵是一户，他有八个弟弟，每个弟弟占一户，胡大贵有四个儿子一个女儿，除了小儿子，三个儿子都娶妻生子，分家独立，各算一户。三队的大权就牢牢掌握在队长胡大贵的手上，会计、出纳、记分员等岗位分别由他的弟弟担任。而胡全富在三队，其处境可想而知。

当初胡家庄分队的时候，三个队长都不肯要胡全富，嫌弃他们夫妻年轻，却有四个小孩。大孩子胡文强才八岁，顶多只能放放牛、割割草，连半个劳动力也算不上，另外两个，还穿着开裆裤，拖着鼻涕虫，最小的还要吃奶。胡全富老婆姚红苹还得喂奶、哄小孩，要她做出多大贡献只能是一句空话。三个队长推来掇去，互不相让，最后只好抓阄了事。不幸的是，胡大贵抓到了。胡大贵死活不肯要，后来双方做了让步。胡大贵收下胡全富，但他将三队的其中两户分别并入了一队、二队。就这样，除了胡全富，三队就全是他胡大贵的人了。而王大富胆小如鼠，也不怕他敢碍手碍脚。

胡全富没有办法，只好夹着尾巴做人。他总算也是生产队的人了，总比做个大庙不收小庙的孤魂野鬼要好。否则，田产林地都收归队里了，他一家六张嘴喝西北风去？一户人家是不能成为一个生产队的。他还得感谢胡大贵愿意收留他呐。当天晚上，他就给胡大贵送去了一刀肉、两斤豆腐，感激队长的恩情。

每天清晨六点，就出工了，胡大贵举着一个手提喇叭，扯开喉咙喊："开工喽——开工喽——"十二户人家的劳动力都带着农具从屋里像老鼠一样窜出，行动十分迅速。胡全富也不敢怠慢，戴上斗笠扛着锄头跟上队伍。到了地头，太阳从鱼肚白的天空中滑出来，像一个巨大的蛋黄。万道金光照耀着田野，大伙儿扛着农具，打着呵欠，山间的雾岚像轻纱一样飘拂。记分员胡大福拿着工分簿大声点名，第一个是"胡全富"，胡全富应了一声："到——"，第二个是"姚红苹"，"姚红苹——"胡大福又喊一声，他朝着队伍瞅了瞅，再喊了一声。还是没有人应答。胡全富的嘴动了动，想说什么，但终究没有出声。胡大福面无表情地说："国有国法，队有队规，大家都要遵守。姚红苹迟到，按规定要扣一个工分。如果待会还不来，按旷工论处，那就可不是一个工分啦——下一个胡大禄——"

点名快完毕时，姚红苹气喘吁吁地挑着畚箕来了，脸色憋得通红，她还用背带背着最小的孩子。刚才她安顿好了几个大的，还给小的喂奶，有个小孩又拉起屎来。等她搞掂后拼死赶来，已是最后一个了。她一听说胡大福要扣工分，就急了，说："我不是来了吗？还没开工，就不算迟到。"胡大福瞪了她一眼，说："你迟到还有理由不成？"姚红苹分辩说："如果不是第一个点我们家，根本就不算迟到——"胡全富扯了扯妻子的衣襟，低声说："算了，算了。"

出了这样的事，姚红苹就再也不敢慢一分钟了。秋收后分钱谷猪肉都得看工分的，一年到头，像牛马一样干活，也就挣它三五百个工分，如果扣多了，一家人就等着挨饿了。她每天凌晨四点多起床，挑水、煲粥、喂鸡、喂猪。牛是生产队的集体财产，私人不可拥有，有也没用，家里的那两分自留地也用不着耕牛。猪开始不敢养，怕工作组割资本主义尾巴，后来就慢慢松动了。她养了两头小黑猪，还有几只小母鸡，下了蛋好换盐巴酱油。反正养禽畜的不仅是她们家，队长家还不是肥猪满栏，鸡鸭鹅一地？嘎嘎叫，都够得上群鸡群鹅了。

她喂完禽畜，就服侍几个孩子吃粥，交代二娃儿好好带三娃儿，莫爬树，莫下水，莫去望水井，莫去山岗上乱走，以免踩到黄蜂窝。她再三叮咛，实在是放心不下。二娃五岁了，倒也生性，像鸡啄米一样点头。至于八岁的大儿子胡文强，带小孩更让人放心，但他有更好的用途，那就是跟着去放牛，庶几可以挣一点工分。刚煲好的粥滚烫得很，姚红苹忙完琐事，就将粥用小盆子盛着，放在大盆子的水里凉一下，但也没有多少时间。她端起小锑盆，呼哧呼哧地喝粥，粥烫得喉头疼痛难忍，但也顾不得了。等她诸事办妥，胡全富也起床了，用瓜瓢盛了一瓢水，先咕咕噜噜含了几口，又喷出去，就当是漱了口，再将半瓢水往脸上一摔，睡意顿消，人就精神了。夫妻两人，拾掇了农具，步出庭院，这时，队长胡大贵的喇叭就响了。

姚红苹还没有给最小的娃儿喂奶呢，她背在身上，踩着晨露出工。她要等胡大福点名时，利用这点间隙来给娃儿喂奶。谁知，姚红苹发现胡大福点名点得飞快，她刚将乳头塞入娃儿嘴里，还没啜上几口，点名就完了，大伙儿就下田了。胡大福走过来，露出淫邪的笑容，一双眼睛往她白花花胀鼓鼓的乳房盯着，说："侄媳妇，慢慢喂，不用急哩。"姚红苹窘极了，她感到胡大福的目光像锋利的锥子，狠狠地扎入，乳房像一只装满水的袋子被扎穿了，乳汁像水一样流出来。她扯了扯衣襟，但无济于事，她只好转过身去。然而胡大福绕了半圈，一双眼依然没有离开她的裸乳，还嬉皮笑脸地说："你的奶水真多，真白——"姚红苹一拍小孩的屁股，孩子哭了。姚红苹斜睨着胡大福说："这个小畜生，不好好吃老娘的奶，就懂得乱嚷，算是白养了。"胡大福脸色一变，说："还不下田，我要扣工分了！"

姚红苹不敢留在田埂上喂奶了，她只好利用放风或吃午饭的间隙喂孩子。但时间终归有限，每天三顿都是稀的，拉尿又频繁，娘儿们又较为复杂，这一来，迟到三五分钟就不是偶尔的事了。她背着孩子，干活总是不利索。胡大福像赶也赶不走的苍蝇在耳边嗡嗡叫，威胁着要扣她的工分。有一次，姚红苹蹲在高高的茅草丛中撒尿，忽然感到硕大的屁股阵阵发热，赶紧掉头一看，原来隔着两丈远，胡大福瞪着眼偷窥，红红的眼珠子都快要掉出来了。姚红苹扯上裤头带，她噙着泪水，仰起头来，努力不让自己哭出声。

六月是南方的农忙时节，必须将春稻收割并将秋秧插下，如果过了时令，那就误了收成，没有一个生产队胆敢怠慢。插秧的劳动强度很大，也有分工，身强力壮的男子用秧锹锹秧，并挑到水田里去，而老汉妇女就蹲在水田上插秧，低着头，双手不停地掐秧插下，并不停地往后退去，高高地撅着臀部。

插秧很有讲究，每撮秧苗约在六至七株，又要插得直，得横看成行，竖看成行，斜看也成行。其实，后者乃多此一举，无非是好看一点，跟丰产没多大关系。但队长爱面子，活儿都要干得漂亮，不可马虎。要插得齐整，肉眼就靠不住，这也无妨，有专门的办法。用两根木槌缠着一大把细绳子，就让两个人站在田埂上，一人拉着一头的木槌，让绳子笔直地横过水田。这门工作既不可缺少，自然由队长胡大贵的两个侄女担任，记全工分。至于队长胡大贵，则拿着"耙趟"（岭南乡间一种木制农具，由一块木板及嵌入的一根木柄组成，通常用于平整耙烂后的水田，或在晒坪上作收拢稻谷之用）在水田上，举目四望，时而吆喝一声，时而平整一下水田。尽管泥浆平滑的水田，已经平整得像一面镜子，但他还是举着耙趟去荡，神情肃穆，看上去就像一个精益求精的能工巧匠。

胡全富年轻力壮，主动去承担挑秧的任务，姚红苹背着小孩跟大伙儿插秧。但插秧需要不停地低头，弯腰，并向身后的空白地带挪动。她毕竟背着小孩，手脚的十分麻利也只能发挥出六七分来。这一来，就严重影响了进度，往往是她身边的人，早已插出了十几行开外，而她又赶不上。拉绳子的不客气了，也不管她，一行一行地往后移动，很快，一块水田，大伙儿就都插到边角了，而中间还剩下一溜儿空白地带，宽约一丈，一个妇人背着孩子在使劲插秧。大伙儿插完一块水田，又去插另一块水田，但姚红苹还在原来那块水田上折腾。显而易见，这是她的活，那些空白地带十分抢眼，仿佛在嘲笑她的速度太慢。胡大福走过来说："快点，快点，慢吞吞的，是不是要我去捉你家的猪?"这一次，无论姚红苹再坚强，她再也忍不住眼泪了。她用手一抹，手上全是泥浆，弄得满脸都是。

因为孩子，姚红苹受了不少队长的白眼和记分员的呵斥。好在，下一季，小孩就能走路了。姚红苹就将她交给二娃看管，或扔在地头上，偶尔瞥她一眼，只要能看到她的身影，就放心了。至于她是抓泥沙入嘴，还是舌舔草叶，这个可顾不上了。

大伙儿辛苦了一年，总算可以分收成了。在过去的一年，大伙儿都很卖力，丰收的景象鼓舞人心。一连几个晚上，全村三个队的大晒坪灯火通明，热闹非凡，几盏马灯或煤气灯将晒坪以及一角天空都照亮了。晒坪上的稻谷堆成锥体，像一座黄澄澄的金字塔。红薯、芋头、花生及大豆等堆积如山。人们就要分享劳动成果了，生产队在扣除了公粮及稻种等诸项，就可以按工分分给社员了。这就是"交够国家的，留足集体的，剩下来的全是自己的"。生产队第一次分口粮，大伙儿都很兴奋，大人脸上的红晕映着火光，而小孩子欢呼雀跃，绕着晒坪边上的箩筐捉迷藏。

整整一年，没有人预支生产队的钱，也没有人出去搞副业，所以也就不存在欠款的问题。大伙儿完全可以按工分拿东西了。通常的做法，就是将东西分成堆，或好坏搭配，让大家抽签或抓阄去拿，好坏怨不得别人。在乡下，讲运气永远是最公平的事儿。胡全富知道，在全队十三户人家中，他们家是工分最少的。这已成定局，就希望能分到质量好一些的谷物，再加上那几分自留地的作物，要对付家里的六张嘴，应当还是不成问题的。

然而，会计胡大寿的分法，却让他大吃一惊。胡大寿是按顺序分的，第一家是队长胡大贵家，稻谷也好，番薯也好，都由他先挑。而

吃了豹子胆

他是最后一家，结果轮到他，稻谷因为早已利用风柜将秕谷及沙石吹掉，问题还不大。但番薯及芋头，就只剩下小的，生虫子的，或挖烂了的，总而言之，都是次品。杂粮在农村，其地位也很重要。当胡全富夫妇挑着那两担烂番薯回到家，脸色就黑了，面面相觑，姚红苹忍不住哭了。她知道，无论是再巧的媳妇，也无法靠这么一点口粮挨到明年了。

秋风一过，就是冬至了。冬至社日杀猪，每队都按人丁分猪肉。当然，太公分猪肉，女孩是不算数的。胡全富派大儿子胡文强去领猪肉，至傍晚时，胡文强用盆子捧猪肉回来了，他一边走一边抹眼泪。他按例分到的五斤"猪肉"，其实不到两斤，还是白花花的肥肉，剩下的全是剔得干干净净的猪骨头。姚红苹将儿子的头按入怀里，她的泪珠就滴在儿子的额头上。胡全富叹了一口气，知道自己在生产队，是不会有好日子过了。好不容易挣到一点工分，但到分口粮分猪肉，那些工分就一文不值了。

姚红苹说："全富，要不你去求求那两个队长吧，看能不能转队？"胡全富说："没用的，没用的。"但他还是去了，果然一点用也没有。一队队长根本就不理他，而二队队长振振有词："社员入队是十分严肃的事，哪里能儿戏，说转说转？这是公社备了案的，你们就在三队好好干吧。在哪队还不是一样？"

胡全富跟老婆商量了一夜，觉得唯一的出路就是出外务工。胡全富打算去海南学做木匠，他还年轻，手脚也麻利，木工也不是多难学的活。邻村的木工师傅张亚瑞是他的小学同学，求他带去做工，应当不是问题。离开生产队，出外搞副业，按政策也是允许的。但问题就是，每个月得向生产队上交副业钱十二元，一年下来，就是一百四十四元。这可不是一个小数目。姚红苹鼓励丈夫去，说："留在队里，只能是死路一条。去搏一搏，说不定还有活路。这笔钱是不少，但你赚到钱，拿一部分出来交便是了。"

胡全富跑去跟队长胡大贵说了。胡大贵干笑着说："家富侄儿，外出搞副业是好事情呀。男子汉志在四方嘛，日后发达了，可不要忘了你贵叔呀。"胡全富嗫嚅了半天,才说:"这个副业钱——"他本意是希望能否减少一点,没想到,胡大贵说:"你每月就交二十元吧。"

胡全富大吃一惊:"人家都是十二元,我为什么要多交?"

"我不鼓励社员外出搞副业,尤其是像你这样的劳动能手。你们都跑光了,我就剩下光杆司令了。我一个人能又种水稻又种番薯?你不要怪我,你开了不好的头,如果人人都像你,生产队岂不是垮了?你是队里第一个要外出搞副业的人,我不好阻挠你,但这个钱你得交!"

"这是没有道理的,你凭什么要多收?"

"就凭我是队长。"

胡全富没有办法,但他咽不下这口气。第一天一早,他吃了早饭,就步行了二十里路,到葵花大队去找书记。葵花大队下辖二十多个自然村,胡家庄只是其中的一个小村。书记是姓马的,马书记坐在四方办公桌后的木椅上,吸着水烟,美滋滋地喷出了一团团烟雾。他眯着眼睛,等胡全富说完了,就说:"十二元好,二十元也好,这都是各个生产队根据自己的实际情况去定的,大队不好干涉。一点鸡毛蒜皮的小事都来找书记,书记岂不是忙死啦?以后没什么事不要随便来找我。我跟你讲,二十元也不算高。"

胡全富出师不利,跑回来跟姚红苹商量了一下。结果,傍晚他还是跑去见胡大贵了,他咬着牙说:"二十就二十。"

"二十不行了,我刚刚跟会计及出纳开了会,会计认为像你这样的精壮劳动力,一个顶仨,起码得要五十元,否则大伙儿都去搞副业了,我这个生产队还用搞吗?"

"二十吧,二十吧,一年二百四十,我马上回家去取来交!"

"你这个人真奇怪,我不是讲了五十吗?"

"队长,大贵叔,五十我可出不起,那可是什么数呀?一年得六百呀,我一辈子都没见过六百元哪。"

"对,一年就是六百,一分不能少!"

"队长你是不让我走。"

"你这样说就不对了。我当然欢迎你去搞副业，你去队里一年增收六百元，这该有多好？我巴不得你走，怎么不让你走？"

胡全富一点办法也没有，只好灰溜溜回家去了。六百元一年的副业费，他算过了，无论是谁做木匠，都交不起这笔钱。顶多交三百，再交多一元，都只能是白干了。因为做木工，不是去抢钱，也没那么好赚。

胡全富夫妇只好断了搞副业的心，老老实实在生产队干。虽然大家都姓胡，如果上溯十代八代，都是一个祖先。但三队本来是一家人，生产队就像是他们家的一样，生产队的劳动成果，就好比是他们家里的私有财产，胡全富一家插进来，他们就感到不舒服了。无论胡全富表现得再好，到分口粮分猪肉还是分塘鱼，都不可能分到什么好东西。

胡全富的孩子越来越大，个个嗷嗷叫着，都要张嘴吃东西。胡全富成了三队最穷的人，成了胡家庄最穷的人。他又不能离队去搞副业，总之生产队是靠不住了。只好想其他的办法，趁着年轻力壮，每天天一亮，就擎着锄头上山开荒，开了好几亩山地，种上番薯、花生、黄豆、南瓜等作物，全是可以充饥的。山地贫瘠，人畜粪肥又金贵，好不容易攒到两桶，还得去浇蔬菜，那些作物收成很差，但总算聊胜于无。胡全富除了开荒种粮，还打起了小河的主意，利用晚间去捉鱼摸虾，总算挣几块日用，勉强可供小孩读书。

好在姚红苹能干，家里家外，打理得井井有条，她还利用空闲做起了媒婆，也玉成了几桩，媒人仔媒人女逢年过节，也捎些猪肉上门拜访，总算让孩子开开荤。胡全富左支右绌，好不容易，总算撑过了几年，他也曾想过生产队会解体，但眼看生产队固若金汤，仿佛要千秋万代的样子，丝毫也没有解散的迹象。而三队的社员，就除了他家，家家户户都过得红红火火。胡全富恨得牙痒痒的，心里说："我这是给他们做长工了。"

他的儿子胡文强读初中了，胡文强这孩子很有志气，读书很用功，成绩很不错，不敢说科科第一，但每次考试，也总能在全班前十名之内。胡全富一家，就指望着他能考上中专大学了，看胡文强的架势，这并非不可能。如果他考上了，就是国家干部，再也不用在生产队耕田受苦了。然而，等到胡文强毕业了，正在摩拳擦掌要考中专时，他被葵花初中开除了。

原来，所有的初中毕业生，除了学校要写评语加意见，还得要所在的生产队写评语加意见。本来胡全富一家，祖宗三代都是贫农，根红苗正，但评语表格一落到队长胡大贵的手上，事情就糟了。

胡大贵在评语表上歪歪斜斜地写下：胡文强贫农出身，但品质恶劣，小小年纪就同情并拥护地主阶级，曾将胡家庄的地主胡老四奉为上宾。胡大贵的字写得像鸡爪在地上乱扒，意思倒是表达得很清楚。他这件事倒也全非杜撰，那还是前年的事，胡文强见胡老四在山坡上砍柴，忽然一头栽倒在沟壑上，原来他是饿昏了。胡文强将胡老四扶回家中，还从家里拿了一把米，给他煮了一盆粥吃。在胡文强一个孩子看来，这胡老四无非是一个孤苦伶仃的老头，根本就不像穷凶极恶的人。但他的成分是地主，这是无法更改的。据说他在土改之前，也曾经拥有十几亩良田和三个果园，如今果园的荔枝树早在大炼钢铁时锯断塞入了炉膛，那些良田也被三个生产队瓜分了。评语表一送到学校，校长就将胡文强开除了。

胡文强只好回生产队干活，一个十五六岁的少年，身体羸弱得像一棵豆芽菜，鸡胸驼背，面黄肌瘦，一看就营养不良。挑禾担，挑粪肥，人家挑一百来斤，健步如飞，可怜他只能挑五六十斤，还咬紧牙根，在路上摇摇晃晃。别人锄豆草，一个钟可以锄一亩豆地，而他两个钟也干不完，还将不少豆秧锄断了。计分员胡大福将锄断的豆秧从杂草中拣起来，凑近胡文强的脸庞，呵斥道："你难道没长眼睛吗？"胡文强脸红耳赤，羞愧无地。在这样的情况下，在计分员判他只能拿半个工分，他也不敢抗议。

但一年不到，胡文强就练出了一身好本领。挑担、插秧、割稻、锄草样样精通，连驶牛耕地耙田都掌握了，不比别人差。连王大贵也说："大福，你要给文强算全工分了。"胡文强脸膛晒得黑红，人长高了，身骨子结实了，背也不驼了，胳膊的腱子肉鼓出来，像走动着一窝小老鼠。他早有打算，他决定要离开胡家庄，离开这个像捕鼠器一样可怕的生产队。所以，他憋着一股劲，干起活来也不计较，就权当是锻炼身体好了。

等胡文强长到十七岁，他就去镇武装部挑兵。他挑兵时的感觉很不错，首长还捏着他的肩膀说："唔，小伙子体格不错!"胡文强在心里笑成了一朵花。如果他挑上兵了，家里就是军属，看村子里谁还敢欺负? 然而，一个月过去了，两个月过去了，入伍的通知还是没到。胡文强就彻底失望了，他一个人躲在屋后的竹林里，指甲深深地嵌入了一棵嫩竹，他将竹子掐得千疮百孔，泪水将竹头的泥土都濡湿了。

过了半年，胡文强才知道，原来，不到两个星期，武装部的入伍通知就发出了，但寄到生产队时却被胡大贵扣住了。胡大贵用那张盖着鲜红公章的通知书擦完屁股，然后扔进了粪池里。据说，当时胡大贵还扭头对在外面等着上茅房的老婆说："他一个同情地主的小坏蛋，有什么资格当兵?"此事传了出来，胡大贵当然不认账，他说："我从来没见过任何通知书，不管是入伍通知还是升学通知。如果有，我还不送到你们手上?"

胡全富虽然老实，但也咽不下这口气。他跑去葵花大队，要告胡大贵私截革命信件的状。胡全富说："我儿子胡文强被武装部挑中了，都发入伍通知了，但却被队长胡大贵拦截下来，据说他在毁掉之前，还用来擦了屁股。胡大贵污辱革命队伍的信件，就是污辱革命队伍，书记，这胡大贵要被处理了吧?"书记是新上任的，姓邹。邹书记戴着一副眼镜，斯斯文文，白白净净。他耐心地听完了，又用手指托了托镜架，表情严肃地说："如果你说的是真的，胡队长当然要被处理。用入伍通知擦屁股，哪还得了?"胡全富的眉眼儿嘴鼻儿都生动起来了，他附和说："就是啊，就是啊。"但邹书记又说："我们不能放过任何一个坏人，但也不能冤枉任何一个好人。凡事都得讲证据，你能提供那份沾上了屎橛子的入伍通知吗?"胡全富挠了挠头，目瞪口呆，说："我如果找到那份通知，我儿子就成了革命队伍的人了。"邹书记说："提供不了也不要紧，你当时亲眼看到胡队长用通知擦屁股吗？当然，你说看到还不行，还得有人给你做证明。"胡全富说："我当时不知道他这样干，否则就偷看他上茅房了。"邹书记不耐烦了，摆了摆手，说："去去，无凭无据的事儿，可不要再提了。否则人家胡大贵说你诬告，你可吃不了兜着走！"胡全富嗫嚅着说："这可是胡大贵自己讲出来的呀，他不讲我也不知道。"邹书记生气了，说："你这个人有病是不是？哪儿有人作奸犯科会说出来的？"

胡全富劳而无功，憋着一口气回到村庄，胡大贵就带着他的几个弟弟赶来了。胡大贵怒气冲冲地说："呵呵，胡全富，你可抖起来了，懂得去大队告我的状了。好，算你狠，算你有种，我胡某人可是怕你了。我这个队长，就辞官不做好了。"

他的几个弟弟抱着胳膊，横眉怒目，杀气腾腾，胡全富大气也不敢出，胡文强最小的妹妹，吓得"哇"一声哭了。

成立生产队这些年来，一直是胡大贵做三队队长，但现在他不肯做了。他放出话来，说："我辛辛苦苦为了集体为了社员，从来没有半点私心，将三队搞得风生水起，有时三更半夜还在田塍看水，有时凌晨四点就去犁地耙田，没想到胡全富反而跑去大队告我的状，说我利用职权整他。我为人一世忠厚，又整过谁来？胡全富窝囊废一个，我稀罕去整他吗？老子不干了，请另选贤能吧。"邹书记知道了这件事，感到十分头痛。而大队又不能派一个外人来做队长，邹书记没有办法，只好跑了一趟胡家庄，主持三队的队长选举仪式，没想到，除了胡全富是弃权之外，另外的十二张票，选的都是同一个人，那就是——胡全富。这颇让邹书记出乎意料，他哈哈大笑，说："全富呀，你看人家多宽宏大量，入伍通知的事，今后不要再提了。"胡全富莫名其妙选上了队长，猝不及防，他张大了嘴，愣了半天，赶紧摇头说："我做不了队长，我做不了队长的。"邹书记生气地说："你是有群众基础的，你是大伙儿选上来的，你想做得做，你想不做也得做！你可得给我将三队管得像模像样。"胡大贵将那个油漆剥落的手提喇叭往胡全富手上一塞，阴阳怪气地说："新上任的队长，恭喜你啊。"

胡全富只好硬着头皮当起了队长，但会计、出纳和记分员还是原来的班子，也就都是胡大贵的弟弟。第一次出工，胡全富怕别人讲闲话，早早就叫姚红苹和胡文强到了地里，他眼看东方升起了鱼肚白，红云越积越多，是时候了，就提着喇叭叫道："出工喽，出工喽，大伙儿出工喽——"然而，他叫了一个上午，直喊得声嘶力竭，嗓眼儿冒烟，三队的房子一点动静也没有，仿佛大伙儿都失踪了，销声匿迹了。事实上，除了他们家的社员，三队另外的十二户人家，没有一个人出工。

一连几天，皆是如此。胡全富和老婆孩子赶着牛，带着犁耙来到地里，望着层层叠叠的旱地，本来是要将这些旱地全部犁翻过来，耙得粉碎，全栽上番薯苗的。但社员都不出工，凭他们几个哪儿能完成这个活计？况且，如此卖力去做队里的工，倒不如去自留地忙碌的好。又过了几天，更严重的事情发生了，那些耕牛无人放养，个个都饿得左肚皮贴右肚皮。胡全富只好支使老婆孩子去放牛，先让牛活过来再说。

胡全富终于撑不住了，万般无奈，只好割了两刀猪肉去找胡大贵，说："队长，还是您回来做队长吧，要不，生产队的活计全耽搁了。"胡大贵说："我不是队长，你才是队长。"胡全富说："队长您说笑了，我是个刘阿斗，怎么扶也扶不起来的。队长还是非您莫属呀。"胡大贵冷笑道："是谁说当队长就可以整人的？那你现在不是想整谁就去整谁啦，那你不是可以整我啦。还以为队长好当，队长有这么好当的吗？"胡全富赔笑说："全是误会，全是误会，您怎么会整人呢，您不会。您就大人有大量，不计小人过，回来主持生产队工作吧。"

结果，三队又重新选举了一次，胡大贵再次当选为队长。经过这件事，胡全富就认命了，老实了。但他就像霜打的茄子一样，完全蔫了，整天愁眉苦脸的，一到地里，就埋头苦干，连话都不想说了。姚红苹倒是红光满面，嘴上叽叽喳喳的说过不停，有时还发出怪鸟般的尖锐笑声。她利用空闲时间去给邻近村庄的适龄男女做媒，她不仅受到好鱼好肉的招待，心情也很不错。

胡大贵曾跟姚红苹说要收她的副业钱，但是姚红苹反唇相讥，说："我没有旷过一天工，我也不是去搞副业，我凭什么要去交副业钱？"胡大贵拿她没有办法，她尽管三天两头就收到各式各样媒人仔媒人女的布料猪肉诸如此类，但的确没有收过主人家的钱。据说，不到十年的时间，她已经成了葵花大队一带响当当的红娘，她去做媒，一说一个准，几乎每条村都有她的媒人仔媒人女。她俨然成为葵花大队一带首屈一指的红娘了。据说，只要她一开口，好事儿就成了。让人称奇的是，她所促成的姻缘，从来没有过闹离婚的。别看如今一切风平浪静，姚红苹的反击正在静悄悄地进行中，等到胡大贵发觉，已经不可挽回了。

就在胡大贵重新当选为生产队长的那天，胡文强忽然从村庄消失了。胡大贵担心他是逃离村庄了，去做盲流了。没有生产队以及大队开的证明，任何人都是不准离开出生地并任意迁徙的。但他一个小农民，能跑到哪里去？只要生产队还存在着，他就还是三队的草头王，谁也奈何不了他。不久，传来各式各样的消息，有的说胡文强从广西边境跑到越南去了，有的说他从宝安偷渡到香港去了，有的说他跑到河南去挖煤矿，有的人说他发了财，有的人说他打架斗殴死掉了。总之，关于胡文强什么样的传闻都有，每一个听上去都像是真的，但一个也无法证实。胡全富的脸色愈加难看了。而姚红苹则声色不动，看上去没什么异常。

一天傍晚，胡大贵喝得醉醺醺地走进胡全富的庭院，他说："听说文强偷渡去香港被解放军打死了，是不是真的？"胡全富没有吱声。姚红苹说："你太不厚道了。我们不见了大儿子，不知多伤心，你还要来冷嘲热讽，你还是不是人呐！"姚红苹虽然显出十分生气的样子，但似乎也没什么悲伤。胡大贵疑窦满腹，也只好拎着酒瓶子走了。

姚红苹的反击在不知不觉间产生了效果，而且后果十分严重。她的反击十分隐蔽，没有任何蛛丝马迹，也没有人看出她是如何反击的，是从什么时候开始的，总之非一日之功。但现在的确产生了效果。终于有一天，胡大贵突然发现，他的四个儿子一个女儿中，除了在成立生产队前结婚的三个儿子之外，自己的小儿子及女儿早就该成家了，但却一直高不成低不就，一转眼十年八年就过去了，都三四十岁了。这样的年龄，在乡下已是明日黄花，错过了婚嫁的黄金时代，即使马上结婚，也只能降低标准，半卖半送了。早几年时，也有一些人来相亲，没有成事，王大贵也不在意，他是生产队长嘛，有权有势，家境殷实，在葵花大队一带谁人不晓？只有他挑别人，却不许别人挑他。多少人睡梦都想跟他结亲家哩，他不愁儿子娶不到老婆？没想到，一转眼又是数年过去，小儿子和女儿的婚事，依然是八字没有一撇。而他的孙子孙女也早到婚嫁的年龄了，但无一例外皆是相亲容易成亲难。他这才慌了。

他的八个弟弟几乎是同时发现了这个问题，为了寻求对策，他们专门开了一个会。作为三队会计的胡大寿，噼里啪啦敲了一下算盘，统计出整个生产队中的适龄男女共有二十六位，分布在生产队的十二户中，只有胡全富一家除外。最大年龄者当属胡大贵的小儿子胡为民，已经三十九岁了，这样的岁数，在村庄的未婚男子中，已经颇为罕见。由胡大贵做出指示，会后一致决定，重金延聘诸位媒婆，积极为这二十六位适龄男女寻找配偶，此事刻不容缓，必须马上进行。由胡大贵挂帅，王大寿、王大福为副，专门负责落实。

然而，说来也怪，一连过了三年，那二十六位大男女，一个也没有成功。胡大贵心力交瘁，他脸上的横肉"唰"地塌了下去，干瘪得像一件面具。再过一年，就闹分单干了。胡大贵不想分，但一队二队顷刻间就土崩瓦解了，形势逼人，不由得他不分。他将三队的田地及山林分成了十三家，胡全富一家也分到了一份。胡全富守着自己的稻田，他坐在田埂上，忽然"呜呜"地掩着脸哭出声来。他总算脱离生产队了，他可以自己享受自己耕种的庄稼。然而，他也老了。姚红苹拍了拍老伴的背部，她嘴巴动了动，想说些什么，但终究没有张嘴。

快过年的时候，村口响起了小汽车的喇叭声，几十年来，从来没有小汽车开进胡家庄，事实上，胡家庄的路没修好，汽车也开不进来，只能停在村口。人们涌到村口去开热闹，只见村口的草地上停着一辆崭新发光的银色小轿车，以为是县城来了大干部，谁知驾驶室走出一个男子，西装革履，皮鞋锃亮，脖子上还挂着乡下人称之为"牛舌头"的黑色领带，车厢走出一位穿着时髦的年轻女子，她手上还抱着一个小孩，那孩子一双黑眼睛骨碌碌乱转，在牙牙学语。那女子打扮得比城市里的大姑娘还要漂亮。那男子看到姚红苹，就抱住她的肩膀，他只叫了一声"妈"，就哽咽得说不出话来了。

在围观的黑压压的人群当中，就有着那二十六个倒霉透顶的大龄男女。尽管分单干了，生活也比以前红火了，但他们就是找不到配偶，也不知道是什么原因。看热闹的老队长胡大贵拄着拐杖，站在一块大石头上，他的脑海里就像陨石横空似的，闪过一道白光，忽然，他脚下一个趔趄，一个倒栽葱从石头上摔了下来。人们围着小轿车看热闹，没有一个人注意到他。

我作为初中生的生活片断

饥饿的滋味

一九八八年初秋，我考上了黄花初中。该学校坐落在黄花镇附近的一个山坡上，距村子有十几里路。去黄花镇通常有如下几种方法：有钱的人可以骑自行车去，更有钱的人可以开摩托车去，没有钱的人只好走路去。我家里很穷，连学费都是父亲像乞丐那样厚着脸皮向每一个沾亲带故的人借回来的，当然不会有自行车，所以只好走路。我还有一个选择，那就是坐父亲的鸡公车去，父亲早已跃跃欲试。所谓鸡公车，就是电影《淮海战役》里老百姓推着大米和白菜上前线支援子弟兵的那种独轮车。去年除夕，他就是用这样的鸡公车把家里养的大白猪推到了镇上的屠宰场。但我不愿意，我觉得我不是一头猪，也不是一袋什么货物，坐这样的车子多少有点丢脸。谁知到了学校，我的父亲做出了一件让我更加丢脸的事情：父亲一走到学校门口，往墙角里一靠，也不管有没有人，二话不说，就伸手往裤裆里掏，他用针线把学费牢牢地缝在内裤里了——这是乡下人常用的藏钱方法。就在父亲往内裤里乱掏的时候，许多人的目光朝我们扫射过来。我顿时无地自容，恨不得找个地缝钻进去。

黄花初中坐落在小镇旁边的一个山坡上。山上树木葱茏，山坡下有一湾河水弯弯曲曲地流过，在远处折出一角来，明亮如女孩子的指甲儿。但校园简陋得不像话，一道红砖砌成的围墙圈住两三幢破旧不堪的房子。这所中学就像一个羊圈，我和同学们注定了早晚要像绵羊一样被它圈在里面，无法逃逸。

学校是镇上惟一的一所乡村中学，汇聚了四邻八乡的农家少年。这里的学生从来没有想到高一级的学校深造，他们的目的是在混够三年之后，拿到一纸毕业证书，去珠江三角洲打工时会写一封通顺的家书，仅此如已。事实上，这所学校近十年来，几乎没有一个人能考起普通高中，它惟一的贡献就是源源不断地向外地施送牛高马大的打工仔和心灵手巧的打工妹。这儿的老师都有本事把教学当成了业余或副业，因为他们各自有谋生的绝技。譬如语文老师，他有一手写美术字的绝活，在县内外大名鼎鼎，公路旁，厂房边，农村的泥墙，随处可见他用石灰浆刷写的美术大字："计划生育是一项基本国策"、"一人参军、全家光荣"诸如此类。生物老师则是出没两广的猪崽贩子，他最看重的当然是猪栏里的小猪而不是我们。有一次，他猛然想起猪崽忘了喂食，把课本一扔就跑了，只丢下一句话："大家自习吧，可别像野猪乱跑！"历史老师兼班主任林玉婷虽然连秦始皇是哪个朝代的人都会忘记，但绝对是一位天才的裁缝师和杰出的推销员，因为她把生意理所当然地做到了我们的班上：班上的十二名学生官，每人订做一套"官服"，每位"官员"交十一元钱。我不幸也做过学生官，我吞吞吐吐地说，我拿不出这笔钱，老师您把我解甲归田算了。

如果一个人不幸出生在二十世纪七十年代的乡村家庭，就免不了要受苦受难。譬如吃不饱，穿不暖，要读书又没有钱。我受过的苦难并不少，如在乡下耕田时跟老黄牛打架，老被牛先生顶得四脚朝天，但这些都比不上饥饿更让人恐惧。在黄花中学读书时对着米袋子发愁，我想不出有什么办法可以用三斤大米对付一个星期。在那时，一条狗在我面前跑过，都会让我想起一大块香喷喷的红烧狗肉。我经常梦见大饼和烧鹅，但总是没有吃饱就饿醒过来了。忍无可忍的胃终于像一支农民起义军揭竿而起，要把我打倒在地，再踩上一脚。那种饥饿的感觉几乎让我绝望，当李闯王进北京时，我想大明朝的崇祯皇帝就有过这种感觉。

老师常说，革命前辈在爬雪山过草地时，一条皮带用水煮一煮就能吃上几天，我对此深信不疑。我不向困难低头，誓跟饥饿斗争到底，就是这种革命精神鼓舞的结果。吃皮带一事，虽然有点夸张，但也不是吹牛皮，因为该皮带就是用牛皮做的，吃起来有点陈年牛肉干的味道。但我身上的皮带，无论是用来生炒、清蒸还是水煮都不能吃，虽然美其名曰皮带，其实有名无实，是由两根晒干的苇草编织而成的，我又不是一头老牛。

我虽然身无分文，但要解决饥饿也不是没有办法。譬如去偷乡下人的瓜果，或者上街去乞讨。我一直到今天都不去做小偷和乞丐，这应当归功于我的语文老师李微白。他常常教育我们说，在唐朝时有一个同学，穷得没有裤子穿，宁愿渴死也不饮盗泉之水，宁愿饿死也不吃嗟来之食，但还是废寝忘食地学习，结果考起了大学，又成了大诗人，比李白还要出名。我对该同学马上肃然起敬，要把他当作学习的榜样，可惜李老师一时忘了他是谁。

我要说的办法其实就是上山去打猎。如果去捉人家养的家鸡家兔，就是强盗之行径，不是好汉之所为；如果去山上捉野鸡野兔，就不会损害我一世的英名，野鸡野兔的味道想来也不会差到哪里去。黄花初中后面有个名儿叫中火嶂的山，也算林木幽深，清泉淙淙，料想也有野兽出没。如果我捕获到一头野猪或一只野鹿什么的，就不愁吃愁穿了，肉可以红烧或炖焖，皮可以剥下来做一件漂亮的大衣，外加一双皮鞋。

我想到了打猎，就感到生活有了奔头，遂兴致勃勃地制造武器，准备大干一场。我的武器有三件：一柄长矛，一副弓箭，还有一面盾牌。长矛是由一根木棍做成的，棍尖包着一块捡来的铁皮，磨得锋利。弓箭就相对复杂些，我用拗弯的青竹片做弓，用一根橡胶管做弦，用插上铁钉的芦苇秆来做羽箭，威力相当惊人。考虑到野猪的獠牙和虎狼之类的利爪，我又拿来一只烂铁桶，把它碾平做了一副盾牌。我在一个秋高气爽万里无云的周日，背上弓箭，持着盾牌，挥舞着长矛杀向学校后面的中火嶂。这样，我看上去就不像一位二十世纪八十年代的初中生，反倒像一名冷兵器时代的武士。

一个人要是饿昏了头，什么事都有可能做得出来。想想我那时也够残忍的，整天想着剥皮抽筋的勾当，虽然要去剥的是野猪野鹿的皮，也失之慈悲，没有环保意识。我终究没有剥到任何一只野兽的皮，黄花镇的野兽早就在五十年前就被赶尽杀绝了，如果黄花镇曾经有过野兽的话。我上山的时候，有点兴奋，也有点忐忑。如果捕获了一头野猪，我是否有足够的力气把它弄回去；如果碰到了一只猛虎，我是否能像武松那样把它打倒在地。但如今我在山上转了一圈，不要说大虫野猪，就是一只野鸡野兔也没有见到。我无比沮丧，又累又饿，一屁股坐在长满了野花和青草的地上。没有野猪大虫之类的猛兽跟我搏斗，我像一位打遍武林找不到对手的高手，第一次体会到了高处不胜寒的孤独滋味。

猛兽没有，麻雀之类的小鸟倒是有不少。有一种嘴角鲜红、屁股通红的小鸟，尾后竖着长长的翎羽，煞是好看，叫声也很动听。我不知道这是什么鸟。但它们老是在我的面前挑衅地撅起那丑陋不堪的红屁股，就激怒了我。我遂用手中的利箭去招呼它们。罢罢罢，我的武器本来打算是用来对付虎狼之辈的，不想如今用来对付小鸟。那些鸟儿太小了，如果它们长得像鸵鸟一样高大，又像肥猪一样笨拙，我肯定百发百中。可恨的是，这些小鸟长像比鸵鸟的眼珠还小，又比克格勃特工还要机敏，我的箭术就大大地打了一个折扣。我一直忙到夕阳西下，暮色降临，才打到三两只鸟儿，烤熟了还不够塞牙缝。如果不是采到了一挂野香蕉，我差点饿死在山上。

黄花初中坐落在一个山坡上，四周是一片肥沃的田野。这片田野在春天是绿色的，因为种水稻，到了秋天就是金黄色的，因为水稻熟了。冬天则不值一提，因为什么也不种，田地被农人大片大片地犁翻过来，晒得发白，像一片片白色的鱼鳞。我对这些季节不感兴趣，只有夏天例外，因为夏天是收获番薯的季节（顺便说一句，那时我为饥饿所苦，整天在绞尽脑汁讨好我的肚子）。众所周知，无论多么高明的人，也没法把地里的番薯一个不剩地收回家去，多少总会有一些漏网之鱼。事实上，地里的番薯就像中越边境上的地雷一样，不可能扫得一干二净。

在夏天，同学们经常看到一个人拿着一把扫雷器似的东西在收过后的番薯地上逛来逛去，偶尔还蹲下身去，利用手中的工具去挖掘，就像一位在中越边境上扫雷的工兵。那个人的头上戴着树枝和草叶编织成的帽子，把半边脸都遮住了，身上又裹着一块宽大的香蕉叶，看上去就更加奇怪。不少同学十分兴奋地奔走相告，以为看到了中越战争片中无比英勇的我人民子弟兵——那时候这类片子很吃香，我人民子弟兵理所当然是大伙儿的偶像。有人还跑来跟我说，我看到英雄了！但我总是一声不吭，脸色变得很难看。因为那个人就是我。我需要地里的番薯来填充我空无一物的肚子。只有这些圆滚滚的、热乎乎的家伙才能让我抵挡腹中如狼似虎的饥饿。我拿在手上的当然不是什么扫雷器，而是一把自己制造的锄头，它由木棍、石头和绳子构成，因此有名无实，但用来对付隐藏在地里的番薯也绰绰有余。至于我为什么要乔装打扮，目的是不想我的同学认出我，靠捡番薯来过日子，太丢脸了。天地良心，我不是故意要伪装英雄来欺骗大家的。

但我也骗不了几天，同学们认为我根本就不是什么英雄人物。因为所有的英雄都不会像我这样毛手毛脚，缩头缩脑，东张西望。我手中的工具反倒有点像是历史老师兼班主任林玉婷介绍过的山顶洞人使用的磨制石器，因此，我极有可能是一个原始人或野人。那些混蛋越想越兴奋，还跑来跟我商量，希望我给他们制造几副弓箭和绳套，准备把我生擒活捉送去做科研，当然活捉不了，射死勒死也不要紧。我此惊非同小可，从此也不敢去捡番薯了。

一条有问题的裤子

所有的老师都拼命教导我们去树立远大理想与科学人生观。理想远不远大，人生观科不科学，当然由老师说了算，所以我们班有不少同学越来越像木偶。但我有另外的想法，至少要保留梦想的权利，不肯去接受别人设计好的人生目标，结果老师们大失所望。他们苦口婆心地教导我说，世界上最伟大的理想是以天下为己任，把全人类中受苦受难的三分之二解放出来。凭良心讲，这样的理想者很让我辈肃然起敬，但真的要我去奋斗，把天底下的穷人一个个解放出来，就显得有点不自量力，多少有些不够实际。

在班会课上，班主任林玉婷问我有什么样的理想？我的回答是得到一条比较完整的裤子，以免我的臀部遭受日晒雨淋之苦。林老师提问的是一个非常崇高的问题，我却煞有介事地搬出了臀部，林老师马上气得脸色涨红、浑身打颤，以为我存心来跟她作对。林老师是一位刚走上工作岗位的年轻教师，老是怀疑别人要打她的主意、吃她的豆腐，遂觉得我这句话含有挑逗之意，用现在的话来说就是性骚扰。但我当时是一个十几岁的小毛头，又能挑逗到哪里去？无非是实话实说而已，并无对林老师不敬之意。

但是同学们忍俊不禁，继而嗤之以鼻。在他们看来，我属于鼠目寸光、胸无大志之徒，有什么资格来讽刺老师！当然我的追求太渺小了，跟老师倡导的理想一对照，不禁汗颜。其实我也有不少比较远大的理想，譬如当运动员为国争光当宇航员驾驶宇宙飞船去月球作客什么的，但当务之急还是裤子问题。因为我家里太穷，我的裤子漏洞百出，老是被女同学取笑，她们惨无人道地用橄榄核掷击我裸露出来的臀部一角。我的臀部遂成了众矢之的，每天都要承受数以百计子弹般呼啸而来的橄榄核，真是苦不堪言。

就因为我这条漏洞百出的裤子，林玉婷老师老是瞧我不顺眼，总想找我的碴子。功夫不负有心人，她终于找到了一个千载难逢的大好良机，马上揪住不放，张开血盆大口，冲着我咆哮道：不讲究仪表美，穿着直露！不注意"五讲四美"，身体语言不文明！一句话就是存心要给班集体抹黑！

尽管林玉婷老师把我骂得狗血淋头，但我也毫无怨言，因为自己的确罪有应得。事情是这样的，我们班集体参加学校举行的广播操比赛，我们做得很好，动作优美，队列整齐，总之无可挑剔，但我们并没有拿到名次。问题就出在我的身上，当我做到踢腿运动时，得意忘形，一不小心春光乍泄，全场笑声如雷。我无地自容，双手掩着这条

吃了豹子胆

罪该万死的裤子夺路而逃。结果我们班就这样被扣了十分，一败涂地。

我觉得林老师骂得很有道理，就跑回家去跟父母大吵大闹，声泪俱下，一五一十地哭诉，瞧，我的屁股都让人打烂了！不给我做一条新裤子就罢课！父母一看，也吓了一跳。父亲灵机一动，建议我把家里废置的铁锅拿去绑在臀部上，以抵御橄榄核雨点般飞来的袭击。母亲则只顾着擦眼泪，长吁短叹，抱怨自己嫁了一个穷鬼，害得儿子没有裤子穿。父亲马上反唇相讥，两人唇枪舌剑，针锋相对，吵得不可开交。总之，就是没有人提一提做裤子的事情。我折腾了半天，也只好垂头丧气地背起书包上学去。

我终于意识到，裤子的问题一日不解决，我就一日不能安宁。有一次，我在一场美梦中把这个难题给解决了。在梦中，我来到了一座白云缭绕、虚无飘渺的高山上，遇见了一位美如班花李叶的仙女，只见她随手摘下一块芭蕉叶，裁剪成裤子的形状，吹了一口仙气，我就拥有了一条最漂亮的"的确良"裤子。后来我不幸看到了蒲松龄先生的《聊斋》，书上就记着这样的内容，白纸黑字，我不禁面红耳赤，羞愧万分，我这梦不明摆着是抄袭人家的吗？

我这人有一个好处，那就是一遇到困难就动脑筋，一动脑筋就想出了办法，把难题一刀解开。我赶快去动脑筋，果然想出了一个好办法，遂跑到黄花镇上的缝纫店，捡回一麻袋布角儿，让母亲把这些五颜六色的布角儿一一拼缝起来，给我做成了一件衣服。这件衣服的款式很新潮，又长又宽，样子有点像孔乙己一天穿到晚的长袍。但它又是一件名副其实的百衲衣，五彩缤纷，花团锦簇，怎么看怎么像唐僧的袈裟。尽管我穿上去像一位捉鬼的法师，但也顾不上这么多了。至少，我的臀部不会再给我丢脸了。

我刚松了一口气，班主任林玉婷老师又在班上宣布，每人必须给灾区的人民捐献一件裤子，她还强调说，这是一个人有没有同情心的表现。

同学们争先恐后地完成了任务，但我心有余而力足。林老师冷笑着说，别看你平时表现得还不错，一到关键时刻就经不起考验了！像你这种人，万一将来国家有难，别指望你们会挺身而出保家卫国！林老师这样说让我很伤心，也很怒火，心说，我花了九牛二虎之力才做成了这件裤子，想不到您倒来打我的主意！但她毕竟是我的老师，我敢怒不敢言。谁知林老师见我不吭声，以为我知错了，竟然抬高嗓门大喝道，限你今天交上来，就是身上的这件！我大声说道，好好，马上脱下来都行，但请老师先给我一张稍大一点的报纸——林老师一听，勃然大怒，继而脸上一红，紧绷着脸走了。

我终究没有捐出这件来之不易的百衲衣，我也想做活雷锋，但也不能做露体狂。没有衣服穿真是一件让人难堪的事情。我当时没有替换的衣服，穿来穿去都是那件百衲衣。但同学们觉得颇为奇怪，因为我的衣服看上去也不怎么脏，结果大伙儿以为我有两件一模一样的长袍。其实不然，只不过我在洗衣服时神不知鬼不觉罢了。

我是用中午放学的时间来洗衣服的，要洗衣服，我就跑到黄花河畔的小树林里去，树林中有一棵很大的龙眼树。众所周知，龙眼树枝叶茂盛，叶子密密匝匝，像一把巨伞，连阳光都照不进来。我跳进了黄花河，在水中完成了洗衣服的重任，又用眼睛四下里一瞥，瞅见无人，赶紧飞快地爬上龙眼树上去。我把湿衣服拧了一下，挂在枝头上，然后一丝不挂地倚在树杈上睡觉。这样，这棵龙眼树就像一只巨大的鸟巢，而我则像一只还没有长出翅膀的雏鸟。《西游记》里有一位道行高深的乌巢禅师，大概就是这个样子。等我一觉醒来，衣服也庶几干了。

但这些事情不会发生在冬天，因为我没有胆量脱光了衣服裸露在北风之中。不是阳光灿烂的日子，我也不敢洗衣服，就是洗也干不了。但是天有不测风云，我又不是气象专家，有好几次就吃了大亏，譬如我在洗衣服时阳光灿烂，等洗好了，却又雨如瓢泼。我也只好自认倒霉，像落汤鸡一样穿着湿衣服赶回学校。

跟贫穷斗争到底

在黄花初中读书的时候，我没有饭吃，没有像话的衣服穿，在大伙儿的眼中是一个笑话。我整天托着腮帮像一位哲学家那样冥思苦想，想了三天三夜，终于恍然大悟，原来这一切都是拜贫穷之所赐。

我决定跟贫穷斗争到底，要把贫穷打倒在地，再踩上一脚，让其永世不得翻身，就像苏格拉底寻求真理那样去寻求致富之路，像革命者解放全人类那样无比英勇地解放我自己！我想了许多办法，譬如上山砍柴，或者去码头做搬运工。我虽然有的是力气，但消耗的食物太多，成本太高，很不划算。我又想去餐馆端盘子，这种活儿就不会很累，但人家又不要我，理由是不如女孩子秀色可餐。说白了，我最想做的就是又省力气又能赚钱的活计，然而天底下哪有这么好的事情呢？

后来，我决定去做买卖，而且是无本生意，因为打死我也拿不出什么本钱。小人书上的绿林好汉一看见有人从山下经过，就挥舞着大砍刀扑过去，大喜过望地说："好一条肥羊！"好汉们做的就是没有本钱的买卖。当我看见镇上有钱人家的小孩时，也禁不住心头暗喜："好一群肥羊！"我不说你也知道，我要做无本生意当然不是拐卖儿童，而是说我也可以去赚那些孩子的钱（顺便说一句，我一生中最恨的就是偷鸡摸狗、招摇撞骗）——我发现他们手上拿着的玩具，譬如汽车模型、塑料蟒蛇、布老鼠诸如此类，栩栩如生，活灵活现。但我又发现类似这些玩具的玩艺儿唾手可得，山上或河里就有不少。这样，我只要把它们弄来，稍为加工一下，包装包装，拿到镇上去卖，就不愁没有钱赚。

我说的那些玩艺儿当然不是真的玩具，但比真正的玩具更加逼真，更加好玩，更有市场前景。当然这是我的一家之言，好不好玩，有没有市场前景，还得要拿到市场上去检验。我说这些玩艺更加逼真，倒也不是吹牛，因为那些玩具就是模仿它们来做成的。

总之，我说的这些玩艺都是活生生的——老鼠不是布料做的老鼠，它根本就是一只獐头鼠目的老鼠。蟒蛇也不是塑料做成的蟒蛇，它根本就是一条生龙活虎的大蟒蛇。当然现成的汽车模型我是找不到的，但黄花河里有的是乌龟王八，我到河里摸上几个就足以滥竽充数、以假乱真。

于是，我利用周末抓来了几只老鼠、一条蟒蛇和三五只龟鳖，就到镇上赶集去了。我用一只麻袋在地上一铺，把货物一扔，就算开张了。老鼠被关在一个小竹笼里，龟鳖放在一个瓦瓮里，蟒蛇则被我敲掉了牙齿盘在我身上。我在额头上扎了一根红布带，赤着上身，腰间盘着一条大蟒蛇，那蛇儿还呼呼吐着蛇信，我看上去就像一个走江湖卖艺的主儿，十分引人注目。我又竖起一个纸做的牌子，上面写着：老鼠一角，龟鳖五角，蟒蛇二元。

然而生意并不好。孩子们认为这些龟鳖看上去根本就不像汽车模型，跑得又不快，老是缩着脑袋，教人生气。那猥琐不堪的老鼠就更是无人问津了。孩子们对大蟒蛇倒是大感好奇，还伸手摸了它一下，但不料蟒蛇勃然大怒，双眼一瞪，作势欲扑，吓得那孩子哇地一声哭了起来。

我守到天黑，总算来了一个顾客。来人是一个瘦小干瘪的中年汉子，他流着口水，掏出两元钱买走了我的五只老鼠和三只龟鳖，还想用一元钱买走我的大蟒蛇，然而遭到了我的拒绝。他买我的东西当然不是拿来玩，而是开膛破肚，炒了下酒。我不禁一阵心酸，老鼠当然罪该万死，但龟鳖却没有什么罪过，大蟒蛇就更不能被他吃掉。后来，我把这条没有牙齿的大蟒蛇送到田野放生了。

兜售天然玩具的计划破产了，我致富之心不息。我绞尽脑汁，终于又想出一个点子。我从山上捉来一种甲虫，这种长有一身硬壳的美丽甲虫会把铁丝拗成的三轮小车拉得团团转动，或者用纱线来拴住它的脚，让它盘旋飞舞，大是好玩，每只卖一角钱，大受欢迎。我又灵机一动，上山去捕那种嘴角鲜红、尾后竖着美丽翎羽的小鸟，用细绳子拴住它的脚，让它在空中飞来飞去，看上去就像一架遥控的飞机模型。这种玩具卖到两块钱一只，依然供不应求，这次我总算赚了一点小钱。

我靠卖"天然玩具"赚了一点钱。我觉得这点钱是一只母鸡，我应当想办法让它给我生下一堆鸡蛋，而不是把它一刀两断，杀鸡取卵。暑假到了，我经过再三考虑，决定用这点钱来做本钱，做点小生意，去赚老百姓口袋里的钱。

众所周知，想去赚老百姓的人多得像牛魔王身上的虱子，不可计数，当然能不能赚到也是一个未知数。在稻花飘香、一年四季遍布着阳光的南方乡村，长年累月穿梭着这样的一支浩浩荡荡的大军，瞪着血红的眼睛，提着硕大的麻袋。据说麻袋是供装钞票之用的，可怜老百姓有几个硬币！这支队伍虽然人数惊人，但也可以粗略划分为两种：一种是身怀绝技、心灵手巧的手艺人，譬如阉鸡佬、补锅匠、剃头匠诸如此类。换言之，这是一些聪明人，都或多或少掌握了一两门谋生的本领。另一种是自己虽然没有什么真本事，但懂得把别人辛辛苦苦做出来的东西拿来贩卖，坐收渔翁之利，譬如乡村货郎就是其中之一。我认为后一种人更聪明一些，我决定去做一个乡村货郎。

有位文学青年这样描述过乡村货郎：这些傻×一律长得獐头鼠目，嘴唇上留着两撮鼠须，头上戴着一顶草帽，手上摇着拨浪鼓，倒是一张利嘴削铁如泥，巧舌如簧，很能讨乡下小媳妇的欢心……如果他见过像我这样玉树临风英俊潇洒的乡村货郎，肯定悔责自己见识太浅，留下笑柄。我在个人形象上煞费苦心，我觉得要后来居上就要出奇制胜。我的扮相是这样的，头上梳着两个冲天小髻，肩上横着一杆大枪，枪的两端挂着两只黄澄澄的巨大葫芦。虽然我的脚上没有踩着风火轮，但看上去也有几分像八臂哪吒。我肩上的大枪其实是木头做成的，但是非常逼真，还有一把火焰般怒放的红缨，枪尖则用白色的颜料涂过，像青蛙的肚皮一样雪白，白里又透着点蓝，看上去锋利无比，恐怕什么盾牌都能刺穿。那两只巨无霸葫芦也当然不是真的葫芦，是我让老爸用竹篾给我编织的箩筐。我惟一的要求就是这两只箩筐必须具有葫芦那样的形状，颜色就好办了，不提也罢。至于里面的宝贝可就厉害了，用它们来赚老百姓的钱，肯定一逮一个准，赚你没商量。

我这两只形似葫芦的箩筐里的东西很多：针对小孩的各式糖果、玩具，对付女人的针头线脑、胭脂水粉，还有专为男人而备的烟丝烟叶，总之能赚老百姓钱的玩艺儿应有尽有。

　　别人是用拨浪鼓的，我偏不用，我的招儿多着呢。我挑着货郎担进了村庄，就取出了我的宝贝：一只大螺号。当年琼崖抗日游击队的信号兵就用过这种玩艺儿，吹响了用声如洪钟来形容都不过分，我在村头一吹法螺，谁都晓得我来了。

　　果然先声夺人，大人小孩都围上来了。有个瘦得像孙悟空的汉子咬着我的耳朵悄悄地说："有没有让我东山再起重振雄风的那种药？"嘿，敢情他看我拄着大枪，挑着两只大葫芦，把我当作跑江湖卖狗皮膏药的主儿了。我心里一乐，先把该老百姓的钱赚了再说。那时我年纪还小，不太懂他要的到底是什么药，但我声色不动，微笑道："你说的这个药嘛，当然有啦。不是我夸口，你这次可找对人了，我这药是祖传秘方，灵验如神，须辅以小公鸡一只、鹿茸若干烹用，连服七七四十九次，可连根拔除！"我看他面黄肌瘦，皮包骨头，只道他有病也是饿出来的，我这药无他，一袋糖果而已。

　　我旗开得胜，好不得意。我掏出一把糖果对一个女人满脸堆笑地说："这位嫂子，买颗糖果回去哄小孩可好？"

　　"看着是耍把戏的，原来还是一个摆杂货的。都是你们这些狗日的杂货佬，蛊得孩子整天哭闹着要老娘掏腰包，老娘偏不买！"那女人一撇嘴说。

　　"那嫂子就一定要买我这种天下无双的糖果了！"我把糖果放回去，又掏出另一种糖果，诶笑着说："孩子吃了这种糖果，敢保证他在有生之年也不敢吵着要你买糖了！"

　　"说什么？"那女人有点糊涂了。

　　"这种糖果其实是用海南野辣椒做的，其辣无比。用黄连做的也有，要不要？"我得意地说。

　　"有这样的好东西？我买，我买！"那女人大喜过望。

　　我哪有什么黄连之类做的糖果了？哄她买了再说。

　　我又掏出一只气球，面不改色地吹起了牛皮："我这只气球以众不同，你就是用针来刺也不会破，买回去给小孩玩最划算了，小孩长大了再给下一代玩，可当传家宝……"我说着鼓起腮帮子来吹气球，不料我不知节制，气球竟啪地破了……

有味道的女同学

　　我在班上陷于孤立，几乎没有一个可以交谈的同学，也没有一个喜欢我的老师。喜欢我的吴美丽同学是我的一场噩梦，我喜欢的杨蓝老师则构成了另一场更大的噩梦。这两场交替出现的噩梦让我走投无路。我孤立的原因是这样的，大家都看不起我，所以我不团结同学；我没有钱去参加班上组织的旅游，所以我不热爱集体；我在课堂上指出了老师抄错的数学公式，所以我不尊重老师；我没有钱捐献给灾区的同胞，所以我又毫无同情心，肯定不是好人……因此，尽管我的成绩在班上首屈一指，从来也不偷鸡摸狗，连迟到早退都很少，但由于我有了上述缺点，就不可能被评为梦寐以求的"三好"学生。

　　我承认我当时思想单纯、爱慕虚荣，对班上的流动小红旗和"三好学生"之类的光荣称号垂涎三尺，整天希望老师在大会上点名表扬我。谁知道一进入初中，竟会遇到这样让人垂头丧气的事情，一开始真是万念俱灰，闷闷不乐。刚才我说过，班上还是有一个人喜欢我的，她就是吴美丽，可惜这是我的一场噩梦，避之惟恐不及，当然也就不稀罕她的喜欢。吴美丽老是觉得我是忘恩负义的陈世美，觉得我这辈子欠了她比汪伦送李白还要深的情义。因为全班只有她睁了眼睛来关心我，我竟然胆敢不领情，真是岂有此理！但我思来想去，觉得自己还是没有错。如果是为了保卫祖国母亲和人民群众，我保证像董存瑞那样抱着炸药包往敌人的碉堡猛冲都不会皱一皱眉头；但如果为了区区吴美丽就去牺牲自己，就多少有些不情不愿。

　　吴美丽确实很美丽，她像一只长着美丽脖颈的长腿火鸡，身后披散的头发类若雌火鸡身上漂亮的翎尾。她也很有味道，但可惜不是油炸火鸡腿的味道——正是那该死的味道让我闻风丧胆，逃之夭夭。那时，我还不知道这种好像是从鸡屁股里涌出来的味道就叫狐臭。她身上的味道有类似于毒气弹的巨大杀伤力，如果在没有任何保护措施的情况下，站在她三尺以内的距离，谁都有休克或窒息的可能，我绝对不能冒这个险。当然，如果采取了一定的保护措施，就不会有太大的问题。譬如我曾试过用硬纸板和塑料膜做了一个防毒面具来戴，以便接受吴美丽同学的伟大友谊，结果只戴了三天，就被老师斥之为装神弄鬼，有伤风化，简直是要故意跟全校的师生和"四化"大业过不去。我赶紧改在鼻孔塞上两颗洋葱头，但又被大伙儿讥之曰：猪鼻子上插葱——装象！最后，我只好捡了一个瓦罐套在脑袋上，但套上了瓦罐就无法看清道路，结果摔了几跤，跌得鼻青脸肿，连瓦罐也摔碎了好几个，这次是吴美丽主动叫我不要戴了，她虽然做梦都想找机会来关心我，但也怕闹出人命。可是她坚持说，如果你不理我，归根到底还是无情无义！这句无情无义的话激怒了我，我咆哮道，老子既不想戴瓦罐，也不想理你！其实我很珍惜吴美丽同学对我的伟大友谊，但我总不能拿自己的生命去开玩笑。

尽管我此后一见到吴美丽就掉头就跑，但她对我的热情丝毫不减。有一次，她把我堵在一条死胡同，一只手叉在腰上，另一只手拿着一只棒槌状的东西，得意洋洋地说，跑呀，怎么不跑了？看你往哪里跑？狗咬吕洞宾，不识好人心！说着，她就把手中的狼牙棒塞在我的手里，原来这是一只硕大的火鸡腿，我马上闻到了一种最美好的味道和最糟糕的味道，这两种味道在空气中交织在一起，我不知道该是深呼吸还是掩住鼻子好。说句心里话，我只有在美梦中才见过香喷喷的火鸡腿。我真的很想带走它，这是多大的火鸡腿啊，就像是梁山好汉"霹雳火"秦明手中的狼牙棒。然而，我终于把它扔在了地上，掉头就跑。我不能被她的糖衣炮弹击中，我在火鸡腿的浓香中仍保持着高度的警惕。我知道，如果我接过了这只香喷喷的火鸡腿，我就至少要戴一个月的瓦罐了。

出乎意料的是，吴美丽这次并没有阻拦我。她气得浑身发抖，咬牙切齿地说，黄大强，王八蛋，我永远也不想再见到你，你给我滚！黄大强是我的名字，王八蛋则是吴美丽所憎恨的所有人的名字，包括校长，所以我并不觉得她在骂我。她说永远不想见我，真是正中下怀。她以为是对我的残酷惩罚，谁知道恰恰使我获得了翻身解放。

吴美丽同学真的不理我了。不再理睬我的吴美丽同学看上去像一位高傲的××格格，她只用手势跟我打招呼，只用鼻子跟我交谈，这样，她就有点像一个怒气冲天的哑巴格格。但她偶尔在偷瞥我的时候，目光中闪烁着一种非常复杂的东西，仿佛交织着一种对我苦大仇深的蔑视和一种源远流长的怨恨凄苦。这样的目光让我不知所措。如果她缺少那种让我见血封喉的味道，如果我的脸上没有长着鼻子，只要两者必居其一，我都可以接受她的伟大友谊。但这纯属虚构，所以我是一点办法也没有。

其实，吴美丽身上的味道虽然可怕，但还不至于把我吓成这个样子。我不敢接近她是因为我惊恐于来自内心深处的稳秘欲望。她那木瓜形的乳房和磨盘似的大屁股让我心惊肉跳，头晕眼花。我无法摆脱她那硕大乳房和屁股的有力诱惑，然而，我并不喜欢她。这让我感到自己是一位流氓阿飞，而不是共产主义事业的未来接班人。我只好躲开她，我不敢单独面对她的美丽乳房和大屁股。吴美丽身上这些圆滚滚的东西就像语文课本上所说的装着魔鬼的胆瓶，只要把瓶口打开，不知道会冒出什么样的魔鬼来。她身上那对姣美的乳房就像埋在我青春地带上的两颗地雷，我不敢接近它们，更不敢冒然触碰。这出于一种对未知事物的深深恐惧。

音乐老师美得像一件乐器

升上初二的时候，学校新来了一位音乐老师，这是我们学校有史以来以来的第一位音乐老师。在她来之前，我们的音乐课一直由班主任林玉婷充当，每次音乐课都唱《学习雷锋好榜样》和《解放区的天是明朗的天》。因为林老师只会唱这两首歌，会唱的意思就是她能够冒着被我们笑死的危险英勇地唱完这两首思想健康、积极上进的革命歌曲。班主任唱前一首歌时就像母猫叫春，唱后一首则像野猪狂嚎，总之，她有本事把美如天堂的音乐课变成人间地狱。直到音乐老师杨蓝来了，才把我们受苦受难的耳朵从水深火热中解救出来，我们才懂得了什么叫解放区的天是晴朗的天。

杨蓝老师刚从音乐学校毕业，年纪不大。她的声音像甘蔗汁一样清甜，像糯米酒一样浓香，她天籁一般的歌声让我们领略到了音乐的无比美妙。她不仅我们唱教革命歌曲，还教费翔《冬天里的一把火》和张国荣的《沉默是金》。我们感受到后者比《学习雷锋好榜样》要好听一些。这不是诋毁革命歌曲，实在是音乐那迷人的力量使然。但学校领导并不这样认为，所以学校广播整天播放的都是《学习雷锋好榜样》《小草》诸如此类，他们希望把我们全部教育成当代的活雷锋。学雷锋就得做好事，做好事就得从身边的小事做起，最后都是以全心全意为学校的老师服务告终。譬如，我班的几个学雷锋积极分子或标兵，之所以成为标兵，就是因为数年如一日地为老师打水、洗衣服和拖地板。

杨蓝老师让我们大开眼界的不仅是像夜莺一样美妙动听的歌喉，她还美丽得一塌糊涂，不成人样。我说像她不成人样，是说她像电视连续剧《聊斋》里的狐仙或女鬼，出凡脱俗，人间罕见。比如她穿的上衣看上去有点像渔夫用的渔网，有无数丝织状的网眼；短裙则十分像一块斜放的芭蕉叶，只有一块布料裹住浑圆的臀部，露出两条长试管一样透明、光滑又结实如象牙似的长腿。总之，杨蓝老师整天花样百出，让人目不暇接，叹为观止。

我们这些乡村少年从来没有看过一个人可以把衣服穿成这个样子，美得明目张胆，飞扬跋扈，美得让人触目惊心，见血封喉。更让我们大开眼界的是杨蓝老师的头部，所有人的头部都大致可以粗略地分为头发和脸庞两个部分，她的脸经过能工巧匠的精描细刻，自是美不待言。所谓能工巧匠当然是指杨老师本人，事实上，她把自己不可多得的脸庞当作一件完美无缺的艺术品来雕琢和加工。现在我要说的是她的头发，大凡头发，要么短得像针尖，要么长得飘扬如旗，比如吴美丽同学的头发就美其名曰披肩发，老是在我面前臭美，就像一只竖起了翎羽的雌火鸡。大不了就不长不短，还可以梳个小分头，就像青年刘德华和我本人的样子，英俊潇洒。但杨蓝老师的头发几乎不是头发，因为她把满头青丝弄得有时像一棵结结实实的卷心菜，有时像一面逆风飞扬的风帆，有时干脆就像孔雀开屏的那个屏，让我们瞠目结舌，呆若木鸡。这样，杨蓝老师就不大像一位循规蹈矩的人民教师，而像一件打破常规的工艺珍品，整天在我们面前免费展览。

我承认杨蓝老师吸引了我，她那梨形的娇小乳房使我目光迷醉，想入非非。她的乳房并不高耸，至少比吴美丽同学木瓜状的丰乳稍逊一筹，但那优美的曲线，还有像蛇一样柔软的腰肢，简直巧夺天工，让人赞叹不已。我知道把老师的纤腰比作蛇并不好，整天盯着老师的乳房来看就更不像话，天啊，写来写去，我已经把自己写成一位不折不扣的色情狂加流氓啦。

但我没有办法，这是真实的事情。在那个时候，我压根儿没有想过好好学习、天天向上，更没有想过学习雷锋叔叔好榜样。我不禁为自己脸红，除了去年到街道上为大伙儿免费修理单车以来，我有多久没有学雷锋了啊。是的，我正在陷入青春的泥淖，女人们的乳房像外星人的飞碟一样闯入了我的生活，让我无所适从。吴美丽木瓜似的丰乳，杨老师梨状的乳房，无一不对我构成了致命的诱惑，尤其是杨老师裹在奇形怪状衣裳下面的胴体，更是让我想入非非，不能自拔。

我这样下去要么会发疯，要么学街上的恶棍耍流氓，总之有点变态。如上所言，我虽然不是"三好"学生，思想品德似乎也有点问题，但也不想去耍流氓，更不想做疯子。我欲望涌动的手，在朱蓝汁液晃荡的身体前总是不知该往哪里摆才好，显得纯属多余。双眼又老是盯着杨老师生动曲折的身体不肯移开，总之，我的手有点像鼓上蚤，眼睛有点像西门庆，怎么也不会老实。只有鼻子看上去比较乖，在吴美丽同学的面前十足像一只缩头乌龟。所以我只好瞪大眼睛，像狱卒看管犯人一样盯紧我身上不够老实的地方，我就像一位贤能开明的封建皇帝，不允许哪一个地方官给朝庭抹黑。但后来发现我错了。在一波三折的杨老师面前，我不能瞪大眼睛，相反我得闭上双眼。杨老师山茶花似的粉脸，梨子状的乳房，莲藕般的长腿，几乎让十五六岁的我失去控制，溃不成军。

　　杨老师是如此美丽，以致让我不敢正视，因为我担心目光中洋溢的汽油会使我全身燃烧！我给自己的心装上了笼头，给双眼戴上了镣铐，我不允许自己在尊敬的杨老师前有半点失礼之处。为了做到天衣无缝，不着痕迹，我用白纸做了一副堪称神品的"隐形眼镜"，我对自己这双可跟鲁班媲美的巧手赞叹不已，十分满意。戴上这副眼镜，不要说是杨老师，就是连我自己也看不见了。但当时不知道戴着这样一副眼镜的我看上去很丑，在大伙儿面前怎么看怎么像翻着白眼的算命瞎子。

　　我说过喜欢我的吴美丽同学是我初中生涯中的一场噩梦，后来在我狠下心肠把她给我的火鸡腿扔在地上，这场噩梦才缓缓结束。另一场更大的噩梦就要开始了。

　　其实，与其说这是一场突如其来的噩梦，不如说这是我有生以来最瑰丽的一场美梦惨遭破灭。那是初二时的"五·四"青年节，我们在操场上搞联欢大会，杨老师突然爆发出飓风卷过大地或海啸冲上天空似的大笑，我的耳朵灌满了杨老师果汁飞溅般的笑声。但我看不见她的表情，我不知道她是在笑我，更不知道她是在笑我旧裤子上的崭新补丁——那两块补丁就像金牌似地挂在我的臀部上——杨老师从来没有看过有人会穿如此朴素如此寒酸的衣服。我也莫明其妙地跟着干笑起来，同时，我听到了同学们驴鸣般的疯狂笑声。这时，我感到有一双柔软的手拉住了我，把我拉出了人群之中，耳边响起一个女孩带着哭腔的哀求声："求求你们，不要笑他了——"一股熟悉而难闻的味道劈头盖脸地扑来，我知道这是吴美丽娇柔的小手，也是吴美丽气急败坏的声音。

　　我把"隐形眼镜"呼地扯掉，我看见了笑得前俯后仰的杨蓝老师和全班同学，还有一脸惊惶的吴美丽同学。我感到一盆冷水劈头泼在我的脸上，手脚不停地发抖。这刹那间，我仿佛全身都被冻僵了。

　　我为我心目中女神般美丽的杨蓝老师感到屈辱和羞耻。我对同学们的嘲笑早已习以为常，但我从来也没想到杨老师也是如此粗鄙和恶俗，我感到了一件价值连城的珍宝在破碎、毁灭、在彻底消失，我的心里传来了这件无价之宝碎裂和飘散的声音。我冷然地扫视了一遍所有的人。我的冷静异乎寻常，甚至超出了自己的想像，冷静得接近了雪山上亘古不化的冰雪。我猛地甩开了吴美丽的手，强忍住眼角的泪水，挺着胸膛大踏步离开了操场。